Pierre Combescot

Pierre Combescot est journaliste – au *Canard Enchaîné* et à *Paris Match* – et écrivain. Son premier roman, *Les funérailles de la sardine*, lui a valu le prix Médicis 1986, et il a reçu le prix Goncourt en 1991 pour *Les filles du Calvaire*.

Le prix Prince Pierre de Monaco a couronné l'ensemble de son œuvre, qui comprend notamment : *La sainte famille* (1996), *Les petites Mazarines* (1999), *Lansquenet* (2002) et *Les diamants de la guillotine* (2003) – Grand Prix Littéraire de Saint-Émilion Pomerol Fronsac en 2004. Son dernier roman, *Ce soir on soupe chez Pétrone*, a paru chez Grasset en 2004.

PIERRE COMBESCOT

Pierre Combescot est journaliste – au Canard Enchaîné et à Paris Match – et écrivain. Son premier roman, *Les funérailles de la sardine*, lui avait valu le prix Médicis 1986, et il a reçu le prix Goncourt en 1991 pour *Les filles du Calvaire*.

Le prix Prince Pierre de Monaco a couronné l'ensemble de son œuvre, qui comprend notamment : *La sainte famille* (1996), *Les petites Mazarines* (1999), *[illegible]* (2002) et *Les diamants de la guillotine* (2003) – Grand Prix Littéraire de Saint-Émilion Pomerol Fronsac en 2004. Son dernier roman, *Ce soir on soupe chez Pétrone*, a paru chez Grasset en [illegible].

LES DIAMANTS
DE LA GUILLOTINE

PIERRE COMBESCOT

LES DIAMANTS DE LA GUILLOTINE

ROBERT LAFFONT

ISBN 2-266-14454-5

À Charlotte et à Alexis
À Bernard

La Révolution n'est pas née seulement du mouvement économique et social, mais aussi de l'anecdotique, du scandale, de l'accident.

François Furet et Denis Richet

1

Vienne, 1770 : grandes manœuvres matrimoniales

Lubies et vapeurs du prince de Kaunitz

Tout est en l'air, ce matin-là, au palais Kaunitz. Les carrosses encombrent de leurs longues files la Johannesgasse. Le bruit des sabots sur le pavé gelé, les fouets qui cinglent et le cri des cochers résonnent dans l'air cristallin. Il a neigé durant la nuit et, aux fenêtres de la demeure princière, le givre attache ses friselis. Dernières salves d'un hiver qui s'attarde. Les heiduques au bonnet découpé en pointe se tiennent à leur poste, le nez rouge. Les cloches des églises de Vienne dans quelques jours prendront le chemin de Rome. Pâques s'annonce en pelisse.

À l'intérieur du palais, les valets et les chambrières s'empressent en tous sens, affolés. Les ordres fusent, suivis de contrordres. Le majordome, armé de sa canne d'ébène à pommeau d'ivoire, semble, malgré son sang-froid, avoir également perdu la tête. Sur l'escalier d'honneur, à double révolution, tels des navires en perdition, des conseillers auliques, bardés de croix et de cordons, se tiennent, perruques de travers, désemparés, vaguant parmi les stucs, les marbres et les glaces au gré d'une marée imprévisible. À force de monter et de descendre les degrés, certains, le regard à la dérive et le visage congestionné, paraissent en équilibre au bord de l'apoplexie.

Dans les antichambres, la foule ordinaire des quémandeurs se presse. Chacun guette un signe des laquais, lesquels opposent à toute question un mutisme inquiétant. Rien ne semble vouloir filtrer. Et les portes de laque, décorées de chinoiseries, qui mènent aux appartements du prince chancelier demeurent closes en cette heure tardive de la matinée, alors qu'en général, grandes ouvertes, elles laissent passer le flot des solliciteurs. C'est que chacun tient à remettre sa requête à Son Altesse en personne – laquelle Altesse, calée dans ses oreillers, parcourt d'un œil vague les placets qu'on lui remet, en buvant son chocolat à petites gorgées, un sourire bon enfant épinglé une fois pour toutes sur son visage de vieux chat filou.

Vienne excuse ces mœurs de satrape : le prince chancelier, de santé fragile, se doit à l'État, partant à lui-même. Ce repos matinal ne restaure qu'en partie ses forces dépensées sans compter aux affaires. Cependant, si l'on y regarde de près, il ne fait que survoler ses dossiers qu'il abandonne ensuite à une meute de secrétaires et de conseillers, pour passer le reste du temps en rêveries, tocades et facéties.

Toutefois, un jugement excellent et surtout un esprit prompt et facile le rendent particulièrement habile à démêler en politique les situations inextricables ; un discernement fin, de l'élévation dans les pensées, une justesse dans ses aperçus, et une discrétion qui peut passer pour de la dissimulation, en ont fait l'un des tout premiers diplomates de son temps. Il est désintéressé bien qu'il ne dédaigne pas les petits cadeaux des cours étrangères qu'il a su obliger : vins fins, chevaux, toiles de maîtres ; enfin, de ces babioles qui cimentent une diplomatie mieux qu'un traité secret. Et lorsque ceux-ci se font désirer, il ne se gêne pas pour les réclamer. En outre, il répugne tellement à écrire que même les lettres qu'il dicte à ses secrétaires, il ne les signe que d'un K.

C'est un caractère singulier qui a pour maxime de ne jamais entreprendre ce que d'autres peuvent accomplir aussi bien que lui ; et, sans vergogne, il confie tout à trac : « Je préférerais mieux faire des cocottes en papier que d'écrire une ligne que quelqu'un eût écrite aussi bien... » En somme le prince est une manière de philosophe plein de manies étranges que l'impératrice reine Marie-Thérèse lui passe comme à un enfant. Pour l'exemple : il ne manque jamais, en plein milieu d'un dîner officiel à la Hofburg, de se faire amener un miroir pour se curer plus sûrement les dents avant de se livrer à d'ostentatoires gargarismes.

De surcroît, il est hypocondre au-delà de la raison. Il y faut ajouter une peur panique de la mort. On ne peut lui annoncer un décès qu'avec mille précautions. Pour dire : il n'apprendra la mort de l'impératrice reine par son valet que lorsque celui-ci, après l'avoir frotté de vinaigre de toilette, lui présentera un habit de deuil et sa Toison des grandes occasions.

Les lubies de ce grand seigneur de Bohême sont innombrables, touchant parfois à l'extravagance. Les histoires sur son compte mettent en joie les chancelleries d'Europe. Et jusqu'au Grand Turc qui, pour certaines, s'en est tenu longtemps, dit-on, les côtes.

Ce matin-là, au lieu de rester couché et de se faire lire les dépêches par un secrétaire, il a repoussé d'un geste impatient son chocolat et, après être sauté du lit, il s'est mis à arpenter fébrilement son cabinet, non sans avoir auparavant donné l'ordre de condamner ses appartements.

Au vrai, le prince ne sait plus à quel saint se vouer. Aussi son humeur, généralement égale, farce même, s'en ressent-elle.

« Rien ! » a laissé tomber laconiquement son valet de chambre, en réponse au regard interrogateur du chancelier. « Rien ! » lui a-t-il répété en lui versant son chocolat. « Rien ? » a fait en écho le prince. Et le valet de secouer la tête. Quoi ! pas un mouvement de carrosses. Des bagages. Quelque chose qui pourrait évoquer l'ombre d'un départ... Non, vraiment ? Rien ?... Rien.

Un vrai crin, Son Altesse ! Pas à prendre avec des pincettes. Il va à grandes enjambées entre deux rangées de laquais armés de soufflets à poudrer, rabrouant un secrétaire ici, houspillant, là, une chambrière maladroite. Il se trouve, par instants, pris de mouvements incontrôlés, et le voilà sautant comme un cabri, au désespoir des valets qui, en rang d'oignons, s'appliquent à poudrer sa perruque à cinq marteaux. La fameuse perruque qui a fait le tour de l'Europe, et la joie des caricaturistes.

Il va, ainsi, porté sur un nuage de poudre, bizarre oiseau, les pans de sa robe de chambre à grands ramages exotiques déployés en un froissement de soie, vouant aux gémonies ce marquis de Durfort, ambassadeur ordinaire de Sa Majesté Très Chrétienne. Il soupçonne avec raison cette Excellence de mauvaise volonté. Un coup tordu de dernière minute ne l'étonnerait pas.

Avec Durfort, il y a toujours quelque chose. Chaque jour, depuis des mois, il semble vouloir inventer comme à plaisir de nouveaux empêchements qui ont pour effet de retarder un peu plus le mariage de l'archiduchesse Antonia et du Dauphin, petit-fils du roi de France, Louis le quinzième du nom. La veille encore n'a-t-il pas exigé que le cardinal-archevêque de Vienne soit écarté de la cérémonie des fiançailles et remplacé par l'évêque de Laylach ? Et pourquoi donc ? lui a-t-il demandé : « Avez-vous quelque chose de personnel contre Son Éminence ?

— Pas le moins du monde. Mais en tant que prince de l'Église, M. le cardinal Migazzi aurait le pas sur moi, lors de la cérémonie. Et cela ne se peut, puisque je représenterais le Roi. »

Louis XV, en fin politique, a donné, de longue date, pour consigne à son ambassadeur de faire lanterner les choses. « Laisser l'impératrice dans l'incertitude sans pour autant la décourager. » Et c'est ce que le marquis de Durfort, depuis trois ans en poste à Vienne, s'est évertué d'accomplir, en y apportant une sournoise minutie.

À la politique officielle, le Roi, en sous-main, entretient une diplomatie secrète que dirige le comte de Broglie à la tête d'une nuée d'agents, souvent insolites comme le très ambigu chevalier d'Éon. Connaissant le désir de Marie-Thérèse de brusquer l'affaire, Sa Majesté n'est pas mécontente de morguer, par des ordres contradictoires de dernier moment, la très haute et puissante maison de Habsbourg qui, si on veut prendre la peine d'y regarder de près, n'est selon lui, en dépit d'alliances glorieuses, d'héritages et finalement de son accession à l'Empire, que de la gnognote en regard de la très antique, quasi mythique, maison capétienne.

Les Habsbourg n'ont, en effet, commencé à se pousser du col qu'assez tard dans l'Histoire.

Depuis que les Bourbons sont installés en Espagne avec un pied à Naples et à Parme, les possessions héréditaires de la maison archiducale ne sont plus qu'une mosaïque d'États disparates que le vain titre d'empereur ne réussit pas même à fédérer. Quoi de commun, en effet, entre les insoumissions au pouvoir centralisateur de Vienne des riches bourgeois de Flandres et une révolte des paysans moraves ou bohémiens ?

La politique française, depuis François Ier jusqu'à Louis XIV, n'a jamais varié d'un pouce, ayant pour règle première l'abaissement de la maison d'Autriche. La France n'a eu de cesse, à cet effet, de susciter des rivalités et des divisions en Allemagne. Mais cette politique n'est, à présent, plus de mise. Au contraire, l'intérêt des deux puissances est de s'unir pour empêcher l'émergence de l'électeur de Brandebourg, devenu *proprio motu* roi de Prusse, ou encore de l'Angleterre, dont le roi est également électeur de Hanovre, et cela afin de leur enlever « toute occasion de prendre la balance de l'Europe ».

L'impératrice Marie-Thérèse n'a pas attendu, pour être gagnée à ce renversement d'alliances, que Frédéric II de Prusse, un athée, ami des philosophes, et en particulier de Voltaire, l'ait dépouillée de sa chère Silésie au traité d'Aix-la-Chapelle, mettant fin à la guerre de la Succession d'Autriche.

Un manège de séduction s'est alors établi entre Vienne et Versailles. Mille coquetteries de part et d'autre. Enfin, un traité secret est signé. On a beau se cacher derrière son petit doigt, le bruit court l'Europe et la nouvelle alliance n'est plus qu'un secret de polichinelle.

Foin de cachotteries ! Puisque chacun semble au courant, pourquoi ne pas crier notre bonheur et nous aimer au grand jour ? Marions-nous donc ! s'écrie Marie-Thérèse. Et d'ajouter, comme elle se trouve dans l'expectative d'un heureux événement : si l'enfant à naître est une archiduchesse nous la ferons reine de France. Ainsi l'archiduchesse Antonia fut-elle fiancée à l'aîné des petits-fils de Louis XV avant même d'avoir vu le jour. On ratifia un nouveau traité l'année suivante, et cette fois, ouvertement. Pour les noces, on en retint l'idée sans y donner plus d'importance.

À l'époque il s'agit de marier la petite archiduchesse au tout jeune duc de Bourgogne. Celui-ci meurt à l'âge de dix ans. Tant pis ! Adieu Bourgogne ! Et vive Berry ! C'est le frère suivant. Le duc de Berry, futur Louis XVI, n'est pas encore M. le Dauphin. Son père, fils de Louis XV, vit toujours. Il n'aime pas l'Autriche et se méfie de la nouvelle alliance ; s'il avait régné, il est probable que le mariage n'aurait jamais eu lieu. Et l'archiduchesse Antonia (elle ne deviendra Marie-Antoinette qu'après avoir passé le Rhin), laissée ainsi en carafe, la Révolution, sans doute inévitable, eût pris, toutefois, un autre cours ; alors, notre histoire (celle dans laquelle nous tentons d'entrer) s'en serait trouvée avortée et, avec elle, toutes les « folies Trianon » ainsi que les cascades de diamants qui vont suivre. Ah ! du nez de Cléopâtre, on ne dira jamais assez le pouvoir.

Le Dauphin mit une sorte de bonne volonté à mourir et l'impératrice Marie-Thérèse se remit à penser au trousseau.

Elle veut ce mariage ; elle se flatte même, lorsqu'on lui apprend la mort de la reine Marie Leszczyńska, de faire coup double. Pour mieux sceller l'alliance, elle se propose de marier au grand-père une archiduchesse qu'elle tient au chaud en réserve.

Elle annonce rapidement la couleur. L'archiduchesse Marie-Élisabeth, l'une des sœurs aînées de l'archiduchesse Antonia, assiste à un bal paré de la Hofburg en domino brodé des fleurs de lis de

France. C'est aller un peu vite en besogne. La petite vérole se charge de réduire à néant le beau projet. L'archiduchesse défigurée, s'envolent les chimères maternelles ; à la place de Versailles, la princesse gagne, sous des voiles, le chapitre des Dames nobles d'Innsbruck dont elle demeurera abbesse jusqu'à sa mort.

Bobinard et diamants

Entre-temps, Louis XV s'est toqué d'une jeune personne. La cour, au début, croit à une passade comme le souverain en a toujours eu, même du temps de la marquise de Pompadour, grande favorite déclarée. Cette dernière est morte trois ans avant la Reine et le Roi ne l'a jamais remplacée.

Il y a eu pendant et après le règne de la Pompadour beaucoup de prétendantes au titre ; comme cette Mlle O'Morphy, dont le petit derrière rose inspira le peintre Boucher, qui, après un petit séjour au Parc-aux-Cerfs pensant qu'elle se devait de faire rire le Roi, lui demanda comment, au lit, il traitait « sa vieille » (Marie Leszczyńska) ! Cette ronde incessante de demoiselles créa la légende sulfureuse du Parc-aux-Cerfs. Certaines voulaient bien y loger, d'autres pas. Ainsi cette Mlle de Romans qui se faisait conduire à Versailles dans un carrosse à six chevaux. De cette éphémère liaison naquit également un enfant que le Roi fit enlever pour couper court aux prétentions de la mère. Non légitimé, il devint par la suite l'abbé de Bourbon. Le Roi s'était, depuis toujours, refusé à reconnaître ses enfants naturels.

La cour croit donc à une passade. Il n'en est rien. La demoiselle possède de la cuisse et, passablement, de la virtuosité dans l'art de la galanterie, sans compter quelques spécialités que l'on n'acquiert qu'entre filles de maison. La demoiselle, de son nom Jeanne Bécu, mais plus connue d'une clientèle choisie sous celui de « l'Ange », a fait, dit-on, ses classes dans une maison réputée de la rue Montorgueil. Un claque ni plus ni moins. C'est ce qui se colporte. Or comme beaucoup de ces choses qu'on se glisse à l'oreille, cela est en partie faux.

Le Roi qui, en vieux blasé, a expérimenté toutes sortes de voluptés, s'étonne d'en découvrir de nouvelles, inconnues de lui jusqu'à ce jour. Son intérêt piqué, il s'en inquiète. Le duc d'Ayen qui, depuis longtemps, en roué et en philosophe, autant dire en athée, s'est approprié le mot de Buffon « De l'amour, seul le physique est bon ; le moral n'en vaut rien » – le duc qui ne se gêne pas avec le Roi laisse tomber à la cantonade :

— On voit bien que Sa Majesté n'est jamais allée chez les filles.

La nouvelle venue ne sort pas, comme on prétend, du ruisseau. Elle a fréquenté durant neuf ans un couvent de la rue Neuve-Sainte-Geneviève à Paris et en a tiré du bénéfice. Entre autres, elle y a acquis une plume et assez de savoir. À quinze ans, devant gagner sa vie, elle est entrée chez une modiste et de fil en aiguille est devenue une grisette ; mais une grisette qui a de l'appétit et ne s'en laisse pas conter. Elle devient très vite populaire et on se la dispute. Au contact des grands seigneurs qu'elle fréquente, elle prend un tour d'esprit et des libertés de manières qui tranchent sur le ton sentencieux d'une Pompadour, laquelle n'a jamais su se départir d'un côté bourgeois. En effet, femme du fermier général Charles Le Normant d'Étiolles, et fille, probablement, de l'oncle de ce dernier, il lui est demeuré une application rien moins qu'aristocratique. Kaunitz – du temps de son ambassade en France quand il avançait ses pions à couvert – se souvient du jour où la marquise avait reçu, à son instigation, une lettre de l'impératrice où cette dernière s'était abaissée – les affaires de la maison d'Autriche méritent bien de petits sacrifices – à lui donner de « ma cousine ». Ce sucre, jeté entre deux lignes, avait transporté la favorite et, aussitôt, tout le pays versaillais en avait été tympanisé.

Le maréchal de Richelieu qui a pris en main le destin de « l'Ange » voit en elle la nouvelle sultane. Le valet de chambre Lebel, gagné par le maréchal, l'a introduite dans les petits appartements royaux. Lebel est, depuis vingt ans, le pourvoyeur et le gardien du lit royal. Bientôt, constatant le tour que prend la liaison, il se ressaisit. Trop tard. La demoiselle occupe les lieux et les occupe avec dextérité. Aussi en crève-t-il de rage. Lebel, parti en poste pour le ciel, et l'Ange devenu entre-temps Mme la comtesse du Barry, rien ne s'oppose à sa présentation.

Le duc de Richelieu, qui n'aime rien plus que l'intrigue et ses entours, ficelle le paquet. C'est d'ailleurs lui qui a eu l'idée du mariage de la belle avec Guillaume, le frère de Jean du Barry, dit le Roué, célèbre dans le Paris libertin comme « un brocanteur de femmes », autant dire avec des rubans : maquereau patenté. À ce métier lucratif, il nous faut ajouter celui de munitionnaire véreux en temps de guerre.

Pour lui servir de marraine en vue de la présentation, Richelieu s'en va dénicher une vicomtesse de Béarn, parfaitement râpée, mais avec ce qu'il faut dans l'arbre de quartiers de noblesse et de roucoulantes alliances.

Les galeries et les cabinets sont bondés de tout ce que Versailles comporte de courtisans. S'y trouve aussi un peuple de badauds, exprès venu de Paris, et toute la clique des publicistes dont les gazettes, pour la plupart, sont imprimées à Amsterdam. Ceux-ci, la cérémonie terminée, courront à leurs écritoires pour y torcher de venimeux pamphlets. C'est que l'irrésistible ascension de la nouvelle favorite a déjà fait couler beaucoup d'encre, et, de ce feuilleton, Paris, la France, l'Europe entière en redemandent.

Le prince von Kaunitz a suivi cette affaire de près, au jour le jour presque. Les courriers secrets de l'ambassadeur de l'impératrice à Versailles, le comte de Mercy Argenteau, étaient pleins de cette révolution de cour. L'élévation de la du Barry intéresse au plus haut point l'Autriche. Ne vient-elle pas, en effet, battre en brèche le pouvoir jusqu'ici incontesté du duc de Choiseul, artisan de la nouvelle politique ? Ce dernier ouvertement, peut-être trop, a cru pouvoir s'opposer à cette liaison, oubliant son devoir de réserve.

La chose était prévisible. Mercy ne lui avait-il pas écrit : « La passion l'emporte sur la honte. Cette crise ne tardera pas longtemps à se dénouer. Il est scandaleux de voir un maréchal de Richelieu, un gouverneur et une gouvernante des Enfants de France se constituer les agents d'une si vilaine intrigue et d'entendre dire publiquement à Mme de Marsan et à M. de La Vauguyon, qui affichent de la dévotion, que c'est Dieu qui permet un mal pour remédier à un plus grand mal et ce plus grand mal, selon eux, c'est l'existence de leur ennemi M. de Choiseul » ?

Le duc de Choiseul, certes, mais également l'Autriche, avait alors pensé Kaunitz.

Les Rohan pointent le nez

La comtesse de Marsan est Lorraine-Harcourt par mariage. Mais elle est Rohan par naissance. C'est tout dire. Elle possède au plus haut point l'orgueil de ceux de sa maison et leurs chimères en princeries. À la longue, en grignotant, ici et là, des privilèges, les Rohan ont obtenu la reconnaissance du titre de princes étrangers.

Elle est la sœur du prince de Soubise qui ne déloge guère de chez les filles que pour aller faire sa cour au roi dont il partage les soupers intimes des petits appartements ; elle se trouve être également la sœur du Cardinal, grand aumônier, prélat magnifique, léger et par-dessus tout dissolu. En esquisse, il est ce que sera quelques années plus tard son neveu, le prince Louis de Rohan.

Veuve jeune, elle s'est maintenue dans la galanterie et sur le tard a pensé marier le comte de Bissy, quand celui-ci fut tué au dernier coup de canon, la paix venant d'être signée. Y a-t-elle vu la main de Dieu ? En tout cas elle versa chez les jésuites dont par la suite elle devait attribuer le renvoi de France à Choiseul. Cela n'a fait qu'alourdir son ressentiment envers ce ministre.

Malgré les jésuites et une religion marquée, on lui prête encore pour amant Le Monnier, professeur au Jardin du Roi, premier médecin ordinaire, et podologue distingué. Le maréchal de Richelieu, qui s'en serait voulu de laisser échapper un bon mot, affirma dès que la liaison fut connue « qu'à l'instar des princes allemands qui épousent de la main gauche quand ils se mésallient, Mme de Marsan, plus grande princesse que toutes celles d'Allemagne réunies, pour satisfaire à son goût, sans offenser le ciel et sa maison, avait épousé Le Monnier du pied gauche ».

Elle n'est préoccupée que de l'élévation de sa maison. Ce qui ne l'empêche pas de donner dans les arts, la botanique, le jardinage et de vivre avec des gens de goût et de talent.

L'intrigue est chez cette princesse une seconde nature comme chez sa cousine, la comtesse de Brionne, son juste pendant. Cette dernière est également Rohan de naissance et princesse de Lorraine par mariage. Elles y réussissent à merveille, sans aucun scrupule, usant de tous les stratagèmes.

Le prince von Kaunitz avait vu à l'œuvre ces princesses du temps où il était ambassadeur en France. Rien ne leur résistait. Ainsi Mme de Marsan avait-elle arraché au roi la survivance de la charge de gouvernante des Enfants de France pour la seule et unique raison que la duchesse de Tallard qui en était titulaire était, comme elle, née Rohan-Soubise.

Et si Choiseul ne dansait plus que d'un pied ?

À la lecture des dépêches du simple, loyal et presque candide Mercy Argenteau, le chancelier a perçu une vapeur de complot. Bien que la nouvelle favorite n'ait aucune prétention en politique, son élévation menace directement Choiseul, pis, l'alliance, en regroupant autour d'elle les ennemis de l'Autriche.

Et pendant ce temps-là, ce marquis de Durfort qui fait du zèle et semble prendre un malin plaisir à retarder par des vétilles le mariage de l'archiduchesse et du Dauphin !

Un jour, c'est le protocole. Le lendemain, un point du cérémonial. Ici, c'est un fauteuil. Là, une préséance à propos des signatures. On ergote sans fin. Et c'est Joseph II, le fils de Marie-Thérèse, nouvel empereur depuis que son père, l'accommodant François de Lorraine, est mort soudainement cinq ans plus tôt (1765), qui y trouve son compte ! C'est que l'empereur est aussi sournoisement francophobe que son père était ouvertement francophile.

L'empereur Joseph donc, frère de l'archiduchesse Antonia qu'il appelle « Antoine », traîne des pieds et ne se montre pas prêt à faire des « coquetteries » à la France. Devant cet état d'esprit, le duc de Choiseul, qui possède naturellement de la hauteur et, plus encore, lorsqu'il parle au nom de son roi, répond : « Si l'empereur n'est pas d'humeur à faire des coquetteries, le roi n'est ni d'âge ni de caractère à en recevoir. »

Louis XV avance prudemment. Il se méfie des alliances. Celle avec la Prusse, naguère, ne lui a laissé que déceptions. Sept années de victoires et de défaites, des milliers de morts, des millions engloutis pour voir finalement Frédéric II empocher la Silésie, l'ont échaudé. Travailler pour le roi de Prusse est devenu depuis une expression qui en dit long.

Machine arrière toute ! Renversement des alliances ! Et de nouveau la guerre avec ses victoires et ses défaites, et du sang et des morts, et les finances exsangues, et toujours la Silésie dans la poche du roi de Prusse.

Kaunitz connaît l'état d'esprit du roi : sa circonspection masque mal son amertume. Aussi ne fut-il pas étonné quand Durfort, il y a peu, a répondu au prince von Starhemberg qui lui demandait comment il trouvait l'archiduchesse « Antoine » :

— Le morceau est friand, et sera en bonnes mains, *si cela est...*

Et ce « si cela est » qui lui fut aussitôt rapporté résonne encore à ses oreilles telle une menace. Va-t-on vers une rupture ? Les Français sont toujours si imprévisibles ! Louis XV a pourtant pris soin d'envoyer de Paris un abbé de Vermond, bibliothécaire du Collège des Quatre-Nations, pour parfaire l'éducation de l'archiduchesse ainsi qu'un pastelliste, élève de La Tour, et un maître à danser en la personne du grand Noverre.

Toutefois tant que l'archiduchesse Antonia n'aura pas passé le Rhin, devenant du même coup Mme la Dauphine Marie-Antoinette, à tout instant, le pire peut arriver. Et le pire c'est ce qu'imagine chaque jour le prince von Kaunitz. Tout peut être remis en question du jour au lendemain. Comment supporterait-il que vingt ans d'efforts, de diplomatie souterraine, s'envolent ainsi en fumée. Et cela à l'heure où va se jouer l'avenir de la Pologne.

C'est que l'Autriche a des vues sur la Galicie et le palatinat de Cracovie et de Sandomir. Kaunitz considère froidement ces territoires comme un *pretium doloris* pour la perte de la Silésie. L'impératrice a déjà préparé ses mouchoirs pour pleurer la pauvre Pologne. Mais la sensibilité bien connue de la souveraine ne trompe plus aucune chancellerie. Or le prince se demande quelle sera l'attitude de la France si Choiseul est renvoyé.

Oh ! comme il méprise, en ce moment, les Français et leur légendaire légèreté ! Et même le Choiseul, toujours nez au vent et glorieux, qui croit qu'il suffit pour mener les affaires d'être un homme d'esprit. N'a-t-il pas eu pour exemple le renvoi du comte de Maurepas, ce tout-puissant ministre que le Roi, grand neurasthénique et obsédé par l'idée de la mort, appréciait bien plus pour sa légèreté, ses saillies et ses bons mots que pour l'efficacité de son gouvernement ? Maurepas, esprit fertile en ruses ; souple en détours ; sachant donner le change ; toujours habile à se tirer d'un mauvais pas. Maurepas, passé maître à égayer et à simplifier le travail du maître. Maurepas, le plus séduisant des ministres, l'irremplaçable, congédié du jour au lendemain pour une petite épigramme sur la marquise. Or Maurepas hier comme Choiseul aujourd'hui ne se sont-ils jamais doutés que Louis XV recèle en lui des abîmes de dissimulation ?

Toujours selon Mercy qui le tient de Choiseul, le Roi aurait écrit à son ministre à propos de Mme du Barry : « Le déchaînement contre elle a été affreux, à tort pour la plus grande partie. L'on serait à ses pieds si... mais ainsi va le monde. Elle est jolie, elle me plaît, cela doit suffire. Veut-on que je prenne une fille de condition ? Si l'archiduchesse était telle que je la désirerais, je l'aurais prise pour femme avec grand plaisir, car il faudra bien faire une fin et le beau sexe autrement me troublerait toujours ; car certainement vous ne verrez pas une dame de Maintenon de ma part. En voilà, je pense, assez pour cette fois-ci. » L'allusion à l'archiduchesse alla telle une pierre dans le jardin de l'impératrice. Et c'est à dessein que le Roi, Kaunitz le savait bien, l'avait écrit. Il se doutait qu'une copie du billet atterrirait forcément sur le bureau de Mercy Argenteau. Kaunitz connaît son Choiseul. Or il donnerait sa main à couper que dans sa suffisance il n'a rien perçu de ce que la dernière phrase, sous un air de négligence, comportait de menaces.

Le prince von Kaunitz a été deux ans ambassadeur en France, le temps de coqueter en secret avec la Pompadour à Babiole, ce bibelot d'architecture que la favorite avait fait construire au fond du parc de son château de Bellevue ; et de la gagner, jour après jour, à l'idée d'un renversement des alliances. Il imagine comment a dû se dérouler la présentation de la favorite. C'est qu'il a en son temps gravi le même escalier de la Reine. Le Roi avait, déjà, fait démolir celui des Ambassadeurs. Il avait traversé les mêmes antichambres, les mêmes enfilades de salons pour déboucher dans la galerie des Glaces, et par le salon de l'Œil-de-Bœuf, gagné la chambre de parade.

On est le dimanche 22 avril 1769. Au sortir de la chapelle où il a entendu l'office du soir, le Roi a gagné le cabinet du Conseil suivi de la cour. Il porte le bras en écharpe. Une chute de cheval. Chacun a cru à une fracture qui aurait renvoyé aux calendes grecques la présentation de Mme du Barry ; ce n'était qu'une luxation.

Le Roi, d'un tempérament impatient, se montre soucieux. L'heure de la présentation vient de sonner. Et personne ! Ses quatre filles, Mesdames Victoire, Adélaïde, Sophie et Louise, masquent mal leur joie. Ce sont quatre chipies, hautaines et assez bigotes, qui n'ont jamais voulu se marier afin de ne pas quitter leur père. Mais plus probablement, comme il se murmure, parce qu'elles n'ont jamais trouvé de parti assez flatteur. *Coche*, *Loque*, *Graille* et *Chiffe* – c'est ainsi que le Roi, mi-tendre mi-railleur, les nomme dans l'intimité – glissent des regards entendus au duc de Choiseul qui se tient effacé derrière les tabourets où ont pris place sa femme et sa sœur. Il feint la modestie tandis qu'en son for intérieur il savoure déjà son triomphe. La du Barry vient de signer son renvoi : jamais personne n'a osé faire attendre le roi, implacable quant au cérémonial. Dans le cabinet du Conseil on respire mal tant il s'y trouve entassé de monde. C'est que personne à la cour ne voudrait rater la cérémonie. Ducs, grands d'Espagne, ambassadeurs figurent au premier rang. Tout le monde veut apercevoir une des trois révérences de celle qui, du moins on le murmure, a commencé sa carrière au Pont-aux-Choux.

Le Roi, entouré de sa famille, se tient assis. Choiseul a un coup d'œil de connivence pour sa sœur, la duchesse de Gramont, dont on dit qu'elle a été, naguère, un peu plus que ce que se doit d'être une sœur pour un frère. Les minutes passant, le ministre ne sait plus quelle contenance prendre afin de dissimuler sa joie. Rien cependant ne doit transparaître. Mme de Gramont, que la galanterie n'embarrasse guère, a, il y a quelque temps, brigué la place de sultane en titre. D'un homme, elle possède le caractère et la volonté. À défaut de les appliquer à de grands desseins, elle les a voués à l'intrigue. Elle est laide mais de cette laideur intéressante. Le duc de Gramont, qu'elle a épousé en guise de pis-aller et également de paravent, est la médiocrité faite homme. Il coulait une vie de débauche dans une folie aux portes de Paris, entouré de musiciens et de filles de second choix. Sans caractère et encore moins de moyens, sa famille l'avait fait interdire quand Mlle de Choiseul se mit en tête de le prendre pour mari. Il pensa ainsi se remettre en selle. Il se trouvait être parfaitement à la pointure de Mlle de Choiseul. En effet, le mariage expédié, rien ne serait plus facile que de le renvoyer où on l'avait pêché au moindre embarras. Pour parachever le portrait de la dame, il faut dire comment et avec quelle hauteur, elle mourut durant la Révolution. Elle prit tout son temps afin de ne rien négliger de sa toilette, faisant attendre le sans-culotte comme s'il devait la mener à Versailles et non à l'échafaud.

Face au clan Choiseul, se trouve la coterie déclarée de Mme du Barry. Elle est composée pour partie des ennemis du ministre. L'occasion les a rassemblés. Rien, en fait, ne les lie, si ce n'est le même désir de voir tomber le ministre.

Mme de Brionne, par exemple, un temps maîtresse de Choiseul, ne lui pardonne pas d'avoir obtenu le régiment des suisses à la place du maréchal de Soubise. Ainsi sous la bannière de la favorite se trouvent regroupés tout un bouquet de haines recuites, d'ambitions insatisfaites, d'intrigues éventées, de mérites négligés, de flatteries éconduites, le fond de sauce, en somme, d'une cour où l'on peut s'égorger pour une préséance. Richelieu y tient une place de choix : celle de la rose dont le parfum captieux résume à lui seul un siècle de galanterie ; et les épines de sa tige autant de menées douteuses. Cependant toujours de bonne compagnie, même dans la mauvaise, M. le maréchal !

Plaisirs et intrigues sont les deux seules passions qui lui demeurent dans ce Versailles où il a sauté sur les genoux de Louis XIV et poussé, avec l'insolence d'un page, les prémices d'une liaison avec la duchesse de Bourgogne, mère du roi Louis XV, qui l'appelait « ma jolie poupée ». À soixante-dix ans passés, la jolie poupée est une vieille chose ridée qui a perdu depuis longtemps la tournure insolente du page. Cependant, son esprit toujours aussi vif et ses saillies aussi mordantes peuvent encore blesser à mort, pis, vous tourner en ridicule, ce qui ne pardonne pas à Versailles. Quant à ses hauteurs, il les amende par des amabilités qui, jamais, ne descendent jusqu'à la familiarité. Un je-ne-sais-quoi qui ne tient qu'à lui le garantit des critiques sur son immoralité. Encore que la corruption générale et les vices de son siècle l'en eurent absous aisément.

Le duc d'Aiguillon, son cousin, soutient également la favorite. La seule détestation du ministre les a réunis pour une fois. Par ailleurs ils s'ignorent. Le duc de La Vauguyon n'est pas en meilleurs termes avec Choiseul. Dans l'ombre s'agite Maurepas, congédié par la Pompadour mais qui fait retomber sa disgrâce sur Choiseul – Maurepas, éventé comme un parfum bon marché avec son goût pour l'intrigue, et cette légèreté toute française de croire que tout doit finir, en France, par des chansons. Maupeou est là aussi, guettant les Sceaux, n'attendant que le moment propice pour les arracher au président de Lamoignon, pourtant exilé par le roi, mais qui ne veut s'en défaire...

Ainsi chacun pense tirer quelque chose de la dernière tocade royale. Dans ce monde réglé, compassé et vermoulu la nouvelle d'un changement a fait l'effet d'une bombe.

Sûr de son fait, Choiseul, bien pris dans son costume de cour, le nez retroussé, affiche, le temps passant et le Roi ne cachant plus son impatience, un air des plus aimables. Il avance ses grosses lèvres gourmandes, prêt à laisser tomber une bonne perfidie.

On le dit, cependant, bon et libéral ; quoique par ailleurs fier, vif et souvent violent. Sa présomption et une certaine légèreté lui ont fait négliger de prendre ses précautions. Et, en ce cas présent, il s'est montré pour le moins téméraire, ne cachant ni au roi ni à ses entours son désagrément de la nouvelle favorite. Il n'a voulu croire qu'à une passade qui, comme tant d'autres, finirait par se perdre dans les annales du Parc-aux-Cerfs. Or Choiseul a été mal informé. Le roi trouvant enfin son compte, et même un peu plus, auprès de sa nouvelle conquête, a donné l'ordre de fermer à jamais sa maison de rendez-vous.

Il n'a pas non plus attendu la présentation à Versailles pour lui octroyer un appartement au château, au-dessus de ses cabinets, et qui donne à la fois sur la cour de Marbre et la cour des Cerfs.

La favorite y fera bientôt preuve dans son aménagement d'un goût ravissant. Elle s'adressera aux meilleurs artistes du moment. Leleu, le sculpteur Guibert, l'architecte Gabriel seront mis à contribution. Bientôt elle fera appel à Ledoux pour son pavillon de Louveciennes. Pour cette folie elle commande dès 1771 à l'ébéniste Guichard une série de sièges déjà néoclassiques où le doré et le réchampi crème alternent. Elle lance un nouveau goût, un style. Ainsi commandera-t-elle pour sa chambre au Petit Trianon un mobilier en bois peint. Marie-Antoinette le gardera. Ayant le goût moins sûr, elle le fera dorer.

Marie-Antoinette devenue reine se fera décrire l'intérieur de la sultane. Elle se souviendra de ces couleurs acidulées, des commodes de laque incrustées de porcelaine de Sèvres, de la petite bibliothèque meublée en vert et blanc et aussi de la couleur des soieries : ce pékin blanc semé de fleurs et de branchages. Elle imitera sa façon de s'habiller de fichus et de mousselines. Aussi peut-on affirmer que le fameux style Marie-Antoinette a été, si ce n'est inventé, du moins couvé par la du Barry.

Soudain un bruit assourdi glisse d'antichambre en antichambre. Un vague bourdonnement soutenu par le craquement de soie des éventails. Un froissement d'élytres. Le mouvement va s'amplifiant. Des antichambres, des salons et des cabinets reculés parvient maintenant une rumeur persistante. Le Roi, qui s'apprêtait à regagner ses appartements, va à la fenêtre qui donne sur la cour de Marbre. Il croit apercevoir des laquais à la livrée de sa maîtresse et ne peut s'empêcher de s'exclamer : « Voilà Mme la comtesse du Barry ! » Dans le cabinet du Conseil chacun tourne la tête alors vers la porte. La comtesse du Barry procède lentement le long de la galerie des Glaces accompagnée par une rumeur confuse où l'on discerne à la fois l'effarement et l'indignation, mais aussi des applaudissements. C'est que la comtesse, crânement, a enfourché cette réception, un peu comme on monte à l'assaut. Et cela ne manque ni de panache ni de grâce.

Elle se trouve à présent à la hauteur du cabinet du Conseil. La vicomtesse de Béarn, osseuse et spectrale, croulant sous les diamants dont l'a couverte Richelieu, la conduit par la main. La grisette du trottoir s'est parfaitement adaptée aux usages de la cour. Elle s'avance dans la cage aux fauves avec une ingénuité déconcertante. Le Roi, qui a feint de ne prêter attention ni aux aigres propos de ses filles ni aux regards indignés de son ministre, n'a d'yeux que pour la gorge de sa maîtresse, sa carnation de rose, sa chevelure blond cendré, coiffée à la diable, déjouant par une sorte de négligence les rigueurs de sa grande tenue de cour. Et malgré les aigrettes de brillants, les perles et les diamants, les girandoles d'une eau parfaite qui pendent à ses oreilles, la robe à panier avec sa traîne, élément obligé pour toute présentation, elle affiche une simplicité déconcertante. Elle exécute la première révérence avec une grâce légère, la seconde de même. Elle s'avance, alors, vers le Roi pour plonger à nouveau, quand ce dernier se lève et, la devançant, lui tend la main comme pour la relever d'une révérence à peine esquissée. Il l'embrasse sur la joue. Et c'est la main posée sur son poing que la comtesse exécute ensuite ses révérences à la ronde devant chacun des membres de la famille royale.

Quand passerons-nous le Rhin ?

« Presque un an, déjà... » soupire le prince von Kaunitz. Le sacre de la favorite avait eu lieu et Choiseul s'était maintenu au pouvoir. Aussi se demande-t-il pourquoi Choiseul fait lanterner le mariage. Alors que la présence à Versailles de l'archiduchesse « Antoine », devenue Dauphine, serait un gage pour son gouvernement, mieux le couronnement d'une politique.

Kaunitz a l'impression de sonder le vide. Que veut Choiseul ? Lui tenir la dragée haute pour l'avoir fait attendre plus d'une heure à la porte de son cabinet lorsqu'il n'était encore qu'ambassadeur à Vienne ? C'est, il est vrai, de petites vexations qu'on n'oublie pas facilement quand on est un homme de sa trempe.

Sous des dehors affables, un maintien ouvert et un commerce facile, ajoutés à une gaieté intarissable, le duc de Choiseul est aux yeux de Kaunitz l'un des hommes les plus aimables qu'il ait jamais connus en société. Cependant, malgré ses qualités, il a, dès leur première rencontre, deviné son point faible : tout ce que le poli d'une éducation n'a su amender dans ce caractère violent. Qu'il rencontre un obstacle et aussitôt il en oublie sa parole. En cet instant, violer une promesse lui est de peu ; sacrifier un homme, voire une politique, n'est pour lui que la meilleure façon d'écarter un écueil qui risque d'entraver sa fortune. S'il ne s'est jamais abaissé à de viles intrigues de cour comme caresser un valet afin de mieux se pousser chez un ministre, le prince von Kaunitz, toutefois, se souvient comment il avait débuté sa carrière chez la marquise de Pompadour dans le sillage de l'abbé de Bernis, secrétaire d'État aux Affaires étrangères. Aucun scrupule ne l'encombrait alors. Ainsi pour gagner les faveurs de la marquise il n'avait pas hésité à lui livrer les lettres galantes du Roi à l'une de ses cousines, ce qui valut à cette malheureuse une lettre de cachet.

Dans les pensées qui l'agitent ce matin-là, le prince se demande ce que pourra bien inventer de nouveau le marquis de Durfort pour retarder le mariage du Dauphin et de l'archiduchesse. Quel point d'étiquette va-t-il soulever ? Tout pourtant a été disséqué, chipoté à la virgule près. La couverture par exemple. Fallait-il que l'ambassadeur fût couvert quand il ferait sa demande en mariage ? Ou simplement lors de la troisième révérence ? Le contrat de mariage aussi a été sujet à des chicanes. Il a tout mis en œuvre pour ménager les deux cours. Et cela lui a pris un temps infini, comme diplomate et aussi comme gardien des grandeurs de la double monarchie. Il y a usé ses nerfs. Et puis soudain, tout est remis en question : un courrier est arrivé de Versailles à bride abattue simplement pour s'enquérir si l'archiduchesse est bien nubile. Aussitôt il court chez l'impératrice, laquelle, dans tous ses états, fait savoir par retour du courrier que sa fille est réglée depuis le début du mois de février. En veut-on la preuve ? Les draps maculés de son petit lit peuvent témoigner. Et il s'en était fallu de peu que le courrier ne reparte avec le drap...

Pourquoi tous ces atermoiements ? Pourquoi ? Veut-on sa mort ? Las par avance de ce que lui réserve cette nouvelle journée, il se laisse choir dans un fauteuil.

D'un geste impatient, il écarte le valet qui s'est précipité pour lui appliquer l'onguent de jaune d'œuf dont, chaque jour, on lui badigeonne le visage afin de prévenir les rides ; une recette qu'il tient de feu la marquise de Pompadour, ramenée jadis de son ambassade en même temps que le fumet vague d'un traité liant la France et l'Autriche.

Ah ! mon Dieu ! Que tout cela lui semble loin ! Oui ! C'est vrai ! Il n'aime pas les Français, leur légèreté, leur peu de fond, leur hauteur, mais comme il regrette la France ! Versailles, Trianon, Babiole, Bellevue, cette chère marquise, la société des femmes, leurs conversations, rien de gourmé en leur commerce, point d'austérité ni toutes les bigoteries de l'impératrice, mais de la galanterie et même de la passion. Les femmes, les salons parisiens, Mme Geoffrin, les théâtres et toutes les impertinences qui s'y débitent, cela donne du sel à la vie. Aurait-il pu alors imaginer l'ennui qu'allait lui réserver le pouvoir ? Et surtout cette insipide société viennoise ?

En faisant tendre ses appartements de noir, en ne quittant plus ses habits de veuve, l'impératrice vieillit, confite en religion. Cette aveugle piété la pousse jusqu'à mettre à l'index et saisir aux douanes les œuvres de Molière. Même lui, tout-puissant chancelier de l'Empire, afin de se procurer certains ouvrages, il doit recourir à la contrebande ou aux bons offices des ambassadeurs étrangers. Aussi quand il repense à Paris, il est saisi d'une profonde mélancolie. Oh ! Comme il envie l'ambassadeur Mercy Argenteau. Il lui arrive même parfois de trembler pour lui. Que sa liaison avec Mlle Levasseur dite « la Rosalie », chanteuse à l'Opéra, une nouvelle Sophie Arnould à ce qu'on dit, parvienne aux oreilles de l'impératrice et ce serait le rappel immédiat, la disgrâce et la fin d'une brillante carrière.

Il en est là de ses souvenirs quand un secrétaire, bravant toutes les consignes, fait irruption dans son cabinet.

— *Sein gnädig Hochheit ! Sein gnädig Hochheit !* L'ambassadeur fait ses bagages...

— L'ambassadeur ? Mon Dieu ! Mais quel ambassadeur ?

Évidemment il n'y a qu'un seul ambassadeur présentement ! Celui de France ! Durfort fait ses malles ! Alors tout est rompu ! Mais non ! Mais non ! Tout est gagné au contraire ! Où ai-je la tête ! Il fait ses malles pour sortir de Vienne comme ambassadeur ordinaire afin de mieux y revenir en tant qu'ambassadeur extraordinaire du roi ; et ainsi réitérer, officiellement cette fois, la demande qu'il a faite au printemps de l'année précédente. Onze mois de supplice durant lesquels le prince s'est torturé jour et nuit ; et cela malgré les portraits du Dauphin que Versailles n'a cessé d'expédier à Vienne. Le Dauphin en train de labourer. Le Dauphin à la chasse. Le Dauphin en grand habit, portant le cordon bleu et la Toison. Le nez Bourbon mais la bouche molle et puis ces yeux de myope, dénués d'expression. Caraccioli, l'ambassadeur de Naples où règne Marie-Caroline la sœur bien-aimée de l'archiduchesse Antoine, n'a-t-il pas écrit du futur mari : *Selvaggio e rozzo, a segno che sembra nato ed educato en un bosco* – « Sauvage et rustique, au point qu'on l'eût dit né et élevé dans une forêt. » Un ours mal léché en somme, pataud et taciturne. Et cet autre jugement, celui-là du prince von Starhemberg : « La nature semble avoir tout refusé à M. le Dauphin. Ce prince par sa contenance et ses propos n'annonce qu'un sens très borné, beaucoup de disgrâce et nulle sensibilité. » La médaille est frappée au coin.

Mais que lui importe ! Et surtout à l'impératrice ! Puisqu'il sera roi. Le bonheur ? Le bonheur ! C'est le mot à la mode des idéologues et des philosophes. Qu'on ne lui parle pas de bonheur quand il s'agit de devoir et d'un devoir envers l'Autriche. Ce n'est pas le Dauphin, c'est la France qu'épouse l'archiduchesse Antonia. Et le prince n'est pas loin de partager l'avis de sa vieille souveraine.

Onze mois de fiançailles qui, à tout moment, auraient pu être rompues. Quand il s'agit de ses intérêts la monarchie française ne recule pas devant une rupture ; voire, si la fiancée se trouve déjà à la cour, à une reconduite aux frontières.

La joie du prince serait sans partage s'il ne se trouvait une ombre au tableau. Oh ! bien légère cette ombre, mais d'importance. Toutes les ficelles qu'il lui a fallu tirer pour aboutir à ce mariage, cela lui a fait oublier un détail : la fiancée. Oui, l'archiduchesse Antonia.

Depuis longtemps, il a deviné chez la jeune fille, pour le peu qu'il l'ait aperçue, aux bals, aux carrousels de la Hofburg, un petit être dissipé, incontrôlable, têtu, rebelle à toute discipline. La raillerie toujours aux lèvres. Aucun fond ; en revanche, de la grâce à revendre. Et par-dessus tout : un art suprême d'enjôleuse. Elle a su si bien entortiller sa gouvernante, Mme de Brandweiss, qu'elle est arrivée à lui faire faire ses devoirs. L'impératrice, qui s'est aperçue du trafic, a nommé la comtesse de Lerchenfeld en remplacement de la Brandweiss. Il ne fallut pas plus d'une semaine pour que la nouvelle gouvernante à son tour tombe entièrement sous le charme de l'archiduchesse. L'abbé de Vermond, pourtant prévenu, est lui aussi devenu l'une de ses victimes, en dépit de ce qu'il écrit à Choiseul : « Un peu de paresse et beaucoup de légèreté m'ont rendu l'instruction de Mme l'archiduchesse plus difficile... » En fait elle n'apprend qu'en s'amusant. Elle n'aime que le badinage. Elle écrit mal, le plus souvent fautivement, fait des pâtés comme un enfant de cinq ans. Et cependant l'abbé lui trouve « ... de la finesse et, quand elle le veut, du raisonnement ».

Kaunitz sait que l'impératrice a, depuis son veuvage, démissionné quant à l'éducation des enfants qui demeurent encore au « poulailler ». D'ailleurs s'est-elle jamais préoccupée de sa couvée ? Seize petits archiducs et archiduchesses dont seulement dix ont survécu ; et qu'elle a placés, du moins pour les filles mariables – celles qui ne sont ni goitreuses, ni bancales –, à des postes stratégiques où elle entend bien qu'elles serviront sa politique. Pour les garçons, elle leur réserve des évêchés, des électorats d'Empire ou des héritières. L'impératrice attend de « Mme Antoine » qu'elle soit son meilleur agent secret à Versailles où elle devra favoriser, en bonne Autrichienne, son pays de naissance.

C'est de bonne politique et Kaunitz, en fin diplomate – ne dit-on pas de lui qu'il est le cocher de l'Europe ? –, a œuvré de toutes ses forces en ce sens.

Aussi quand, n'attendant plus rien que la mort, retiré en Moravie, dans ses terres d'Austerlitz, on peut l'imaginer à l'écoute des événements de France. Dans le bruit des canons de Valmy et les cris de « À bas l'Autrichienne ! » percevra-t-il, alors, une sanction à sa politique. « L'Autrichienne », n'est-ce pas ce qu'ils ont toujours voulu faire, l'impératrice et lui, de cette petite archiduchesse dont ils se sont évertués à modeler la vie ?

Eût-il en cet instant la prescience de ce qui allait arriver à ses propres cendres ? Dispersées à tous vents sous les sabots des cuirassiers de Murat, son château et son église brûlés, et, culbutés sur ses domaines, les régiments russes des princes Bagration et Koutouzov ainsi que les régiments autrichiens du prince de Liechtenstein, tandis que le pâle soleil hivernal se lève sur la plaine d'Austerlitz pour entrer dans l'Histoire.

Fouette cocher, à Versailles !

Par un jour de boules de neige, une fillette blonde d'humeur buissonnière, les joues en feu, le bout du nez piqué par le froid, émergeant de son capuchon bordé de martre, joue sans se soucier, au détour du temps. Elle a la vie devant elle.

C'est charmant la neige ; et si reposant le grand silence blanc qui recouvre le parc de Schönbrunn, ses statues, ses bassins aux hippocampes et aux tritons ventrus. Et puis avoir un frère tout doré et rose qui vous tire dans un traîneau. « Max, plus vite ! Plus vite ! » crie la jeune archiduchesse. C'est qu'elle s'impatiente de tout. Elle est ici, et, aussitôt, elle veut être ailleurs. Et quand elle s'y trouve, elle voudrait être encore autre part. Une tête à tous vents. Rien ne doit lui résister. Capricieuse ? Sans doute mais avec tant de charme que chacun se soumet à ses foucades. Elle a l'art et la manière, « Mme Antoine ». Oui ! Un art accompli de mettre chacun dans sa poche. Qui croirait, à la voir ainsi s'attarder dans l'enfance, que demain elle sera

Mme la Dauphine. Depuis si longtemps qu'on lui parle de ce mariage français. Quand son père, l'empereur François, vivait encore, déjà on en discutait. Il y tenait tant. C'est qu'il était lorrain, et que les merlettes de Lorraine ont toujours aimé butiner les lis de France. Les Guises, les Elbeuf, les d'Harcourt, les Marsan, les Brionne... tous les cadets de la maison de Lorraine se sont toujours soutenus brillamment en France soit par l'intrigue, soit par leur courage. Généralement ils furent de grands capitaines. Il s'en fallut de peu qu'ils prissent le pouvoir au temps de la Ligue et des derniers Valois.

Pour l'heure, Mme Antoine vit dans l'instant. Et rit des efforts que déploie son frère Max. La France, en ce moment, est bien loin ; et Versailles et le Dauphin aussi. Elle a beau ne rien connaître du monde, simplement ce qu'elle aperçoit à la hauteur de son joli museau, elle sait, cependant, que le bon ton et la mode sont de Paris ; et comme elle est coquette et aime la parure, il lui prend, parfois, de rêver de cette ville, de Versailles aussi. Elle pépie tel l'oiseau insouciant, alors que dans l'ombre le destin prépare, déjà, son imagerie, balançant entre la sainte des royalistes et la « goule » des révolutionnaires. Qui pourrait soupçonner en cette adolescente encore poudrée d'enfance, encapuchonnée de fourrure, la vieille femme à la lèvre pendante que, d'un trait sec, sans aménité, croquera d'une fenêtre de la rue Saint-Honoré le peintre régicide David la voyant passer sur la charrette qui la conduit à l'échafaud. Et Max à qui elle crie « Hue ! Cocher ! » peut-on en lui imaginer le futur prince électeur, archevêque de Cologne, rubicond et vermeil, encouenné dans sa pourpre comme on le voit en portrait, le regard bleu voilé, perdu dans sa grandiose sottise ? C'est lui qui, après une visite des jardins et de la ménagerie royale en compagnie du comte de Buffon, s'étant vu offrir par l'écrivain son *Histoire naturelle*, le remercia par un « monsieur, je serais bien fâché de vous en priver... ». Le mot fera carrière. On s'en gaussera longtemps, devenant un brevet de crétinisme. Aussi quand son frère Joseph II viendra à son tour à Versailles, il ne manquera pas de réclamer finement à Buffon les volumes que son frère a « oubliés ».

Au loin les gouvernantes et les gouverneurs, les *ayas* et *ayos*, comme on dit à Vienne, pour se conformer au cérémonial espagnol, ont beau crier en leur direction « Votre Altesse impériale Antonia ! Votre Altesse impériale Max ! » ils ne se retournent même pas. Aujourd'hui c'est école buissonnière.

« Votre Altesse impériale Antonia ! Mme Antoine ! Revenez ! L'ambassadeur de France vient de sortir de Vienne et demain on vous marie ! »

Il a cessé de neiger et toutes les cloches de Vienne se sont mises en branle, se répondant les unes aux autres. Un soleil peureux glisse sur la pente des toits des maisons, s'attardant à faire briller les stalactites qui pendent aux gouttières. Le grand bourdon de Stefansdom est à son tour entré dans le concert. Et au loin celui de l'église Saint-Charles-Borromée.

L'archiduchesse Antoine a pris place sur le balcon du palais Traumansdorff. Elle est chaperonnée par sa sœur Marie-Christine. La préférée de sa mère, qu'on appelle Mimi et que, bien entendu, elle n'aime pas. C'est une raisonneuse, sans fantaisie, ennuyeuse à périr. Comme son gros mari, le prince de Saxe-Teschen. Ils forment un couple à bâiller. Elle espionne, raconte tout à leur mère. Mme Antoine se jure bien de lui faire sentir un jour quand elle sera reine le déplaisir que sa seule vue lui cause. L'impératrice a de grands projets pour cette fille qui lui ressemble tant. L'archiduchesse Marie-Christine deviendra bientôt gouvernante des Pays-Bas. Elle est en tout, le charme en moins, la copie conforme de l'impératrice. Bigoterie incluse. Quand elle paraîtra à Versailles, Marie-Antoinette se gardera bien de se mettre en frais. Le simple minimum lui sera accordé, juste pour se conformer à l'étiquette.

Mme Antoine n'est pas la seule au balcon, tout Vienne est à ses fenêtres sur le passage du cortège. Dans les rues la foule se presse pour apercevoir l'ambassadeur et ses équipages. Quarante-huit carrosses tirés à six chevaux dont certains proviennent des écuries du roi. Toutes les robes y sont réunies, truitées, miroitées, gris pommelé, baie cerise, alezanes... Harnachés, emplumés, caparaçonnés, il faut voir l'équipage. Et les gardes à cheval aux portières, et les laquais et les pages, portant la livrée de France, qui s'en viennent par-derrière.

Vienne aime le faste et applaudit à tout rompre. Cependant, de toutes ces magnificences, ce sont les deux magnifiques carrosses en bois précieux, aux vitres étincelantes, biseautées comme des diamants, et garnies de velours bleu qui impressionnent le plus. Les portières ont été peintes de scènes galantes et les montants décorés à la feuille d'or. Une couronne royale les surmonte. Deux merveilles de luxe, commandées exprès pour cette occasion par Louis XV à Francien, le plus célèbre carrossier du moment.

Coups de canon, trompettes, timbales et cymbales. Vienne est en liesse. C'est que cela fait si longtemps qu'on n'a pas eu ici une princesse qui deviendra reine de France. La France est si loin. Mais le plus beau royaume du monde, dit-on. Sinon, pourquoi les grands seigneurs et les grandes dames mettraient-ils un point d'honneur à parler français ?

La nuit est venue. L'embrasement est général. Ces illuminations dureront trois nuits. Les palais sont éclairés par des terrines allumées aux fenêtres. Et même la triste Hofburg s'est mise de la partie, n'en déplaise à la Dame blanche, ce fantôme dévolu aux Habsbourg, qui y possède un pied-à-terre depuis les temps reculés de Jean le parricide, n'apparaissant que lorsqu'une catastrophe menace la dynastie ou que l'un des membres de celle-ci va mourir. Justement le bruit court, vite étouffé, qu'un laquais aurait entraperçu dans l'une des galeries du Burg une forme blanche. On l'a bien vite fait taire. Rien ne doit troubler le bon ordre de la fête. Aussi jamais n'évoque-t-on la date de naissance de l'archiduchesse Antonia. C'est qu'elle est née un 2 novembre, jour des morts qui cette même année fut aussi celui du tremblement de terre de Lisbonne. Aucun mauvais présage ne doit ternir la liesse.

Oui, surtout rien qui puisse compliquer encore au dernier moment la belle et très savante ordonnance de la cérémonie.

2
Une bâtarde des Valois

À quoi rêve une Dauphine ?

Bientôt Paris se trouve en vue du cortège. Mais Paris, ce sera pour plus tard, après les noces versaillaises. La capitale sera servie, alors, au Dauphin et à la Dauphine sur un plateau de vermeil avec des bals, des feux d'artifice et une cohue qui tournera vite à la panique, laissant sur le pavé plus de six cents morts.

Pour l'heure la file des carrosses contourne la ville. Dans la voiture qui vient après celle du roi se trouvent Mme la Dauphine et ses dames d'honneur. La raide et sévère comtesse de Noailles a déjà commencé à l'importuner avec ses inutiles représentations. C'est « Mme l'étiquette » en personne. Encore moins avenante sur la banquette d'en face, la dame d'atour, la duchesse de Villars, flanquée de la duchesse de Picquigny et de la marquise de Duras ses secondes dames d'honneur. Toutes de vieilles perruques, déjà cacochymes du temps de la reine Marie Leszczyńska. Pas un visage jeune, gai, souriant auquel s'attacher. Aussi la Dauphine a-t-elle pris le parti de rêver en regardant le paysage qui défile par la portière.

Que de changement en quelques jours, que de nouveautés ! Tous ces nouveaux parents qu'il lui a fallu embrasser. Le roi d'abord. Le roi, heureux, souriant, ne cessant de la couver du regard, et se montrant galant même. C'est qu'il est tout étonné de trouver un tendron, rose et frais, ce monarque ! Et puis quel charme ! Même si la gorge de la Dauphine lui semble ici encore en promesse, cette archiduchesse est à son goût. La veille, il s'était pourtant inquiété de cette gorge auprès du notaire royal qui, à bride abattue, était arrivé de Strasbourg pour lui remettre l'acte officiel de la remise :

— Mme la Dauphine a-t-elle de la gorge ? lui demande-t-il à brûle-pourpoint.

— Elle possède de très beaux yeux bleus.

— Ce n'est pas de cela dont je veux parler... Les yeux fort bien ! Mais la gorge ?

— Sire, je n'ai pas pris la liberté de pousser l'inspection jusque-là...

— Vous êtes un nigaud, interrompt le Roi. – Et, en vieux libertin, d'ajouter : – c'est la première chose qu'on regarde aux femmes...

Quand le Roi l'eut relâchée après mille caresses, elle put enfin apercevoir un grand dadais, balançant d'une jambe sur l'autre. Elle n'osa croire que ce fût le Dauphin. Il se tenait l'air vague et absent. Peu concerné par tout ce bruit de carrosses, d'armes, de laquais, de baisers, de révérences. Un être pataud, dénué de grâce. Du moins c'est ainsi que, fine mouche, mais en ce cas-ci, peut-être trop rapide à juger l'extérieur, lui apparut le Dauphin. Connaît-elle ses occupations dont la cour se gausse ? Son plus grand plaisir n'est-il pas de gâcher du plâtre avec les ouvriers de Versailles ; puis de s'en aller ensuite sonder les charpentes. Passons sur sa passion des serrures.

« Ce n'est pas un homme comme un autre », a confié Louis XV à l'ambassadeur Mercy en lui remettant un portrait du Dauphin en train de labourer. À Vienne l'archiduchesse Antonia a reçu le présent non sans sourire.

À première vue, ainsi au débotté, on ne peut être que frappé par le côté rustaud. Son air maussade et épais. Rien d'agile, de délié ; pas même l'ombre de ce brio propre aux Bourbons. Brave homme probablement. Une bonne pâte de mari, voilà tout ! Mais rien chez lui qui fasse rêver... Et Marie-Antoinette a besoin de rêver...

Lui revint, alors, en mémoire ce prince de Rohan, évêque coadjuteur qui l'avait accueillie à Strasbourg. Ah ! C'était tout autre chose celui-là. Et son homélie prononcée dans la cathédrale ! Quel feu ! Quel regard ! Elle y avait même perçu une sorte d'insolence à soutenir le sien. Enfin cette élégance naturelle qui imprégnait toute sa personne. Quel contraste avec le timide Dauphin ! Mgr de Rohan, que chacun s'évertue à appeler le prince Louis, avait été, en effet, requis en tant que coadjuteur de l'évêque de Strasbourg pour célébrer à la place de son oncle, le cardinal de Rohan-Soubise, empêché par la goutte, les cérémonies religieuses qui marquaient les débuts de la vie publique de la Dauphine dans sa nouvelle patrie. Et c'est en virtuose du sacramentel qu'il avait exécuté la messe, puis le Te Deum.

L'oncle cardinal s'était contenté de prêter une série de précieuses tapisseries pour décorer la salle construite sur une île du Rhin à mi-distance entre France et Empire. C'était une des traditions aquatiques de l'étiquette de remettre ainsi au beau milieu de l'eau les dauphines et les reines. Qu'on se souvienne de l'île des Faisans sur la Bidassoa où Louis XIV alla cueillir Marie-Thérèse d'Espagne.

Ce fut donc dans un somptueux cabinet qu'avait eu lieu la remise de l'archiduchesse au milieu de ces très belles et très précieuses tapisseries qui n'avaient pour inconvénient que leur sujet : elles représentaient les aventures de Jason. La conquête de la Toison d'or mais aussi ses terribles déboires matrimoniaux. Sa trahison, Médée laissée pour compte avec deux bambins sur les bras, son remariage avec Créüse en grande pompe à Athènes, enfin les fureurs de Médée, le poignard à la main et le meurtre des enfants. La tunique empoisonnée revêtue par Créüse au jour des noces, les flammes, le feu au palais... enfin mille petits détails délicats qui sont fort instructifs pour une jeune mariée.

Marie-Antoinette n'avait probablement pas remarqué les tapisseries, accaparée qu'elle était par l'émotion. Il y avait eu ce déshabillage – quasi une fouille en règle – qu'elle avait eu à subir, véritable attentat à sa personne. Il y eut, aussi, les pleurs au moment des adieux quand la porte du cabinet, du côté allemand, s'était refermée sur sa *Kammerfraulein*. Le prince von Starhemberg lui avait alors tendu la main pour la conduire de l'autre côté de la pièce où se tenaient sa maison française, le comte et la comtesse de Noailles, la duchesse de Villars ainsi que ses pages et ses écuyers. À la vue de ces nouvelles têtes, la panique l'avait reprise et ce furent, encore, des larmes. Elle se précipita dans les bras de sa dame d'honneur comme elle le faisait dans ceux de l'impératrice, lorsqu'elle se trouvait en proie à un de ces gros chagrins d'enfant.

Tout cela datait d'une semaine. Mais chaque jour amenait tant de nouvelles impressions qu'un souvenir chassait l'autre.

Seul le coadjuteur de Strasbourg échappait à l'oubli. Oh ! Comme il lui avait paru charmant, ce prélat rose et poudré ; et de quelle voix mélodieuse il avait prononcé son sermon ! Ce fut comme s'il lui avait parlé à l'oreille en confidence. Les mots, des phrases entières lui arrivaient du haut de la chaire ainsi que des caresses. Des choses à son intention qui paraissaient en receler d'autres plus secrètes qui l'essent fait rougir si elles avaient été prononcées. Flottait dans la cathédrale, malgré la décence du discours, un parfum de galanterie. Elle avait interrogé ses femmes à son sujet. On lui avait servi un crayon du personnage, et pas seulement de lui, mais également de toute sa famille. Leurs prétentions, leurs hauteurs, enfin leur devise qui parlait pour eux : « *Roy ne puis, prince ne daigne, Rohan suis*. »

C'est que le roi François Ier avait une grand-mère Rohan. Par leurs multiples alliances, ceux-ci avaient également frôlé les trônes de Navarre et d'Aragon. On lui brossa la duchesse de Chevreuse, une Rohan, toute de galanteries et d'intrigues, qui avait fait parler d'elle au temps de la Fronde ; la duchesse de Montbazon, belle-mère de la précédente, dont la mort, dit-on, fut l'une des causes de l'entrée à la Trappe de M. de Rancé, son amant ; et enfin la comtesse de Marsan qui avait élevé le Dauphin, le comte de Provence et le comte d'Artois, ses frères. Crayon également du prince de Soubise ; de la princesse de Guémenée qui n'attendait que l'instant où elle donnerait un héritier pour reprendre la charge de gouvernante des Enfants de France.

Pour le coadjuteur de Strasbourg, le portrait était celui d'un roué doublé d'un satrape. Ses largesses, ses dettes, son train de vie, l'Académie française pardessus la jambe et, par-dessus la jambe aussi, toutes les plus jolies femmes du royaume. Ses conquêtes féminines ne se comptaient plus. Sa dernière tocade : la petite marquise de Marigny, belle-sœur de feu la Pompadour, qui voyageait avec lui habillée en enfant de chœur.

Ses dames babillaient, babillaient. Elles étaient vieilles et, comme des vieilles, médisaient, n'ayant pour tout reste de beauté que les diamants dont elles étaient couvertes de la tête aux pieds. Vieilles poupées, le visage passé au blanc de céruse et les pommettes fardées de sang, mais à la langue infiniment virtuose dans le potin perfide. Une pratique de toute une vie, qui aurait dû alerter la Dauphine sur cet art particulièrement versaillais de l'insinuation dont elle ne tardera pas à faire les frais.

Marie-Antoinette eut ainsi les portraits de ses beaux-frères : le sournois Provence et l'inconséquent Artois. Elle n'avait pas besoin d'un commentaire courtisan, un regard lui avait suffi pour les jauger. Plus tard, elle déclarera, fataliste, comme si son mariage n'avait été qu'une incidence dans sa vie puisqu'elle n'en avait pas eu véritablement le choix : « Je suis convaincue que, si j'avais eu à choisir un mari entre les trois, je préférerais encore celui que le ciel m'a donné... » Les portraits de Mesdames suivirent. Il en ressortait un tableau de vieilles filles rancies et sottes. Au tour ensuite des princes du sang qu'on lui avait présentés la veille au château de Compiègne : le duc d'Orléans et son fils Louis Philippe, duc de Chartres, que l'Histoire retiendra sous le nom d'« Égalité ». Les autres plus lointains : le prince de Condé et la princesse née Rohan-Soubise, leur fils le duc de Bourbon, enfin l'oncle du prince, le comte de Clermont ; le comte de La Marche et la comtesse, une des dernières représentantes de la famille d'Este, ainsi que son père le fastueux prince de Conti, grand prieur de France qui, amateur de musique, avait fait jouer l'enfant Mozart dans son palais du Temple. Avaient assisté également au souper du château de Compiègne, la veille au soir, le duc de Penthièvre et sa belle-fille la princesse de Lamballe.

Le duc de Penthièvre était le fils du comte de Toulouse, légitimé de France, né des amours de Louis XIV et de la marquise de Montespan. Il demeurait l'unique descendant de toutes ces amours illégitimes des Bourbons. Son fils, le prince de Lamballe, était mort, deux ans auparavant, vérolé jusqu'à l'os, ne laissant qu'une veuve, belle et ennuyeuse pour ne pas dire sotte.

Cette incroyable élévation des bâtards voulue par Louis XIV s'était en son temps étendue à tous ceux des rois Bourbons ; en revanche pas à ceux des Valois qui avaient fait souche. Le dernier Longueville, ayant prétendu s'aligner sur les légitimés Bourbons, s'étant mis en tête de franchir le balustre royal, le premier gentilhomme de la chambre lui fit signe de sortir sans même que Louis XIV eût daigné lever un regard sur le duc. Il quitta Versailles, dans l'instant, pour son hôtel parisien, se mit au lit, et y creva de rage. Sa mort ne fit aucun bruit. C'était les risques du métier de courtisan. C'était Versailles ! Pas si éloigné de celui qu'allait découvrir Marie-Antoinette où chaque propos contenait assez de venin pour tuer.

À quoi songe une orpheline sans le sou, et bâtarde de surcroît ?

Alors que le cortège royal s'avance sur le chemin fleuri du bord de Seine et longe en contrebas les terrasses et les jardins des campagnes de Passy dont la vue porte, au loin, sur les collines de Grenelle, la Dauphine se doute-t-elle que, parmi les curieux qui la regardent et qui l'applaudissent, se trouve une jeune fille de son âge dont le destin bientôt viendra contrarier le sien ?

Le cortège est passé. Les jardins et les terrasses peu à peu se vident. Cependant la frêle silhouette s'attarde un instant encore. Elle s'est appuyée à l'une des balustrades du château de Passy, une demeure qui appartient au marquis et à la marquise de Boulainvilliers. Elle paraît pensive. Sa tête est pleine de chimères. L'orgueil et une soif de reconnaissance la dévorent. Ses tristes habits annoncent un état de pauvreté auquel elle se résout mal. Elle n'aspire qu'à retrouver l'état brillant auquel elle pense avoir droit. Elle est déterminée à y parvenir et par tous les moyens. Son désir est si violent qu'elle excuserait sans hésitation la tromperie et le vol. Elle se dit en elle-même : « Ceux qui sont pauvres n'ont devant les yeux que le besoin présent, et dès qu'ils trouvent une bourse pour y satisfaire, ils y puisent avidement, sans s'occuper de ce qui leur en coûte. »

La vie lui a manqué dès sa naissance et elle cherche par tous les moyens de lui en demander raison. C'est que dans ses veines coule le sang des rois. Elle est Valois. La dernière même des Valois. Très authentiquement. Quoique par la main gauche. Elle se prénomme Jeanne. Jeanne de Saint-Remy de Valois de Luz, c'est son nom.

Jeanne va sur ses quatorze ans et depuis cinq années la marquise de Boulainvilliers s'intéresse à son sort. Elle est pour elle une marraine, une manière de bonne fée. Leur rencontre tient du pur hasard, une soudaine et divine rencontre ; comme il ne s'en trouve que dans les contes.

Jeanne aurait pu un instant imaginer qu'on lui racontait *Peau d'âne* et se contenter d'un établissement banal et honnête qui l'aurait tirée de la misère, si, par une fatalité de son caractère, un perpétuel mouvement d'insatisfaction qui l'aiguillonne sans cesse, elle n'avait été poussée à des exigences toujours renouvelées.

Il en va de sa gloire, de son honneur, se dit-elle, revêtant de ces grands mots un penchant foncier, bien qu'encore inexploré, à l'impudence, à la galanterie et à la malhonnêteté.

Septembre 1763. Par une de ces belles fins d'après-midi de l'Île-de-France, quand le ciel se fait vaporeux et que l'ombre des hautes futaies roussies s'allonge dans une lumière mordorée, la berline du marquis et de la marquise de Boulainvilliers, attelée à six chevaux, emprunte la chaussée du bord de Seine qui mène de Paris à Passy. Le marquis, prévôt de Paris, n'est autre que le petit-fils du financier Samuel Bernard dont Louis XIV « coupa la bourse » en lui faisant les honneurs de ses jardins de Marly. Ce financier avait des correspondants dans toute l'Europe. L'argent n'ayant pas d'odeur et encore moins de patrie, il avait réussi, durant la guerre de la Succession d'Espagne, le tour magistral de soutirer de l'argent aux alliés contre la France, lequel, directement, s'en allait renflouer les coffres de Louis XIV. Sa faillite en 1709 culbuta bon nombre de maisons de banque et ruina aussi beaucoup de particuliers, à l'exception toutefois de lui-même. Louis XIV l'avait anobli. Mal informés, ses contemporains le donnaient pour juif. Il était protestant converti au catholicisme. Son petit-fils, le prévôt de Paris, épousa une demoiselle de Boulainvilliers. Afin de faire coup double, il en acheta les terres et prit le nom.

Samuel Bernard avait acheté le château de Passy et l'avait fait embellir pour sa maîtresse Mme de

Fontaine, fille du comédien et auteur dramatique Dancourt. À sa mort le château passa au second fils du banquier puis à la mort de ce dernier à son fils, le marquis de Boulainvilliers. Celui-ci, qui avait peu de goût pour cette demeure, la céda à vie au fermier général Le Riche de La Pouplinière. Nouvel embellissement du château. La Pouplinière y fait construire un théâtre. Rameau y donne un acte d'*Hyppolite et Aricie*. Et c'est dans l'orchestre qu'il entretient que la clarinette naît et pousse ses premières notes. Le château de Passy est devenu le temple des muses et des plaisirs. À la mort de La Pouplinière, le marquis reprend son château qu'il cédera encore par la suite, toujours avec un bail emphytéotique, au duc de Penthièvre qui y logera Benjamin Franklin et Helvétius.

Au sortir du village de Chaillot la marquise aperçoit sur le bord de la route deux enfants en haillons qui mendient. Leur visage n'est pas celui d'enfants ordinaires. Du moins c'est ce qu'elle avouera plus tard quand elle racontera son aventure. La plus grande est une fillette d'à peu près huit ans et l'enfant qu'elle tient dans les bras ne doit pas encore bien savoir marcher. Pour la marquise qui a lu l'*Émile* de Rousseau et admire les peintures sentimentales de Greuze, ces enfants errants, probablement abandonnés, émergeant de la poussière soulevée par les chevaux, poudrés de la lumière du soleil couchant, sont une occasion bénie de mettre à contribution non seulement la charité qui l'anime mais également un peu de cet esprit de philosophie qui, alors, fait l'air du temps. Malgré les hauts cris du mari qui lui enjoint de poursuivre et de ne pas se mêler de ces fillettes qui ne sont, selon lui, que des romanichelles, la marquise, n'écoutant que son bon cœur, intime l'ordre au cocher d'arrêter. Elle baisse la vitre et fait signe aux enfants d'approcher.

— Comment vous nommez-vous ?

— Je m'appelle Jeanne, madame. Et ma petite sœur, Marguerite...

— Que faites-vous si tard ainsi sur les grands chemins, fillettes ? N'avez-vous pas de parents ?

— Notre père est mort. Et notre mère nous a abandonnées, aussi je mendie pour survivre... Oh ! De grâce, madame, prenez en compassion de pauvres orphelines, du sang des Valois...

La marquise paraît surprise. Elle fait signe à l'un des laquais de lui tirer le marchepied et, s'avançant vers les deux enfants :

— Que me dis-tu là, petite ?... Sais-tu que si l'on t'entend, tu risques d'aller en prison ?

— Mais c'est la vérité, ce n'est pas un mensonge...

Et l'air entêté de la fillette qui tend toujours sa main en quête d'une aumône trouble un peu plus la marquise. Resté dans la voiture, le marquis s'impatiente :

— Mais ma chère amie, vous voyez bien que nous perdons notre temps. C'est une petite effrontée, dressée pour attendrir les passants et leur soutirer de l'argent. Dans un roman, ce genre de situation ne fait plus même recette...

— Oui sans doute, sans doute, mon ami ! mais s'il se trouve quelque vérité...

La fillette, voyant la marquise hésiter, insiste :

— Nous demeurons à Chaillot, mon frère Jacques, ma petite sœur Marguerite et moi, chez le sieur Dufresne et sa nièce Thérèse, où ma mère logeait avant qu'elle ne nous quitte. Ils nous ont gardés par charité.

Le marquis, homme toujours pressé, lui crie alors

d'abréger. La marquise dépose dans la main de la fillette un écu puis regagne la voiture.

Sans plus attendre, le marquis crie : « Allez ! cocher ! » La voiture s'ébranle et bientôt, au grand galop des chevaux, disparaît.

Cela eût pu être un songe. Une de ces hallucinations provoquées par la faim. Ce que le sieur Dufresne, le taulier marron de Chaillot, et Thérèse, sa nièce, au récit de Jeanne, sont bien près de croire s'il n'y avait cet écu d'or.

Le lendemain matin un domestique se présente chez le sieur Dufresne de la part de la marquise. On lui amène les enfants. Il leur fait part du désir de la marquise. Au plus vite ils doivent se rendre à Passy, car Mme de Boulainvilliers est décidée, malgré les objections de son mari, à veiller sur leur éducation et à pourvoir à leur établissement.

Mouise et sang bleu

Les trois enfants se trouvent au milieu du salon bleu tendu de cretonne. Ils sont méconnaissables. Poncés, lavés, parfumés, on les a revêtus avec ce que l'on a trouvé dans les coffres. Des vêtements un peu trop longs, un peu trop courts, mais qui, brossés, repassés, donnent le change.

Les fenêtres grandes ouvertes sur les terrasses laissent pénétrer la brise nocturne qui, par instants, fait osciller la flamme des bougies que les laquais sont en train d'allumer. On entend au loin le bruit d'un jet d'eau. Sont réunis dans le salon, en attendant le souper, une société élégante de financiers, de magistrats, de gentilshommes de la cour. Entre deux parties de piquet on s'intéresse – ou l'on feint de l'intérêt – pour les trois enfants que, pas peu fière, la marquise produit comme des curiosités. Ce sont les dernières marottes de notre hôtesse, se murmure-t-on à l'oreille, dont la charité bien connue n'a d'égale que sa naïveté.

Qui se chargea, ce soir-là, du récit des malheurs de ces enfants ? Marguerite est encore en lisière. Jacques, le seul garçon et l'aîné de surcroît, semble avoir abdiqué toute initiative. Il est donc probable que ce fut Jeanne qui conta aux invités leur triste histoire.

Jeanne, en ce domaine, n'en est encore qu'à des essais ; il lui faudra s'aguerrir au grand art de la biographie romancée. Cependant, à cet instant, un auditeur attentif aurait pu démêler ce qui, dans ce conte de mouise et de sang bleu, relève de la vérité, d'une part, et du délire d'une mythomane, déjà hantée par des fantasmes de grandeur, d'autre part.

Jeanne naquit le 22 juillet 1756 en Champagne, près de Bar-sur-Aube, au château de Fontette, demeure ruinée appartenant depuis des générations à sa famille, laquelle descendait en ligne directe, mais par la main gauche, du roi Henri II. Cette filiation est authentique. Reconnue par le président Hénault et surtout par le strict et impitoyable Chérin, généalogiste dont on disait qu'il était injuste à force de justice.

C'est d'ailleurs sur la foi de Chérin que Louis XVI accordera au jeune Jacques, baron de Valois, une pension de mille francs et l'admission gratuite à l'École de la marine.

Henri II eut de Catherine de Médicis une pléthore d'enfants. Beaucoup moururent en bas âge. Trois régnèrent successivement : François II, Charles IX et Henri III. Aucun de ces rois ne fit souche. Quant aux filles : Élisabeth fut reine d'Espagne, Marguerite dite Margot, reine de Navarre, et une autre encore, duchesse de Lorraine. De sa longue liaison avec Diane de Poitiers, duchesse de Valentinois, Henri II n'eut aucun bâtard. C'est que Mme la sénéchale était déjà d'un âge canonique. Le Roi s'offrait cependant de rapides aventures. « Il allait au change », comme on disait alors, aussi eut-il différents bâtards qu'il légitima.

Il courtisa Nicole de Savigny qui se trouvait apparentée aux meilleures familles de Lorraine. Elle eut du Roi un fils qui fut reconnu mais non légitimé. On le dota. Il porta le titre de baron de Saint-Remy, de Fontette et autres lieux... On l'appela « Henri Monsieur ». Il se soutint par les armes. Il commandait un régiment, était gouverneur de Châteauvillain, chevalier des ordres du roi et gentilhomme ordinaire de sa chambre. Il traversa sans trop d'encombres les guerres de Religion, les tumultes de la Ligue et s'éteignit en 1621 sous le règne de Louis XIII. Est-ce à lui ou à son fils que ce roi demanda « ce qu'il faisait dans ses terres ? » pour s'entendre répliquer fièrement : « Sire, je n'y fais que ce que je dois. » La réponse fleurait son Valois. À quelque temps de là, la maréchaussée découvrit qu'il y frappait de la fausse monnaie avec laquelle il calmait ses nombreux créanciers. De génération en génération, ces Valois de Saint-Remy et autres lieux en contractant mésalliances sur mésalliances perdirent de leur superbe. Ils avaient commencé fort dans la fausse monnaie, mais la dureté des temps les obligea à pratiquer sur leurs anciens domaines chapardage et braconnage. Il leur faudra attendre Jeanne pour retrouver la voie royale de la grande escroquerie.

Jacques de Saint-Remy, le père de Jeanne, était bâti comme un athlète. Il vivait sans aucun complexe et fort allégrement sur l'habitant. S'il braconnait, c'était toujours sur ses anciennes terres. Il avait fini par tomber sous le charme de la fille du concierge de Fontette, une demoiselle Marie Jossel. C'était une délurée. L'ayant séduit, elle le retint par les sens. Elle était belle ; et, même Jeanne, sa fille qui la détestera jusqu'à la rendre responsable des malheurs de sa vie, en conviendra sur le tard. De taille haute, elle possédait une démarche assurée. De grands et beaux yeux empreints d'une expression langoureuse, des sourcils bien arqués, une chevelure lourde, épaisse, d'un châtain foncé, rehaussait la blancheur de son teint. Pour tout dire c'était une esquisse de ce qu'allait devenir Jeanne dans quelques années. Si l'on ajoute qu'elle joignait à ce physique une intelligence prompte, de la repartie et un talent dangereux de persuasion, nous avons ici, en plein, notre future aventurière.

Le jeune baron Jacques se mit en tête de l'épouser. Fontette était l'unique bien qui demeurait encore au patrimoine des Saint-Remy de Valois. Il n'était revenu dans la famille que par le mariage du père de Jacques, le baron Nicolas, avec Marie-Élisabeth de Vienne, fille d'un conseiller du Roi pour le district de Bar-sur-Aube. Le château, en effet, avait été vendu à la génération précédente.

Le vieux baron de Saint-Remy apprit les projets de mariage de son fils. Il voulut le raisonner. Celui-ci ne voulut rien entendre. La belle garce l'avait ensorcelé. Cette mésalliance était impardonnable. Le baron Nicolas, se drapant dans le rôle du père noble, chassa son fils en le maudissant. Greuze décidément était le peintre de ce siècle du sentiment. Jacques et la Jossel partirent s'installer à Langres où un fils leur naquit le 25 février 1755. Ils le prénommèrent Jacques. Ce sera le futur marin. Six mois passèrent. Enfin le jeune baron se décida à régulariser sa situation en épousant la belle.

À quelque temps de là, pressentant sa mort, le baron Nicolas rappela le fils indigne auprès de lui ; la bru suivait par-derrière. Il pardonna au fils prodigue. Bénit son petit-fils en évoquant une dernière fois leurs illustres ancêtres. Il forma des vœux pour des temps meilleurs où l'on reconnaîtrait enfin les mérites de leur sang, brcf il mourut sans se départir des chimères qui allaient hanter d'ici peu l'existence de Jeanne, qui venait de naître.

Le vieux baron descendu au tombeau, les huissiers se trouvèrent à pied d'œuvre. La misère suivit rapidement.

La nouvelle baronne de Saint-Remy se montra enfin sous son vrai jour. La bassesse de ses inclinations et sa débauche n'avaient d'égales que l'aigreur de son caractère et une désastreuse fécondité. Après Jacques et Jeanne elle donna naissance à Marianne. Les années passèrent et les tours du château s'effondraient un peu plus chaque jour dans les douves. Le ménage vécut de querelles, de beuveries, d'expédients et, pour la plupart du temps, de charité. La nouvelle baronne se pavanait dans ses nippes en rêvant de Paris et de Versailles. Elle battait ses enfants. Fontette fut bientôt mis en vente. L'argent qu'on en tira s'envola aussitôt. Il demeurait quelques vignes, elles furent à leur tour bradées. Les Saint-Remy et leur marmaille vécurent encore quelque temps dans une cabane en bordure de la forêt d'Oisellemont, puis, une nuit, ils disparurent. Ils étaient partis chercher la fortune et la gloire qui les obsédaient jusque dans leurs songes. Pour eux, il ne faisait aucun doute que, dès qu'ils apparaîtraient à Versailles, les courtisans n'auraient plus qu'à les saluer chapeau bas. Aussitôt ils seraient choyés, caressés et leur grandeur, enfin, reconnue. Ils avaient gardé de vieux grimoires qui attestaient leurs illustres origines.

La baronne se trouvait une nouvelle fois dans une position intéressante : le voyage s'annonçait pénible. Mais rien ne l'eût rebutée et certainement pas une grossesse de quatre mois. Ils partirent de nuit comme des voleurs. Le baron marchait devant, tenant son fils d'une main et de l'autre une lanterne. La baronne suivait, soutenant son ventre. Jeanne fermait la marche. Avant de quitter les lieux, la baronne, en guise d'adieu à ce pays détesté qui l'avait connue fille de condition, abandonna Marianne, sa dernière-née. Le poupon fut accroché au volet d'un nommé Durand, un fermier de leur connaissance, qui avait élargi ses pâtures en achetant celles des Saint-Remy.

La prudence, le manque d'argent décidèrent le baron et la baronne de s'établir aux abords de Paris, au bourg de Vaugirard. Il y avait là une guinguette à soldats ; Jeanne y fut dépêchée pour mendier mais plus encore intéresser la clientèle aux malheurs des derniers Valois : « Messieurs et mesdames, ayez pitié d'une petite orpheline, qui descend en ligne directe du brave roi Henri II de Valois. » Apparemment la phrase ne possédait pas la magie escomptée pour faire recette. Certains riaient en l'entendant, d'autres la chassaient à coups de bottes. Cependant il s'en trouvait parfois qui, touchés moins par le conte que par la vision de cette petite fille dans un état aussi lamentable, lui donnaient une pièce.

De retour au logis, quel que fût le résultat de la manche, elle recevait une raclée.

Le baron entre-temps avait versé dans une mélancolie qui le rendait dépendant de sa femme. Il végétait, tournait en rond, en avait oublié jusqu'au but de son voyage. La baronne y pensait pour deux. Elle décida de transporter leurs pénates à Versailles. Le séjour se trouva écourté par la police. La famille de Saint-Remy rebroussa chemin et alla s'établir à Boulogne ; puis, de Boulogne, elle déménagea à Saint-Cloud où, leur avait-on dit, le duc d'Orléans résidait ; mais rien, pas plus qu'à Versailles, n'en ressortit de concret. Aussi revinrent-ils à Boulogne où ils louèrent deux pièces chez un certain Chambéry, La baronne se démena auprès du curé de l'endroit, le père Énoque.

Sceptique au début, celui-ci se laisse persuader par la baronne au point de devenir le zélé promoteur de sa cause. Il produit un peu partout la généalogie. Il harcèle ses paroissiens les plus en vue qui ont une position à la cour. Quiconque d'un peu distingué, de quelque importance, qui s'aventure à Boulogne, se doit absolument de visiter cette famille et de se rendre compte par lui-même du prodige qu'offrent ces derniers Valois. Et voilà le brave curé qui conduit MM. de Choiseul, d'Ambouville et d'Almanbec dans la soupente. On s'apitoie, on promet d'intervenir, puis on s'en retourne avec une belle histoire à raconter au souper qu'on oublie la dernière bouchée prise.

Las de ruminer sur un grabat sa mélancolie, le baron se décide de pousser du côté de Saint-Cloud. C'est toujours ce duc d'Orléans qui le tracasse : les Orléans auraient reçu les anciennes terres apanagées des Valois. Les siennes en somme ! Puisque de Valois il ne reste plus que lui. Il fait du bruit au cabaret. S'énerve. Prend à partie. Bref il n'a pas dépassé Sèvres que le voilà coffré par un lieutenant de la maréchaussée et promptement embastillé. Le bon curé est une fois encore mis à contribution. Il fait la navette entre le gourbi de Boulogne et la prison. On tait à la baronne l'aventure. Elle est près d'accoucher. On la ménage. Le prêtre remue ciel et terre. Il obtient une levée d'écrou. Le baron est dehors. Ne tenant plus sur ses jambes, on le mène à l'Hôtel-Dieu dans la salle des indigents. Jeanne est conduite auprès de lui. Il a perdu la tête ; ne parle que de ses grandeurs. Jeanne, sur le tard, brossera de ce père mourant un tableau pitoyable. Bénédiction, déchirants adieux. Le baron passe dans la nuit. La baronne, à qui l'on a caché la gravité de son état, apprend sa mort. S'ensuivent des larmes, des cris, enfin tous les accessoires d'une douleur excessive qui vous attirent la sympathie d'un entourage. Au vrai elle n'a jamais aimé son mari, qu'elle n'a épousé que pour quitter sa loge. Dans le même temps elle accouche d'une fille, Marguerite, dont elle se désintéresse aussitôt pour s'en aller courir la prétentaine. À Boulogne, elle a fini par lasser avec ses contes et ses malheurs. Il lui faut trouver de nouveaux champs de manœuvres. Pourquoi pas Versailles ? Débarrassée de son époux, elle y serait plus libre. Et voilà la veuve Saint-Remy et sa progéniture en route pour Versailles. Une chambre garnie tout près de la porte du Bucque suffira comme logement. Un vieux pucier, une table bancale, trois chaises défoncées. Le luxe ! On s'y installe.

Jeanne erre autour du palais où elle débite son inévitable boniment. Elle n'a que huit ans mais elle n'est plus, déjà, tout à fait une enfant. La misère l'a éveillée. Elle se découvre de la faconde et même de l'imagination. Elle en rajoute à sa « sauce à la Valois ». La baronne, cependant, se tient à distance, prête à intervenir et produire la généalogie. Bientôt elle se lasse de son rôle de montreuse de foire. Elle se met à fréquenter les cabarets à soldats. Jeanne continue seule. La baronne, abandonnant toute réserve, collectionne les amants. Ce n'est plus une liaison, c'est un trafic. Elle les racole aux abords des casernes. Par malchance, il s'en trouve un à son goût. Un Sarde, simple soldat, ayant francisé son nom de Raimondi en Raimond. La baronne pense qu'en épousant son Sarde, il deviendra forcément baron. Contrariés dans leur plan, ils décident de déménager à Chaillot où ils vivront leur passion librement. Les voilà logés chez le sieur Dufresne. Les trois petits sur un grabat de fortune en toile de sac. Les amants dans le grand lit. La présence des enfants ne les contraint en rien. Tout cela sent la crapulerie. Quant à Jeanne, elle continue à faire la manche. Lorsqu'elle fait chou blanc et ne rapporte rien, ou si peu, le Sarde l'attache au lit et la baronne la fouette. Raimond se prend à son tour au jeu. Un après-midi, à l'heure des promenades, on le retrouve sur la place Louis XV, future place de la Révolution, aujourd'hui place de la Concorde. Il a du bagou et comme son physique est avenant il crée l'attroupement. On l'arrête et on le coffre au Châtelet. La baronne s'y présente ; elle demande à voir son époux, le baron de Saint-Remy de Valois. Elle oblige Jeanne, afin de mieux donner le change aux geôliers, de l'appeler « mon père chéri ». Le Sarde lui donne du « ma chère fille ». Jeanne prend ses distances. Alors surviennent les torgnoles. Le frère de Jeanne, plus conciliant, se soumet. Quinze jours se passent, Raimond est élargi. Et, aussitôt, on le retrouve aux Tuileries. Mendier sous le nom du baron de Saint-Remy de Valois est devenu une routine. L'important c'est d'y ajouter quelque chose de personnel. Comment l'interpréter ? Comment émouvoir la foule ? Comment lui en donner pour son argent ? Lui viennent, naturellement, les gestes de Lekain, le plus grand acteur de l'époque, le préféré du moins de Voltaire. Il se rengorge, ménage ses effets. Raimond interprète sa partition magnifiquement, et, malgré tout, on le coffre. Nouvel emprisonnement au Châtelet. Nouveaux sévices sur Jeanne. Raimond sort du Châtelet après un mois. À peine de retour, il est repris par sa folie. Cela touche à l'idée fixe maintenant. Le sentiment, diffus au début, est devenu une obsession. Il abandonne toutes réserves. Il sait que la police l'a à l'œil. Et malgré tout ce baron de fantaisie ne peut s'empêcher de se rendre aux Tuileries. C'est plus fort que lui. Il est sous l'emprise d'une drogue. Il a trouvé un moyen de s'évader de sa condition. Pour un peu on le croirait contaminé par la fatalité qui longtemps s'est attachée au nom de Valois. Le voilà qui reprend son conte là où il l'avait abandonné. Il se sent investi. Il connaît sa généalogie par cœur, et, comme il a toujours bel air, malgré la prison, les passants s'attroupent. Les ricanements du début se sont tus. On écoute, on s'intéresse. La police, qui le tient pour dangereux, le coffre à nouveau. La sentence tombe : le pilori d'abord, l'exil ensuite.

La baronne de Valois, partagée par la douleur et la haine, se saisit de Jeanne et l'entraîne sur la place.

— Regardez ! lui crie-t-elle, en montrant son amant attaché sur la roue, en butte aux sarcasmes et aux insultes de la populace, c'est votre faute ! Sans vous, il ne serait pas là !

Autour d'elles, se sont attroupées des poissardes. Bouches amères, vociférant l'insulte, elles se sont massées autour des piloris et n'attendent que l'occasion pour devenir les « tricoteuses ».

Détaché de la roue, Raimond eut une semaine pour sortir du royaume. Il a mille projets. La Savoie, l'Italie, pourquoi pas ? La Sardaigne ? La baronne, entièrement gouvernée par ses sens, abandonne les trois enfants. Déjà, depuis longtemps, elle ne pense plus à celle demeurée accrochée au volet.

Ainsi les deux amants sortirent-ils de cette histoire qu'ils avaient eu tant de peine à colporter dans les faubourgs.

Voilà à peu près le récit qu'entendirent les invités de la marquise de Boulainvilliers en ce beau soir de septembre 1763, alors que la nuit se glissait dans le salon bleu et que les laquais terminaient d'allumer les lustres.

Moins de dèche et toujours du sang bleu

Ce conte sordide, riche en tribulations, digne des romans à la mode, ne pouvait que servir de brillant prélude à une carrière de libertine.

En effet, derrière une apparence de soumission, Jeanne est déjà à cette époque foncièrement une rebelle. Une vitalité et un incroyable appétit de survie l'animent. Elle possède la sournoiserie du jeune fauve qui sait faire patte de velours, ronronner à bon escient et ne sortir ses griffes qu'en tout dernier ressort. Elle puise son énergie dans la révolte. Ne reconnaît aucune des lois de la religion, moins encore celles de la morale ordinaire pour vivre en société. Elle a vu le vice en plein, chez ceux qui auraient dû lui être les plus chers. Elle ne se fait aucune illusion. Et c'est ainsi que peu à peu, le temps passant, elle devient un de ces êtres du ressentiment.

Cette brave marquise de Boulainvilliers qui croit à l'éducation, aux lumières, au bon sauvage, à l'heureux état de nature, ne peut se douter de la bombe à retardement qu'elle met en place.

La marquise envoie le jeune baron voir du

paysage. Il aime les bateaux, n'a jamais vu la mer, cela tombe à pic ! On l'expédie à Toulon pour s'engager dans la Royale. Le voilà qui vole de cordages en cordages avec toute l'ardeur du jeune mousse. Il se fait appeler Valois. Valois, tout court. Un jour que le capitaine marquis de Courcy, commandant la frégate, se présente à la coupée, ce nom le frappe. Il s'enquiert du moussaillon. Le marquis, qui a entendu parler de ces Valois, ici et là, dans le monde – car le récit de leurs malheurs s'est vite répandu –, et qui, en outre, connaît la marquise de Boulainvilliers, lui écrit la nouvelle extraordinaire de cette rencontre. Le jeune marin est alors présenté au roi. Resurgie soudain, cette descendance Valois à laquelle on ne pensait plus embarrasse chacun et la dynastie des Bourbons la première. Personne n'a intérêt à ce qu'elle fasse souche. Aussi fera-t-on du garçon un abbé et des filles des religieuses. Le jeune Jacques ne l'entend pas ainsi. Il veut servir son roi avant de servir Dieu. Et pour servir le roi, qu'y a-t-il de mieux que la Royale ? Louis XVI, qui règne alors depuis plus d'un an, agrée à la demande. L'École de la marine, un brevet d'enseigne de vaisseau, divers commandements, la croix de Saint-Louis et enfin la mort en 1785 à l'île Bourbon. À ses obsèques les cordons du poêle seront tenus par son second sur *La Surveillante*, le chevalier d'Egmont, et par M. de Kersauzon, commandant en chef de *La Brillante*.

Alors que leur frère prend la direction de Toulon, Jeanne et Marguerite sont placées dans une institution de Passy tenue par une Mme Leclerc et sa fille. C'est une de ces pensions où l'on s'entend à prendre l'argent sans trop donner en retour d'éducation. Jeanne cependant apprend à lire et à écrire assez bien ; la petite Marguerite à tourner des compliments. La marquise est aux anges. Elle caresse Marguerite et le marquis regarde Jeanne avec l'œil du connaisseur. Encore deux ou trois ans et ce sera un fruit défendu, partant bien plus délicieux encore. Marguerite, cet ange comme dit la marquise, se sent tellement ange qu'elle se trouve obligée pour ne pas décevoir de rejoindre au ciel la cohorte des séraphins. La petite vérole s'est déclarée dans Passy. La marquise pousse des hauts cris, fait ses bagages et s'en retourne vivre à Paris, laissant Jeanne à son sort. La fille de Mme Leclerc étant morte, également, de la petite vérole, Jeanne passe de l'état d'élève choyée à celui de servante, d'autant que plus personne ne semble se soucier d'elle. La marquise voyage. On la dit sur ses terres aux confins de la Lorraine et de la Champagne. Le marquis, de son côté, est accaparé par les charges de sa prévôté. De plus il n'aime pas Passy et cherche à céder le château. Pour l'heure la demeure est inoccupée. Les mois passent, les années aussi. La marquise enfin est de retour.

Adieu la petite vérole qui n'est plus qu'un mauvais souvenir ! Rien n'empêche la bonne marquise de revenir dans son château de Passy. D'autre part, l'aînée de ses filles, Mlle de Passy, est pressentie comme demoiselle d'honneur de Mme la Dauphine, laquelle, arrivant de Compiègne, doit pour se rendre à la Muette passer avec son cortège sous les terrasses du château.

On est au printemps, le vieux jardin de Le Nôtre ne demande qu'à sortir de son engourdissement. On retaille les buis en broderies du grand parterre. On mande de Paris un artificier italien. On remet les jeux d'eau en marche. Tout se doit d'être fête. Et dans ce branle-bas de combat, la marquise tombe sur un des mémoires que sa protégée, sa petite « Valois », lui a adressés. Elle lui décrit l'état désespéré dans lequel elle se trouve. Quoi ! Grand Dieu ! La petite Marguerite est morte et cette femme Leclerc a osé mettre l'autre en cuisine ! Une Valois ! Vite, mon intendant ! Qu'on aille quérir la Leclerc pour que je lui savonne la tête ; et qu'on ramène également Mlle de Saint-Remy.

Et voilà comment Jeanne se retrouve sur la terrasse du château de Passy à regarder passer sa future victime.

3

Coups de roulis
dans le salon de l'Œil-de-Bœuf

Une croqueuse de diamants

Mme la Dauphine saute lestement du carrosse, plantant là les dames d'honneur. Le Roi la conduit par les antichambres et les salons jusqu'à ses appartements qui furent jadis ceux d'une autre princesse. En effet, la duchesse de Berry, fille aînée du Régent et, probablement, sa maîtresse, y a vécu. C'est dans ce château de la Muette où elle a reçu le tsar Pierre Ier que cette resplendissante et funeste princesse passa ses derniers jours. Elle y cassa de rage de précieuses potiches, dévasta de fureur un service de la Compagnie des Indes quand elle apprit que le Régent avait refusé de rapporter l'ordre d'exil de Rion, son premier écuyer et son seul grand amour. La princesse, qui se rétablissait mal de l'accouchement d'une fille mort-née, cadeau de départ du cher Rion, mourut d'une indigestion en ce château. C'est qu'elle était excessive en tout. Elle s'était empiffrée de melons et de figues, puis avait vidé plusieurs chopines de bière glacée. Cet en-cas lui avait été préparé malgré la défense des médecins par la Mouchy, une de ses dames qui se trouvait être également une des maîtresses de Rion.

La vie de la princesse avait été du grand théâtre à la fois comique, tragique et scandaleux, dont le baisser de rideau faisait partie dorénavant des riches heures de la Muette.

La première chose qui, en pénétrant dans ses appartements, frappe la vue de l'archiduchesse Dauphine est un reflet mystérieux. Une sorte de leurre pour servir d'appât à un oiseau voleur. Par la fenêtre qui donne de plain-pied sur la roseraie, les rayons du soleil couchant inondent le cabinet où, sur une table couverte d'un drap de velours rouge galonné d'or, ont été déposés sur ordre du roi les diamants de feu la Dauphine de Saxe. Il en a ajouté également quelques-uns de son choix. Marie-Antoinette est comme saisie. Elle raffole des diamants comme toutes les Allemandes et particulièrement les femmes de sa maison. Ce ruissellement de feu lui ouvre un appétit qu'elle ne soupçonnait pas. Des diamants, il lui en faudra toujours et encore. De toutes les tailles, de toutes couleurs, et de l'eau la plus pure. Ce n'est que sur le tard qu'elle s'en lassera. Mais pour l'heure, c'est bel et bien une croqueuse qui se découvre.

Le Roi, en vieux rusé qui connaît les femmes, a compris cette boulimie. Il la comprend si bien que bientôt le précieux coffret à bijoux qu'il a commandé à l'ébéniste Carlin – un meuble en bois de rose incrusté de plaques de sèvres vert et or pourtant déjà garni de babioles coûteuses – regorgera de bracelets, de boucles d'oreilles, de girandoles.

Amuser le Roi, est-ce une fonction de cour ?

Marie-Antoinette figure au souper, splendidement parée. Pour la jeune Dauphine si rose, si menue, qui s'amusait, il y a peu, à la poupée, ces bijoux ne sont que des jouets.

Louis XV a choisi de donner un souper en petit comité auquel toutes les dames présentées à la cour peuvent prétendre. Il n'est pas question d'y inviter, évidemment, toute la cour, mais une assemblée restreinte et triée. Trente-deux dames de qualité. Doivent y paraître les deux frères du Dauphin, le comte de Provence et le comte d'Artois, ainsi que ses deux sœurs, Madame Élisabeth et Madame Clotilde, qu'on appelle en riant « Gros Madame » pour son tour de taille et l'aspect pataud qu'elle offre. Les princes du sang et les princesses, Orléans, Condé, Conti pour faire le fond de sauce. Pour le liant, des dames de la cour connues pour être généralement conviées chez le Roi aux soupers des petits appartements. Louis XV a vérifié personnellement la liste. Rien n'en a transpiré. L'ambassadeur impérial, le comte de Mercy Argenteau, n'en a pas eu communication. Si bien que ce dernier, maintenu à ce poste par l'impératrice Marie-Thérèse pour guider les pas de la Dauphine dans le labyrinthe semé d'embûches qu'est Versailles, en a conçu des soupçons.

Depuis quelques jours, il semble avoir éventé la manœuvre du Roi. En effet, profitant de ce souper, Louis XV prétend faire asseoir sa maîtresse, la comtesse du Barry, très officiellement à sa table. Le bruit en a couru Versailles. Mesdames tantes, babines relevées, ont sorti leurs canines jaunes, prêtes à mordre. Mercy Argenteau s'est senti dans l'obligation d'expédier à Vienne un courrier pour prévenir l'impératrice : « Il paraît inconcevable, a-t-il écrit à Marie-Thérèse, que le roi choisisse ce moment pour accorder à sa favorite un honneur qui lui a été refusé jusqu'alors. »

Dans l'enfilade des salons où se trouvent parqués

les invités, ceux-ci retiennent leur souffle. On se fait des révérences. Mais chacun a un œil sur le ministre. Choiseul affiche un air souriant qui ne trompe personne. Il est, aujourd'hui, l'homme de la situation, le grand artisan du mariage autrichien, et chacun a pu remarquer le compliment que la Dauphine lui a réservé. Il sait aussi qu'il joue gros. Il devine les pensées des courtisans. Ceux qui le détestent, ceux qu'il a obligés par ses largesses et qui sont déjà prêts à passer à l'ennemi. Ses jours au ministère sont comptés, il en a conscience. La Dauphine pourrait le sauver. Mais c'est une enfant. Une enfant espiègle, charmante, et qui a, déjà, certainement conquis le Roi. Saura-t-elle détourner l'orage ?

Le danger le rend encore plus léger et spirituel. Le Roi lui sourit. C'est qu'il l'a bien aimé ; autant qu'un roi peut aimer – et particulièrement Louis XV, enfoncé dans sa mélancolie, qui, depuis longtemps, n'aime plus que lui-même. Au souper de la Muette, il n'y aura d'éclats que ceux des diamants de la Dauphine et comme leur reflet, plus éclatant encore, de l'autre côté de la table, ceux de la favorite. Mme du Barry se trouve placée entre les deux Richelieu, le maréchal et le cousin d'Aiguillon. Elle est belle à ravir ainsi en grand gala avec ce je ne sais quoi de savamment négligé, qui déjoue l'armature des corsets et des paniers. Au côté de toutes ces dames engoncées, raides dans leur robe de cour, agrémentée de nœuds et de poufs, strictes comme des parterres à la française, la favorite donne l'impression d'un beau jardin à l'anglaise. La Dauphine, qui dans peu de temps abandonnera le corset, a dû être séduite devant l'apparition de la favorite quand celle-ci s'est avancée vers elle pour sa révérence, suivie de Zamor, son page moricaud, emplumé et enturbanné, portant sa traîne.

Au Roi qui, durant le souper, lui demande comment elle trouve la dame de l'autre côté de la table qui lui sourit tout en parlant au maréchal de Richelieu, la Dauphine répond : « mais zarmante... » Intriguée cependant par celle qui ne la quitte pas du regard, Marie-Antoinette demandera le soir même à Mme de Noailles quel peut bien être à la cour le rôle de la dame blonde et parée comme une reine qui se trouvait en face d'elle. La dame d'honneur hésite puis croque le morceau : « Ses fonctions à la cour ?... Amuser le Roi !... » Marie-Antoinette, qui parle un français imparfait, n'a pas saisi le double sens d'amuser. Aussi s'exclame-t-elle : « En ce gas je me déclare sa rifale ! » Un mot d'enfant que beaucoup dont la duchesse de Gramont, sœur de Choiseul, prendront dans quelques semaines au pied de la lettre.

Elle est charmante cette petite, confiera le soir même Mme du Barry à la comtesse de l'Hôpital. Charmante ! Vraiment ! D'un côté comme de l'autre, on se trouve délicieuse. Le Roi est aux anges. C'était sans compter sur les précisions que la Noailles se sent obligée de donner à la Dauphine sur les diverses occurrences du verbe « amuser ». Et là cet amusement n'amuse plus du tout Marie-Antoinette. Ce pauvre verbe est battu en neige par le clan des Choiseul. La Dauphine est outragée. Quoi ! Avoir été obligée de souper à la même table qu'une fille ! Voilà tout trouvé le contre-feu que cherchait M. le ministre.

Marie-Antoinette laisse passer les fêtes de son mariage auxquelles assiste, à son grand déplaisir, la favorite, y étalant toute l'assurance d'une sultane. Le souper de la Muette est gravé dans son souvenir. Elle s'inquiète à nouveau des « amusements » du Roi et croit s'étouffer d'indignation aux rapports qu'on lui en fait. Une Dauphine de France, une archiduchesse d'Autriche à la même table que cette créature sortie de rien, pire, du ruisseau !

Le 9 juillet quittant toute la réserve qu'elle doit au souverain de son nouveau pays, Marie-Antoinette écrit par l'intermédiaire de Mercy Argenteau à sa mère l'impératrice Marie-Thérèse : « Le Roi a mille bontés pour moi mais c'est à faire pitié la faiblesse qu'il a pour Mme du Barry, qui est la plus sotte et la plus impertinente créature qui soit imaginable. »

D'évidence, on monte, plus que de mesure, la Dauphine contre la favorite. Marie-Antoinette n'est pas et ne sera jamais bégueule comme sa mère. Quant à la religion, elle en a peu. Sa fille, Madame Royale, sur le tard, quand, après la mort de Louis XVIII, elle sera à son tour devenue Mme la Dauphine, confiera que sa mère ne commença à penser vraiment à Dieu que lorsqu'elle fut transférée de la prison du Temple à celle de la Conciergerie.

Manipulée, mais par qui, la Dauphine ? Mesdames tantes, bien sûr ! Jalouses de tout ce qui touche à leur père, elles ont développé un amour filial proche d'un œdipe contrarié. De plus, gardiennes du grand culte versaillais, qu'un accroc survienne au cérémonial et les voilà montées sur leurs grands chevaux. Elles affichent en permanence une bouche serrée en cul de poule. Bref sont ridicules et, pour trois d'entre elles, sottes à frémir.

Il y a peu, elles détestaient Choiseul. Bigotes à souhait, elles ne lui pardonnaient pas le renvoi des jésuites et l'algarade que leur frère, feu M. le Dauphin, avait eue à ce sujet avec le ministre.

Il faut ajouter que ce prince était également prévenu contre la politique proautrichienne mise en place par le ministre. Aussi Mesdames, vivant dans le souvenir de leur frère, avaient fort mal vu le mariage de leur neveu avec une archiduchesse. Il faut ajouter que le fiancé, pour se conformer au sentiment de son défunt père et plus encore à celui de sa mère, une princesse de Saxe, n'était pas particulièrement transporté par cette idée. Et à vrai dire d'un mariage tout court.

Beaucoup à Versailles partagent ce sentiment antiautrichien. C'est que le royaume semble encore plus épuisé depuis cette nouvelle alliance qu'il ne l'a été pendant deux siècles de guerres contre l'Autriche.

Sans se montrer désagréable, le Dauphin a accueilli avec flegme, pour ne pas dire avec froideur, cette femme enfant toute d'humeurs et de tocades.

Cependant, Mesdames sont prêtes à tout, même à pactiser avec l'étrangère, pour en finir avec la favorite. Encore qu'il leur a fallu faire un grand retour sur elles-mêmes. Car ce petit bouquet de vieilles filles plein d'épines déteste l'Autriche et cette nièce mais, de surcroît, elles enragent de se voir reléguées au second plan. Le cérémonial qui existait chez les Valois avant même que Louis XIV ne pensât à le codifier donne à la Dauphine, en l'absence d'une reine, la préséance sur toutes les dames de la cour, les filles de France comprises. Ainsi nos vieilles filles ont-elles très mal supporté que le jeu de la reine, qui, depuis la mort de Marie Leszczyńska, avait émigré dans leurs appartements, se soit transporté chez la Dauphine. La grâce, le charme, la gaieté de Marie-Antoinette la condamnent à leurs yeux et continueront par la suite à la condamner en secret.

Madame Adélaïde, plus méchante que la gale, se veut le boute-en-train de la cabale. C'est elle qui recueille de la bouche des vieilles perruques, gardiennes de l'étiquette, les moindres gestes et dires de la jeune femme. Les plus petits accrocs faits par celle-ci au cérémonial sont consignés. Et comme cette muse joue du cor dans ses appartements lorsqu'elle se sent en veine, elle se fait un devoir de trompeter les inconséquences et les bévues de la nièce.

Pour qui se prend-elle ? Qui l'a autorisée à simplifier ses toilettes ? Dans un moment d'agacement Marie-Antoinette a refusé de passer corsets et paniers, enfin tout le saint-frusquin, si commodes aux monstres qui hantent Versailles afin de dissimuler les « accidents de cour » – euphémisme pour évoquer les désagréments physiques des grandes dames contrefaites. Les tantes crient au scandale, vont jusqu'à prononcer le mot de « révolution ». Madame Adélaïde remue ciel et terre, court chez le Roi. Louis XV, qui n'aime que son repos, tance gentiment, pour la forme, Marie-Antoinette. Il y ajoute des remarques d'ordre économique. Ce relâchement vestimentaire peut, si son exemple est suivi, causer des préjudices considérables aux manufactures de tissus et aux commerces français des corsetiers. Avec le charme qu'elle met à entortiller le vieux Roi, et également cet entêtement qui finira par lui être fatal, Marie-Antoinette laisse dire et continue à faire selon son humeur. Ses moindres gestes dorénavant sont épiés. Elle le sait. Et cela ne fera avec le temps que renforcer, même lorsqu'elle sera devenue reine, sa suspicion vis-à-vis de la cour, accroissant chez elle ce profond malaise qui lui fera toujours rechercher des favoris et des favorites.

Mesdames sont prêtes à tout pour que leur « papa roi » revienne dans leur appartement faire le café qui est un des plaisirs secrets du monarque. Ce grand neurasthénique qui ne saurait passer devant un cimetière sans changer de visage ne se retrouve lui-même qu'en jouant au marmiton pour ses intimes. Sa spécialité est le moka. S'il a perdu une partie des colonies, il reste attaché aux cafés de celles-ci. « Café bouillu, café foutu », on connaît l'adage, et lui également. Aussi ne marquera-t-il aucune surprise quand, un soir de petit souper chez la favorite, cette dernière voyant le café déborder s'écriera à la grande joie des convives : « Eh ! La France, ton café fout le camp... » Le trait rapporté met en joie les courtisans. Mais c'en est trop pour Mesdames.

Elles n'aiment ni ce M. de Choiseul ni leur nièce, mais puisqu'il le faut pour faire pièce à « la créature », elles iront les rejoindre sur le sentier de la guerre. Le ministre, qui n'en fait pas mystère, souhaite le départ de la favorite. Aussi voilà les quatre vieilles princesses sautant à pieds joints dans le clan Choiseul.

Mesdames tantes ont pris la tête de la croisade. Elles se veulent à la fois mur et bélier. Par-derrière la troupe des vieilles filles, Choiseul pousse avec pour cornette Marie-Antoinette que cet air de fronde amuse à la folie. Elle se prend au jeu. Mais au fond d'elle-même, ce n'est pas tant le renvoi de la favorite qu'elle recherche que de secouer le joug de l'étiquette ; et plus encore celui du temps. Ce temps où depuis son arrivée il lui semble que s'engluent sa jeunesse, ses forces, sa gaieté. Un temps immuable où l'on perd le sens des jours, des mois, des saisons, qui s'étire sans fin entre le grand lever et le grand coucher. Un monde mort, peut-être déjà pourrissant, dans lequel on voudrait la faire entrer, elle qui déborde de vie. Et c'est sans compter sur les nuits où elle attend et où il ne se passe rien, si ce n'est les ronflements épais d'un gros mari empoté. Rien, pas le moindre baiser, pas la moindre caresse. Rien. *Nihil*. Sa vanité de femme s'en est trouvée offensée. Quoi ! Est-ce cela l'amour ? Est-ce cela le mariage ?

Dès la nuit de noces, elle a perçu ce sentiment de vacuité. L'impasse de l'alcôve ! C'est ce qu'elle entend chuchoter autour d'elle. Aux fins sourires, aux regards entendus, elle devine les ragots qui se colportent à bas mots dans les antichambres.

Louis XV, aussi désabusé et blasé qu'il soit, a compris l'humiliation de la Dauphine. Arrivé, lui-même, vierge au mariage, il avait su donner durant sa nuit de noces une bonne dizaine d'extases à sa vieille Polonaise. Son petit-fils n'est pas de cette trempe. C'est un poussif. La lourdeur de son ascendance saxonne a étouffé le sang des Bourbons. Rien ne survit du Vert-Galant en ce gros garçon d'un mètre quatre-vingt-dix qui rit fort et possède le monstrueux appétit des ogres. Que le mariage ait été de toutes pièces fabriqué, il n'en demeure pas moins que la Dauphine est délicieuse. Aussi il se pourrait que le vieux roué, devant cette jeune femme qui s'éveille à la vie, soit un instant pris d'un remords : tant de grâces ignorées, tant de beautés laissées ainsi nuit après nuit en jachère.

Le 16 mai 1770 au soir, sur les dix heures, le cortège royal, après avoir traversé le salon d'Hercule, avait pénétré dans la galerie de la Chapelle, éclairée de girandoles de bougies posées sur des guéridons. Au fond joue la musique des gardes-françaises habillée à la turque. Par la salle des Gardes et son escalier flanqué de deux sphinx, le cortège passe dans la galerie du Foyer et enfin dans la salle du nouveau théâtre construit par l'architecte Gabriel. Le mariage du Dauphin et de la Dauphine a été l'occasion trouvée pour l'inauguration. Le plancher a été relevé à hauteur de la scène grâce à une machinerie inventée par Arnoult, architecte des Menus-Plaisirs. En son milieu se trouve l'immense table du festin dressée d'une vaisselle d'or. Le théâtre bleu et or avec sa multitude de bas-reliefs, œuvres de Pajou, est illuminé par des lustres que Louis XV en personne a fait disposer. La foule des courtisans se trouve debout au parterre, parquée derrière des barrières de faux marbre turquin qui entourent la table. Les dames les plus en vue de la cour occupent le devant des loges. Au fond du parterre Arnoult a construit un salon à musique, grande architecture de colonnes en perspective, de rinceaux et de statues où joue un orchestre de quatre-vingts musiciens. Richesse, somptuosité et goût qui ne vont pas toujours ensemble confinent ici à l'harmonie : c'est le grand style.

Le Roi vêtu d'un habit de brocart d'or couvert de diamants s'est assis avec sa famille. Le duc d'Orléans, premier prince du sang, lui présente la serviette avant d'aller lui-même s'asseoir entre Madame Victoire et sa belle-fille la duchesse de Chartres, fille du duc de Penthièvre. Chaque entrée de plats est annoncée par un officier, soutenu par un roulement de tambours. Une centaine de mets passent ainsi, présentés par les gentilshommes servants. Cela semble sans fin. Le Dauphin s'empiffre. La Dauphine chipote. De roulements de tambours en roulements de tambours, l'officier en vient, enfin, à crier « La viande du Roi ». Alors débute la farandole des rôts et rôtis et de la venaison. Le Dauphin prend et reprend de chaque plat. Louis XV le regarde faire. Il se penche vers lui et murmure :

— Ne vous chargez pas trop l'estomac pour cette nuit.

Le Dauphin paraît surpris. Et de s'exclamer tout haut :

— Pourquoi ? Je dors toujours mieux quand j'ai bien soupé !

Le Roi laisse traîner sur le jeune couple un regard mélancolique. Le regard désabusé de celui qui sait, et qui a renoncé, en se plaçant une fois pour toutes entre le regret et le remords. D'ailleurs à quoi bon savoir puisque tout arrive toujours trop tard. Rien ne vient jamais à point. Il avait l'étoffe d'un grand souverain, il aurait pu le devenir. Il en avait l'intelligence, le coup d'œil, et, plus qu'aucun de ses prédécesseurs, ce sentiment de la gloire. Mais au fond de lui il y avait aussi ce grain de sable qui grippe les plus belles mécaniques. Ce doute qui mine les volontés les mieux trempées. Ce « à quoi bon ! » Oui, à quoi bon ! Alors vite que vienne le feu purificateur ! Ou mieux le déluge !

Le souper se poursuit tard. On a prévu ensuite un feu d'artifice dans le parc. Une ou deux fusées sont lâchées. Des pétards mouillés ; c'est qu'il commence à pleuvoir. Aussi chacun s'en va coucher. Et de leur côté, le Dauphin et la Dauphine, selon l'ordre du cérémonial.

Le Dauphin, les rideaux du lit tirés, ne demande

pas son reste et, jusqu'au matin, dort comme un sonneur.

Aussitôt levé, il court à la chasse, plantant là sa jeune épousée avec pour tout compagnon un petit chien dont elle s'amusera jusqu'au soir. « Rien » écrit le Dauphin dans son journal. Rien. Buisson creux à la chasse mais également dans l'alcôve. Et ce rien va durer huit ans. Huit années où alterneront chambres séparées et ronflements. Et pour distraire la Dauphine bientôt reine, des entours douteux sur lesquels règnent des favorites, un tourbillon de plaisir, un jeu d'enfer au lansquenet, au biribi, au pharaon, une frénésie de luxe, des rubans par milliers, des petits chiens, des moutons ton taine et ton ton, des diamants à croquer et, par-dessus le tout, des dettes, somptueusement.

Et au loin la chevalière de la mort...

Les courtisans guettent la défaillance, le moindre faux pas de la Dauphine. Elle a bâillé ; eh oui ! Sans doute a-t-elle bâillé ; et même ouvertement, tout le théâtre l'a vue ; mais qui ne bâillerait pas à un opéra de Lully ? *Il bel'urlo francese*, c'est ainsi que disaient les castrats italiens de la Chapelle royale en parlant de la musique de ce compositeur qui depuis longtemps n'est plus de saison. Elle a certes bâillé mais également ri quand le gros Persée, en un geste majestueux, s'est entortillé le pied dans sa cape et, perdant l'équilibre, est venu choir aux pieds d'Andromède alors qu'une gloire représentant un aigle se détachant soudain des cintres vint s'aplatir sur la scène en écrasant de tout son poids le symbolique autel de l'Hymen. L'aigle a plutôt l'air d'une dinde ;

et lâché, ainsi, par une machinerie en folie, la comparaison avec le gros Dauphin vient à tout un chacun. C'est que son fiasco de la nuit passée n'est déjà plus un secret.

Le lendemain la Dauphine dîne seule, le Dauphin étant allé courre le cerf. Les langues vont bon train. Le Dauphin peut-il, ne peut-il pas ? On prend des paris. On parle d'« aiguillette » nouée. D'un coup de bistouri à donner. Chacun a son avis. Et puis on parle aussi des prétentions faramineuses des Lorraine auxquelles le Roi a accédé. Et évidemment la faute en incombe à la Dauphine qui appartient à cette maison.

En deux mots, voici l'affaire : un mois auparavant, Mme de Brionne, née Rohan, demande comme faveur au roi de faire figurer sa fille Mlle de Lorraine au menuet du bal qui se donnera pour les noces du Dauphin. Rien de remarquable jusqu'ici. D'autant que la comtesse de Brionne a, de longue date, émoustillé les sens de Sa Majesté.

Un jour, en effet, alors qu'il passait sous son balcon de Versailles, l'y apercevant jeune, belle et veuve, Louis XV lui crie :

— Comtesse, puis-je monter ?

La réponse ne se fit pas attendre.

— Volontiers, Sire... mais en passant par la chapelle...

On la disait alors un peu plus que galante. Elle avait eu une liaison orageuse avec le coadjuteur de Strasbourg, le prince Louis, son cousin. Après une scène violente où elle le menaça de le faire jeter par la fenêtre, le futur cardinal, ne se laissant pas démonter, lui rétorqua : « Ne vous mettez pas en frais, ma cousine, je puis bien descendre par où je suis monté si souvent. »

Son mari le comte de Brionne était grand écuyer,

comme avant lui son père et son aïeul, cette charge était dans la maison de Lorraine depuis que M. de Saint-Mars, le favori de Louis XIII, l'avait perdue, en perdant en même temps sa tête sur ordre du cardinal de Richelieu. Le comte mort, la survivance passait à son fils, le prince de Lambesc qui n'était pas pour l'heure en âge d'exercer la charge. Aussi la comtesse de Brionne obtint-elle du roi de remplacer le prince son fils en exerçant elle-même cette charge. Le Parlement, qui se fit tirer l'oreille pour enregistrer le brevet, reçut d'elle une lettre dans laquelle elle s'étonnait de la pusillanimité de MM. les robins, leur citant plusieurs exemples de femmes qui avaient rempli des charges d'homme comme cette Mme de Guébriant, accréditée ambassadeur en Pologne, ou encore Mme de Candillac à Constantinople. Ce siècle était féministe sans tous les chichis du nôtre.

La comtesse était ensuite devenue la maîtresse de Choiseul dont elle hâta la faillite car elle menait grand train. À la mort du ministre, elle reçut le gros diamant rose qui agrémentait sa Toison d'or.

On a dit, depuis, qu'elle mit, en dépit de sa claudication, le pied à l'étrier dans le domaine de la galanterie à l'abbé de Périgord, le futur prince de Talleyrand ; allant jusqu'à solliciter auprès du pape pour lui un chapeau. C'était, comme on le voit, une grande dame galante, fastueuse et cynique, il va sans dire.

Le menuet est une chose. Mais un menuet dansé à la suite des princes du sang, et avant les ducs et les grands d'Espagne, mérite bien les cris de pintades que s'empressèrent de pousser les duchesses. Il s'agissait de stigmatiser un passe-droit inouï qu'avec ce menuet Louis XV accordait aux Lorraine, toujours si avides d'honneurs. Si on laisse faire, il se trouvera là un précédent qui, par la suite, servira de passage à toutes les autres dérives.

Le Roi ne peut se dédire. Et malgré le caquetage et tout ce bruit de poulailler, il confirme que Mlle de Lorraine et son frère le prince de Lambesc danseront bien le menuet à la suite des princes du sang.

Mercy Argenteau a écrit à l'impératrice pour lui faire part de l'honneur que le Roi accorde à la maison de Lorraine et l'impératrice de l'en féliciter.

Évidemment, c'était sans compter sur l'Œil-de-Bœuf, cette marmite où mitonnent les aigreurs, les jalousies, les haines que peut susciter telle ou telle préséance arrachée par une famille. Les duchesses tiennent concile et s'accordent à bouder le bal. Le Roi écrit à chacune d'elles, personnellement. Il les assure que l'honneur qu'il accorde aux Lorraine ne saurait avoir de suite et, en aucun cas, empiéter sur le droit des ducs.

Cependant, rien ne semble pouvoir tempérer la colère de ces dames. Elles veulent faire manquer le bal. Le jour dit, elles mettent leur perruque de travers et ne paraissent qu'à demi, derrière le grillage des loges. Quant aux grandes d'Espagne, pour celles qui y furent, elles ne dansèrent point. Malgré cette mauvaise volonté, le bal réussit.

Le Roi fait son entrée à sept heures. Il affiche un air maussade. Tout ce bruit pour un petit menuet l'a contrarié. La salle, cependant, est bondée et les courtisans se sont mis en frais, pour faire assaut d'élégance. On a peine à trouver une place. On se battrait pour un bout de banquette. Le Roi salue ici et là et dans l'instant en oublie sa mauvaise humeur.

Le bal se déroule sur la scène du théâtre, où l'on a construit une salle bleu et or. D'immenses miroirs réfléchissent cette architecture de colonnes. Deux grandes statues de carton, du meilleur effet, modelées par Houdon, se font face.

La Dauphine et le Dauphin ouvrent la danse avec le premier menuet. Lui balourd, elle légère comme un elfe. Viennent, ensuite : Provence et Artois. Provence avec sa sœur « Gros Madame », future reine de Sardaigne ; Artois avec la duchesse de Chartres. Puis c'est au tour des princes du sang. Chartres, futur Philippe-Égalité, et la duchesse de Bourbon ; Condé et la princesse de Lamballe. Et tout de suite après le duc de Bourbon s'avance en tenant par la main Mlle de Lorraine. Le voilà le menuet de la révolte. Le menuet est passé, les duchesses dans leurs loges grillagées peuvent reprendre leur souffle. C'était sans compter sur le duc de Coigny qui s'avance en donnant la main à la princesse de Bouillon. Aussitôt derrière les grilles s'élève un murmure de réprobations. Aucune duchesse ne danse. Mais la Bouillon, elle, s'est mise en tête de faire bande à part. C'est que les Bouillon comme les Rohan et les Montmorency n'ont que princeries en tête. Et puis la Bouillon est allemande. Une Hesse-Rheinfels. Et prétend à l'Altesse sérénissime. Quant à l'élégant Coigny, en courtisan attentif – bientôt il sera de la coterie de la Dauphine et l'on prétendra qu'il est son amant –, il se prête à tous les coups bas. C'est un parfait « porte-coton ». Vient ensuite la comtesse Jules de Polignac avec pour cavalier le vicomte de Belzunce. Chacun s'accorde à trouver de la grâce à Mme de Polignac. La Dauphine la remarque-t-elle ce soir-là ? Rien n'est moins sûr. Pour la princesse de Lamballe qui, avant la Polignac, sera sa favorite, elle n'aura pu l'ignorer puisqu'elle figurait déjà à la table royale lors du souper de Compiègne et de celui de la Muette.

Une collation est servie et vite on se remet à

danser. Lambesc et Mme de Duras dansent la pantomime. Enfin vient la contredanse à huit où figure le Dauphin mais sans la Dauphine car elle n'en connaît pas les pas. En revanche, elle danse ensuite une allemande avec le duc de Chartres...

La Lamballe, la Polignac, Chartres, le futur Égalité, le Dauphin, la Dauphine. Voilà, déjà, sur l'échiquier, les principales pièces et les ombres qu'elles projettent sur l'avenir. Derrière Lamballe se cache une amitié désintéressée jusqu'à la mort avec pour décor final la prison de la Force et les massacres de Septembre ; la douce et frivole Polignac masque mal une famille d'intrigants, insatiables de places, d'argent, d'honneurs, ainsi qu'une clientèle avide où se profile l'arrogant et douteux Vaudreuil, son amant ; Chartres, le visage boutonneux, tient à la main son vote pour la mort du roi sur fond de guillotine... Il manque toutefois au jeu deux des pièces maîtresses. La Dauphine, pourtant, les a croisées, sans se douter de l'importance qu'elles prendront. La première, en la personne du futur cardinal de Rohan, l'a accueillie devant la cathédrale de Strasbourg. A-t-elle, alors, deviné en lui le bientôt célèbre « cardinal Collier » ? Quant à la reine noire, la Dauphine n'a fait qu'allumer son regard jaloux du haut des terrasses du château de Passy alors que, dans son carrosse, elle empruntait la chaussée du bord de Seine.

Le Roi ne se lasse pas de regarder danser la petite Dauphine. D'autant que le maréchal de Richelieu, toujours flatteur, toujours en quête de tendrons, lui a laissé entendre que la Dauphine ressemble à sa mère, cette duchesse de Bourgogne avec laquelle, à l'âge insolent des pages, il avait badiné, tout juste assez pour qu'on y vît un peu plus que de la polissonnerie.

En réfléchissant à cette pérennité des traits physiques, des caractères, des nervosités, des lubies, des tares, à travers les croisements et les mariages dans ce grand élevage sans frontière de rois et de princes, formant les diverses familles d'Europe, on est pris de vertige, de cette mélancolie qui vient aux monarques quand, d'aventure, il leur arrive de se recueillir dans leur nécropole.

La Dauphine danse et le Roi, la regardant, songe à sa mère qui s'en fut à Saint-Denis rejoindre son premier-né le petit duc de Bretagne dans le même convoi que son mari et un second fils, les ayant entraînés tous deux dans la mort.

Les pensées de Louis XV, par-delà les années, se reportent vers cette mère dont il ne conserve aucun souvenir et tant de regrets. Elle était la petite-fille de Monsieur, frère de Louis XIV, lequel partant était son arrière-grand-père ; à l'instar de la Dauphine Marie-Antoinette.

Ainsi ce vieux roi, le plus bel homme de l'Europe à en croire les diplomates étrangers accrédités à Versailles, revenu de tout, miné par un scepticisme qui confine au cynisme absolu, dépourvu d'illusions sur les êtres et les choses, chez qui la superstition a depuis longtemps remplacé toute religion, s'attendrit devant cette gracieuse Dauphine. A-t-il à ce moment comme une prescience de ce qui attend la future reine de France ? Déjà, la grande machinerie de l'Histoire s'impatiente. Il lui faut des victimes. Pensez ! Une révolution sans tête à immoler, en serait-elle une ! Or la voilà toute trouvée, la victime ! Combien de fêtes, d'illuminations, de bals, de masques, de redoutes, d'incognitos nocturnes, de millions dissipés aux jeux, de musiques, de comédies, de perruques extravagantes, de rubans fanfreluches, de *quèsaco* ?, de *poufs* au sentiment ou à la diable, de modes et de contre-modes, de soies, de gazes transparentes, et cela allant de pair avec les coteries de favoris et de favorites, les trianons et les temples d'amour, et ce qu'il faut d'inapplications, d'inconséquences en tout genre et, par-dessus le tout, de diamants... Oui ! Combien lui faudra-t-il commettre d'imprudences pour se dépouiller de toutes les vanités et faux-semblants afin d'accéder à son vrai destin, aux confins de l'image sainte et de la légende, qui lui fut – qui sait ? – de toujours imparti : juste pendant de celui d'un Saint Louis qui se tient à l'autre bout de cette longue dynastie capétienne qu'elle scellera et rachètera, elle, la chevalière de la mort.

Louis XV en pincerait-il pour la Dauphine ?

Le Roi est coiffé de Mme la Dauphine et la du Barry le supporte mal. D'autant plus mal que la duchesse de Gramont, manipulatrice-née, en a deviné assez pour y voir une invite à l'intrigue. Puisque la Dauphine pense devoir tout à son frère Choiseul, eh bien qu'elle fasse un geste ! Un faux pas royal quand il est royal n'est pas un faux pas. Du moment que la chose demeure en famille.

La Gramont, fine joueuse, pense déjà faire repic et capot : le roi est aux anges, la Dauphine grosse et apaisée, Choiseul confirmé dans ses ministères, la du Barry en poste pour une abbaye lointaine. Et le Dauphin ? Le Dauphin ! Mais c'est tout simple. Le bigot criera : Oh ! Miracle ! Quant au chasseur, il n'en reviendra pas d'avoir attrapé au front les ramures du dix-cors bellement, qu'il poursuit chaque jour à grand renfort de trompes et de chiens.

Mais la favorite veille. « Belle ? Mais tu n'y penses pas, la France ! Ne vois-tu pas son nez pointu ? Et sa bouche avec cette lèvre qui s'avance ?... » le Roi a beau trouver cela très agréable, aussitôt la comtesse lui sert cela comme fort laid. Et de ceci en cela, elle essaie de le dégoûter de sa Dauphine à qui chaque jour il envoie de petits cadeaux. Ce sont un jour de magnifiques perles, un autre un très beau diamant, enfin de ces babioles qui mettent du soleil à un temps gris.

Quand on sait combien Louis XV est dispendieux lorsqu'il s'agit de la caisse publique, et économe lorsqu'il lui faut puiser pour un cadeau ou pour la pension d'un de ses bâtards dans sa fortune personnelle (une des toutes premières d'Europe), on imagine où la Dauphine, guidée par une intrigante telle que la Gramont, l'aurait mené. On aurait vu alors le fils d'un roi succéder à son neveu.

En dépit des efforts acharnés de la duchesse, il n'en fut rien. Marie-Antoinette s'est plainte à cette dernière de ce qu'il lui semble qu'on prenne un malin plaisir à l'écarter de son mari, sous prétexte d'un réveil matinal. Ce dernier, de son côté, a volontiers admis l'idée de faire chambre à part.

Devinant une ouverture, la duchesse de Gramont répond en riant à la Dauphine : « Si j'étais aussi jeune et aussi belle que vous, madame, je ne me mettrais pas en peine de l'aller chercher lorsqu'un autre d'un rang plus élevé est tout prêt à prendre sa place... »

Marie-Antoinette veut ignorer le propos. Une moue suffit à faire comprendre à la duchesse qu'elle s'est fourvoyée. Aussitôt la Gramont s'en va prier le Roi de satisfaire au désir de la Dauphine et de faire en sorte que les chambres des époux puissent communiquer. Elle favorise ainsi la consommation du mariage qui rend, alors, impossible le renvoi de la Dauphine.

Les fêtes des noces se sont achevées par une catastrophe. Paris qui ne voulait pas être en reste se fit un devoir d'illuminer pour célébrer à son tour le mariage. Un feu d'artifice avait été prévu sur le bord de Seine. On le tira. Le grand bouquet final éteint, la foule qui se trouvait sur la place Louis XV et les Champs-Élysées se porta en masse vers les illuminations des boulevards et leurs tréteaux de foire. La rue Royale était alors encore en travaux. On y avait creusé des tranchées. Les voitures, la foule qui débouchait de la rue Saint-Honoré et l'autre qui remontait de la place se heurtèrent. La confusion en un instant fut totale. La panique, générale. Une bande de détrousseurs descendus de la Courtille, et flairant la bonne affaire, se mirent à délester de leur bourse et de leurs bijoux tout ce beau monde qui s'écrasait et se piétinait.

La place bientôt ne fut qu'une immense rumeur. Les échafaudages qu'on avait dressés pour mieux voir le feu d'artifice s'effondrèrent sur ceux qui se trouvaient au-dessous. Les voitures roulèrent sur les corps, les chevaux emballés augmentèrent encore la confusion. Le duc des Cars, qui badaudait sur la place, manqua d'y laisser la vie et ne dut son salut qu'au duc de Bouillon, qui envoya ses heiduques pour le repêcher dans la foule.

Au matin, on dénombra plus de six cents morts et à peu près autant de blessés. L'Hôtel-Dieu se trouva bientôt dans l'incapacité de les recevoir. On les envoya à Bicêtre sans plus de succès. Beaucoup moururent en chemin. Les corps non réclamés furent conduits, cousus dans une serpillière, à

Clamart et jetés, sans plus de cérémonie, dans la fosse commune. Cet enterrement des indigents, sans bières, de nuit, ainsi à la sauvette, ne fut pas loin de ressembler à celui des courtisans qui, ajoutant au désagrément de mourir, eurent la mauvaise idée de le faire à Versailles. C'est ainsi, en effet, que de nuit on les évacuait sur une civière, recouverts d'un drap, alors que le bal battait son plein dans la Grande Galerie.

Le Dauphin et la Dauphine abandonnent une année entière de leurs revenus pour secourir les familles endeuillées.

Le clan antiautrichien veut voir dans cette catastrophe bien autre chose qu'un fâcheux concours de circonstances. Présage funeste pour l'avenir, que renforce la prétendue impuissance du Dauphin.

Les oracles hochent la tête avec des mines confites et suaves, lancent leurs flèches : rien de bon, vraiment, rien de bon à attendre d'un hymen célébré sous de si sanglants auspices.

Louis XV fait arrêter les réjouissances. Et ordonne un deuil de huit jours. Et puis, les beaux jours arrivés, la cour se transporte à Marly...

Les villégiatures de l'été puis celles de l'automne avec les chasses de Fontainebleau ne font que creuser encore plus profondément le fossé entre les deux époux. Le Dauphin persévère dans son indifférence. Quant à la du Barry, elle supporte de plus en plus mal le silence offensant de la Dauphine qui, assise à ses côtés à une table de jeu, ponte sans jamais lui adresser la parole. On ne peut pas dire que Marie-Antoinette soit désagréable, non ! La favorite à ses yeux n'existe pas.

La comtesse du Barry ne se prive pas dans son particulier de plaisanter sur l'impuissance du Dauphin.

Le propos fait son chemin jusque dans les appartements de ce dernier. Alors, quittant son apathie, il monte chez la comtesse pour lui chanter sa chanson. Sachant que celle-ci brigue pour son neveu, le jeune vicomte du Barry, la place de premier écuyer, il termine la ritournelle en lui lançant : « Si votre neveu obtient cette place, qu'il ne s'approche jamais de moi. Car je lui donnerais de ma botte sur la joue. » Après cet éclat si inhabituel de sa part le Dauphin s'en retourne comme il était venu à ses serrures. Quant à la favorite, elle se retire vingt-quatre heures dans ses appartements pour y bouder. Quand elle reparaît, elle est plus superbe et endiamantée que jamais.

Et pendant que chacun à la cour comme à la ville suit les péripéties de « l'impasse de l'alcôve » avec cette curiosité que suscite le moindre fumet graveleux, déjà dans les communs et les basses cours du palais et jusque dans les antichambres des appartements, laquais, valets et gardes, portefaix, chambrières, femmes de charge chantonnent presque ouvertement sur un air à la mode les malheurs de la Dauphine :

Chacun se demande tout bas
Le Dauphin peut-il ? Ne peut-il pas ?
La Dauphine en désespère.
L'un dit qu'il ne peut ériger,
L'autre qu'il ne peut s'y nicher...
La fa ri don don la fa ri dondaine...

Partira-t-il ? Ne partira-t-il pas ?

La Dauphine navigue à vue. Elle se méfie des conseils que sa mère dispense par lettres comme de ceux que lui prodiguent journellement Mercy Argenteau et le bon abbé de Vermond. Elle n'en fait qu'à sa tête. À présent elle envoie aux pelotes très régulièrement Mme de Noailles, sa dame d'honneur.

Ainsi donc le Dauphin chasse, la Dauphine rêve comme toutes les jeunes filles et commence à se dissiper. Espiègle, on a tôt fait de la dire moqueuse. Quant au roi, il est assiégé quotidiennement par sa maîtresse qui veut à la fois le renvoi de Choiseul et un témoignage de reconnaissance de la Dauphine. Un mot, un simple mot. Une parole, un bonjour... Rien, en somme.

Lors d'un séjour à Choisy, il y a théâtre. Les dames de la cour occupent les premiers bancs. Mme du Barry paraît entourée de la maréchale de Mirepoix et de la duchesse de Valentinois. Aucune des dames assises ne bouge. Pas le moindre mouvement afin de faire une place à la favorite. Bruits d'éventails, froissements de soie, et, à bas mot, fusent quelques traits piquants. La duchesse de Gramont, penchée à l'oreille de sa voisine, glisse son aparté fielleux assez haut pour que la salle l'entende. Une charge en règle. Mme du Barry se voit contrainte de gagner le fond de la salle. Dans les loges Mesdames tantes applaudissent. La duchesse de Gramont, dès le lendemain, reçoit une lettre de cachet. On l'exile de la cour. La Dauphine aura beau en appeler à la clémence du roi. Se faire cajoleuse. La Gramont demeurera dans ses terres.

Chacun cherche à percer sur le visage de Louis XV des signes de faveur ou de défaveur envers son ministre. Choiseul partira-t-il ? La Dauphine sera-t-elle reconduite à Vienne dès que son mariage sera déclaré nul pour non-consommation ?

Le Roi, qui aime la dissimulation et le secret, ne laisse rien transparaître de ses intentions et pourtant, déjà, sa décision est prise. Il a été averti des intentions de Choiseul de vouloir la guerre avec l'Angleterre. Les Anglais ayant pris à l'Espagne les îles Malouines que la France leur avait cédées, les Espagnols ont tenté un débarquement et demandent au nom du pacte de famille un renfort à la France. Dans le but de se rendre encore plus nécessaire, Choiseul prépare l'intervention. Lors du dernier séjour à Fontainebleau où Choiseul a suivi la cour, Louis XV s'est fait apporter la correspondance d'Espagne où le ministre a subtilisé des lettres du roi Charles III afin de mieux envenimer l'affaire.

Les courtisans, tenus dans l'ignorance, mais qui se doutent que quelque chose se trame, sont au désespoir. Quel visage faut-il afficher ? Sur quelle musique leur faudra-t-il danser le prochain menuet ministériel ? Doivent-ils se maintenir dans les petits papiers du duc de Choiseul ou s'en aller faire antichambre chez le duc d'Aiguillon ? Depuis que Louis XV l'a rappelé de Bretagne, en éteignant du même coup par une ordonnance royale son affaire devant le Parlement, le duc suscite mille révérences. Chacun veut être de ses amis. On le caresse.

Ce ballet de cour prélude à l'orage qui couve, en dépit des sourires que le Roi prodigue à son ministre. Le 20 décembre 1770, l'intendant général des postes apporte au Roi des lettres adressées à des parlementaires saisies par le cabinet noir. Elles sont pleines d'injures contre le pouvoir royal. « C'est vraiment insupportable que cette rage des robes noires de me calomnier au profit de mon ministre ! s'écrie Louis XV. Vive Dieu ! le Choiseul s'est si bien mis devant son maître que mes sujets ne m'aperçoivent même plus derrière lui. »

Le 24 décembre le Roi annule la séance de travail avec Choiseul et va courre le cerf. Le Roi parti, le duc de La Vrillière, ministre de la Maison du Roi, ayant dans sa poche deux lettres de cachet, se fait annoncer chez le duc de Choiseul à qui il remet la première. Ordre lui est donné de se retirer dans ses terres de Chanteloup. Même lettre au duc de Praslin, cousin de Choiseul et ministre de la Marine. Les deux Choiseul quittent aussitôt Versailles et dès le lendemain sortent de Paris conduits par une troupe de fidèles.

Le mois suivant le Roi mande à ces messieurs du Parlement deux mousquetaires munis d'une déclaration de soumission à approuver sur-le-champ et d'une lettre de cachet dans le cas où ils refuseraient de se soumettre. Un grand nombre le prendront de haut, en même temps que le chemin de l'exil.

De l'œuvre de Choiseul, il ne reste plus que la Corse qu'il a achetée aux Génois, et la Dauphine, gage d'une alliance à laquelle on ne croit plus vraiment.

Personne à Versailles ne doute que le renvoi du ministre n'ait été l'œuvre de la favorite. Le mépris affiché par Choiseul pour la comtesse avait fini par lasser le Roi.

Un mot, juste un petit mot...
et puis on n'en reparlera plus

Le dira-t-elle, ne le dira-t-elle pas ? C'est la question du jour. Un vent de fronde souffle dans le salon de l'Œil-de-Bœuf. Chacun retient son souffle et compte les points. Il ne s'agit que d'un mot, une parole, une bêtise qui n'engage à rien. Or la Dauphine s'entête. Une bêtise, c'est vite dit ! Or justement Marie-Antoinette, des bêtises elle veut bien en faire, mais en dire de celles-là, point ! Et chacun à Versailles de se demander si elle osera longtemps encore mécontenter le Roi. Un mot, un petit mot vite lâché et vite oublié. Le Roi le voudrait tant. Mais Mesdames tantes ne le veulent pas. Elles sont braquées. Pensent s'évanouir quand on a l'audace de nommer devant elles la favorite.

Il s'agit pour la Dauphine de dire bonjour ou d'échanger quelques rogatons d'idée, sur le temps qu'il fait par exemple, et par là, reconnaître la comtesse du Barry pour ce qu'elle est : une dame présentée qui a ses entrées à Versailles. Un petit mot, juste en passant, simplement pour marquer le coup, et qu'il en soit fini de l'œil de verre.

Choiseul en poste pour Chanteloup, la comtesse du Barry a toute latitude pour faire plier la Dauphine. Il lui en coûtera cependant un an de lutte.

Une année durant laquelle cette affaire va prendre un tour diplomatique, nécessitant des courriers entre les chancelleries de Vienne et de Versailles au point que l'impératrice se verra obligée de s'en mêler personnellement.

La capricante Dauphine a fini par trouver un centre de gravité à sa vie : futilité et dissipation, sans oublier la transgression quasi quotidienne de l'étiquette. Elle n'en fait qu'à sa tête. Veut-on davantage la contraindre, moins on obtient d'elle. Fine guêpe, elle ne dit rien qui puisse la compromettre auprès de « grand-papa roi » – c'est ainsi qu'elle appelle Louis XV. À toute remarque, elle oppose un silence hautain et sa moue autrichienne qui commencent à en agacer plus d'un à la cour. Cependant, dans son particulier, elle sait se faire adorer de ses gens. Elle traite avec bonté tous ceux qui lui sont attachés. Des valets à la lectrice en passant par son poney ou son petit chien. Sans projet, ni plan préconçu, elle va au gré de son humeur. Et son humeur généralement est de s'affranchir des coutumes, des traditions et de toutes les gênes que son rang lui impose. Cependant, quand elle veut, elle a toute la dignité et le maintien d'une Dauphine. C'est un étrange oiseau que Versailles tente de mettre en cage.

La comtesse de Marsan, gouvernante des Enfants royaux, n'est pas la dernière à désapprouver la Dauphine et à la trouver insupportable. Ses caprices, ses nervosités – on en aurait à moins avec un tel mari –, son indiscipline, sa rébellion constante envers le sacro-saint cérémonial, ses moqueries l'ont depuis longtemps prévenue. Alors quand Marie-Antoinette s'avise de donner son avis sur l'éducation des princesses, sœurs du Dauphin, Mesdames Clotilde et Élisabeth, autant dire qu'elle trouve à qui parler. Versailles se fait l'écho des paroles venimeuses de la comtesse qu'on prête rapidement à tout le clan Rohan-Soubise. Quelle impertinence ! Une gamine sans éducation qui voudrait nous faire la leçon ! Ne parlant même pas bien le français ! Une tête à vents ! Bientôt on la raccompagnera à la frontière, et, de là, en coche jusqu'à Vienne. Et chaque fois reviennent toujours plus exagérées les rumeurs sourdes de divorce qui ont pris naissance au fond d'on ne sait quel obscur cabinet d'un obscur courtisan, dans ce grand Versailles où le moindre geste, la moindre parole trouvent toujours un écho amplifié.

Des courtisans parient sur la Dauphine ; d'autres sur la comtesse du Barry. Depuis le renvoi de la duchesse de Gramont, Marie-Antoinette ne prend plus aucun gant avec la favorite. Celle-ci s'impatiente. Le roi aussi. « Mme la Dauphine se permet de parler trop librement de ce qu'elle voit ou croit voir. Les remarques un peu hasardées pourraient produire de mauvais effets dans l'intérieur de la famille. » Aussi gourde soit-elle, Mme de Noailles, qui est chargée de transmettre l'avertissement à la Dauphine, a perçu dans le ton toujours égal du roi des lueurs d'orage.

Marie-Antoinette qui, dans son for intérieur, n'aime pas le Roi, mais le craint, comprend qu'elle s'est avancée trop loin dans ses insolences. Demain il sera temps d'y penser. Et de demain en demain, les semaines, les mois s'écoulent. Et Marie-Antoinette d'oublier. Lettre de l'impératrice, intervention de Mercy Argenteau. Rien n'y fait. Enfin, elle finit par se rendre à la raison. Le 11 août, c'est dit ! Elle parlera à la favorite.

Il y a jeu dans ses appartements ce soir-là. La comtesse du Barry paraît. Les courtisans ont été avertis que quelque chose devrait se passer. Chacun guette la Dauphine qui s'est levée de la table de jeu et a commencé son tour. Elle salue ici. Dit un mot gentil là. Donne du ma cousine à une vieille duchesse. Bientôt elle arrive à la hauteur de la favorite qui, à son approche, s'apprête à plonger quand survient en coup de vent Madame Adélaïde. Elle a deviné où l'on voulait en venir, aussi s'empare-t-elle brusquement de Marie-Antoinette. « Il est temps de s'en aller. Nous irons attendre le roi chez ma sœur Victoire... » Marie-Antoinette se laisse entraîner. Quant à la favorite, déjà à moitié dans sa révérence, il ne lui reste plus que d'avaler la couleuvre.

Les courtisans, à qui il faut toujours matière à de nouveaux ragots, sont aux anges. On parlera longtemps de cette révérence rentrée, ce soir-là, dans les cabinets. Et selon son clan, on s'en gaussera ou l'on s'en offusquera. En tout cas tout l'automne, ce sera le grand sujet de conversation. Vienne est encore une fois alertée. Toute la politique de l'impératrice se trouve menacée par cette évaporée. Bientôt ce sera la crise polonaise et Marie-Thérèse a besoin de la bienveillante neutralité de la France. À cause d'un mot, d'une considération sans importance sur le temps, de quelque chose enfin qui montre qu'elle reconnaît la présence de la comtesse, et que cette petite entêtée se refuse de dire, tout son plan savamment échafaudé risque de s'écrouler. Et l'impératrice d'envoyer une véritable mercuriale à sa fille. La Dauphine de lui répondre en lui tenant tête. On veut qu'elle capitule, eh bien non ! Elle ira jusqu'au bout. Et le Roi ? Eh bien ! tant pis, il continuera à lui battre froid. Mercy, petit à petit, la fait revenir. Enfin elle rend les armes et, le 1er janvier 1772, lors de la cérémonie des vœux, elle s'approche de la favorite qu'entourent la duchesse d'Aiguillon et la maréchale de Mirepoix. Elle dit un mot à la duchesse, puis, fixant la du Barry, elle lâche : « Il y a bien du monde aujourd'hui à Versailles... » Voilà, elle a parlé. Une banalité, qu'importe ! Il faudra bien que la Barry, comme elle l'appelle, s'en contente. Elle aurait pu lui dire : « Il fait beau » ; ou encore : « Il fait bien froid ». Cela n'est d'aucune importance. Elle a parlé à la « créature » et c'est assez. Elle a parlé une fois, mais elle ne reparlera plus jamais. Mieux elle est déterminée à la snober.

Crépuscule, vérole et collier en esclavage

À Vienne on reprend son souffle. Kaunitz, l'impératrice et son fils, l'empereur Joseph II, peuvent effiler leur couteau : la Pologne est prête à être dépecée. Marie-Antoinette s'est montrée *in fine* bonne Autrichienne.

Le traité définitif du partage de la Pologne est signé le 5 août 1772 alors que la Prusse, l'Autriche et la Russie ont déjà pris possession des provinces qu'elles s'attribuent. Versailles accueille l'événement dans l'indifférence. Le Roi a pourtant été averti du double jeu de Marie-Thérèse et des louvoiements de Joseph II qui ne cache pas son admiration pour le roi de Prusse, Frédéric II. Son ambassadeur à Vienne qui n'est autre que le prince Louis Édouard de Rohan, coadjuteur de Strasbourg, l'a averti. Le prince évêque a été nommé à ce poste par le duc d'Aiguillon qui a remplacé Choiseul au ministère des Affaires étrangères. Il veut se concilier le puissant clan des Rohan. Car en secret, avec l'appui de son cousin le maréchal de Richelieu, il a l'intention de lier le Roi à la favorite par un mariage morganatique.

Le prince Louis n'a pas été dupe des simagrées de l'impératrice. Il a d'ailleurs fait parvenir à Versailles le billet suivant : « J'ai vu Marie-Thérèse pleurer sur les malheurs de la Pologne opprimée, mais cette princesse, exercée dans l'art de ne point se laisser pénétrer, me paraissait avoir des larmes à son commandement. D'une main elle a son mouchoir pour essuyer ses pleurs, et, de l'autre, elle saisit le glaive pour être la troisième partageante. » La lettre adressée au duc d'Aiguillon est montrée à la du Barry, qui s'en empare. Le soir même, lors d'un petit souper dans ses appartements, elle en donne lecture à ses hôtes. À peine a-t-elle achevé la lecture, tout en se gaussant de la bégueule matrone de Schönbrunn, que la Dauphine est aussitôt prévenue. Elle ne pardonnera jamais ce billet dit « de l'épée et du mouchoir » au prince Louis, notre futur « cardinal Collier ».

Cette nomination du prince Louis à l'ambassade de Vienne lui a aliéné le baron de Breteuil que Choiseul, avant sa disgrâce, avait nommé à ce poste. Ayant reçu l'agrément de la cour de Vienne, il s'apprêtait à y partir quand on le pria de céder l'ambassade au prince et de bien vouloir gagner Naples à la place.

Breteuil est d'un caractère brusque et hautain. Il a infiniment de ressorts et d'inventions dans la méchanceté. Il poursuivra, donc, Rohan d'une haine implacable. « Je saurai un jour m'en venger ; je serai son ministre et je lui ferai sentir le poids de mon autorité », dit-il alors. Et les hasards de la politique le mettront, bientôt, en position de tenir ce serment.

Mme du Barry est satisfaite pour un temps. On lui laisse miroiter d'hypothétiques épousailles avec le Roi. Le chancelier de Maupeou lui écrit : « J'ai encore raisonné ce matin avec le duc d'Aiguillon sur le projet de votre mariage avec le Roi. Nous n'avons pas trouvé la chose impossible. Vous savez que nous avons l'exemple d'un mariage pareil entre Louis XIV et Mme de Maintenon. Les circonstances vous sont assurément beaucoup plus favorables qu'elles ne l'étaient à cette dame, qui n'avait point sur son amant un ascendant aussi fort que celui que vous avez sur le Roi. » Encore faut-il que personne ne vienne entraver la bonne marche de cette délicate affaire. D'abord il y a la problématique annulation de son mariage. Le cardinal de Bernis ayant échoué à Rome, il faut en passer par les tribunaux qui prononceront la séparation de corps et de biens entre la favorite et son mari, le comte Guillaume du Barry. Mais tandis que l'on court un lièvre par ici, se présente de l'autre côté un lapin rose en la personne d'une certaine Mme Pater, baronne de Nieukerke, qui postule pour la place de favorite. De Chanteloup, Choiseul tire les ficelles. Mme du Barry, cependant, veille au grain et ne s'en laisse pas conter. Elle prend la plume et écrit au duc de Duras, premier gentilhomme de la chambre et secrètement l'homme de Choiseul à la cour.

« Comme courtisan intéressé, monsieur le duc, vous me faites souvent votre cour bassement ; comme intrigant vous cherchez à me ravir le cœur du Roi, en lui faisant valoir les charmes d'une certaine Mme Pater qui pouvait, dit-on, être passable il y a douze ou quinze ans et, en votre qualité de gentilhomme de la chambre, la chronique scandaleuse ajoute que non seulement vous l'avez présentée à Sa Majesté, mais même que vous avez tenu la bougie. Je vous en fais mon compliment, mais vous n'avez pas encore toutes les qualités d'un véritable ami du prince, vous n'êtes pas assez fin pour cacher votre jeu et la preuve en est que moi, qui aurais dû être la dernière instruite, je sais toute cette belle intrigue avant le dénouement. Je sais aussi que mon cher duc de Choiseul dirige, de Chanteloup, toute votre conduite et qu'il espère en avoir le profit, comme vous en aurez la honte à coup sûr. Continuez, monsieur le duc, faites briller vos talents, mais avec plus de mystère. À compter de ce jour, j'espère ne plus vous revoir chez moi. » Bonne fille, certes, la du Barry, mais qu'on ne vienne pas piétiner ses plates-bandes. Et puis quelle ironie décapante dans ce billet et quel joli tour ! Exit aussi rapidement qu'elle est apparue, Mme Pater.

Maintenant c'est au tour de l'archevêque de Paris, Mgr de Beaumont, d'écrire à la comtesse pour lui conseiller de se retirer de la cour et même de rentrer au couvent car le parti *autrichien* tente à nouveau de faire épouser au roi une archiduchesse. Mme du

Barry, qui est une poule mais une poule d'esprit, aiguise à nouveau sa plume et envoie un poulet de sa façon à l'archevêque :

« ... Si je n'ai pas encore eu le courage nécessaire pour seconder vos pieuses intentions, je vous avouerai, du moins, monseigneur, que votre lettre a fait une forte impression sur moi, quoi qu'aient pu me dire quelques personnes auxquelles je l'ai communiquée. Pour rassurer ma conscience alarmée et me persuader que je ne suis pas aussi criminelle que je crains de l'être, on veut me faire croire que mes fautes les plus graves n'auraient été que des peccadilles si j'avais comme vous, monseigneur, l'avantage d'être dirigée par un de ces théologiens sublimes[1] qui, par le moyen d'une certaine direction d'intention, ont su vous faire pécher le plus joliment du monde avec Mme de Moiran[2], sans que pour cela votre âme apostolique participât en rien à la souillure de votre corps.

« Enfin, monseigneur, quoiqu'il s'en faille de beaucoup que j'aie compris tout ce qu'on m'a dit à ce sujet, j'ai cependant cru y apercevoir qu'il est, pour entrer dans la voie du salut, un moyen plus facile et plus conforme à ma faiblesse que celui que vous me proposez. »

Il y a là, avouons-le, une attaque en forme du jésuitisme ambiant. On perçoit dans le coup de plume ainsi que dans l'ironie que manie la royale catin un vague relent des *Provinciales*. Elle sait mordre où il faut. Elle badine, fait patte de velours et assassine en se jouant. Elle est bien de son siècle, ayant appris à pouffer avec Voltaire. Si elle vitriole, c'est avec des rubans. Chaque phrase cependant

1. Probablement un confesseur jésuite.
2. La supérieure de l'hôpital de la Salpêtrière.

dévoile son artilleur. Le rire décapant de la *rouée* laisse pressentir à l'horizon la marquise de Merteuil. C'est que dans les dernières années du règne du Bien-Aimé, Versailles fleure la fine pourriture. Une odeur gracieuse de charnier. La vérole y rôde. Celle-là même qui rattrapera la marquise aux dernières pages des *Liaisons dangereuses*.

La du Barry connaît son monde et ne s'en fait aucune illusion. Elle sait comment au gré des charges, des bénéfices, des pensions et des prébendes, le courtisan change de camp. Comment se font et se défont les coteries. Elle voit par ailleurs « la France » décliner. Les nuits où Louis XV vient la rejoindre par l'escalier dérobé qui le mène directement de la bibliothèque royale à sa chambre, elle mesure, en technicienne de l'amour, les progrès de cette sénescence. Quelque chose a tourné. Son appétence de la vie semble s'être éteinte. En public le Roi donne le change. À soixante-quatre ans il paraît encore bel homme. Mais l'intérieur est miné par les excès du plaisir. De plus en plus neurasthénique, il s'est enfermé dans une légèreté qui le rend comme insensible. La politique ? Il lui arrive encore de remettre la Prusse et la Russie à leur place lorsque ces deux puissances s'apprêtent à dépecer la Suède comme elles l'ont fait de la Pologne. Il prend là une revanche sur les fautes politiques commises par Choiseul. Et pour la religion ? Il ne lui en reste guère.

« Enfin le monarque rassasié de voluptés... finit par en chercher une nouvelle espèce dans les vils restes de la licence publique », tonne en chaire l'abbé de Beauvais. Et de renchérir : « Encore quarante jours, Sire, et Ninive sera détruite ! » L'assistance est pétrifiée par tant d'audace. Le Roi seul prend la chose gaiement. C'est que Ninive lui semble bien loin et qu'après nous le déluge... Il se tourne alors vers le maréchal de Richelieu, vieux compagnon de plaisir. « Il me semble que l'abbé a jeté pas mal de pierres dans votre jardin », lui dit-il. Et le maréchal, aussi léger et toujours aussi insolent et roué, de répondre : « C'est vrai et avec tant de vigueur que beaucoup ont rejailli dans le parc de Versailles. »

Aussi la comtesse du Barry multiplie-t-elle les bons procédés envers la Dauphine. Depuis longtemps elle a deviné son péché mignon – péché qu'elles ont en commun : la passion des diamants. La Dauphine est une croqueuse, eh bien, on lui en donnera à croquer et « la France » paiera l'addition, trop heureuse d'avoir enfin la paix dans son particulier.

Ici entrent en scène deux personnages qui vont figurer les fous dans la partie d'échecs qui lentement se met en place.

Les joailliers Böhmer et Bassenge sont deux jeunes juifs d'origine allemande, établis au Marais, rue de Vendôme (aujourd'hui au 14, rue Béranger). Ils forment une parfaite association : Paul Bassenge est l'artiste, le créateur comme nous dirions aujourd'hui ; Charles Auguste Böhmer, blond et affable, toujours prêt à trouver des modalités de paiement, est l'homme des contacts et des affaires. Mme Böhmer – car il y a une Mme Böhmer –, née Catherine Renaud, a été danseuse à l'opéra de Dresde. Casanova la remarqua et il s'ensuivit une aventure. La danseuse légère a su faire une fin dans le diamant. À la mort de Böhmer, elle épousera son associé Bassenge à qui elle donnera un fils. Böhmer, donc, est celui qui fait antichambre. Correspondant à Paris de la cour impériale de Russie, il sillonne l'Europe, se rend à Saint-Pétersbourg, en Pologne.

Les Böhmer, comme on dit pour aller plus vite, sont en peu de temps devenus la coqueluche de la cour et de la ville. Ils sont les joailliers à la mode. Et comme tout ce qui touche à la mode, qu'on le veuille ou non, est du domaine pour l'heure de Mme du Barry, car elle donne le ton, les deux Allemands ont très vite trouvé le chemin de ses appartements de Versailles. On les introduit prestement dans son boudoir, à la barbe des ministres et des ducs qui font antichambre. Véritablement on peut dire qu'ils font, en matière de bijoux, la pluie et le beau temps.

C'est pour la comtesse que Böhmer est parti, il y a peu, en quête de pierres. On l'a vu à Hambourg, à Amsterdam. Il a également alerté des cousins qui se trouvent à Constantinople et au Brésil afin de se procurer les plus gros diamants, les mieux taillés et de l'eau la plus claire. Tous les diamantaires juifs de l'époque ont été mis à contribution. Car il s'agit de réunir pour un collier, destiné à la favorite, les pierres les plus coûteuses. Pour l'heure, du collier, il n'existe que le dessin ainsi qu'un diamant d'une trentaine de carats, taillé en poire, destiné à l'épi central. Ce « collier en esclavage » – c'est ainsi qu'on le nomme à cause de ses nœuds, de ses chaînes à deux rangs de brillants, de ses pendeloques qui descendent sur la poitrine et rappellent vaguement le carcan des esclaves – est devenu pour nos deux joailliers une obsession. À les en croire ce sera l'œuvre de leur vie. Böhmer, sûr de son fait et de l'intérêt de la comtesse pour ce bijou, a mis sur pied un emprunt afin d'acquérir pour plus de deux mille huit cents carats de diamants.

La comtesse se trouve donc ce jour-là dans son boudoir à écouter Böhmer, poupin et volubile, lui expliquer à l'aide du dessin ce que sera le collier. La favorite s'impatiente. Des mots, des mots ! Qu'a-t-elle à faire de mots quand le roi décline un peu plus tous les jours ! S'il n'est plus là, qui paiera la facture ? Elle veut voir le collier, et c'est toujours ce même dessin qu'on lui propose. C'est impatientant tout de même ! Se tournant, elle aperçoit alors un écrin que Böhmer a posé sur le guéridon. Que contient-il ? Le joaillier aussitôt présente l'écrin à la comtesse. Une paire de girandoles y brille d'un feu inouï. Elle s'empare d'une des boucles d'oreilles. C'est d'un effet parfait, un pur ruissellement qui tombe jusque sur son épaule. Elle s'apprête à prendre l'autre quand une pensée lui traverse l'esprit. Elle en suspend son geste. Elle replace aussitôt la boucle d'oreille dans l'écrin et mande qu'on aille chercher le comte de Noailles. Celui-ci accourt ventre à terre, tout essoufflé. Elle le charge, sans plus de préambule, de présenter l'écrin à la Dauphine et de lui faire savoir que, si ces boucles lui plaisent, ce sera pour elle un plaisir de suggérer au Roi de les lui offrir.

Dans l'autre aile du palais la Dauphine reçoit fraîchement le messager. Autant dire qu'elle se contente de faire son Autrichienne en affichant sa lippe dédaigneuse. Elle referme l'écrin sans rien dire, laisse passer un moment puis redonne l'écrin au comte de Noailles :

— Voyez-vous, monsieur le comte, j'ai présentement assez de diamants et je ne vois pas pour l'heure la nécessité d'en accroître le nombre.

Vers la fin de l'automne de cette année 1773, la Dauphine accueille à Versailles son maître de musique, le chevalier von Gluck. Elle l'a fait venir de Vienne. Marie-Antoinette est une fine musicienne. Elle joue de la harpe et chante assez bien, justement du Gluck, mais aussi du Mozart. Elle aime la musique allemande, celle dont elle a été baignée toute sa jeunesse ; alors que l'opéra français lui est insupportable. Ceux de Lully, de Campra et même ceux de Rameau. Mercy Argenteau qui a pour maîtresse la cantatrice Rosalie Levasseur, future créatrice d'*Alceste* et d'*Iphigénie en Tauride*, fait pression sur le directeur de l'Opéra pour que l'*Iphigénie en Aulide*, d'après la tragédie de Racine, soit représentée à Paris. Sachant que la Dauphine patronne Gluck, la favorite se met en tête de protéger Piccinni. Voilà la cabale des gluckistes et des piccinistes engagée. Paris à son tour prend fait et cause pour l'un ou pour l'autre. Jean-Jacques Rousseau est à tout crin gluckiste ; d'Alembert ne démord pas de Piccinni. Cependant, en coulisses, les deux compositeurs demeurent les meilleurs amis. Le 19 avril 1774, l'opéra de Gluck est représenté. La partition déconcerte. Marie-Antoinette applaudit à tout rompre. Le Dauphin fait de même pour plaire à sa femme. La salle bat des mains mollement. Mais le lendemain, à la seconde représentation, c'est le triomphe.

Cette fois Marie-Antoinette s'est montrée parfaite manœuvrière. Mercy Argenteau s'en réjouit, cela est de bon augure pour l'avenir. Ah ! Si seulement elle voulait s'occuper moins de ses coiffures et un peu plus de politique...

L'hiver passe, Pâques s'annonce bientôt. Le Roi, comme à son accoutumée, s'abstient de les faire. Les fêtes passées, il part pour le Petit Trianon avec la favorite. Depuis que l'un de ses familiers, le marquis de Chauvelin, est mort subitement au sortir de table à un souper chez Mme du Barry, son humeur se fait de plus en plus maussade. Le 26 avril, le Roi chasse. Le soir il fait son café comme à son habitude et en offre à ses familiers dont le duc des Cars. Le lendemain, se sentant incommodé, il décide de suivre la chasse en voiture. Sur les cinq heures il est de retour. Il se fait administrer plusieurs lavements. Dans la nuit son chirurgien La Martinière se rend à son chevet. On décide du retour à Versailles. La petite vérole vient de se déclarer. On saigne le Roi. Son visage se couvre de boutons purulents et une odeur pestilentielle se répand jusque dans l'Œil-de-Bœuf. Des groupes, des clans se forment. Le parti de Mme du Barry se mobilise pour écarter la famille. Richelieu court au-devant de l'archevêque de Paris pour le dissuader de parler au Roi de sacrements. Mgr de Beaumont s'abstient de paraître à son chevet. Le 4 mai au soir, le Roi fait appeler la favorite et lui conseille de se retirer à Rueil chez le duc d'Aiguillon. Le 5, se sentant mieux, il demande après elle. « Sire, elle est partie ce matin », lui répond Laborde, son premier valet de chambre. « Quoi ? Déjà ? » Et cet homme qui passe pour insensible se met à pleurer. Le 9 mai il reçoit l'extrême-onction. On a dressé près du lit royal un lit de camp où il repose, le visage cuivré et tuméfié. Il fait beau et dans le parc la foule des promeneurs indifférents va et vient. Un roi meurt et son peuple sous ses fenêtres n'en a cure. Le 10, le Roi expire à trois heures de l'après-midi. Son corps est déjà en décomposition. Aussitôt seize grands carrosses mènent la famille royale à Choisy. Nuitamment, à la sauvette, le corps du Roi, badigeonné de chaux vive, puis enfermé dans trois cercueils de plomb, est placé dans une voiture de chasse entourée de cinquante pages et palefreniers portant torches et flambeaux. Et c'est à grand galop en cet équipage qu'il est conduit à Saint-Denis. Allez, fouette cocher ! Sur son passage des curieux crient : Taïaut, taïaut !

D'autres brocardent : *Voilà le plaisir des dames, voilà le plaisir...*

La comtesse du Barry, qui a reçu une lettre de cachet, demeurera quelque temps en exil près de Meaux à l'abbaye de Pont-aux-Dames. Sa pénitence durera un peu plus d'un an. Finalement elle recevra l'autorisation de vivre à Louveciennes et d'aller où bon lui semble sans toutcfois approcher de Versailles. Les meubles de ses appartements lui seront envoyés. On ne lui réclamera aucun des somptueux bijoux dont beaucoup sont de l'invention des Böhmer. Quant au fameux collier qu'on lui destinait, elle en oubliera jusqu'au projet. Cependant, l'idée est en l'air et elle prendra corps bientôt. À d'autres le soin de l'attraper.

Les chemins de l'Histoire sont hasardeux ; et si ce beau projet abandonné par la favorite n'avait été que le cadeau empoisonné, destiné à une reine qui, encore Dauphine, lui avait fait sentir par le mépris ses basses origines ?

4
Route royale et sentier malaisé

Vienne d'amour, Vienne toujours...

Le Roi est mort, vive le Roi ! Mais où est donc le prince Louis ? Oui ! Notre adorable coadjuteur de Strasbourg, ce Fragonard de la diplomatie, la fine fleur des Rohan ? La légèreté et le charme en personne, alliés à la perspicacité autant qu'à l'inconséquence et à la frivolité. La générosité même ou la prodigalité, au choix. En tout cas la galanterie à laquelle s'ajoutent beaucoup d'intrigues et une certaine droiture... et bien d'autres aptitudes de talents ou de faiblesses, à votre guise ! Mais à Vienne ! Où voudriez-vous qu'il soit ? À Vienne où il mène un train d'enfer, charme la cour et la ville et du même coup fait enrager la vieille impératrice.

Le prince Louis a été nommé en juin 1771 par le duc d'Aiguillon ambassadeur près la cour impériale de Vienne en remplacement du baron de Breteuil, créature de Choiseul qui n'avait pas encore rejoint son poste.

Le prince Louis a pour lui d'appartenir au petit clan de la du Barry et, comme tous les Rohan, passe pour se méfier de l'Autriche. Sa nomination provoque la stupeur de Marie-Thérèse. Cette impératrice qui, poussée par son exigeante piété, a mis les œuvres de Molière à l'index, en attrape le hoquet quand le nom du nouvel ambassadeur lui est communiqué. Mercy Argenteau lui a brossé le portrait du prince. Séduisant et aimable mais au fond peu sûr, avec un penchant indiscutable pour l'intrigue. L'impératrice lui refuserait bien l'agrément, si elle ne craignait que le clan Rohan, s'ajoutant à cclui de la favorite, ne fasse payer son refus à la Dauphine. Le prince Louis est accepté. Il prépare aussitôt son ambassade qui se doit, Rohan oblige, d'être fastueuse. Il prend son temps. Plusieurs mois s'écoulent. Il va rendre visite à Favier, un de ces grands et obscurs commis que recèle le ministère des Affaires étrangères, dont dépend, en dépit des changements de ministres, la continuité de notre politique. Ce dernier est, il va sans dire, antiautrichien. Il lui ouvre les archives, les correspondances secrètes. Rien n'est laissé au hasard par le prince, quoi qu'on ait pu dire par la suite de son incurie. Finalement il se met en route, non sans avoir été baiser la main de la comtesse du Barry à Trianon.

Le prince Louis de Rohan fait son entrée à Vienne le 6 janvier 1772. C'est un éblouissement. Deux carrosses d'apparat et plusieurs voitures suivis de cinquante chevaux menés par leur piqueur, dont deux magnifiques coursiers précédant valets, suisses, écuyers, pages appartenant à la meilleure noblesse de Bretagne et d'Alsace, une petite bande de musiciens en habit écarlate, précédés par deux gentilshommes avec leur train pour les honneurs de la chambre ; et tout cela dans un miroitement d'or et argent, de chamarrures, de galons, de velours, de brocart, de froissement de soie. Une mirifique procession. Que suit une caravane de mules ferrées d'argent. Ce n'est finalement que peu de chose pour un Rohan, allié par deux fois à la maison capétienne, quand il s'en vient représenter son cousin le Roi Très Chrétien à la cour des Habsbourg. Dans le premier carrosse se trouve le prince Louis en compagnie du secrétaire d'ambassade, son âme damnée, l'abbé Georgel, ancien jésuite.

Rien n'impressionne le prince Louis. Ni l'impératrice ni le coempereur Joseph II, esprit fumeux et sarcastique, ni même le pittoresque chancelier Kaunitz, lucide et tranchant. Le prince, en parfaite possession de lui-même, se place de prime abord sur un pied d'égalité.

La première audience impériale a lieu le 19 janvier. L'impératrice possède le grand art de voiler son mécontentement sous les dehors les plus affables. Le prince Louis le sait. Sa dissimulation est si connue que des caresses trop appuyées de sa part sont généralement le prélude à une disgrâce. Elle reçoit le nouvel ambassadeur de la manière la plus flatteuse. Cependant, voulant lui montrer qu'elle a percé le beau masque qu'il fait, elle glisse dans son discours de bienvenue la longue kyrielle des ambassadeurs qui ont trouvé son agrément. Elle les énumère les uns après les autres et, lorsqu'elle arrive au nom de Choiseul, elle se sent obligée d'ajouter : « ... que nous n'oublierons jamais ». Sur ces mots l'impératrice se trouve soudain arrêtée dans son élan comme si elle voulait montrer à l'assistance en général et au nouvel ambassadeur en particulier son attachement et probablement le retour prochain du ministre lorsque son gendre gouvernera la France et que sa fille Marie-Antoinette sera enfin reine. Le silence s'éternise. Le prince Louis, le regard au ciel avec ce sourire entendu des écoliers dissipés à qui le maître demande de reprendre la dernière phrase, se redit à lui-même, mais assez fort pour être entendu de l'assemblée, la litanie des ambassadeurs, close par le nom de Choiseul, en y ajoutant le satisfecit de Marie-Thérèse. L'impératrice fait mine de ne pas remarquer l'impertinence du prince et le fin sourire qu'affiche son chancelier, grand connaisseur en la matière.

Mercy l'a prévenue contre le prince. Son meilleur espion à Versailles, le plus illustre à coup sûr, le plus inconscient aussi, la future reine de France également. Par tocade plus que par raison, elle a pris en grippe ce Rohan sans se douter que cette humeur lui sera un jour fatale.

Marie-Thérèse flatte le prince cependant, en lui accordant distinctions et prérogatives dont aucun ambassadeur n'a joui auparavant, même son cher Choiseul. Elle lui procure une grande et belle maison toute meublée en Hongrie sur les bords du Danube à seulement huit lieues de Vienne. Bref, elle le comble. Le prince fait sa chattemite. Mais à peine sorti de la Hofburg, allez ! roulez carrosse ! Et de cet instant ce ne sont que fêtes, dîners, bals, redoutes, chasses... la vie à grandes guides comme se le doit tout Rohan. Il en oublie dans l'instant sa soutane d'évêque. Marie-Thérèse, exemple des vertus ménagères, est horrifiée. Elle se fait raconter les soupers de l'ambassade et la nouvelle mode qu'a inaugurée l'ambassadeur. C'est par petites tables que le prince régale à l'hôtel de France. Ce qui contraste avec les grands et assommants repas d'apparat. Les tables sont dressées ici et là dans les diverses pièces des appartements, facilitant ainsi intimités et intrigues. Les bougies, l'éclat des girandoles et des lustres, les fleurs, les nappes, la somptuosité de la vaisselle, l'argenterie de Germain, tout y est magnifique.

Jusqu'ici, à Vienne, les repas de cérémonie se donnaient à dîner (déjeuner), mais cette nouveauté plaît ; et particulièrement aux dames qui trouvent bien mieux leur compte aux lueurs roses et dorés des bougies.

Le prince Louis va de table en table, tire ici une chaise, s'assied là. Compliments soyeux, flatteries, mots d'esprit, il fait feu de tous les agréments d'un esprit libre et cultivé. Un instant on le voit assis entre deux princesses, faire son miel d'une indiscrétion ; la minute suivante, il murmure quelques mots à l'oreille du secrétaire personnel du prince von Kaunitz. Il essaie d'insuffler à ces Allemands un peu d'esprit de société. Il perçoit que cette austérité des mœurs n'est qu'apparente, nécessitée par la crainte de l'impératrice. Il est frappé par le peu de galanterie et de passion de ce monde confiné. Il y pressent cependant une corruption secrète, mêlée à une pratique et à une hypocrisie de religion assez basses. Pour la religion il s'en charge, n'est-il pas évêque ? Quant à la galanterie, sa mine parlera pour lui ! Ainsi s'insinue-t-il en douceur, sans rien brusquer, développant le charme infini de son commerce.

Le souper commence sur les neuf heures et s'achève vers deux heures du matin. C'est pour lui un champ de manœuvres idéal. On danse, on écoute de la musique, on y lie des intrigues. On y fleure un air de Paris. Pour un peu, on se croirait rue Vieille-du-Temple dans son cher hôtel de Strasbourg.

Chacun à Vienne veut être des raouts de l'ambassadeur. Rohan est à la mode. Et la vieille impératrice n'a plus qu'à ronger son frein. D'autant qu'elle a appris que la maîtresse de feu son tendre et impérial époux, François de Lorraine, la princesse Auersperg, brille aux fêtes de l'ambassade d'un éclat particulier. Évidemment l'observateur superficiel n'aperçoit en ce prélat si peu prélat qu'un acteur de salon, emplumé, endiamanté, qui baise les mains, distille les bons mots, les jolies phrases évasives. Ce n'est qu'un masque. On le veut léger, il le sera. On le dit inconséquent, il ne détrompera pas son monde et surtout pas l'impératrice. Mais tout cela n'est que parade. Le prince Louis a fait de son palais un repaire doré dans les bas-fonds duquel on espionne. L'abbé Georgel, ce jésuite retourné qui a gardé la cautèle de son ordre, en âme damnée du prince, se faufile partout et jusque dans les salons du chancelier von Kaunitz.

Recueilli par la comtesse de Brionne lors du renvoi des jésuites, il a acquis auprès de cette princesse l'usage du monde qu'il a parfait par la suite chez sa cousine, la redoutable comtesse de Marsan. De là il n'y avait plus qu'un pas à franchir pour se retrouver à l'hôtel de Strasbourg, chez le neveu.

Entre-temps il s'est mis à fréquenter le salon de Mme Geoffrin où il a pris l'esprit à la mode. Il y a rencontré Marmontel, Grimm, d'Alembert, le prince Poniatowski, futur roi de Pologne... C'est grâce à cette célèbre hôtesse qu'il a obtenu une lettre d'introduction auprès du chancelier von Kaunitz.

Georgel est une anguille doublée d'une fouine. Son ambition, dit-on, l'empêche de dormir. Il procure au prince Louis un échange de lettres entre l'impératrice et Mercy Argenteau ainsi qu'un billet compromettant par lequel la Dauphine est sommée par sa mère de bien vouloir aider la politique de l'Autriche. Des lettres du roi de Prusse à des agents à la cour de Vienne, fort éclairantes sur l'organisation du partage de la Pologne. Le paquet sera transmis à Louis XV par la voie du « Secret du Roi », autant dire sans passer par le ministre d'Aiguillon lequel, par ailleurs, commence à prendre ombrage des succès de Rohan.

Son intimité avec l'empereur Joseph II et le chancelier von Kaunitz, la façon dont Louis XV oppose une fin de non-recevoir à l'impératrice qui a demandé son rappel montrent bien que Rohan est apprécié comme diplomate. Ses turlupinades, comme écrit l'impératrice, ses mauvaises mœurs, son peu de talent, son attitude équivoque plaisent au Roi qui a deviné derrière le masque du viveur l'élasticité d'un esprit patient et agile autant qu'opiniâtre, le propre même du fin politique. Et de surcroît un goût du secret qui ne lui déplaît pas puisqu'il le partage. « Mais, monsieur l'ambassadeur, c'est que les services du prince de Rohan m'agréent infiniment... » et Mercy Argenteau repart confus. Le soir même, par son « secret », Louis XV fait tenir à son ambassadeur à Vienne une lettre pour lui faire part de sa satisfaction et lui conseiller de faire le sacrifice des désagréments qu'il pourrait trouver auprès de l'impératrice.

Rohan diversifie la lutte sans s'écarter du but qu'il a entrepris. Que grogne l'impératrice, peu lui importe puisque le voilà à présent convié à dîner au Belvédère chez Joseph II et le soir à souper au palais Kaunitz. Il s'approche doucement. Il les sonde, les jauge sans en avoir l'air. Il est prêt à toutes les complaisances. Il flatte, amuse, bref se fait agréer. Il possède la souplesse requise de l'insinuant. On veut bien qu'il se faufile, eh donc ! le voilà dans la place. L'impératrice a beau attaquer sa réputation, ses costumes de chasse à la hongroise, ses cavalcades qui culbutent les processions de la Fête-Dieu, la hardiesse de ses pages qui sont passés au grand galop sur le ventre d'une sentinelle à la porte de Schönbrunn, en gros ses mœurs de satrape, rien n'y fait : l'empereur comme le chancelier en sont coiffés.

Marie-Thérèse, de guerre lasse, lui dépêche un

prince de Saxe d'un âge vénérable afin de le persuader de cesser ses soupers. Le prince Louis l'écoute. Quand il en a fini, il laisse tomber :

— Que Sa Majesté daigne y assister et elle constatera leur innocence, comme la qualité des invités.

Et de conclure :

— Je ne saurais interrompre ces réunions après qu'elles ont été solennellement annoncées sans me manquer à moi-même et manquer à mes convives...

Pensez, allait-il, fût-ce pour une impératrice de Habsbourg, lui, un Rohan, changer ses habitudes ?

C'est alors qu'éclate une sombre histoire de contrebande. De nombreux objets de luxe en provenance de Paris ont été vus sur le marché à des prix défiant toute concurrence. La police des douanes remonte la filière, pour aboutir au palais de l'ambassadeur où ces articles arrivent francs de droits en vertu d'un privilège diplomatique. On étouffe évidemment l'affaire.

Quant à la Pologne, cet ambassadeur prétendument inconséquent et léger perçoit immédiatement tout ce que les spécialistes sérieux ne veulent pas voir. Il en écrit au Roi. C'est la fameuse lettre de « l'épée et du mouchoir ». Le style n'en est pas habituel, du moins déroge à celui généralement employé dans les chancelleries. On sait le reste. Jamais Marie-Antoinette ne la lui pardonnera.

Louis XV à peine mort, le prince Louis est rappelé. Il fait traîner son départ. Enfin il part le 30 juin 1774. La veille il a pris congé de l'impératrice qui s'est montrée inconsolable de son départ et lui a fait mille grâces...

Le prince Louis laisse derrière lui des regrets, peut-être même des cœurs brisés. Kaunitz et l'empereur ressentent du déplaisir à ce départ précipité. Seule l'impératrice respire enfin. C'est qu'elle n'a pas encore découvert le cadeau d'adieu du prince. À la première visite de Joseph II, elle en a le souffle coupé. Aussitôt elle en écrit à Mercy. « Outre les autres désagréments, j'ai celui que l'empereur a pris en guignon sa sœur la reine. C'est ce Rohan qui lui a rendu de si mauvais services. »

La couture mène à tout, il suffit d'en sortir

Lorsqu'on est du monde, sans toutefois en être, l'aiguille est souvent d'un apprentissage utile. Jeanne de Saint-Remy de Valois tire l'aiguille chez Mlle La Marche, couturière en chambre, mais qui se déplace à demeure. Jeanne est petite main. Elle coupe, file, faufile, ourle. Et lorsqu'il faut se rendre chez quelque grande dame du faubourg Saint-Germain ou du Marais, elle accompagne mademoiselle et l'aide dans ses essayages et retouches. Elle resserre à la taille, épingle. Mais surtout elle écoute ce qui se dit autour d'elle. Pas une miette de la conversation ne lui échappe. Elle entrevoit, enfin, le monde auquel elle aspire, d'en bas, à croupetons sur le tapis d'un boudoir, à refaire un ourlet. Un monde de ragots, de caquetages, de perfidies avec de l'esprit souvent à revendre ; parfois aussi à solder.

— M. de Choiseul est revenu de Chanteloup et il y est retourné bien marri. Il n'a pas eu le ministère qu'il attendait et que la Reine s'était fait fort de lui faire donner. Le Roi n'en a pas voulu et on a ressorti de la naphtaline le comte de Maurepas...

— Mme de Lamballe est devenue surintendante de la Maison de la Reine...

— Vraiment ! Depuis la comtesse de Soissons et la marquise de Montespan, cette charge n'était-elle pas tombée en désuétude ?

— Si fait ! Mais l'amitié enfin... Oui si on veut... l'amitié l'a fait renaître et Lesbos peut pavoiser...

Le ton est donné. La médisance va son train. Les jeux de boudoir. Les deux amies se lutinant, se battant, se décoiffant avec mille grâces animées, jouant à celle qui sera la plus forte, ces jeux de collégiennes attardées deviennent des plaisirs du Bas-Empire. L'Autrichienne est une Messaline.

Bientôt ces jeux à deux deviennent des jeux à trois.

— La comtesse Jules est du dernier bien avec la Reine. On la dit entièrement soumise à cette créature qui est gouvernée par sa belle-sœur la comtesse Diane de Polignac, laquelle ne fait que ce que veut son amant le marquis d'Autichamp.

— Et la Lamballe ?

— Elle souffre en silence. Elle aime la Reine en secret tandis que la Polignac triomphe. Elle sera bientôt duchesse... et régnera sur les colifichets de la souveraine...

— Êtes-vous certaine que ce soit le mot approprié ? Plutôt que colifichet, ne diriez-vous pas... godemiché ?...

Le carnet d'adresses et de médisances se remplit à chaque déplacement de Jeanne en ville. Elle a connu les bouges, les bas-fonds de la mendicité, elle apprend le grand monde avec ses intrigues et ses influences, ses combats carnassiers sous les rubans et les dentelles, ses luttes sans merci où l'on traîne une réputation dans la boue avec de négligentes élégances. Les manières hautaines, ces airs de morgue et d'arrogance n'impressionnent guère Jeanne. Toutes ces personnes qu'elle orne de plumes, de poufs, de volants, de suivez-moi-jeune-homme... et qui trépignent de sa lenteur en s'éventant à la coquette, Jeanne en connaît les faiblesses, les blessures cachées, les secrets inavouables. De la fine pourriture qu'elle orne de taffetas et de broderies. Elle apprend que la Reine a une passion pour le jeu où elle perd des sommes folles ; pour les diamants encore bien plus. Elle a acheté sans en parler au Roi une paire de girandoles ; puis des bracelets en diamants de chez Böhmer et Bassenge. Elle a même donné quelques pierres pour en diminuer le prix. Une reine qui se livre à du troc. Cependant, elle refuse le collier que les joailliers voudraient la persuader d'acheter.

En butinant ici, en prenant là, Jeanne finit par établir une géographie des entours de la souveraine, de leurs chassés-croisés, de leurs amours. Elle tient en bon ordre le répertoire de cette camarilla qui s'entend si bien à soutirer des grâces, des places et des bénéfices. Le Roi chasse, au débotté change de ministre, et repart pour la chasse ; la Reine joue chez la princesse de Guémenée au pharaon ou au lansquenet avec le duc de Coigny, qui se trouve à présent l'amant de la princesse. On fait venir de Paris des banquiers pour tailler car on joue gros jeu. On n'est pas regardant, non plus, sur les personnes qui sont admises aux tables. Il y a là une société mélangée. Certaines parties durent bien au-delà de la nuit. On triche. On se ruine. Mme de Polignac y participe et s'y rend de pair avec son amant Vaudreuil qui a reçu la charge de grand fauconnier, une prébende d'importance pour un emploi inexistant, car le roi chasse rarement au vol. La comtesse Diane, âme du clan Polignac, veille au grain avec son amant. Il y a aussi le boute-en-train d'Adhémar, attelé au clan Polignac, qui ne voit et ne respire que par eux. De son vrai nom il se nomme Jean Balthazar de Montfalcon. Il a préféré le changer contre celui très illustre d'Adhémar et personne n'y a trouvé à redire. Bientôt il se fera donner du marquis. Sa seule qualité est d'être un brillant acteur de société. Acteur ? L'aubaine ! Il sera parfait comme ambassadeur à Londres. Mais Londres est bien loin de Trianon, son champ de manœuvres préféré, aussi en revient-il souvent. Un temps il a brigué le ministère de la Guerre et dans les salons parisiens et les antichambres de Versailles on a brocardé :

Pour vaincre l'Angleterre
Il est question de faire
Ministre et Secrétaire
Un marquis de hasard,
Major d'Infanterie,
Colin de comédie :
C'est M. d'Adhémar

Le comte de Besenval, suisse avec une mère polonaise, est un brave à quatre poils qui fait à la cour un personnage avantageux, à la fois fat et léger. Sûr de sa prestance, ne doutant de rien, il déclare tout de go son amour à la reine, laquelle lui donne un coup d'éventail sur le museau mais le garde dans son cercle. On trouve également Bichette auprès de la Reine. Elle joue joliment du violon, ce qui lui vaut l'amitié indéfectible de Marie-Antoinette. Bichette, c'est la comtesse de Polastron, belle-sœur de la Polignac. Le Suisse Besenval légèrement brûlé, la Reine le remplace par un Hongrois, Valentin Esterházy, qui devient son chevalier servant, et ainsi de suite au fil des saisons, on joue aux chaises musicales.

La Reine, imprudente, mal conseillée, tête à vent, dont les avis en politique sont tenus pour rien, qui pense pourtant gouverner celui qu'elle a nommé dans une lettre à Vienne « le pauvre homme », qui s'étourdit pour tromper le vide qui l'accable et vraisemblablement un début de neurasthénie, n'est entourée que de femmes intrigantes et faciles, d'hommes sans jugement, sans vue élevée. Habiles seulement en *trigauderies* de cour, sacrifiant tout et tous à leurs intérêts personnels.

Marie-Antoinette multiplie les inconséquences. Court en traîneau les rues de Paris durant le triste hiver de 1776, sans garde, sans escorte, ainsi qu'une simple particulière. Dès qu'il y a bal à l'Opéra, elle s'y précipite en masque. Lie conversation avec des inconnues. Déjà du temps où elle n'était que Dauphine, pour couper aux ronflements de son mari, elle filait de nuit à Paris. Un soir de janvier 1774, masquée et en domino, elle s'attarda près d'une heure auprès d'un jeune officier du Royal-Bavière. Ils se sentent portés l'un vers l'autre. Le jeune homme l'a reconnue malgré le masque et le domino. Elle veut connaître son identité. On le lui nomme. C'est un jeune Suédois, de la meilleure naissance, le comte de Fersen. Fersen sera probablement le seul grand amour dans la triste et désertique vie sentimentale de Marie-Antoinette.

Elle court les bals et toute la ville en jase. On lui prête des amants mais aussi des maîtresses. Comme les traditions galantes de la cour de France semblent abandonnées par le chaste Louis XVI, il paraît normal qu'elles soient reprises par la Reine. La princesse de Lamballe qui, au dire des libelles, aurait été la première de ses maîtresses, voyant croître de jour en jour l'influence de la Polignac et de son clan, se refuse à fréquenter les nouveaux amis de la Reine. « Je suis prête à donner ma vie pour vous, dit-elle à Marie-Antoinette, mais ne me demandez pas de vous aider à vous abaisser. » On ne la verra désormais plus que deux fois par semaine à Versailles.

La Reine fait alors les frais de plusieurs scandales qu'on colporte avec plus ou moins de bonnes intentions.

On chantonne :

Reine de France en apparence
Vous l'êtes plus réellement
Des ministres de la toilette
Des comédiens, des histrions,
Et bravant en tout l'étiquette,
Des filles vous avez le ton...

D'abord il y eut l'affaire du comte de Guînes accrédité par Choiseul avant sa disgrâce comme ambassadeur à Londres où il fut accusé de se servir des secrets d'État pour boursicoter. De plus, il a désavoué ses nombreux créanciers afin de ne pas honorer ses dettes. C'était chez lui une habitude puisque, par la suite, ayant commandé à Mozart un concerto pour harpe et flûte, il ne le lui paya jamais. Pour se justifier, son affaire étant portée devant le Parlement, il demande de publier certains passages de sa correspondance secrète. Vergennes, nouveau ministre des Affaires étrangères, s'oppose à cette prétention qui ne garantirait plus le secret. La Reine se met alors en tête de soutenir Guînes, créature de Choiseul, et insiste auprès du Roi pour qu'il passe outre l'avis de son Conseil. Le comte de Guînes gagne son procès devant le Parlement et, pour le dédommager de son ambassade, il est fait duc. Tout cela, bien entendu, est étalé sur la place publique, déformé, envenimé à plaisir.

Autour de la Reine les intrigues se nouent de plus

belle, les cabales se forment. La prodigieuse fortune des Polignac excite les commentaires malveillants. La Reine n'est pas méchante, ni vraiment sotte. Simplement ses qualités sont toutes à demi. Sa nervosité la pousse à des brusqueries, des saillies mal venues, des mots parfois cinglants, souvent inventés par ses ennemis, que l'on s'empresse de répéter. On cite d'elle des traits qui lui font quitter son rôle de reine pour celui de « femme aimable ». Rancunes et rancœurs vont leur train. Et, chemin faisant, son capital de sympathies s'amenuise. En général pour des bêtises, des babioles, des bagatelles. Confinée dans Versailles, elle n'a pas vu les temps changer.

Comme elle est moqueuse et n'épargne pas son époux, aussitôt on chantonne :

La Reine dit imprudemment
À Besenval son confident :
« Mon mari est un triste sire. »
L'autre répond d'un ton léger :
« Chacun le pense, sans le dire,
Vous le dites sans y penser. »

On extrapole aussi. D'une décoration en verroterie de Mazières pour Trianon, on parle déjà d'un mur de diamants. On veut le voir. Comme on ne saurait le montrer, eh bien, c'est qu'on veut le cacher !

Les dissipations de la Reine, toujours en l'air cherchant à se secouer pour se désennuyer, le manque d'énergie du Roi, la légèreté du ministre Maurepas, tout concourt à ce fâcheux état d'esprit. Qu'on en juge par le billet que la comtesse de La Marck adresse au roi de Suède, Gustave III : « Tout va ici comme il plaît à Dieu ; le bon sens, la droite raison, le bien public et le particulier sont inconnus... Un roi qui veut le bien, mais qui n'a ni la force ni les lumières pour y parvenir ; un ministre qui était léger et faible à quarante ans, et que l'âge a encore énervé, qui fait les choses les plus étranges et se moque de l'opinion... La Reine va sans cesse à Paris, rompt un essieu, prend un fiacre et apparaît en cet équipage à l'Opéra, fait des dettes, sollicite des procès, s'affuble de plumes et de pompons, et se moque de tout... »

Aussi à Vienne, l'empereur Joseph II s'émeut et prend sa plume.

« De quoi vous mêlez-vous, ma chère sœur, de faire déplacer les ministres, d'en faire envoyer un autre dans ses terres, de faire donner tel département à celui-ci, de faire gagner un procès à l'un, de créer une nouvelle charge dispendieuse à votre cour ? Vous êtes-vous demandé une fois de quel droit vous vous mêlez des affaires de la monarchie et du gouvernement français ? Vous, aimable jeune personne, qui ne pensez qu'à la frivolité, qu'à votre toilette, qu'à vos amusements toute la journée ; qui ne lisez, ni n'entendez parler raison qu'une fois par mois ; qui ne réfléchissez, ni ne méditez, j'en suis sûr, jamais, ni ne combinez les conséquences des choses que vous faites ou que vous dites ! L'impression du moment seule vous fait agir et les paroles mêmes et arguments que les gens que vous protégez vous communiquent, et auxquels vous croyez, sont vos seuls guides. »

Joseph II a fort bien perçu le bourdonnement insidieux qui court Paris et jusque dans les boudoirs où l'héritière d'une branche bâtarde des Valois épingle le bas des jupons des marquises et des duchesses.

Répétition de l'affaire du Collier : couturière et générale

La Reine, peu difficile sur le choix de ses entours, bientôt va se retrouver au centre de plusieurs affaires désagréables qui laisseront croire aux aventuriers qu'elle est une proie facile.

Un sieur Cahouet, de fraîche date devenu de Villers, fait rapidement fortune ; et d'avocat se hisse, à la fin du règne de Louis XV, à la charge de trésorier général de la maison de Sa Majesté. Il quitte son logement de la rue Neuve-des-Petits-Champs pour un hôtel place Louis-le-Grand (place Vendôme) où il mène grand train. Il collectionne les tableaux. Il possède un Titien, un Rubens, des Téniers, des Le Nain. Mme Cahouet, car il y a une dame Cahouet, y ajoute des Coypel, des Carrache pour son boudoir et sa chambre. Tout cela a grand genre. Cependant bientôt y perce un relent d'escroquerie. Sans parler du faisandé, car Mme Cahouet de Villers, qui possède un esprit inventif pour les malhonnêtetés, est rien de moins que galante.

Elle fait croire à ses amis de Paris que toutes les portes de Versailles lui sont ouvertes et qu'elle n'attend pour être déclarée favorite que le moment où la du Barry fera ses malles. Au vrai, elle ne fait qu'accompagner à Versailles son amant, un M. de Saint-Charles, intendant des finances de la Dauphine puis de la Reine. Charge qui, par privilège, lui donne droit aux entrées chez la souveraine le dimanche.

Tandis que Saint-Charles se présente au château, la Cahouet, elle, demeure cachée dans une chambre d'un hôtel garni de la ville. Au début du nouveau règne, elle fait le siège des femmes de chambre de la Reine. Entre autres de Mme Campan à qui elle tient à remettre un portrait de Marie-Antoinette. La Campan refuse net de se charger de la commission. Quelques jours plus tard la caméristе trouve ce portrait sur une table dans les appartements de la souveraine. Comment y est-il arrivé ? Mais grâce à la naïve et sotte princesse de Lamballe.

Ainsi avec un peu d'entregent et pas mal de souplesse, les hautes sphères dc la cour sont accessibles à n'importe quel escroc qui sait flatter les passions et les vices à la mode. On est ici, déjà, dans Beaumarchais. Les Basile, les Bartolo, les Marcelline, les Figaro sont pléthore à Versailles. Le ridicule et bègue juge Brid'oison est encore en coulisses. Lorsqu'il paraîtra enfin, il aura troqué son bégaiement pour des aboiements de dogue. Ce ne sera plus un personnage de Beaumarchais mais celui d'un théâtre sanglant. Il aura nom Fouquier-Tinville.

La Cahouet, encouragée par la crédulité de ceux qui ne connaissent Versailles que de loin, fait des faux signés Marie-Antoinette. Elle escroque ainsi la modiste Rose Bertin. Elle produit un billet où il lui est demandé une provision de plumes, de chapeaux, de châles, enfin mille ajustements à la mode.

Le subterfuge est éventé. La Reine mise au courant, la Cahouet est vertement tancée. Néanmoins, à quelque temps de là, Marie-Antoinette se fait présenter la dame et la charge d'être son intermédiaire pour certaines emplettes.

C'est que l'on joue un jeu d'enfer chez la princesse de Guémenée. On est peu regardant quant à ceux qui s'approchent des tables. Du moment que l'on partage la même passion, qu'importe que l'on soit un fieffé fripon ! Dés pipés, cartes cornées, fausses mises passent pour des étourderies. La Reine peut perdre en une soirée cent mille écus. Pour toute excuse elle lance au Roi :

— C’est une revanche !

— Avec de telles revanches, on se ruine, lui répond-il.

Se trouvant très endettée, et ne voulant pas une fois encore faire appel à son mari, Marie-Antoinette charge la Cahouet de lui trouver à emprunter deux cent mille livres. La chose est murmurée, comme sans conséquence, entre deux portes, à la légère. La Cahouet ne se le fait pas dire deux fois. L’occasion est trop belle. Aussitôt elle s’en va faire son importante auprès du fermier général Loiseau. Celui-ci brûle d’obtenir des entrées à Versailles. Cependant, pour une telle somme, il lui faudrait un ordre écrit. La Cahouet lui fait remarquer que ce n’est pas l’usage. Mais que la Reine se rendant à la chapelle lui fera un signe de la tête en guise de confirmation.

La Cahouet de nouveau auprès de la Reine, pour quelques plumes, quelques chichis, l’intéresse à une nouvelle mode de coiffure. Elle viendra, lui dit-elle, le dimanche suivant entendre la messe à la chapelle en compagnie de deux amies coiffées « à l’extravagante » et elle serait heureuse, alors, de connaître l’impression que Sa Majesté aura de cette nouvelle coiffure. Au jour dit, Mme Cahouet et Loiseau se rendent à la chapelle de Versailles. Les deux amies coiffées enrubannées se trouvent déjà sur le même banc. La Reine passe, les remarque, fait un signe d’assentiment en direction de la Cahouet. Loiseau prend pour lui ce sourire qu’accompagne un mouvement de tête. Le soir même les deux cent mille livres sont chez la Cahouet. La Reine n’entendra jamais plus parler de cet hypothétique emprunt, ni des perruques.

La Cahouet est alors ce qu’on appelle une faiseuse d’affaires d’antichambre.

Un bijoutier, peu de temps après, reçoit de cette

dernière un mandat de 1 527 livres sur le sieur Gabriel de Saint-Charles pour acquérir des bagues, des tabatières et des boîtes destinées à Leurs Majestés. Quand le bijoutier se présente chez M. de Saint-Charles pour encaisser son mandat, il se voit répondre qu'il n'a pas les fonds nécessaires et que Mme Cahouet vient d'être arrêtée pour escroqueries et détournements de fonds. La Cahouet, promptement expédiée à la Bastille, s'y morfond.

Louis XVI, mis au courant des imprudences de sa femme, a signé une lettre de cachet en date du 12 mars 1777. L'ordre d'écrou est contresigné par le secrétaire d'État Amelot. La dame a un carnet d'adresses bien rempli. Même en prison l'intrigante continue ses petites affaires. C'est une entortilleuse qui arrive à se faire prêter une somme importante par le porte-clés de la prison qui ne reverra son argent que dix ans plus tard.

Beaucoup de hauts personnages se trouvant compromis par la dame, on étouffe son affaire. La Cahouet quitte la Bastille pour le couvent des Filles de la Croix d'où elle est transférée au couvent de Saint-Thomas, rue de Seine. Elle y meurt rapidement de consomption. Ses derniers mots sont : « la Bastille m'a tuée... »

L'affaire Cahouet n'est que le premier acte d'une pièce dont l'affaire du Collier sera l'épilogue glorieux.

Le deuxième acte se nomme Goupil.

Goupil ! Eh oui ! Comme le maître renard de nos fabliaux ou encore comme cet autre maître Goupil brossé par Balzac dans *Ursule Mirouët*, malingre et court sur pattes avec un torse immense et des yeux chafouins, mesquinement ambitieux, expert en lettres anonymes.

Pierre Étienne Auguste Goupil, natif d'Argentan,

a été avocat avant d'entrer dans la police. On lui a confié l'inspection de la librairie, d'où ses relations avec les imprimeurs et les libraires louches, trafiquants de bas pamphlets et de libelles qui, le moins qu'on puisse dire, n'épargnent ni la cour, ni le Roi, et bien moins encore la Reine.

Le chef de la police Lenoir le tient en haute estime. Il existe évidemment une dame Goupil que la simple et candide princesse de Lamballe a introduite chez la Reine pour lui servir de femme de chambre. Elle est gaie, toujours au fait par son mari des scandales de Paris, généralement licencieux, aussi plaît-elle à la Reine et à son cercle qui raffolent de potins.

Bientôt on a vent d'un libelle où la Reine joue un mauvais rôle. On s'adresse à Goupil qui se procure aussitôt une partie de l'écrit, se chargeant contre une somme assez considérable d'acquérir le texte complet. Cela mérite une récompense. Il touche mille livres et la promesse d'obtenir le « secret de la poste ». Quant à la jolie Mme Goupil, elle se voit déjà lectrice de la Reine. On est en 1778. Un collègue, jaloux de l'avancement de Goupil, le dénonce comme l'auteur de ces libelles dont, ensuite, il se targue de découvrir l'existence. On lui prête la paternité de *La Coquette et l'Impuissant*, ouvrage scabreux où la coquette est reconnaissable et l'impuissant de même. Quelques exemplaires, d'ailleurs, se sont trouvés égarés comme par hasard dans les petits appartements, sur un guéridon, au coin d'une cheminée.

Goupil, escroc et maître chanteur, et sa femme complice, démasqués, sont coffrés à la Bastille. Goupil y meurt rapidement. La femme est alors placée dans un couvent. Elle s'en échappe, revient à Paris. Le bruit court qu'elle est devenue la maîtresse du prince Louis de Rohan, mais que ne dit-on sur Rohan, pour complaire à la Reine et fortifier la haine qu'elle lui voue ? La femme Goupil serait parvenue dans l'intimité du cardinal en lui faisant accroire qu'elle le réconcilierait avec la souveraine. Rideau sur l'acte Goupil.

Le troisième et dernier acte se nommera par une étrange bizarrerie : « Heurs et malheurs de Mme du Pont de La Motte. »

Cette Mme de La Motte est originaire de Souabe. Née Marie-Joseph de Walburg-Frohberg, elle a épousé l'administrateur du collège de La Flèche. Douée pour l'intrigue, elle possède assez de faufilerie pour arriver à un état auquel, par mariage, elle n'eût pu prétendre. Ne rêvant que Versailles, très vite elle s'entremet chez les Beauvau, les Polignac, auprès du duc de Richelieu, du duc de Dorset, l'ambassadeur d'Angleterre, et du duc de La Rochefoucauld. Elle fréquente chez la marquise de Montesson, épouse morganatique du duc d'Orléans, père du futur Philippe-Égalité. Elle se pousse même auprès de certains ministres comme Vergennes et Calonne et de là, finalement, chez la Reine toujours aussi peu regardante sur le choix de ses familiers. Elle figure à plusieurs reprises dans le cortège royal qui se rend à Paris. On l'y remarque et elle en tire tous crédits. Puis un beau jour, le carrosse doré se retrouve aux portes de la Bastille.

Qu'a-t-elle commis ? Elle s'est simplement servie du nom et du cachet de la Reine pour commettre d'innombrables escroqueries.

Quatre mois plus tard, elle est remise en liberté. On est au printemps de 1782. Elle voyage, alors, en Allemagne. Change de nom. En mai, elle devient baronne d'Ahexe, en juin la voilà comtesse de Montjoie, l'automne venant, elle se mue en baronne de Hassen et un peu plus tard en Mme de Waldeck. Elle se risque à reparaître à Versailles. C'est alors qu'elle, comtesse et baronne de fantaisie, rencontre une *faufileuse* de bien plus grande envergure en la personne de Jeanne de Saint-Remy de Valois, épouse d'un pseudo-comte de La Motte. La du Pont de La Motte est aussitôt sous le charme. Elle se retrouvera bien évidemment compromise dans l'affaire du Collier.

Tout cela n'était-il pas écrit par avance ? Comment pouvait-on laisser tomber dans les limbes de l'oubli de telles coïncidences ? L'Histoire ne serait-elle que des poussières de hasard ?

Où est donc passé le prince Louis de Rohan ?

En quittant son ambassade le prince Louis a laissé derrière lui bien des regrets. Jamais aucun ambassadeur n'a été aussi populaire à Vienne. Les femmes soupirent. Et aussi incroyable que cela puisse paraître, les hommes également. Il a lancé une mode. Une nouvelle façon de vivre. Ses soupers par petites tables sont copiés mais sans vrai succès. Sans lui, le cœur n'y est plus.

L'empereur Joseph II et son chancelier le prince von Kaunitz se trouvent également tout désemparés de ce rappel. Ils restent en correspondance avec le pseudo-exilé. Seule la vieille impératrice affiche une mine réjouie.

Le prince Louis reparaît à Versailles. Il vient d'avoir quarante ans. Il est toujours un prince aimable, un ecclésiastique affable et, comme on dit de lui alors, un grand drôle bien découplé. Son ambassade de Vienne lui a ouvert l'appétit. Il ne compte pas en rester là. Il se croit un destin politique. Un abus de pouvoir lui a retiré des mains les cartes dont il s'est servi bien mieux qu'on l'eût voulu. Eh bien ! Il fera sauter la banque. Il revient avec toute sa combativité et de l'intrigue à revendre.

Il a quitté Vienne et c'est Vienne qu'il retrouve à Versailles. Sur le trône laissé apparemment vide par l'apathique Louis XVI siègent ses principaux ennemis : Marie-Antoinette, fière, légère et obtuse, son mauvais génie le comte de Mercy Argenteau, flanqué de son second couteau l'abbé de Vermond, tout dévoué à l'impératrice Marie-Thérèse.

Un coup d'œil suffit au prince Louis pour faire le tour du champ de bataille et passer en revue ses troupes. Elles ne sont pas négligeables. Évidemment il lui manquera la complicité bienveillante de Joseph II et de son chancelier ; en revanche, il trouvera bien des complaisances chez certains ministres comme Maurepas ou Vergennes. Mais son principal soutien dans les manœuvres qu'il entend engager demeurera le clan Rohan et à sa tête la comtesse de Marsan. Déjà celle-ci a disposé ses pièges. Artiste en intrigues compliquées, amie des jésuites détruits, mais toujours bien actifs dans l'ombre, on la soupçonne d'être l'inspiratrice de libelles meurtriers contre le couple royal. À ajouter à la clique Rohan, à ses familiers et à sa multiple clientèle, le souple et nocturne abbé Georgel que la haine de Marie-Thérèse vient de rendre également à la France.

La comtesse de Marsan a gardé son pavillon des Tuileries comme un pied-à-terre de repli, tout en allant s'installer dans une campagne aux portes de Paris où elle attend le premier signe du combat pour entrer en lice. Mercy Argenteau la fait espionner.

« Quoique son projet soit de ne paraître que rarement à la cour, elle y conservera cependant toutes ses relations d'intrigues, et la marche de cette femme active et dangereuse exigera toujours une certaine attention. » Voilà ce qu'écrit Mercy à l'impératrice en date du 19 octobre 1775.

À Paris, dans son bel hôtel de Strasbourg de la rue Vieille-du-Temple, le prince Louis ronge son frein au fond d'un de ses cabinets de laque. La lettre que l'impératrice lui a remise pour sa fille n'a pu être délivrée en mains propres selon l'usage. La Reine a refusé de le recevoir et l'a fait prier de remettre la missive de sa mère au ministre Vergennes. Le camouflet est de taille. Une offense non seulement à sa personne mais à sa maison qui nécessite, afin d'apprendre à vivre à cette petite Autrichienne, un coup sur le museau.

Et tandis que Paris chantonne au nez de la souveraine...

Petite reine de vingt ans
Vous qui traitez si mal les gens
Vous repasserez la barrière...
Lan laire

... le prince Louis annonce son intention de retourner à Vienne où, dans la précipitation de son départ, il n'a pu prendre congé de tous ses amis. L'impératrice de son perchoir de Schönbrunn glapit : « Ce projet est une incongruité. Il n'en est pas question. Ce voyage serait une insulte à ma personne. »

Mercy fait le siège du ministre Vergennes. Il obtient l'assurance qu'aucun passeport pour l'Autriche ne sera délivré au prince Louis. Le Roi, de toute façon, n'autoriserait pas ce voyage. Et tandis que des espions surveillent les routes de l'Autriche, le prince Louis barcarolle à Venise en compagnie de magnifiques catins. À Venise ? Eh oui ! Puisque l'empereur Joseph II s'y trouve. Ils se rencontrent. Le prince Louis sait comment le caresser dans le sens du poil. Il lui prodigue l'assurance de son dévouement.

De retour à Paris il donne une version plus qu'idyllique de son voyage. Marie-Thérèse a beau pester à Vienne, elle s'est trop avancée pour ne pas être le dindon de cette farce. À Versailles, Marie-Antoinette sort de sa réserve et devant quelques courtisans assure que le compte rendu qu'a donné le prince de Rohan de son voyage n'est qu'un tissu de mensonges. Le fer est engagé. Le duel entre la Reine et le futur cardinal peut commencer.

La princesse de Guémenée est par deux fois Rohan. Née Rohan-Soubise, propre nièce de la comtesse de Marsan, partant cousine du prince Louis, elle a épousé le fils aîné du prince de Rohan de la branche Guémenée. Aux Tuileries où elle possède un appartement comme à Versailles, elle est au centre d'une société de plaisirs que la Reine aime à fréquenter. On y donne bal sur bal ; et les soirs où il n'y a que souper, la dernière bouchée prise, on court aux tables de jeu malgré les multiples mises en garde du Roi. Dans son appartement de Versailles, dont elle a fait un tripot, elle bat les cartes et mène grand train. Elle a repris de sa tante Mme de Marsan la place de gouvernante des Enfants de France. Pour l'heure, devant un berceau vide et qui semble devoir le demeurer longtemps, étant donné les ardeurs amoureuses du Roi qui prêtent à chanson...

Ma fille, ayez un successeur,
Peu m'importe que le faiseur
Soit devant le trône ou derrière,
Mais avant de faire un cocu
Tâchez de l'avoir convaincu
Qu'il a le pouvoir d'être père

... la princesse a tout loisir de recevoir une société mélangée. À Versailles ce n'est un secret pour personne que s'y sont introduits des coupeurs de bourses, des aigrefins, des tricheuses de métier, des banquiers véreux. On y friponne sans façon, ouvertement. La Reine s'y attarde jusqu'à très tard dans la nuit ou très tôt dans la matinée, comme il vous plaira. Le Roi, qui a été frapper à sa porte et ne l'a pas trouvée chez elle, est retourné, bâillant, dormir dans ses appartements. Certain soir d'été où l'air baigné des effusions de la nature invite à la confidence, Marie-Antoinette quitte le jeu pour se rendre sur les terrasses où des ombres se croisent. On y furète en polissons. Marie-Antoinette ne voit aucun mal à ces bergamasques nocturnes. On fait mettre quelques violons dans les bosquets et l'on regarde le jour se lever sur le miroir du Grand Canal. Ces escapades sur les terrasses font bientôt jaser la cour, Paris, l'Europe entière. « Ce soir sous les grands marronniers... », écrira Suzanne sous la dictée de la comtesse Almaviva : on croirait que Marie-Antoinette a soufflé le mot à Beaumarchais.

Mme de Guémenée est à la mode et comme la reine n'aime rien plus que la mode, la princesse est en cour. Et lorsqu'on est en cour on peut tout demander à la reine. Mme de Marsan, qui de sa retraite d'Andrésy est au fait de tout ce qui se passe dans ses anciens appartements, à présent ceux de sa nièce, jubile des imprudences de cette reine qui, jour après jour, se dépouille des prestiges de sa royauté pour ceux d'une diva d'opéra. Elle tend l'oreille et entend monter les premières rumeurs de mécontentements. Et cela la comble d'aise. Alors qu'à Vienne au même moment l'impératrice s'en épouvante.

La lettre que le prince Louis a écrite à la reine sur ses conseils afin de se justifier de son ambassade, de son escapade de Venise, demeure sans réponse. L'officieuse Guémenée l'a pourtant remise en mains propres. Plusieurs fois elle est revenue à la charge pour que la souveraine accorde une audience au coadjuteur, son cousin. Sous un vernis de respect, la lettre fleure sa morgue. Le coadjuteur a écrit en Rohan et la reine l'a lu en Habsbourg.

Aussi fait-elle son évasive. C'est un voyage à Marly, c'est un tiré à Rambouillet, une simple promenade, demain ce sera un cerf, une leçon de musique... il se trouvera toujours quelque empêchement pour ne pas recevoir le prince Louis.

Le coadjuteur ne se fait plus d'illusions et quitte la place. Bientôt le voilà en carrosse pour Strasbourg. Et la Reine d'écrire à sa mère : « Le coadjuteur a eu une petite consolation, dont il n'est pas très content, quoiqu'il s'en vante beaucoup. On lui a donné une pension de cinquante mille francs pour payer ses dettes. Je fais compliment à ses créanciers. » Voilà le ton ironique que Marie-Antoinette emploie quand il lui vient d'évoquer son ennemi.

Dorénavant, chaque fois que le prince Louis briguera une place, il trouvera la reine en travers de son chemin. Elle le hait. Parfois certains êtres, par ailleurs généreux et bons, nourrissent-ils au fond de leur âme de ces rancunes dont la cause apparente n'est pas à proportion de leur haine et qui, s'ils n'y prennent garde, peuvent finir par gangrener leurs qualités. Il se trouve en ce cas présent un aveuglement dont les effets, avec le temps, confineront à la fatalité.

La Reine entend briser Rohan. Fini, nettoyé, c'est ainsi qu'elle le veut. En le désespérant, elle ne fait que l'exciter. Une inimitié, fût-elle royale, n'est pas pour l'effrayer. Au contraire, il l'accepte tel un défi. Rien ne saurait entamer son courage, et moins encore son ambition. Il intrigue donc, postule et finalement, comme on va le voir, il obtient.

Un chapeau ! De grâce un chapeau !

Seule Mme de Marsan au fond de sa retraite suffoque de rage. Quand elle apprend que le grand aumônier, le cardinal de La Roche-Aymon, est à l'article, elle quitte subitement sa retraite. Le grand aumônier va passer, c'est une nouvelle qui n'en est plus tout à fait une car ce pâle et froid vieillard se meurt depuis six mois.

Autant dire que les grandes manœuvres pour sa succession ont déjà commencé. À Vienne l'impératrice redoute cette fin. Elle sait le prince Louis en embuscade. Elle dresse, alors, ses batteries. À Versailles, Mercy se tient sur ses ergots.

On connaît la promesse par écrit arrachée au roi par Mme de Marsan lors d'un moment de faiblesse : la grande aumônerie doit revenir au coadjuteur de Strasbourg.

La Reine est arrivée à tourner la difficulté. Si elle ne consent pas à la nomination du prince Louis, en revanche elle accepte, afin de ne pas léser les Rohan, que cette charge passe au prince Ferdinand, le frère cadet, un crétin mitré qui par la suite deviendra l'aumônier de l'impératrice Joséphine, puis de l'impératrice Marie-Louise.

Mme de Marsan ne l'entend pas de cette oreille. L'altière comtesse débarque à Versailles. Elle y a gardé ses grandes entrées. Sans audience, sans même se faire annoncer, elle pénètre dans le cabinet du Roi. Elle va droit au fait :

— Sire, le cardinal de La Roche-Aymon est mort cette nuit ; je viens réclamer votre bonté et votre parole royale pour mon cousin, le coadjuteur de Strasbourg.

— Ma cousine, je sais que je vous ai promis pour lui la grande aumônerie, mais c'est aujourd'hui chose impossible : demandez-moi toute autre chose pour lui, mais il ne sera pas mon grand aumônier.

— Votre Majesté me cause un saisissement de surprise qui ne peut s'allier avec la parole d'un roi. Non, Sire, vous n'y manquerez pas, et mon cousin sera grand aumônier.

— Qui pourrait me forcer à prendre un homme pour qui j'ai la plus grande répugnance ?

— Vous-même, Sire, vous-même qui ne voudrez pas qu'il soit dit que vous avez manqué solennellement à votre parole donnée pour service rendu. Une simple répugnance n'est pas un titre pour y manquer.

— Je n'y puis consentir : j'ai donné ma parole à la reine.

— Je respecte les volontés de la Reine ; mais Votre Majesté ne peut avoir deux paroles. Je prends la respectueuse liberté d'assurer Votre Majesté qu'ayant publié la parole qui m'a été donnée par elle je me verrai dans l'impérieuse nécessité de publier que le Roi n'y a manqué que pour complaire à la Reine.

— Voulez-vous donc, ma cousine, me forcer à placer malgré moi, dans ma maison, un homme qui me déplaît et qui déplaît souverainement à la Reine ?

— Non, Sire, je n'invoque aujourd'hui que votre loyauté et votre justice. Nommez le coadjuteur grand aumônier ; vous vous le devez à vous-même. Mais il ne doit pas garder cette place malgré vous. Voici donc à quoi je m'engage pour lui et pour toute la maison de Rohan. Si, dans deux ans, mon cousin n'a pas le bonheur de dissiper, par sa bonne conduite et par ses services, la déplaisance de Votre Majesté et de mériter ses bontés, il donnera sa démission et ne paraîtra plus à votre cour. Si le Roi l'exige, il remettra lui-même cette promesse secrète par écrit au moment même de sa nomination.

— Eh bien ! puisque vous le voulez ainsi, je le nomme à regret, mais aux conditions que vous proposez vous-même.

Peut-on faire plus insinuant dans l'intrigue, y développer une rhétorique aussi souple et orgueilleuse ? La comtesse, manœuvrière d'excellence, fait feu, ici, de tout bois : le chantage, l'appel à l'opinion publique... le temps passé quand le roi et ses frères venaient chez elle à Andrésy pour les vendanges. Mieux que de l'intrigue bien comprise, c'est du grand art.

La Reine, prévenue trop tard du passage en coup de vent de Mme de Marsan dans le cabinet de travail du roi, n'eut de choix que celui de ravaler l'humiliation de sa défaite.

On était en février de 1777. Le parc de Versailles était sous la neige ; la reine calma ses nerfs par une promenade en traîneau avec son beau-frère d'Artois.

Sous ses dehors balourds et incertains, le Roi ne concède à la Reine que des bagatelles. Trianon, un bracelet de diamants, des girandoles, des moutons pour le hameau... Il pensionne ses favoris et ses favorites ; les accable de gratifications ; mais quand la Reine lui demande le départ d'un ministre ou encore d'infléchir telle ou telle décision dans sa politique vis-à-vis de l'Autriche, Louis ne cède pas d'un pouce. Et la grande aumônerie, alors ? Il avait donné sa parole par écrit... et puis que peut-on faire contre l'âme toute-puissante de l'intrigue qui, de surcroît, le tint en lisière jusqu'à l'âge de passer chez les hommes ?

« Mais qu'il ne compte pas sur moi pour le chapeau », a jeté le Roi en direction de la comtesse de Marsan au moment où celle-ci franchissait la porte du cabinet. Comme si un chapeau avait jamais été un obstacle pour la comtesse.

Un chapeau, oui, il faut un chapeau ! Car un grand aumônier sans chapeau et la pourpre qui va avec, fût-il Rohan, serait, en France, une nouveauté frisant l'inconvenance.

Or, loin de Rome, les faveurs papales quant à la pourpre cardinalice se règlent sur ce que l'on nomme le privilège des couronnes. Le Roi propose un nom et généralement le Pape y souscrit. Cela tient pour les évêques et les archevêques. C'est un privilège arraché de haute lutte. On sait ce qu'a coûté à la papauté cette querelle des Investitures. Tout le Moyen Âge s'en est fait l'écho. Un empereur à genoux dans la neige devant la porte du château de Canossa n'est qu'une piètre victoire à côté de la gifle de Sciarra Colonna à Anagni et l'exil d'Avignon.

Évidemment il se trouvera bien un moyen pour la comtesse, après pic, de faire repic et capot la Reine. Car cette interdiction du chapeau vient d'elle.

Le nouveau grand aumônier se souvient qu'il a obligé naguère, durant son ambassade de Vienne, le roi de Pologne Stanislas Poniatowski. Encore faudrait-il le lui en faire souvenir. Or avant d'être roi élu de Pologne, encore prince Poniatowski, il avait fréquenté les salons parisiens et plus que tout autre, avec assiduité, celui de Mme Geoffrin qui l'avait, alors, recueilli en tout bien, tout « déshonneur », car pour être philosophe et avoir banni de son salon les conversations mondaines ou trop risquées, elle n'en avait pas moins la galanterie à fleur de cuisse. C'était un esprit philosophique et ménager : d'Alembert, Marmontel, Crébillon fils, le peintre Boucher au salon et Stanislas Auguste derrière le paravent du boudoir. Le salon de la rue Saint-Honoré n'avait pas le ton aristocratique de celui de la marquise du Deffand. Celle-ci, d'ailleurs, agacée par ce salon rival, d'autant plus que Mlle de Lespinasse, chassée de chez elle, y avait trouvé refuge, aurait eu ce mot : « Voilà bien du bruit pour une omelette au lard ! » L'abbé Georgel, en son temps, on s'en souvient, avait fort apprécié cette omelette. Mme Geoffrin avait été un peu une bonne marraine pour ce jésuite défroqué. Le prince Louis y était allé pêcher des cœurs, en particulier celui de la jolie comtesse d'Egmont, fille du maréchal de Richelieu, qui possédait le feu et la vivacité d'esprit de son père ainsi que son humeur libertine.

Mme Geoffrin avait fait lors de l'élection du prince Poniatowski au trône de Pologne le voyage de Varsovie. Autant dire qu'un mot d'elle et le premier chapeau passant sur la Pologne serait pour le prince Louis.

L'abbé Georgel est dépêché chez le vieux bas-bleu que sa fille la comtesse de La Ferté-Imbault séquestre. Cette dernière veut à tout prix faire le salut de sa mère qu'elle pense vouée aux gémonies pour ses amitiés avec les philosophes. Le salon de

Mme Geoffrin a été durant quarante ans un repaire d'idées subversives auxquelles la bonne dame ne comprenait rien. Mais c'était à la mode d'être une patronne. Et Mme Geoffrin, riche bourgeoise par mariage (l'argent lui venait de la Manufacture royale des glaces de Saint-Gobain), avait trouvé ce créneau pour se faire une réputation et avoir pignon sur rue. L'abbé Georgel, qui sait son monde et possède dans sa musette assez de patenôtres pour endormir les soupçons d'une fille veillant sur l'âme de sa mère, approche la vieille qui se trouve flattée, malgré son vernis de philosophie, de faire un cardinal sans bouger de son lit. On obtient facilement la nomination polonaise. Cependant, ayant été promise en outre à un Broglie, évêque de Noyon, fort mal en point et déjà grabataire, il faut attendre sa mort. Georgel s'introduit chez le mourant, place un de ses hommes au chevet de l'évêque. Ensuite, il va se poster dans la maison de campagne de la comtesse de Marsan, entre Versailles et Noyon. Il a peu à attendre, l'évêque ne s'attarde guère en ce bas monde. Il est prévenu dans la nuit de sa mort. Fait atteler. Et à six heures du matin se trouve dans la chambre du comte de Maurepas. Le ministre, fort âgé, fort cassé encore que toujours plaisantin, se tire du lit. L'idée de damer le pion à « Toinette » l'amuse à la folie. C'est qu'il a toujours été antiautrichien. Ne lui déplaît pas non plus de rendre un petit service à sa chère comtesse de Marsan, dont il plaisantait naguère en bouts rimés les hauteurs :

Je suis, sans être vaine,
Dit la prude Marsan
Princesse de Lorraine
Et qui plus est Rohan !

En souvenir de cette vieille liaison, à sept heures, Maurepas passe une tête chez le Roi. Il le friponne, l'entortille. Le Roi signe l'agrément. Et aussitôt un courrier part à franc étrier pour Varsovie. À dix heures, la Reine se fait annoncer. Mise au courant par Mercy des manœuvres du camp Rohan, elle pense avoir creusé une contre-mine : elle possède un candidat pour ce chapeau polonais, un Montmorency, évêque de Metz. Trop tard ! Et la voilà encore refaite. Refaite et humiliée. Un mois plus tard mourait Mme Geoffrin.

Le provisorat de la Sorbonne tombe aussi dans l'escarcelle du prince Louis. Les docteurs de la Sorbonne, malgré la Reine qui leur a fait dire par l'abbé de Vermond qu'elle en tient pour le parti d'un La Rochefoucauld, lequel postule à cette place, votent pour le prince Louis. Et la Reine et son La Rochefoucauld de rester sur le carreau.

Ronron petit patapon...
Ah ! que ne suis-je à Trianon !

Le prince Louis est au comble de sa gloire. Tout sourit au cardinal de Rohan. N'est-il pas évêque de Strasbourg, grand aumônier de France, prince souverain d'Empire, proviseur de la Sorbonne, propriétaire de l'hôtel de Strasbourg à Paris, du château de Saverne, du palais Rohan à Strasbourg, en possession d'innombrables abbayes dont celle de La Chaise-Dieu ? Il est le plus riche et le plus puissant ecclésiastique de France.

Depuis qu'il n'y a plus rien à obtenir comme places et honneurs, son insatiable appétit s'est tourné vers la reine. Elle est devenue son obsession. Un mot, un regard, qu'est-ce donc pour elle ? Pour lui, c'est tout. Son image le hante jusque dans ses nuits. Pourquoi ce mépris ? Son intelligence, sa conversation spirituelle, ses bons mots, son luxe impertinent, tout chez lui le dénonce comme un candidat au cercle de Trianon. Il y serait comme un poisson dans l'eau parmi ces illuminations, ces fêtes, ces masques.

Jadis, le courtisan, d'une voix tremblante, demandait sur le passage du Grand Roi : « Marly ? Sire... » et un simple signe de tête du monarque pouvait changer le cours d'un destin ; car à Marly le Roi allait et venait quasiment sans cérémonial et l'on pouvait l'aborder bien plus aisément qu'à Versailles, partant, sans trop *valeter*, briguer des faveurs. Trianon aujourd'hui est aux mains d'une coterie de jeunes femmes et de jeunes hommes. Après trente ans, pour la Reine, on est vieux. Le voyage à Marly jadis récompensait les courtisans pour leur service. Celui de Trianon ne tient qu'aux tocades de la souveraine. Tous les ennuyeux en sont bannis. L'intelligence, le mérite ne servent de rien. Pour obtenir un passeport pour Trianon, il faut une jolie tournure, de la légèreté, de l'esprit, de l'insolence dans les propos, et surtout n'avoir aucun fond. En un mot être à la mode. On comprend que le roi n'y passe qu'en coup de vent, sans jamais y coucher.

Le cardinal de Rohan ne désespère pas d'en être. Sa cousine lui ouvrira les portes de ce royaume enchanté. Cependant, pour l'heure, chaque fois qu'il s'attarde dans ses appartements, la Reine en sort avec ostentation, sans un mot, sans un regard.

Si on joue gros jeu chez la princesse de Guémenée, il s'y trouve aussi quelques godelureaux à la mode dont la reine raffole pour se donner un air de licence et calmer ses nerfs de frigide en donnant, sans grand sacrifice, de petites émotions à sa vertu.

C'est chez la princesse que la Reine rencontre la première fois le duc de Lauzun, dont elle se toque un quart d'heure.

« J'ai tant de peur que, si vous perdez, je crois que je pleurerai », lui dit-elle un jour où il fait courir un cheval car, à la passion du jeu, s'ajoute chez Marie-Antoinette celle du turf. Un ou deux steeple-chases, trois petits tours et le *roué* se fera mettre à la porte. « Sortez, monsieur ! » lui dira froidement la Reine le jour où elle surprendra ce nouveau Chérubin, vêtu de la tunique bleu céleste et de la soubreveste à galons citron du régiment Lauzun-hussards, à ses genoux dans sa chambre. Ce « sortez » est une douche froide après tant de caresses. Un jour elle avait réclamé pourtant avec tant d'insistance la plume de héron de son casque ! Elle la lui avait fait demander par l'officieuse Guémenée ; une autre fois c'était sa folie de Montrouge, son *vide-bouteilles*, comme on disait alors, qu'elle désirait visiter, là même où il menait les filles de l'Opéra et, plus tard, régalera sa maîtresse, la marquise de Coigny, ainsi que la coterie d'Orléans avec à sa tête son âme damnée, Choderlos de Laclos. Ce Choderlos qui organisera de toutes pièces la marche des femmes de Paris sur Versailles le 5 octobre 1789, où il se trouvera si peu de femmes et tant d'hommes déguisés en harengères.

C'est de cette marquise de Coigny que la Reine a dit pour lui marquer son dépit : « Je ne suis que la reine de Versailles, Mme de Coigny est la reine de Paris. »

La marquise se méfie de Laclos autant qu'elle raffole du peu fiable Lauzun. Elle lui a interdit sa porte ; elle n'y est jamais pour lui. D'ailleurs elle avoue, elle qui ne craint ni Dieu ni diable, que seule avec lui il lui vient des tremblements. Elle a du flair car il se vengera d'elle en la peignant dans ses *Liaisons dangereuses* sous les traits de la perverse marquise de Merteuil.

Lors de l'inventaire de la bibliothèque de la Reine à Trianon, un exemplaire de ce roman y sera retrouvé. L'avait-elle lu, elle, si inappliquée, qui n'avait dit-on jamais ouvert même son herbier ?

Le beau Lauzun sortit du boudoir. Adieu la jolie Reine en gaule de mousseline passant rêveuse dans les allées de Trianon entre les pommiers paradis et les rosiers pelotes de neige ! Adieu les derbys du bois de Boulogne et les chasses de Marly ! Il se fait une raison. Il butine lui aussi. « Être aimé de temps en temps par une jolie femme qui en aime d'autres ; être pris, quitté, repris sans qu'on s'en doute, est un état fort heureux. C'est un bénéfice sans charge d'âme. » N'est-ce pas là bien résumé ce siècle léger et sans cœur qu'on appelle pourtant le siècle du sentiment ?

Mme de Guémenée a le tort de demander à la Reine de faire payer par le Roi les dettes de l'impertinent, ce qu'elle rejette. À cette mortification s'ajoute le refus de lui accorder le brevet de colonel du régiment des gardes-françaises, en succession de son oncle le duc de Gontaut, décédé. Sous l'influence de la marquise de Coigny, alliée des Rohan, le ressentiment de Lauzun envers la reine tourne à l'aversion.

Survient la banqueroute du prince de Guémenée. On range rapidement les cartes. La princesse démissionne de sa charge. La Reine cette fois intervient auprès du Roi, qui ne veut rien entendre. « Rien ! vous dis-je, madame, pas un franc, pas un sou, pas un liard, rien pour les Guémenée, rien pour éponger leur faillite. Le prince n'a-t-il pas déjà reçu onze millions pour la vente du port de Lorient à la Couronne ? »

Les Guéménée quittent la cour, laissant libres les survivances de grand chambellan, de capitaine des gendarmes de la garde et le gouvernorat des Enfants de France. C'est la consternation dans le camp Rohan. Leur banqueroute a ruiné de petites gens, des domestiques, des marchands, des portiers qui comptaient sur ce prince étourdi et prodigue pour faire fructifier leurs économies. L'aversion de Lauzun, insensiblement, se transforme en haine et bientôt le voilà qui verse dans la coterie Orléans. Il fréquente le Palais-Royal. La marquise de Coigny devient sans-culotte avant l'heure. Elle parle de la *canaille aristocratique* quand il lui faut nommer le roi, la reine et la clique Polignac qui s'est empressée de fondre sur les dépouilles des Guéménée.

La comtesse Jules obtient la place de gouvernante des Enfants de France. Demain elle sera faite duchesse.

Il faudrait le fouetter pour le faire décharger de colère comme les ânes !

La Reine est grosse, la Reine attend un héritier ? Mais qui en est le père ? Le duc de Coigny, le duc de Lauzun, le baron de Besenval, ce jeune Suédois dont on la dit éprise ?... Certains vont jusqu'à prétendre que c'est son beau-frère le comte d'Artois, un soir de demi-lune, sous les grands marronniers...

Il y a peu on chantonnait encore :

Maurepas était impuissant
Le Roi l'a rendu puissant ;
Le ministre reconnaissant

Dit : « Pour vous, Sire,
Ce que je désire :
C'est d'en faire autant... »

Eh bien, non ! Le père de l'enfant est bien le « bon homme », comme dit Marie-Antoinette ; c'est le Roi. Et il a fallu pour en arriver là que son beau-frère Joseph II fasse le voyage de Vienne pour lui montrer la « méthode ». Personne n'avait jamais pris sur lui d'expliquer, quand il était Dauphin, comment on s'y prenait tant il allait de soi que le tempérament Bourbon devait le guider d'instinct. Et puis dans ce grand Versailles où le libre-échange est pratiqué ouvertement, il aurait bien dû se trouver une nouvelle Cathau-la-Borgnesse, cette Mme de Beauvais qui déniaisa Louis XIV, afin de lui expliquer la femme. Mais il était pieux et probablement devait-il penser que, comme pour la Vierge Marie, les Dauphins se faisaient par l'intermédiaire du Saint-Esprit ; à moins que, à l'instar d'Agnès de *L'École des femmes*, ils ne se fissent par l'oreille.

Longtemps à propos de l'impasse de l'alcôve on avait évoqué le bistouri. Toutes les cours d'Europe parlaient de cette intervention comme la seule solution à un phimosis qui créait l'empêchement. Or ce phimosis est une légende. Louis XV, très au fait de cet inconvénient, en parlait librement dans ses lettres à un autre de ses petits-fils, l'infant don Ferdinand de Parme, fils de Madame Infante, sa fille préférée, qui se trouvait avoir des problèmes d'alcôve avec sa femme, l'archiduchesse Marie-Amélie, propre sœur de Marie-Antoinette. « Votre chirurgien, qu'on dit bon, a-t-il vu votre mal au gland qui ne peut être venu que parce que votre prépuce est trop long et a peine à se détacher ?... » écrivait-il. Le roi avait demandé lors d'un séjour à Compiègne à son premier chirurgien La Martinière d'examiner le Dauphin. Rien, aucun défaut naturel ne s'oppose à la consommation du mariage, avait certifié le médecin qui devait, d'ailleurs, renouveler deux ans plus tard ce diagnostic alors que le mariage du prince n'était toujours pas consommé.

L'apathie du Dauphin quant aux dames laissa craindre un instant au Roi que son petit-fils fût impuissant. C'est le seul doute qu'il eut jamais.

Or puisque le prince ne présente aucune déficience congénitale, alors c'est la « méthode » qui est mauvaise. C'est la méthode, ou bien il faut chercher l'empêchement du côté de la Reine. Frigidité, défaut de tempérament, incompatibilité physiologique avec le partenaire, « étroitesse du chemin »... tout est à envisager. Or l'empereur Joseph II n'est pas la personne la plus apte à interroger la reine dans la mesure où Marie-Antoinette ne se fait aucune illusion sur la sympathie que lui porte son frère. À peine est-il à Versailles qu'il se rend, pour la narguer, à Louveciennes chez la comtesse du Barry qui lui fait les honneurs de son pavillon en compagnie du duc de Brissac, son amant, avec qui elle vit quasi maritalement.

Autant dire qu'en privé avec son frère la reine demeure silencieuse. Si Joseph II, malgré la froideur qu'elle lui marque, tente de l'interroger sur son ménage, elle l'arrête aussitôt : « Il m'aime beaucoup et fait tout ce que je veux », laisse-t-elle tomber comme si l'amour de Louis XVI était à proportion de sa docilité.

C'est le souverain lui-même qui, se sentant en confiance avec son beau-frère, finira par cracher le morceau. Il en ressort que malgré le couloir qu'il a fait établir entre leurs appartements afin de déjouer la curiosité des courtisans sur ses visites royales,

Louis XVI est demeuré, depuis sept ans, à demi puceau et Marie-Antoinette vierge à demi. « Il a des érections fortes, bien conditionnées ; il introduit le membre, reste là sans se remuer deux minutes peut-être, se retire sans jamais décharger, toujours bandant, et souhaite le bonsoir. Cela ne se comprend pas, car avec cela il a parfois des pollutions nocturnes, mais en place ni en faisant l'œuvre jamais ; et il est content, disant tout bonnement qu'il faisait cela par devoir et qu'il n'y avait aucun goût. Ah ! Si j'avais pu être présent une fois, je l'aurais bien arrangé ! Il faudrait le fouetter pour le faire décharger de colère comme les ânes. Ma sœur avec cela a peu de tempérament, et ils sont là deux francs maladroits ensemble. » Voilà ce qu'écrit Joseph II à son frère l'archiduc Léopold, grand-duc de Toscane.

Joseph II après avoir débité à son inexpérimenté et peu appétent beau-frère un petit discours sur la « méthode » repart rassuré pour Vienne. Marie-Antoinette n'est plus vierge à demi mais, enfin, femme. Et si ce n'est femme véritablement comblée, du moins elle n'en laisse rien paraître. Louis XVI a enfin surmonté ses appréhensions et Marie-Antoinette les douleurs dont elle se plaignait ; car Louis XVI, le plus grand par la taille des rois de France avec François Ier, est monté de belle manière. Le « grand passage » a eu lieu le 18 août 1777. Au printemps suivant, la Reine sera grosse.

Puce ! Couleur puce, voilà le grand chic !

La Reine s'ennuie. Elle est peut-être devenue enfin une femme, mais une femme qui s'ennuie. Les bals de Versailles la font bâiller. Elle joue pour s'étourdir, fait des dettes, subjugue ceux qui l'approchent. C'est une fée. Une manière de Mélusine. Une Mélusine qui a du cœur mais la tête aux champs. Cette course effrénée aux plaisirs et quelques réponses cinglantes comme celle à sa dame d'honneur qui lui rappelait que Marie Leszczyńska faisait ceci et non cela : « Madame, arrangez-le comme vous l'entendrez. Mais ne croyez pas qu'une reine née archiduchesse d'Autriche y apporte l'intérêt et l'abandon qu'y donnait une princesse polonaise, devenue reine de France », ont fini par avoir raison de ce cœur aimant et aimable.

C'est, jour après jour, une perpétuelle fuite en avant... Le menuet à Versailles est une barbe. Et ces vieilles duchesses osseuses et spectrales, couvertes de diamants, le visage passé au blanc avec deux pouces de rouge sur les pommettes, sont à ficher le *spleen*. Le spleen voilà ! C'est le nouveau mot, que l'anglomanie introduite un peu partout a mis à la mode. On n'a plus de vapeurs ni de vague à l'âme mais on s'est attrapé un spleen comme on se chope un rhume. Or la Reine étant une femme qui se doit de devancer la mode est forcément d'humeur « spleeneuse ». Pour couper à ce menuet des spectres, on s'en ira danser à l'Opéra du Palais-Royal en laissant les vieilles perruques à leur caquetage de tabourets.

Chaque matin la Reine s'enferme avec sa couturière Mlle Rose Bertin. C'est une artiste du chiffon. Mme du Barry l'avait mise à la mode. La duchesse de Chartres, belle-sœur de la princesse de Lamballe, s'en était emparée et c'est cette dernière qui l'a présentée à la Reine. Marie-Antoinette est devenue aussitôt son mannequin vedette. Mieux qu'aucune femme de la cour, mieux qu'aucune actrice, elle enlève la toilette.

En juin elle se désole d'avoir pris de l'embonpoint. Il lui faut refaire entièrement sa garde-robe et si possible cacher sa grossesse pour lui permettre de courir de bal masqué en bal masqué.

Il me faut un tailleur de ce taffetas brun. Vu les circonstances et la couleur, on le nommera *Composition honnête*. Mais au fait quelle est cette couleur ? Louis XVI qui passe dans le cabinet avant de se rendre à la chasse s'écrie avec le bon gros sens qui le caractérise : « Puce évidemment ! C'est couleur de puce. » Le mot fait aussitôt fureur. Toute la saison sera *puce*. Vieille puce, jeune puce, ventre de puce. Les soyeux de Lyon sont puces comme ils seront la saison suivante : *cheveux de la Reine*.

La Reine est sur le point d'accoucher. Noël sera bientôt là, et le carnaval commence. Marie-Antoinette se désole de rater le bal masqué, mais les médecins l'ont obligée à garder le lit. Le Roi pour la distraire passe dans sa chambre suivi d'une troupe de masques. Le vieux Maurepas ouvre la marche, bon pied, bon œil, déguisé en Cupidon tenant la comtesse de Maurepas travestie en Vénus. Ils gambillent à presque quatre-vingts ans chacun, c'est charmant et du plus haut comique. La Reine pouffe dans ses oreillers. Vient ensuite le maréchal de Brissac en derviche. Il est de la même génération que Maurepas. Paraît alors la princesse de Hénin en fée. Une fée pourvue d'une langue de vipère, la personne la plus spirituelle mais aussi la plus venimeuse de la cour. Le maréchal duc de Richelieu en Titan et la maréchale de Mirepoix en Aurore y vont ensuite d'un rigodon comme s'ils avaient vingt ans. Révérence à la Reine. Le maréchal sait que la Reine ne l'aime pas d'autant que dernièrement il a essayé de jouer les entremetteurs auprès du roi, comme il le faisait au temps de Louis XV, en voulant lui présenter une jeune actrice du Théâtre-Français que le souverain avait semblé remarquer. Il jette à la cantonade mais assez fort pour être entendu de la Reine :

— Ne croyez-vous pas, princesse, que nous pourrions en remontrer aux godelureaux de la Reine ?...

« Passé trente ans, je ne comprends pas qu'on ose encore paraître à la cour... » avait dit la Reine. Les vieilles perruques viennent de lui montrer qu'elles avaient plus de gaieté et d'ironie que toute sa clique de Trianon. C'était la réponse du berger à la bergère.

La Reine accoucha, quatre jours avant Noël, d'une fille, cette Madame Royale qui sera échangée après la chute de Robespierre et qui épousera son cousin germain, le fils aîné du comte d'Artois, le duc d'Angoulême.

Le cardinal de Rohan, grand aumônier de France, ondoie puis baptise en grande pompe la petite princesse. Mais ce n'est pas pour autant que la Reine lui accorde un regard. Il est transparent. À jamais inexistant pour elle.

Les couvents mènent à tout, il suffit de savoir en faire le mur...

Adieu les épingles, les aiguilles, le faufilage des ourlets, les biais, les pinces, les fronces !

Jeanne de Saint-Remy a quitté les ateliers de Mlle La Marche pour entrer chez la modiste Mme de Boussol qui tient boutique dans le Faubourg Saint-Germain. On y veille souvent des nuits entières pour livrer à temps une commande. La fatigue, ajoutée au chagrin de ne pas être reconnue pour ce qu'elle est, autant dire, une Valois, la mine et, bientôt, elle tombe malade. Ici s'établit un va-et-vient entre essayages et bronchites ; ateliers de couture et une petite chambre que la bonne marquise a mise à sa disposition en son hôtel de Boulainvilliers, rue Notre-Dame-des-Victoires.

À peine rétablie on la place chez une lingère qui s'en sert comme fille de charge. De nouveau malade, la revoilà à l'hôtel de Boulainvilliers. Commencent alors quasi ouvertement les menées du marquis. Boulainvilliers est un roué qui ne peut se contrôler devant la jeunesse et les appas de Jeanne. On voit d'ici la scène ; genre séduite et déshonorée. De Marivaux au Divin Marquis, les romans du XVIIIe siècle en abondent. C'est un passage obligé. Et comme la vie de Jeanne de Saint-Remy débute comme un roman, il faut sacrifier à cette mode du verrou, de la vertu outragée quoique consentante.

Cela prélude d'abord par de petits cadeaux : un châle, une jolie robe. Font suite les bijoux : une montre ici, une bague là. Puis le marquis en personne en pleine nuit au pied du lit de Jeanne, dans tous ses états, fort rouge, fort excité ; et affichant malgré sa chemise de nuit un priapisme qui ne laisse aucun doute sur ses sentiments.

« Sortez, monsieur ! » s'écrie Jeanne. Et le marquis quitte les lieux, de peur que les cris de Jeanne n'aillent réveiller la maisonnée, jurant qu'il saura se venger.

On entrevoit ici la réaction normale d'une âme pudique, révoltée par de telles propositions. Jeanne est jeune, pudique sans doute, révoltée sûrement. Mais elle est aussi dépourvue de tout scrupule et surtout du moindre fumet de religion, ne sachant pas même ce que pourrait être un début de morale – c'est que les tristes expériences de sa jeunesse lui ont contraint l'âme jusqu'à la lui rendre boiteuse.

Elle ne se serait pas intéressée à scruter le monde avec cette application d'entomologiste si elle n'y avait trouvé des réponses à certaines questions, encore que mal formulées. On peut imaginer que, devant le marquis, elle a rapidement pesé le pour et le contre de la situation ; ce qu'elle tirerait d'un côté en cédant et de l'autre ce qu'elle y perdrait, en encourant la disgrâce de sa bienfaitrice. Que sont des bijoux, un diamant – qui sait ? – mais plus probablement des colifichets avec lesquels le roué appâte facilement la débutante du Théâtre-Français, ou une fille de l'Opéra, auprès du discrédit de la marquise ? Elle a vu le piège et, avec ce coup d'œil froid de l'artilleur, qui sait par où il faut nourrir le tir, elle a pris son parti et a joué la marquise contre le mari. Cette dernière a déjà beaucoup fait pour elle et sa famille. Bientôt elle sera dotée d'une pension par le roi ; son frère reconnu comme baron de Valois a été envoyé dans une école d'officiers de marine ; sa sœur Marianne – celle que sa mère avait abandonnée à la fenêtre du fermier – est en route pour venir la rejoindre à Paris. De surcroît, la fille de la marquise, Mlle de Passy, devenue la comtesse de Clermont-Tonnerre, est dans l'intimité de la reine. C'est elle qui par ses singeries a causé le fou rire de cette dernière, le jour où les duchesses en mante s'en vinrent, en rang d'oignons, lui faire leurs premières révérences. Début d'une série de vanités blessées qui, à la longue, finiront par lui faire bien plus d'ennemis qu'on le soupçonne.

Depuis quelque temps, on s'interroge à la cour sur ces jeunes Valois sortis de nulle part, comme des lapins roses du chapeau d'un bonimenteur de foire.

Madame Élisabeth, sœur du roi, s'en est trouvée tout émoustillée et veut les voir. La comtesse de Clermont-Tonnerre a arrangé l'affaire. Son Altesse devant se rendre à Brunoy où son frère, le comte d'Artois, donne une fête, s'arrêtera en chemin chez Mme de Boulainvilliers à Montgeron. Ainsi pourra-t-elle apercevoir le prodige de cette famille bâtarde mais tout de même capétienne, resurgie des abîmes de la Fronde et des guerres de Religion.

Jeanne et son frère en permission sont présentés à Son Altesse Royale. On félicite Jeanne de la pension de mille écus que le roi lui a accordée. Étonnement. Mille écus ! Mais avec mille écus et le nom de Valois, on peut prétendre à un bon parti. Alors que la pension que touche chacun des trois enfants est une misère de huit cents livres. Le Roi a pourtant laissé l'estimation de la pension à Maurepas qui l'a fixée à mille écus. Que s'est-il donc passé ? Le marquis de Boulainvilliers simplement est passé par là.

Il s'est fait annoncer chez le ministre.

— Mille écus, monseigneur ! Ce ne sont que des jeunes gens, huit cents livres seraient déjà pour eux le pactole !

— Mais vous n'y pensez pas, marquis, huit cents livres, c'est ce que le roi donne pour se débarrasser des importuns.

— Croyez-moi, monseigneur, ma femme et moi-même nous veillons fort bien sur eux. Nous les traitons comme nos propres enfants. Nous survenons à leurs besoins. Huit cents livres, je vous assure, c'est amplement suffisant.

— Ah bon ! Si vous me l'assurez...

Jeanne comprend que le marquis a tenu parole : il vient de se venger.

La collation prise, la princesse, suivie de la comtesse de Pont-de-Cassel, remonte en voiture pour Brunoy. La marquise de Bougainvilliers, Mme de Clermont-Tonnerre, Jeanne et son frère dans un bel uniforme neuf suivent en calèche. Ils arrivent pour assister à la comédie dont le comte d'Artois a eu l'idée pour amuser le roi. Car le Roi et la Reine sont de la fête. Il s'agit d'une réunion dépourvue de cérémonial. Chacun se place où il l'entend. Aucun détail, rien n'échappe à Jeanne. Elle hume enfin le parfum de ce monde qu'elle pense être le sien. Elle voit la Reine entourée de son clan. Elle se trouve à quelques pas d'elle. Marie-Antoinette regarde les illuminations. Elle tient par la taille sa nouvelle favorite, Mme de Polignac. D'Artois, tête à vent comme sa belle-sœur et roué au petit pied, sourit finement à ce spectacle des deux amies. La France gaillarde, celle des Valois et des Bourbons, avait eu des rois à favorites, parfois certains avaient eu des « mignons », mais on n'avait jamais vu de reines se hasarder, ainsi, en public, avec des gestes prêtant à confusion, sur les sentiers de Lesbos.

Un coup d'œil permet à Jeanne d'entrevoir le terrain où un jour elle compte bien se pousser elle aussi. Elle s'avance presque jusqu'à toucher cette reine légère et frivole, et, comme elle, dépourvue de scrupules religieux. Cette reine qui s'entoure d'intrigants, accessible aux pires aventuriers et aux catins, qui achète des diamants sans pouvoir les payer, court les bals de l'Opéra, toujours en l'air, toujours en quête d'on ne sait quoi pour se désennuyer... Tout ce qu'elle a entendu dire sur elle lui revient, alors, en mémoire. Cependant, pour un peu elle l'aimerait, si au fond d'elle-même elle ne la haïssait tant d'être tout, et elle rien.

De retour à Paris, elle se retrouve seule, pour quelques jours, à l'hôtel de Boulainvilliers. Sa bienfaitrice et le marquis se sont absentés pour affaires en province. Depuis qu'elle y loge, Jeanne a remarqué, certaines nuits, un trafic dans les sous-sols et les caves de l'hôtel. Des bruits étranges, des allées et venues. Elle a imaginé une conspiration. Il n'en est rien. Le marquis s'est fait, tout simplement, bouilleur de cru à la barbe du guet, sa propre police, puisqu'il est prévôt de Paris. Une odeur d'alcool s'étant échappée d'un soupirail, Jeanne entrevoit le profit qu'elle peut en tirer pour se venger et rendre au marquis la monnaie de sa pièce.

Elle se met à la fenêtre. Crie qu'on veut l'empoisonner. Ameute les passants. La populace, toujours curieuse, s'attroupe aux portes de l'hôtel. Le secrétaire du marquis, affolé, essaie de noyer la cave. La foule au-dehors se fait houleuse et, forçant les portes de l'hôtel, finit par pénétrer dans la cave. Alambics, cuves, bouteilles, tout, en un instant, est renversé. On débouche des flacons. On trinque. L'alcool monte à la tête de la populace, et voilà le quartier en ébriété. Le guet à pied intervient. Fait évacuer l'hôtel. Prévenu au fond de sa province, le marquis revient en poste, brûlant les étapes. La marquise débarque quelques jours plus tard. Ils n'entrent que de nuit dans leur demeure afin d'éviter les huées de la foule. L'affaire s'est répandue jusqu'à Versailles. Les Boulainvilliers sont priés de s'abstenir de paraître à la cour.

La marquise n'en oublie pas, pour autant, ses protégés. Elle écrit cette fois-ci à l'intendant de Champagne afin de réclamer le retour de Marianne de Saint-Remy dont elle n'a reçu aucune nouvelle. Le riche fermier Durand, au volet duquel avait été accroché le poupon, ne veut pas la laisser partir depuis qu'il a appris que le roi a pensionné la fillette. Il tient à se défrayer sur cette rente. L'intendant se fait annoncer, le fermier prend peur et cette fois se voit obligé d'obtempérer. Il laisse échapper et la pension et l'enfant, qui, depuis la nuit du volet, est devenue une fille en âge de se marier.

Marianne de Saint-Remy de Valois débarque un beau matin chez les Boulainvilliers. C'est une grosse fille, bien blonde, bien fade, et assez bête. Plus tard, elle montrera juste assez d'instinct pour imaginer qu'elle aurait pu être une grande dame. Cependant on la trouvera toujours prête à déroger à sa condition, en fréquentant le vulgaire. Elle s'en retournera au peuple, alors que sa sœur, chimères en tête, n'aura de cesse que de s'élever.

Les Boulainvilliers retrouvèrent bientôt les faveurs du roi grâce au prince de Conti. Ce dernier, de la même loge que le marquis, est intervenu afin de minimiser l'épisode des alambics.

En connaisseur, le marquis hume avec délices les chairs pleines et roses de la jeune fermière. Marianne est de ces jolies gourdes assez appétissantes qui appellent la botte de foin et le rapide troussage. La marquise pressent cette fois le danger. Elle se hâte d'envoyer Jeanne et Marianne à l'abbaye de Yerres aux portes de Paris. Le marquis s'y fait annoncer. Il ne s'est pas résigné à laisser échapper Jeanne et, faute de Jeanne, Marianne. Il propose à Jeanne de lui faire épouser le chevalier de L'Hil, l'une de ses créatures, assez courtois pour lui abandonner le droit de cuissage. Jeanne se tire d'affaire en proclamant qu'elle désire devenir nonne. La marquise, mise au courant de cette soudaine dévotion, qui veut faire le bonheur de Jeanne et de sa sœur à tout prix, les fait sortir du couvent. Elle a lu assez de romans pour savoir que le couvent est toujours un pis-aller ; on n'y aspire que pour des raisons qui en général ne dépendent pas de Dieu. Elle se met aussitôt en campagne pour trouver un mari à Jeanne. Se présente, alors, un jeune homme de vingt ans, bien fait et qui passe pour être le fils de Louis XV et d'une baronne allemande. On en est, déjà, aux présentations, quand survient le marquis qui déclare tout net que ce mariage, s'il se fait, se fera sans lui. La marquise est contrariée, mais elle se range, en femme soumise, à l'avis du mari. Et nos deux Saint Remy de Valois qu'elle avait fait sortir de leur couvent sont renvoyées à leur dévotion. Cette fois-ci à l'abbaye de Longchamp fondée par Isabelle de France, sœur de Saint Louis, qui se trouve en bord de Seine, face au village de Suresnes. Leurs simulacres de dévotion ne trompent personne et, moins que quiconque, la révérende mère qui a flairé en elles des drôlesses. Elle ne s'en laisse pas conter et les tient à l'œil. Si bien à l'œil que, entre chien et loup, autant dire entre vêpres et complies, voilà les deux Saint-Remy par-dessus le mur du couvent. Elles prennent la clé des champs, un balluchon sous le bras, trente-six livres tournois en poche. L'aventure est au bout de la route, pensent-elles. L'aventure sans doute. Mais encore faut-il savoir par quel bout l'attraper.

5

L'aubaine ! Le pigeon idéal...

Retour à la case départ

L'aventure au bout de la route ? L'aventure, disons plutôt, les embûches et les ornières. Avec trois sous en poche et pas mal d'aguicheries dans le regard, on fait facilement carrière dans un roman de l'abbé Prévost. Le destin de Manon Lescaut ne serait d'ailleurs pas pour effrayer Jeanne s'il n'était que de bijoux, de promenades en carrosse au Cours-la-Reine, de petits vieux proprets, mi-fermiers généraux mi-roués... Cependant, au bout du compte, le bagne en Louisiane ne lui paraît pas un itinéraire convenable pour la dernière des Valois.

Les deux sœurs veulent se rendre à Bar-sur-Aube. Elles grimpent dans une diligence qui les laisse devant l'auberge de la Tête Rouge à Bar-sur-Aube. Elles n'ont pour tout argent que deux gros écus. C'est peu pour retrouver leurs glorieuses racines et tenter de rentrer dans les biens de l'antique maison des Saint-Remy de Valois.

Bar-sur-Aube est une petite ville qui, comme toutes les petites villes de province, possède sa muse. Ici, elle se nomme Mme de Surmont. M. de Surmont est magistrat, président de la prévôté de Bar-sur-Aube et lieutenant de police. C'est chez eux que la société éclairée de la ville se réunit pour faire sa partie de *whist*, ce nouveau jeu récemment introduit en France ; et discuter des idées du jour. En un mot, Mme de Surmont tient salon. On y joue aux cartes, donc, on y médit un peu, on y bâille beaucoup. Toute nouvelle est accueillie comme une aubaine. Aussi deux princesses en fuite, crottées, poussiéreuses, descendues dans la gargote du coin, autant dire un coupe-gorge, c'est du pain bénit. Mme de Surmont se fait un peu tirer l'oreille avant de condescendre à payer de sa personne et de se rendre à la Tête Rouge pour juger du miracle.

À vingt-quatre ans, Jeanne n'est pas véritablement belle, mais elle possède le charme qui captive. La taille est médiocre mais svelte et bien prise. Ses yeux bleus et profonds sont mis en valeur par des sourcils très noirs et bien arqués. En souriant elle découvre les plus belles dents du monde. Son teint pâle contraste avec une chevelure de jais. Le pied est petit et bien cambré. La main fine et longue. Un petit détail finira ce bref aperçu : caprice singulier de la nature, sa gorge n'est formée que d'un sein, l'autre étant demeuré presque en enfance. Dénuée de toute espèce d'instruction, elle a pourtant l'esprit vif et de la repartie. Et le don de pénétrer d'un regard les personnes. Ainsi se joue-t-elle facilement des uns et des autres. Il transpire de tout son être quelque chose de fatal qui, loin de repousser, attire. Elle séduit et soumet. Il y a en elle de la sirène.

Mme de Surmont tombe sous le charme. Pourquoi ne viendraient-elles pas loger chez nous ? Le mari cède à regret.

On quitte la Tête Rouge en y laissant le dernier écu et on s'installe sans plus de façons chez les

Surmont. Dans la petite chambre qu'on met à leur disposition, Jeanne et Marianne trouvent deux robes de la maîtresse de maison, laquelle, ayant compris leur dénuement, leur prête ces quelques nippes ; plus pour maintenir sa réputation de bienfaitrice que dans l'espoir de les leur voir porter, vu son magnifique embonpoint.

Aussitôt Jeanne demande des ciseaux, du fil, une aiguille. Et la voilà taillant et cousant. Elle passe ainsi la journée avec sa sœur. Elle se souvient des leçons de Mme de Boussol.

Le soir le Tout-Bar-sur-Aube, ce qui compte dans la ville, se trouve dans les salons de l'hôtel de Surmont. Elles paraissent. Tous les yeux dans l'instant convergent vers la porte. Le miracle se produit. Pour un peu on les prendrait pour des princesses dans ces robes qui mettent en valeur leur taille. Les jeunes gens admis dans cette société se livrent autour d'elles à des danses de séduction. Il leur faudra peu de temps pour découvrir qu'elles ne sont guère plus cruelles que les princesses de roman. Mlles de Saint-Remy apportent d'emblée dans ce salon poussiéreux de la vie et du mouvement. On coquette, on ne se gêne aucunement, on affiche ses aises. Mme de Surmont en prend le tournis. Elle pensait avoir ces princesses à demeure pour une semaine ou deux et déjà six mois sont passés. Chaque jour amène son lot de potins, d'intrigues et de brouilles. Jeanne fait ses classes, y aguerrit son génie. Ce cercle étroit et provincial lui sert de laboratoire. Elle s'empare de l'esprit de M. de Surmont, se l'attache pour mieux répandre ses perfidies par ailleurs. Mme de Surmont est réduite au désespoir. Quand elle parle de Jeanne à présent, c'est comme du démon.

Jeanne fait la connaissance d'un jeune homme de

la bourgeoisie, Jean-Claude Beugnot, qui, sur le tard, deviendra le comte Beugnot, ministre du roi Jérôme Bonaparte en Wesphalie, et pair de France. Elle le séduit. Il passe pour son amant. Mais son père, qui ne pousse pas le snobisme à vouloir allier son honnête et bourgeoise famille à celle des Valois, fait rapidement décamper son fils de la ville. C'est alors que se présente le neveu de M. de Surmont. Il sert dans la gendarmerie du Roi. Corps d'élite s'il en est. Un simple cavalier y a rang d'officier, c'est dire. Avec de la noblesse, un nom qui vous recommande et un peu de bonne conduite, un jeune homme tel que le neveu de M. de Surmont arriverait rapidement à obtenir de l'avancement. Mais la bonne conduite n'est pas exactement le point fort du jeune Nicolas de La Motte. Il a toujours vécu d'expédients car la pension que lui fait son oncle ne suffit pas à son train de cabaret. Jeanne décèle rapidement en lui le chevalier d'industrie en graine dont elle a besoin ; l'âme sœur, en tout cas ; le partenaire qui lui faut pour la seconder dans ses projets. Comme il est grand, bien fait, sans toutefois être beau, qu'il ne manque pas entièrement d'esprit et que, de surcroît, il se trouve être gentilhomme, elle ne s'embarrasse pas de scrupules et lui cède.

Elle lui cède si bien que la voilà grosse. C'est que la bagatelle a duré plusieurs mois à la barbe de tout Bar-sur-Aube qui n'en croit pas ses yeux quand le miracle de l'amour ne peut plus taire son nom. Qu'une demoiselle de la société se retrouve engrossée dans une petite ville de province, cela donne lieu à mille ragots perfides ; mais que cette demoiselle en appelle à chaque instant à ses grandeurs qu'elle tient d'un aïeul, bâtard d'un roi Valois, chacun se tient les côtes en se disant : bon sang ne saurait mentir.

Le mariage a lieu en catimini, tôt suivi par l'heureuse délivrance de la mariée : des jumeaux mâles qui eurent le bon goût de ne point s'attarder dans ce bas monde et ainsi éviter à leur génitrice de développer un sentiment maternel dont, a priori, elle devait être assez démunie.

Les couches de Mme de La Motte promptement expédiées, il faut aviser. Les Surmont, nonobstant la bénédiction de l'Église, interdisent leur porte au jeune couple. « Plus jamais, vous m'entendez, plus jamais je ne veux entendre parler d'eux ! » s'écrie la Surmont.

Jeanne, pour figurer convenablement – comme se doit une princesse –, aliène deux ans de sa pension ; de son côté La Motte vend un cheval et un cabriolet qu'il n'a pas entièrement fini de payer. La misère rôde.

Jeanne et Nicolas végètent encore quelque temps à Bar-sur-Aube. La vie de château dont ils avaient rêvé s'éloigne à grande vitesse. Ils vivent un peu moins d'amour et un peu plus de pain et d'eau fraîche. C'est, en somme, le mariage de la faim avec la soif. Finalement ils décident de se rendre à Lunéville où le régiment de Nicolas se trouve en garnison. Ils y demeureront quinze mois. Le comte passe son temps à jouer et à boire au cabaret. La comtesse, quand elle ne se trouve pas au couvent des dames bénédictines de Saint-Nicolas, fait par la ville la belle aguicheuse. Le marquis d'Autichamp, qui commande le corps des gendarmes, succombe à ses agaceries. Les langues vont bon train. Pour garder un semblant de respectabilité, le mari se voit obligé de donner sa démission de la gendarmerie.

— Quoi, mon cher amour ! Vous quittez le métier des armes ? Cela ne pouvait mieux tomber : la marquise de Boulainvilliers, ma bienfaitrice, se trouve, m'a-t-on dit, en ce moment même à Strasbourg. Ma sœur et moi devons nous y rendre sans tarder. Car bien que brouillées avec elle, depuis notre fuite du couvent et mon mariage qu'elle a désapprouvé, je n'aurai de cesse de faire la paix avec elle qui ne fut que bonté pour moi et notre famille...

Aussitôt dit, aussitôt fait ! Et voilà ce comte à grands fracas et sa belle ambitieuse, flanqués de la sœur, en poste pour Strasbourg.

M. le comte de Cagliostro

Le siècle a acquis un vernis de philosophie sur le dos de la religion. Cependant, pour être athée, on n'en est pas moins superstitieux. On en tient pour les sciences occultes, les loges maçonniques ; on croit à la pierre philosophale, à la transmutation du mercure en or, aux secrets des pyramides – le mobilier même en accuse le coup : il est « retour d'Égypte » bien avant même que Bonaparte ne s'en aille taquiner l'une d'elles avec ses vingt siècles nous contemplent... On affecte d'être disciple de Swedenborg, ce géographe du monde suprasensible. Autant dire que le moindre charlatan peut tenter sa chance s'il possède du jargon, et ce qu'il faut de fumeroles et de grimoires. Le bon docteur Mesmer avec son baquet et ses aimants ne fait-il pas fureur dans Paris ? Son fluide magnétique est d'un effet ravageur sur les douairières depuis longtemps retirées des affaires, qui, venues consulter pour un vieux rhumatisme, repartent miaulant telles des chattes en chaleur. Certaines séances se terminent en véritables sabbats.

L'illuminisme, la franc-maçonnerie, la lecture de

Lavater en contrepoids de l'*Encyclopédie*, les évanouissements de Jean-Jacques durant ses promenades solitaires et bien d'autres choses encore... accumulent ce qu'il faut de vapeurs sur ce siècle de la raison dont peut se draper l'imposture.

Or, en cette année 1780, à Strasbourg, comme par miracle, après de multiples aventures, vient de se poser comme un paon rouant sur une branche le plus célèbre des rois du perlimpinpin, un des maîtres de l'empirique, la fine fleur des mystagogues et des thaumaturges, doublé par ailleurs d'un escroc patenté, Giuseppe (Joseph) Balsamo en personne, plus connu sous le titre, *proprio motu* évidemment, d'Alexandre, comte de Cagliostro.

Le comte de Cagliostro tient de l'acteur sur le retour qui, n'ayant jamais joué sur scène que les valets de comédie, trouve, sur le tard, grâce aux aléas de la vie d'artiste, enfin l'opportunité de se glisser dans la peau d'un gentilhomme. Il a su mettre dans son habillement tout un soin d'artifices et de brillants qu'appellent les quinquets de la rampe.

C'est un homme de taille médiocre ; aussi se grimpe-t-il sur des talons bien plus hauts que ceux que la mode du temps autorise. Les épaules larges et robustes, une tête ronde posée sur un cou épais et court, avec des yeux à fleur de tête, il affiche un nez légèrement busqué qui se termine, l'insolent, en trompette. Il tente de camoufler son teint olivâtre par du blanc et du rouge aux pommettes. Il arbore une coiffure extravagante toute en cadenettes qu'il réunit dans le dos en un retroussis maintenu par un catogan. Il porte généralement l'habit à la française toujours excessivement galonné d'or, une veste écarlate sur une culotte rouge avec une épée de cérémonie engagée dans les basques. Le costume serait incomplet sans un large tricorne empanaché d'une plume blanche. Des bagues à tous les doigts. Généralement sans autre valeur que l'éclat qu'elles jettent. Des manchettes de dentelle parachèvent sa toilette.

Il parle avec volubilité une manière de sabir où s'accrochent des mots d'italien et de français ; généralement il s'exprime par monologue qu'il entrecoupe sur un ton guttural de longues citations incompréhensibles qu'on peut penser être de l'arabe sans que personne puisse l'assurer. Il chevauche les siècles ; jongle avec les astres ; zigzague entre le grand arcane et le grand cophte et, à tout moment, en appelle aux esprits : « *Assaraton ! Panssaraton !* » Et de temps à autre, quand il marque une pause pour reprendre son souffle ou tout bonnement le fil perdu d'un discours, il en profite pour se pencher vers sa voisine et lui glisser à l'oreille des polissonneries de tréteaux.

Cet escroc certain, ce truqueur admirable, cet espion probable est né à Palerme en 1743. Son père, un juif banqueroutier et converti, l'a placé très tôt dans un couvent de Caltagirone chez les *benfratelli*, ces frères de la Miséricorde qui font office de gardes-malades, de pharmaciens, de rebouteux, de guérisseurs... C'est dans la pharmacie du couvent que le jeune Balsamo fait ses classes en aidant aux préparations des élixirs ; en dosant les onguents et les pommades. Très tôt, son esprit souple et malin se révèle. En guise de pénitence pour chapardage, les bons moines lui ont imposé une lecture à haute voix au réfectoire. Sans se démonter, le jeune Giuseppe entremêle aux noms des saintes du martyrologe celui des respectueuses de la ville, chez qui il se rend avec l'argent soutiré aux troncs de l'église. Il est vrai qu'il possède une sexualité tout à fait exceptionnelle pour son âge, et ne manque pas d'arguments. Des benfratelli, il passe chez les capucins de Palerme où il s'adonne à la peinture ; et, de là, fait son chemin dans les bas-fonds de la ville où il apprend le beau métier de souteneur. De cette estimable profession il passe à celle non moins fructueuse de coupe-jarret... Les portes de la grande ruffianerie lui sont ouvertes.

On le retrouve bientôt à Rome où il peint de faux Rembrandt. Il s'y marie à une certaine Lorenza Feliciani qu'il prostitue aussitôt à de vieux princes au fond de leur palais. Pour son jeune beau-frère Francesco, il le propose sur le corso à des chevaliers de la manchette. Ce nouveau Ganymède deviendra bientôt le giton officiel d'un baron de Santa Venere.

Venise l'aperçoit le temps de quelques faux en écritures, ce qui l'entraîne à faire connaissance des Plombs. Il réapparaît comme par miracle en Russie. Rate l'impératrice Catherine II, mais c'est pour mieux se raccrocher aux basques de Potemkine. En Pologne, en Allemagne, en Suisse... partout où il passe, il laisse derrière lui des loges maçonniques. On le retrouve à Londres, faux quaker et vrai maître chanteur. Ici c'est la loge de L'Indissoluble, là, à Brunswick pour les femmes la Loge d'Adoption ; la loge de la Bienveillance l'accueille à Lyon. La Sagesse triomphante à Paris. Il distribue ses élixirs de longue vie, son vin d'Égypte d'appellation pharaonique, provenant de raisins qu'il récolta jadis à l'époque des premiers Ramsès, au pied des pyramides. Et chacun de vouloir de ses gouttes jaunes, de son élixir et du vin que but probablement Moïse.

S'il a un pied chez les maçons, il a l'autre chez les rose-croix. C'est un homme qui ne laisse rien au hasard lorsqu'il s'agit de faire des dupes et leur donner à prendre des vessies pour des lanternes.

Sa femme, Lorenza Balsamo née Feliciani, devenue pour un temps marquise Pellegrini et, enfin, dernier avatar, Serafina comtesse de Cagliostro, épouse aimante en toute ruffianerie, est, il va sans dire, d'une livrée plus modeste. La jeune et jolie Romaine en gagnant du grade a un peu perdu de sa beauté. Il en reste cependant quelques vestiges. Les voyages, une vie d'expédients, d'auberges douteuses et de meublés, la police constamment aux trousses, lui ont donné, en revanche, un air de ruse, expression renforcée par des paupières rougies. Ses gestes, ses paroles volubiles masquent mal sa sournoiserie et un fond populacier que n'ont pu amender ses grandeurs nobiliaires. Elle est mise de façon digne mais modeste, presque terne afin de ne porter aucun ombrage au comte son mari. Elle est en retrait comme la paonne auprès de son mâle.

La nouvelle de la présence à Strasbourg du grand thaumaturge se répand. Les loges maçonniques sont en ébullition. Partout on proclame la grandeur du miracle vivant. Chacun veut se convertir à la religion de ce nouvel Esculape. Des prosélytes de marque s'établissent à demeure chez les Cagliostro. La comtesse Serafina tient tous les soirs salon. Les femmes jabotent au coin du feu et les hommes essaient d'obtenir d'elle un passe-droit pour être reçus par le grand homme. Bref il s'y fait commerce de gouttes, d'élixir égyptien, autant dire que la supercherie va son train ; et chacun, non content d'être dupe, en redemande.

Dès les premières heures de la matinée, le logis du comte est assiégé par des douairières cacochymes, et ce qu'il faut de goitreux, de sourds, de goutteux...

Enfin toutes les misères du monde, réelles ou imaginaires, se retrouvent à la porte de Cagliostro, qui distribue largement onguents, pommades, gouttes jaunes et tout le perlimpinpin qui lui vient d'Égypte ou de La Mecque, c'est selon.

Strasbourg ne vit plus qu'à l'heure du charlatan. Même le vieux maréchal de Contades, gouverneur de l'Alsace, se met en tête d'aller consulter. Si le gouverneur sacrifie à ce rite, le « roi » de la province ne se doit-il pas d'en faire autant ? Or qui est-il ce « roi » ? Évidemment, le prince Louis de Rohan, cardinal évêque de Strasbourg, grand aumônier de France et, titre suprême, la bête noire de la reine Marie-Antoinette.

Le cardinal de Rohan en Alsace

Le prince Louis, qu'il nous faut appeler dorénavant le cardinal de Rohan, possède une fortune considérable. Mais ayant la fâcheuse habitude de confondre son capital avec ses revenus, il se trouve toujours dans la position inconfortable d'un équilibriste de la finance. Les dettes augmentent les dettes, c'est bien connu. Aussi convoque-t-on à l'hôtel de Strasbourg, rue Vieille-du-Temple, des fâcheux à qui l'on doit. On propose des arrangements. On tergiverse. On atermoie. Le bon abbé Georgel est là pour noyer le poisson et pour trouver des palliatifs. Mais les dépenses somptuaires du cardinal, le train de ses diverses maisons – et Dieu sait s'il entasse palais sur palais, château sur château, abbaye sur abbaye –, ses générosités (de lui-même, sans en avoir été sollicité, n'a-t-il pas fait une rente à son cousin Guémenée après sa faillite ?), ses libéralités ne font qu'aggraver sa situation financière fort compromise.

Mercy Argenteau se frotte les mains : « Ses créanciers le poursuivent ; le clergé veut faire casser un consentement, obtenu du feu Roi, d'emprunter sur les bénéfices ecclésiastiques. » Encore : « Le prince Louis est dans la plus mauvaise situation possible... il y a longtemps que je ne l'ai vu, mais je sais qu'il mène à Paris son train de vie ordinaire et dissipé... »

Le cardinal de Rohan, en effet, ne s'attarde pas à la cour. Il n'y vient que lorsque sa charge l'y oblige. Pour les fêtes carillonnées, les mariages, les baptêmes. Il n'occupe que rarement au château son appartement de six pièces, situé au premier étage, dans l'aile gauche, dont les fenêtres donnent sur le parterre du nord et le bassin des Couronnes. La messe dite, il retrouve vite Paris et son hôtel de Strasbourg où il mène ouvertement un joli train de vie.

Cette demeure de la vieille rue du Temple a été construite dans les dernières années du siècle précédent par l'architecte Pierre Alexis Delamaire à l'initiative d'Armand de Rohan, fils cadet du prince de Soubise, alors qu'à peu près à la même époque le prince faisait élever un palais par le même architecte (aujourd'hui rue des Francs-Bourgeois) sur l'emplacement de l'ancien hôtel de Guise. L'hôtel de Soubise et celui de Strasbourg (aujourd'hui de Rohan) communiquent par leur jardin. Cet Armand de Rohan, disait-on, était le fruit des amours de la princesse de Soubise (née Rohan-Chabot) et de Louis XIV. Il fut le premier des Rohan à devenir évêque de Strasbourg. Après lui ce siège ne devait plus, jusqu'à la Révolution, échapper à la famille. Il reçut le chapeau en même temps qu'il fut nommé par Louis XIV grand aumônier de France. C'est de lui que les Rohan-Soubise comme les Guémenée héritèrent cette « royauté » d'Alsace. Le château de

Saverne et, à Strasbourg, entre la cathédrale et le quai de l'Ill, le palais épiscopal en grès rouge des Vosges, furent également édifiés par ses soins.

Le cardinal Louis en un mot est aux abois. Et quand en 1779 un incendie prend au château de Saverne, ne laissant au Cardinal, réveillé par les aboiements de sa petite chienne, que le temps de sauter par une fenêtre, le comte de Mercy Argenteau se fait un devoir de sonner l'hallali. Livres rares, meubles précieux, cabinet de physique et de chimie, tout en un instant s'est envolé en fumée. On parle, à la cour, d'un préjudice de trois millions.

C'est alors que le Cardinal commence à spéculer. Il veut s'emparer, avec la complicité de l'abbé Georgel qui a ses entrées chez le comte de Maurepas, de la compagnie fermière du marché à bestiaux de Poissy. Il échoue malgré l'aide de Kornmann, un riche financier, et du banquier juif de Nancy Cerfbeer.

En accédant à la grande aumônerie, le prince Louis est devenu gouverneur spirituel et temporel de l'hôpital des Quinze-Vingts, fondation du roi Saint Louis pour les indigents et les aveugles. Les bâtiments se trouvent à deux pas du Palais-Royal et du Louvre. Rohan y voit une magnifique opération immobilière à entreprendre. Il achète la caserne des mousquetaires gris au faubourg Saint-Antoine et les aveugles s'en vont respirer le bon air des faubourgs tandis que la société fondée pour cette opération vend par lots l'ancien emplacement. On peut imaginer ce qu'une opération d'une telle envergure aurait masqué de tripatouillages financiers. Or quand le temps des comptes sera venu, on ne découvrira aucune irrégularité. Cela tranche sur les magouilleries auxquelles le clan Polignac se livre à la même époque. Qu'on se souvienne comment la fortune est venue au « beau Dillon ». Le comte Édouard Dillon, comblé des grâces du Roi et surtout de la Reine qui se l'est attaché, se trouve dans l'impossibilité de solliciter encore. Les Polignac, qui ne veulent que son bien, s'avisent d'un certain M. de Brouquens, banquier rue Saint-André-des-Arts qui s'engagerait, contre la place de receveur des finances, à lui faire une pension de dix mille livres. Le duc de Polignac rend visite à M. le contrôleur général qui, par ailleurs, a reçu des consignes discrètes de la reine. M. de Brouquens obtient la charge et M. Dillon sa rente. Il pourra désormais agrandir son écurie de courses et, au jeu de la Reine, tenir sans trembler la banque au pharaon. Mais pourquoi soudain se soucie-t-on tant du beau Dillon ? C'est qu'il est dans l'intimité de Mme de Matignon et les Polignac voudraient tant marier leur fils aîné à Mlle de Matignon. N'est-ce pas cela que l'on nomme un trafic d'influence ? C'est ce même Édouard Dillon, qui, sur le tard, en exil à Londres, alors qu'il aura perdu toute l'impertinente beauté de sa jeunesse, à une Anglaise qui lui demandera ce qu'il est advenu du « beau Dillon », répondra sans sourciller : « Guillotiné, ma chère... guillotiné ! » Lui demeurait l'esprit impertinent de sa jeunesse dorée. De celui qui inspirait, alors, à une femme ce simple billet pour son mari : « Je vous écris parce que je ne sais que faire et je finis parce que je ne sais que dire. » Signé : « Sassenage de Maugiron, bien fâchée de l'être. »

Le cardinal de Rohan, bien qu'aux abois, reconstruit le château de Saverne. Pas question de retaper. Tout est revu en grand. Il lui faut du faste, du magnifique. C'est l'architecte Salins de Montfort qui en est le maître d'œuvre. Le ministre des Finances a délié sa bourse sur ordre du Roi ; et cela grâce à un stratagème échafaudé par l'abbé Georgel. Si la France ne fait rien pour aider à la reconstruction de Saverne, le Cardinal, qui est aussi prince ecclésiastique du Saint Empire, pourrait, alors, rechercher des subsides de l'autre côté du Rhin, en monnayant sa voix lors des diètes de Ratisbonne. Maurepas et Vergennes, toujours bien disposés pour le cardinal de Rohan, se prêtent à ce stratagème dont le léger parfum de chantage n'échappe à personne. La chose ainsi présentée au Conseil, Louis XVI ne peut qu'y opiner. Avec en plus les cinq cent mille livres empruntées aux banquiers juifs de Strasbourg, de Metz et de Nancy, le Cardinal peut voir grand.

La reconstruction de Saverne avec ses embellissements, ses nouvelles ailes, ses jardins d'un plan nouveau, durera jusqu'à la veille de la Révolution.

Le Cardinal est déjà dans ses meubles quand il est averti des miracles quotidiens qui se perpètrent dans sa bonne ville de Strasbourg. Comme il souffre d'un asthme passager, il se met en tête de consulter le grand thaumaturge et de tâter de ses gouttes égyptiennes. Il le mande, donc, à Saverne. Mais si Rohan, comme tout Rohan, a ses exigences, le comte de Cagliostro ne manque pas de hauteurs. Le grand veneur du cardinal, le baron de Mulhenheim, qui a été chargé de prier le comte, se voit répondre à sa grande surprise : « Si M. le cardinal est malade, qu'il vienne et je le guérirai. S'il se porte bien, il n'a pas besoin de moi, ni moi de lui... » Un peu de nonchalance envers les grands n'est pas une mauvaise méthode pour les duper mieux ensuite.

Le Cardinal quitte Saverne pour Strasbourg.

Comme il a fait plus que la moitié du chemin, Cagliostro, qui sait jusqu'où on peut pousser le bouchon avec les princes, condescend à traverser le canal pour se rendre au palais épiscopal.

Comment un charlatan s'empoche un prince de l'Église

La première entrevue du Cardinal et du comte de Cagliostro tient du miracle. L'asthme est aussitôt oublié et l'Éminence sous le charme. Cagliostro sait par où gratter son homme. Il manœuvre de telle sorte qu'en deux tours, trois mouvements, il réussit à s'accaparer la confiance du prince. « Vous méritez d'être le dépositaire de mes secrets... » lui glisse-t-il à l'oreille. Ces effusions, ces promesses enivrent Rohan qui joint au goût de la botanique et de la chimie une passion désordonnée pour les sciences occultes.

Le Cardinal le prie de se rapprocher de son palais. « Pourquoi habiter de l'autre côté du canal alors que la maison de la Vierge est là, juste à côté, et que vous y seriez à merveille. » La maison, qui est située rue des Écrivains, plaît au comte qui aussitôt en loue le premier étage.

Commence, alors, la ronde des tapissiers. Rien n'est assez beau pour le comte et la comtesse. Lits à baldaquin ornés de plumes, meubles marquetés en bois de rose, lustres de cristal. Évidemment tout cela ne serait rien sans un somptueux équipage et ce qu'il faut de gaillards pour mettre en valeur la livrée de la noble maison des Cagliostro, veste verte galonnée d'argent.

Les miracles se multiplient. Les amabilités du Cardinal également. Bientôt le comte et la comtesse passent des séjours d'un mois et plus à Saverne. Pour remercier le Cardinal de ses libéralités, Cagliostro lui fait cadeau d'un gros diamant qui, dit-il, sort de son creuset par la grâce du grand œuvre. Tout fier, le Cardinal arbore le diamant qui n'est qu'un morceau de verre, le passant sous le nez de ceux qui, comme l'abbé Georgel, se sont fait un devoir de le mettre en garde contre l'imposteur.

À Paris le maréchal de Soubise se trouve au plus mal. On parle de scarlatine un jour, le lendemain de gangrène de la jambe. La Faculté ne sait plus quoi dire ni inventer. Le Cardinal en a reçu la nouvelle. Il persuade facilement Cagliostro de se rendre avec lui à Paris pour tenter de sauver son oncle. Le 30 juin 1781 au soir la berline du Cardinal s'arrête dans la cour de l'hôtel de Strasbourg. Le prélat et l'Italien en descendent. Cagliostro refuse de rencontrer le maréchal tant que la Faculté n'aura pas déclaré son cas désespéré. Surtout pas de querelle avec les médecins, cette race d'enragés ! D'ailleurs il se trouve à pied d'œuvre puisqu'il n'a que le jardin à traverser pour être à l'hôtel de Soubise dans le cas où le mal empirerait. Il fait tenir cependant une pommade pour la jambe du maréchal. Bientôt tout Paris et également Versailles se trouvent mis au courant de sa présence chez Rohan. On le sollicite de tous côtés. Mme de Brionne lui rend visite : sa fille, la princesse de Vaudemont, souffre de langueur. La princesse de Montbarey lui extorque une tisane. Mme de Coislin lui tient la jambe quatre heures d'affilée à propos de la pierre philosophale.

Succès plus mondains que médicaux. Mais pour Cagliostro rien ne doit être négligé. Il s'abouche avec des francs-maçons. Visite les différentes loges parisiennes et le Grand Orient dont le duc de Chartres est le grand maître. Le futur Égalité est si féru de cette fonction qu'il s'en acquitte, lui, ce prince si nonchalant, avec une extraordinaire exactitude. D'ailleurs il est tellement coiffé des choses occultes qu'il porte constamment sur sa poitrine le phylactère du cabaliste juif Samuel Falk. En effectuant le tour des loges, Cagliostro ne manque pas de recruter pour la sienne. Et c'est ainsi, par le truchement de la maçonnerie, qu'il rencontre le marquis de Boulainvilliers, lequel appartient à la loge de la Stricte Observance et des Amis réunis.

Le maréchal de Soubise est rapidement sorti d'affaire ; tout le bénéfice de sa guérison revient à Cagliostro. Celui-ci tire encore deux ou trois horoscopes, prédit la mort de l'impératrice reine Marie-Thérèse pour l'automne. Celle-ci, en effet, mourra le mois de novembre suivant et cette mort, illustre et annoncée, accroîtra encore la gloire du charlatan. L'atmosphère de Paris lui paraît soudain étouffante. Il se sent espionné. Il comprend qu'il lui faut retourner à Strasbourg. Son départ ne passe pas inaperçu : il entraîne à sa suite une troupe de malades réels, voire imaginaires, de l'élégante aux vapeurs en passant par les petits-maîtres languissants. Parmi les voitures qui sortent en même temps de la capitale, se trouve celle de la marquise de Boulainvilliers.

Comment Jeanne de Valois apprend rapidement à accommoder le pigeon, le dindon et le faisan

Mme de Boulainvilliers se trouve loger à Strasbourg chez l'intendant, dont la femme est une de ses connaissances. Plusieurs fois par semaine, elle rend visite à Cagliostro. Le charlatan, après avoir épuisé sur elle le charme de ses passes magnétiques, ses gouttes égyptiennes, et encore bien d'autres élixirs de sa façon, commence à désespérer de sa guérison. Il se contente de la soulager. Il lui conseille de se rendre à l'invitation du Cardinal qui a pris ses quartiers d'été à Saverne. Et tandis que le carrosse de la marquise sort par une porte de la ville, par une autre y entre le coche de Lunéville avec à son bord le comte et la comtesse de La Motte-Valois flanqués de Mlle Marianne de Valois.

À peine le coche arrêté, Jeanne plante là son mari et sa sœur et se fait conduire à l'hôtel de l'Intendance. Elle y trouve une valetaille bayant aux corneilles. Elle arrive à leur soutirer l'adresse du comte de Cagliostro chez qui la marquise a l'habitude de se rendre. Jeanne y court. La foule ce jour-là se presse jusque dans l'escalier. Impossible d'accéder à l'antichambre. Elle avise un valet et lui remet un billet, griffonné rapidement, pour le grand homme.

Jeanne finit par s'impatienter. Comment ce charlatan se permet-il de laisser ainsi une Valois sur le palier de son escalier ?

Mais voilà la foule qui s'écarte et paraît sublime, telle une vision de théâtre, Cagliostro en personne. Il suffit d'un regard aux deux aigrefins pour se jauger. Et chacun de se dire qu'il sera toujours bien temps de croiser le fer, s'ils se retrouvent un jour dans le même pré carré. « La marquise s'est rendue à l'invitation de Son Éminence le cardinal de Rohan et se trouve présentement au château de Saverne. »

Jeanne ne se le fait pas dire deux fois. Une voiture, vite ! Et la voilà en route pour Saverne. Son dernier argent passe à la location du cabriolet. On est encore en été, la route est bonne et elle se réjouit par avance de l'escapade. Elle saura bien retrouver son pouvoir d'antan auprès de la naïve marquise. Pour mieux l'attendrir, elle s'est adjointe sa sœur pour cette équipée. De son mari, elle n'a que faire. L'attirance charnelle qu'il lui a inspirée s'est dissipée au fil des mois. Du beau gars aux avantages certains, il ne reste plus qu'un être lourdaud, ridiculement avantageux et toujours prêt à gaffer. Et puis une femme pas trop laide, qui sait plaire, sans mari à ses basques, se trouve bien plus libre à saisir les occasions de la fortune.

Les deux sœurs débarquent donc à l'improviste au château de Saverne. La bonne Boulainvilliers n'a pas le cœur à les repousser. Et les voilà toutes les trois dans les bras l'une de l'autre, parlant de tout et de rien, tout en parcourant les allées du beau parc. La marquise ne se fait aucune illusion sur la gravité de son mal. Cagliostro n'a pas caché l'état désespéré de sa femme au marquis.

Après la promenade dans le parc, Mme de Boulainvilliers tient à les mener à un point de vue d'où l'on découvre dans son bel ensemble le château et son parc. Elle fait atteler. À peine passées les grilles, la calèche se trouve face au carrosse du Cardinal. « Voilà M. le cardinal ! » s'écrie la marquise. Galant, l'Éminence donne l'ordre à son cocher d'arrêter. Il descend de la voiture pour saluer les dames. La marquise lui présente ses deux protégées. Surprise du Cardinal au nom de Valois. « Madame a légitimement le droit de porter ce nom auguste, s'empresse d'affirmer la marquise devant l'étonnement marqué du Cardinal, et d'ajouter : malheureusement, il lui manque la fortune qui devrait accompagner ce nom glorieux... » Les présentations faites, le cardinal, apparemment sous le charme, s'empresse auprès des dames Valois. Pourquoi ne pas demeurer au château, le temps du séjour de la marquise ? Jeanne est enchantée. Ce prince de l'Église, si peu ecclésiastique dans ses manières, lui paraît de bon augure. Serait-il par hasard un gibier facile à leurrer ? Elle accepte l'invitation après quelques minauderies qui siéent aussi bien aux franches putains qu'aux jeunes femmes timides et récemment mariées.

Le Cardinal vient d'avoir cinquante ans ; Jeanne de La Motte-Valois vingt-cinq. Le cardinal Louis a toujours beaucoup de grâce, d'élégance et d'esprit qu'il joint à une liberté de mœurs dont il ne fait pas secret.

Jeanne ne semble pas être capable de tisser une amitié toute platonique. De toute façon l'un comme l'autre sont attirés par les passions charnelles, fort ordinaires et qui, à leurs yeux, ne suscitent aucune idée de faute, moins encore de remords.

À Bar-sur-Aube avant son mariage, Jeanne s'était montrée plus que légère. Par la suite un mari bien en forme ne l'avait pas empêchée de prendre pour amant un autre gendarme, encore mieux pourvu d'agréments que La Motte, assez considérables pour recevoir par la suite le sobriquet de « le Taureau de Mme de La Motte ». Et même alors, malgré les services de cet amant aux arguments irréfutables, il lui arrivait de ne point se montrer trop cruelle à des inconnus de passage si elle pensait pouvoir attaquer leur bourse.

Le Taureau de Jeanne se nomme Marc Antoine Réteaux de Villette. Il est né à Lyon où son père a été directeur des octrois. Il a été gendarme dans la compagnie des Bourguignons où il a eu pour camarade La Motte. Il ne lui a fallu que paraître : trente ans, des fils d'argent dans sa chevelure blonde, découplé il faut voir comme, tireur au flanc autant que permis. Il compose en outre des vers de salon, chante agréablement, possède un don d'imitation qui de la voix s'étend, sans scrupule, à l'écriture. C'est un faussaire-né. Mais sa profonde aspiration est de vivre des femmes et de ne rien faire.

Jeanne a laissé Réteaux comme son mari dans les coulisses. Elle se devait d'affronter seule le maître de Saverne, c'est du moins le pressentiment qu'elle avait eu ; et s'il faut en juger par les regards que lui lance le cardinal, il semble qu'il fut bon.

La comtesse de La Motte céda-t-elle à Saverne au cardinal de Rohan ? Ou ne devint-elle sa maîtresse que lors de leurs retrouvailles à Paris, quand elle vint le visiter à l'hôtel de Strasbourg ?

Une femme de tête comme Jeanne sait bien qu'en cédant elle abdique de son mystère et se ravale au rang de toutes les amoureuses et aventurières qui, devançant le désir du Cardinal, ne sont, leur aventure finie, déjà plus que des ombres auxquelles il ne saurait donner un nom. Pour demeurer la maîtresse du jeu, il est probable qu'elle a choisi une tout autre méthode pour lui faire voir du paysage.

Dès le premier soir, lors du souper, elle saisit au détour de la conversation un des points faibles du cardinal. La reine vient d'être évoquée. À quelques brèves paroles, elle a senti un homme ulcéré, en colère, qui, sous les propos badins, crie vengeance pour le discrédit et l'inaction dans lesquels la souveraine le maintient. Elle le voit se débattre, s'asphyxier de ce néant qu'on a créé sciemment autour de lui. Que lui importent la pourpre et la grande aumônerie et toutes ses princeries s'il ne peut être Richelieu, Mazarin ou, à un niveau moindre, Fleury. Il en rêve de ce ministère. N'en possède-t-il pas l'étoffe ? Depuis longtemps il s'en est persuadé. Sa famille n'a rien fait pour le détourner de cette idée.

Au contraire. Et chaque fois qu'il repense au désœuvrement de sa vie, il se sent comme ferré au cœur. Et par la faute de qui ? De l'Autrichienne. Depuis dix ans elle est devenue son obsession. Elle hante ses nuits et ses jours. Que ne donnerait-il pour être un de ces godelureaux, un Lauzun, un Vaudreuil, un Dillon, un Fersen, un Ligne, un Esterházy... qui vont et viennent chez elle, n'ayant pour soutenir leurs prétentions que leur impertinence ! Mais de la coterie de la reine, lui, le plus titré, le plus puissant des prélats du royaume, il est exclu. Chassé comme du paradis. Il n'est d'aucun bal, d'aucune fête. Jamais on ne le prie à monter en gondole à la petite Venise.

Il n'a fallu à Jeanne que peu de temps pour percer l'homme. Elle l'a dépouillé de tous ses atours. Il est là devant elle nu comme à son premier jour. Et le voilà notre Chérubin ! Cinquante ans et le léger embonpoint du viveur, les sens blasés d'un roué, poursuivant depuis dix ans la reine d'un amour frustré qu'il compense, par défi, avec des persiflages de salon.

Mais a-t-elle aperçu de son côté le chemin par lequel il aimerait la mener ? C'est que le Cardinal ne se borne pas à penser que la Reine a des amants et qu'il se pourrait même qu'un jour il devienne l'un d'eux. Grâce à qui ou à quoi ? Mais grâce au génie industrieux de cette comtesse, bâtarde et Valois, que, de son côté, il n'a pas mis longtemps à jauger. Il va plus loin, extrapole : ne pourrait-elle pas éveiller chez la souveraine des désirs inavouables ?

Ainsi, le prélat et l'aventurière, dès leur première rencontre, ne se font plus guère d'illusions sur leur personne. En ce siècle où l'on est condamné à lire sous les masques, n'est-ce pas la meilleure façon de débuter un bel attachement ?

Bientôt on se sépare. La marquise de Boulainvilliers propose à Jeanne de profiter de sa voiture puisqu'elle veut à tout prix se rendre à Paris.

Jeanne a reçu, entre-temps, une aide inespérée de M. Beugnot, père de son amant, qui, certain à présent qu'elle ne sera jamais sa bru, lui a fait tenir une somme de mille francs. Jeanne, sur le tard, se souviendra de ce geste, et remboursera les mille francs, y ajoutant, pour les intérêts, une boîte en or dépassant de beaucoup par sa valeur la somme prêtée.

L'argent est partagé équitablement. Elle fait tenir la moitié à Nicolas, son mari, qui partira pour Fontette, fief des Saint-Remy, afin de démêler les affaires embrouillées de la famille. Jeanne, de son côté, munie de l'autre moitié, gagnera Paris en compagnie de la marquise.

Le comte de La Motte a fait son entrée dans le bourg comme en pays conquis ; il a ordonné un Te Deum ; s'est fait montrer divers papiers chez le notaire du coin sans rien y comprendre ; et les ayant embrouillées encore un peu plus s'en est retourné chez sa sœur à Bar-sur-Aube les poches vides et la tête pleine de chimères. C'est que lui aussi se prend à présent pour un Valois.

Paris, je te reviens encore...

1781. On est en automne. Jeanne fait son entrée dans Paris en compagnie des Boulainvilliers. Elle se trouve assise entre le marquis, qui ne désespère toujours pas d'en faire sa maîtresse, et la marquise qui se meurt. Pour avoir les coudées franches, elle descend à l'hôtel de Reims, rue de la Verrerie. Un établissement qui tient de la maison borgne. Elle retrouve aussitôt son ancien amant, le jeune avocat Beugnot. Ils se voient, se revoient. Ils dînent au Cadran Bleu, un des restaurants à la mode. Vont se promener au Palais-Royal. Ils y fréquentent la buvette. Beugnot la mène au théâtre. Ils assistent à la Comédie-Italienne à une représentation de *Richard Cœur de Lion*. Jeanne repère les lieux. Elle flâne devant l'hôtel de Strasbourg. Elle prépare ses grandes manœuvres. Car si elle compte toujours rentrer dans les biens familiaux, elle se doute que, sans appuis, elle n'arrivera jamais à faire passer son affaire au Parlement. Le dossier s'est compliqué depuis que le jugement dépend directement des grâces du roi. En effet, par le jeu des hypothèques, s'ajoutant aux ventes, les terres de la famille de Saint-Remy sont passées, au fil des années, de main en main. Le dernier propriétaire, intendant à Caen, vient de les remettre dans les mains du roi à titre d'échange. Jeanne, toujours impatiente, s'agace de toutes ces arguties et finesses de juriste. Par ailleurs peut-être a-t-elle en tête quelques autres projets pour rétablir sa fortune.

Le cardinal de Rohan se trouverait à Versailles. Elle s'apprête à l'y retrouver lorsqu'elle apprend que sa bienfaitrice Mme de Boulainvilliers est à l'article.

Le mal de la marquise s'est aggravé. On parle de la petite vérole et d'une fièvre putride. Jeanne se précipite à l'hôtel de Boulainvilliers, et, de vingt jours, ne quittera la chambre de sa bienfaitrice. Elle y recueille son dernier soupir. La marquise, entre deux accès de fièvre, a pris le temps de recommander Nicolas de La Motte au bailli de Crussol afin de le faire engager dans le régiment des gardes de M. le comte d'Artois en attendant une compagnie de dragons qu'elle a l'intention de lui acheter. En outre, à la demande de Jeanne, la marquise lui donne une lettre de recommandation pour le cardinal de Rohan dans laquelle elle lui fait souvenir de leur rencontre à Saverne l'été précédent, tout en lui rappelant la tendresse qui la lie à sa protégée. Pour finir elle le supplie de bien vouloir s'intéresser aux affaires de cette branche oubliée des Valois.

La compagnie de dragons s'envole en même temps que l'âme de la bonne marquise et Jeanne n'a plus qu'à retourner à l'hôtel de Reims où l'attend un morne quotidien.

Lorsque Jeanne décide de quitter Paris, où toutes ses affaires piétinent, pour Versailles afin d'y solliciter les ministres, La Motte s'y trouve déjà. Il a rejoint le régiment des gardes du comte d'Artois. Jeanne pense y rencontrer le cardinal de Rohan. Ce dernier, après un court séjour, est reparti pour l'Alsace. Il n'est demeuré à la cour qu'une petite semaine, le temps de baptiser le Dauphin.

La Reine a, en effet, accouché, le 22 octobre, d'un garçon que le Cardinal baptise dès le lendemain avec tout l'apparat dû à l'héritier du trône. Monsieur et Madame tiennent le bambin sur les fonts, remplaçant l'empereur et Mme de Piémont, respectivement parrain et marraine. Le Cardinal officie avec la pompe que mérite cet événement si longtemps attendu. Il y ajoute une touche personnelle de grandeur. Il est revêtu d'une soutane écarlate d'une moire profonde par-dessus laquelle il porte un rochet d'une dentelle d'Angleterre si légère, si vaporeuse qu'il est impossible même d'imaginer le prix de ce travail arachnéen. La mitre, la crosse, les gants brodés parachèvent la tenue. L'Europe n'a pas le souvenir d'avoir vu un prélat aussi fastueux. La Reine est absente, n'ayant pas fait ses relevailles. Aussi la fronde des mécontents, qui puise dans la disgrâce quasi publique du cardinal un sujet d'excitation à sa propre bile, laisse échapper quelques bonnes perfidies qui bientôt courent les cabinets et les antichambres pour aller se perdre dans le grand commun.

C'est du grand commun qu'une partie des libelles contre Marie-Antoinette prend son envol.

Il s'y trouve, en effet, logés par petits appartements, une société d'hommes et de femmes d'esprit, aux mœurs assez libres, pour ne pas dire faciles, que les beaux esprits, les publicistes, et même les écrivains, recherchent. Nobles parfois, bourgeois souvent, ils assurent la plupart des emplois du château. On fait le trajet de Versailles bien plus volontiers pour souper au grand commun que pour assister au grand couvert du Roi ou de la Reine. C'est ainsi, créé en marge de la cour, vivant des charges de celle-ci, un monde industrieux, gai, libre dans ses propos, frondeur, médisant pour autant que la médisance fasse partie des agréments de la conversation, en tout cas définitivement plus proche des réalités du jour que ne l'est le cercle de la reine ou les habitués des petits appartements.

Dans ce grouillement de subalternes se rencontre une société intermédiaire d'artistes, de sculpteurs, de peintres, de paysagistes, de botanistes, de musiciens, d'officiers de bouche... qui par leurs charges tiennent tout à la fois de la petite noblesse et de la domesticité montée en grade. On pourrait fort bien y rencontrer Figaro ou Suzanne s'entretenant avec Caron de Beaumarchais, horloger, chevalier d'industrie, et à ses heures perdues auteur à succès.

On y raille la comtesse d'Artois et ses débordements utérins auprès des jeunes officiers aux gardes-françaises ; les moustaches de Madame, son tribadisme militant et ses soûlographies ; les impuissances de Monsieur et son goût pour M. de Lévis qu'il cache derrière le paravent que lui fournit Mme de Balbi. On y parle ouvertement des amours de la reine avec la Lamballe et maintenant avec la Polignac ; cela depuis que le comte d'Artois a surpris sa belle-sœur dans les bras de la favorite lors d'un voyage à Fontainebleau. Artois en a aussitôt fait la publicité ; c'est qu'un libertin se doit d'attraper ce ton de désinvolture cynique. D'ailleurs, quel mal y a-t-il ? Ce n'est un secret pour personne que ces mœurs se pratiquent plus souvent qu'on l'imagine dans l'ombre du pouvoir. La première femme de Joseph II, feu l'archiduchesse infante Isabelle de Parme, développa durant sa courte existence une passion pour sa belle-sœur l'archiduchesse Marie-Christine (Mimi), sœur aînée et détestée de Marie-Antoinette. Cet amour interdit la consuma. Elle en mourut. C'était un être exquis, intelligent, adoré de son mari, qu'elle respectait mais n'aimait pas. Joseph II (à l'époque pas encore empereur) se trouva si désespéré de cette mort que sa sœur Marie-Christine, pour le détacher de son douloureux souvenir, lui montra, dit-on, les lettres enflammées qu'elle avait reçues de sa femme. Cette révélation ne fit qu'accroître la douleur de Joseph II et son étrangeté.

Le grand commun qui a tout vu, tout entendu depuis que Versailles existe n'est pas bégueule, simplement railleur. On y brocarde, on y chansonne et bien souvent avec de la pertinence et du talent. Il alimente de potins, de petits et de grands scandales, d'histoires salaces, plus ou moins vraies, les gazettes qui se vendent sous le manteau au jardin des Tuileries et sous les arcades du Palais-Royal. Certains salons littéraires y trouvent leur compte. Celui de

Mme Doublet de Persan, par exemple. Cette dame, retirée au couvent des Filles-Saint-Thomas qui, bien que n'en sortant jamais, réunit chez elle ceux qu'elle nomme ses *paroissiens*. Ceux-ci la ravitaillent en potins. Bachaumont y figure comme maître de cérémonie. Deux registres sont ouverts sur une table. L'un afin de consigner les nouvelles sûres ; l'autre pour les douteuses. Deux fois par semaine un bulletin est imprimé pour des abonnés qui n'ont pas l'honneur d'être admis parmi les paroissiens.

C'est dire que le grand commun est l'un des chaudrons de la future Révolution.

Quoique de grands seigneurs y fréquentent, le cardinal de Rohan préfère y envoyer rôder l'abbé Georgel. Ce bon jésuite y fait son miel. C'est là qu'il apprend que Marie-Antoinette possède dans les combles de Versailles un appartement secret pour des réceptions clandestines. Appartement dont Besenval, un des favoris de la Reine, atteste l'existence dans ses *Mémoires*. C'est, justement, dans cet appartement secret que Mme de La Motte soutiendra, lors de son procès, avoir rencontré la Reine.

Sollicitations, intrigues et évanouissements

Pour l'heure la comtesse de La Motte est en quête d'un logement modeste ; car sans ressources, ayant dépensé son dernier argent chez Boulard, marchand de modes et de colifichets, et également chez une revendeuse à la toilette où elle a acquis deux ou trois de ces robes que les dames de la cour, lorsqu'elles en sont lassées, donnent à leurs femmes de chambre pour en faire commerce. Elle s'enquiert d'un garni, ne pouvant prétendre à l'hôtel des Ambassadeurs ou à celui du Renard Bleu. Elle trouve chez un logeur de la place Dauphine un garni qui fera l'affaire. À peine y est-elle installée que son mari, surnuméraire dans les gardes du comte d'Artois, rapplique. Depuis son fiasco à Fontette, Jeanne a compris qu'elle ne peut compter sur lui. Aussi le tiendra-t-elle à distance, loin de ses projets, et n'en usera que pour des tâches subalternes. Pour la bagatelle, depuis longtemps, elle a recours à des amants de passage qui peuvent lui être utiles ou encore à Réteaux le « Taureau » qui se trouve également à Versailles. D'amant, Jeanne rapidement l'élèvera au rang de secrétaire. Pour l'heure, il fait des dettes et vit des femmes. Dans quelque temps on le retrouvera installé dans le Marais au 53, rue Saint-Louis, face au couvent des filles du Calvaire.

Versailles en quelques années est devenu une somptueuse coquille vide. Les courtisans y viennent pour affaires, pour y rencontrer un ministre ou encore pour remplir leur charge, puis repartent aussi vite pour Paris. La Reine elle-même s'en échappe dès qu'elle le peut. C'est un monde vide et mort à l'exception des jours où il y a bal, grand couvert, ou présentation. En semaine, certains jours, on peut traverser la Grande Galerie et n'y croiser que des garçons bleus. Versailles s'est, peu à peu, coupé du monde. C'est à Paris que dorénavant tout se passe. Et sans doute l'une des fautes de Louis XVI est de ne pas l'avoir compris. Dès le début de son règne, il lui eût fallu ramener la cour aux Tuileries avant que de s'y voir contraint.

Pour s'introduire à Versailles il n'est pas besoin d'avoir été présenté ou même d'être noble. Chacun, avec un habit décent, peut y venir faire le badaud. On loue même des épées à l'entrée.

La comtesse de La Motte arpente les grands

appartements, fait ici le pied de grue dans l'antichambre de telle princesse, l'éventail ostentatoire d'une main, et tenant de l'autre l'éternel placet de la solliciteuse, prompt à être glissé au premier intendant qui passe.

Tantôt souple et obséquieuse, tantôt rengorgée de l'orgueil qu'elle tire de son ascendance, elle s'informe, repère les manèges, regarde agir les courtisans, voit de quelle façon ils friponnent. Ils guettent l'occasion, derrière leur masque de location ; souvent de francs coquins prompts à débusquer l'intrigue pouvant être exploitée. Elle prête l'oreille et les entend raconter et propager des horreurs sous le nez d'une société qui n'a de force que d'en rire.

Les démarches de Jeanne s'enlisent. Aussi décide-t-elle de précipiter le mouvement. Le hasard lui a fait rencontrer un entremetteur. Elle s'acoquine avec le fripon qui, dit-il, a ses entrées chez Madame. Jeanne se présente dans l'antichambre de la princesse, fend la foule qui s'y presse et, avec la hardiesse qu'on lui connaît, s'avance vers la porte qui mène aux appartements lorsque, soudain, comme prise de malaise, elle s'écroule avec la grâce d'une princesse de tragédie. On s'empresse. On lui fait respirer des sels. Elle revient à elle lentement, juste pour murmurer que c'est la faim qui l'a fait défaillir. Qu'elle est une véritable princesse. Elle tend son placet. Par une femme de chambre que le coquin a prévenue, Madame apprend qu'une femme de qualité est mourante de faim dans son antichambre. Elle se fait remettre le placet, le parcourt à peine, cependant fait envoyer à la malheureuse une bourse de quelques louis.

Jeanne laisse passer une ou deux semaines. Comme elle ne reçoit aucun signe de Madame, elle décide de recommencer la scène, cette fois dans l'antichambre de sa sœur, la comtesse d'Artois. Cette tentative ne réussit guère mieux. Elle décide alors de lever le camp et de regagner Paris.

Dans ses *Mémoires* où, à chaque ligne, il faut démêler le vrai du faux, Jeanne de La Motte prétend que Madame et la comtesse d'Artois, dont elle avait tiré des largesses, lui demeurèrent attachées, d'autant plus qu'elle s'était refusée au comte d'Artois qui l'avait remarquée lors d'une messe à la chapelle de Versailles.

Il se trouve qu'il existe une autre version de l'affaire, celle qu'en donne Réteaux de Villette. Le comte d'Artois, ayant aperçu Jeanne, l'aurait fait approcher par le prince de Hénin. Un prince du sang, le frère du roi, quelle aubaine ! Peu farouche, elle eût cédé à moins ! C'est dire qu'à Versailles elle possédait déjà une réputation de femme facile.

L'incartade du prince, dans l'instant connue de l'Œil-de-Bœuf, on en fait un potage qu'on s'en va servir aux deux sœurs savoyardes, qui, dans l'instant, raient de leur papier leur nouvelle protégée.

Où l'on retrouve la comtesse du Barry

Il fait beau, la route est ombragée, le phaéton, loué par Jeanne chez le voiturier de Jean-Claude Beugnot, et probablement mis sur la note de ce dernier, possède une suspension souple, alors pourquoi ne pas emprunter le chemin des écoliers ? Musarder tout en regagnant Paris. Jeanne veut voir Marly et sa machine hydraulique. De là on est à deux pas de Louveciennes. Pourquoi ne pas s'y rendre ?

Pourquoi Louveciennes ? C'est que Jeanne a

encore un placet à remettre. Elle veut intéresser la du Barry à son affaire. L'ancienne favorite, sans être tout à fait rentrée en grâce, n'est cependant plus la pestiférée d'autrefois et, comme elle possède encore assez d'amis à la cour, elle peut, pour autant qu'elle le veuille, faire avancer une supplique.

Elle vit désormais avec le duc de Brissac et reçoit la meilleure société dont par ailleurs elle est reçue. Ce qui fera écrire au duc de Croÿ dans ses Mémoires : « Elle tenait un grand état avec peu de monde. » Le comble du luxe ! Elle vient à Paris. Elle a son jour à l'Opéra. S'il lui faut rester coucher, son amant lui a aménagé un appartement à l'hôtel de Brissac, rue de Grenelle.

Le duc de Choiseul, qui avait été un de ses plus constants ennemis au temps de sa splendeur, profite de la visite de voisinage que lui rend lord Henry Seymour, propriétaire du château de Prunay, pour visiter ce pavillon dont on lui dit tant de merveilles. Il se fait passer pour le secrétaire du milord.

Fine mouche, la du Barry a déjoué la manœuvre. Avisant ce secrétaire sur un banc, elle laisse les promeneurs et, rebroussant chemin, vient s'asseoir auprès de lui. Elle ne dit mot. Laisse passer un moment, puis se tournant vers l'homme qui a rabattu son chapeau sur son nez lui demande à brûle-pourpoint :

— Pouvez-vous me dire, monsieur le duc, pourquoi vous m'avez détestée autant ?

Choiseul, interloqué, ne peut que lui répondre :

— Pas autant que cela, comtesse, pas autant que cela... et puis c'était une autre époque.

À quelque temps de sa mort, Choiseul devait revoir la comtesse du Barry dans sa loge à l'Opéra, lors d'un bal masqué. Il s'y trouvait en tierce. L'autre personne, une femme, était également masquée. Les deux dames parlèrent longtemps. Plus d'une heure. Cette seconde femme masquée n'était autre que Marie-Antoinette. Avec le temps, ses préventions envers la favorite avaient disparu. La haine du peuple pour la comtesse du Barry c'était vers elle, à présent, qu'elle s'était retournée. En outre, la comtesse venait de lui rendre un grand service. Depuis longtemps la reine voulait acquérir le château de Saint-Cloud. Le duc d'Orléans, propriétaire du domaine, ne voulait s'en défaire qu'au prix de dix millions. Le Roi, qui voulait bien l'acheter pour avoir la paix avec sa femme, trouvait le prix exorbitant. Mme du Barry par Brissac était intime de la marquise de Montesson, épouse morganatique du duc d'Orléans. L'intérêt d'être bien en cour ; qui sait ? d'attraper un tabouret de courtoisie... fit qu'on en rabattit de trois millions. Et c'est ainsi que la reine put ajouter Saint-Cloud à ses innombrables domaines.

Que n'a-t-on dit à propos de ce château ! Qu'elle y avait réintroduit la livrée d'Autriche ; qu'on y hissait les couleurs de l'archi-maison... Aussi un mois plus tard lorsqu'elle se rendra à Notre-Dame pour un Te Deum à l'occasion de la naissance du duc de Normandie (le futur Dauphin du Temple), elle sera accueillie dans un silence glacial. « Mais que leur ai-je donc fait ? » s'écriera-t-elle de retour à Versailles.

C'est que le temps pour la Reine s'est mis au beau froid, viendront bientôt les gros nuages, puis la tempête.

En ce mois de mars 1785, le magnifique collier des Böhmer sera déjà pour Jeanne de La Motte de l'histoire ancienne. On roulera carrosse, on mangera dans de la vaisselle de vermeil, et le tout à l'avenant à grandes guides. Quelques mois encore et la bombe éclatera.

Pour l'heure, quand elle se présente devant les grilles du pavillon de Louveciennes, elle n'a pas un liard en poche et ignore tout de l'existence du collier, initialement destiné à l'ancienne sultane qu'elle aimerait intéresser à son sort.

Jeanne du Barry reçoit Jeanne de La Motte dont elle a vaguement entendu parler. Une dame se prétendant descendre des Valois ne s'évanouit pas impunément aux quatre coins du château de Versailles sans qu'il en transpire quelque chose à l'extérieur.

La comtesse écoute l'interminable histoire des Saint-Remy de Valois, dite et redite si souvent, et depuis longtemps soigneusement peignée. Elle n'a pas mis longtemps à percer l'intrigante. Elle accepte cependant le placet de Jeanne et lui promet de le faire parvenir à qui de droit, se jurant secrètement de n'en rien faire. Cette visite rapide sera évoquée quatre ans plus tard lors du procès.

Où l'on apprend comment on doit s'y prendre pour friser la perruque et faire voir du paysage à un prince de l'Église

Le cardinal Louis s'ennuie au fond de ses palais. Dans son hôtel parisien comme à Saverne. Rien ne peut le distraire : ni bal ni redoute... Les seules fêtes auxquelles il aspire sont celles de la reine et il en est exclu. On le tient court. Il a beau baptiser et rebaptiser, dire grand-messe sur grand-messe, célébrer Te Deum après Te Deum, redoubler de soins apostoliques, renforcer la cohorte des sous-officiants, des thuriféraires, veiller par lui-même à la fraîcheur des enfants de chœur, rajouter de l'encens à l'encens, rien n'y fait. Pas un regard, pas un mot de la Reine. Il n'existe pas.

Il se console en bâtissant, ici un rendez-vous de chasse, là-bas un pavillon chinois. Des bagatelles et des Mon Bijou qu'il sème sur l'une et l'autre rive du Rhin – dans l'Empire, n'y est-il pas landgrave ? Mais rien n'y fait. Rien ne peut tromper son ennui. Et toujours la même obsédante question lui revient : et Marie-Antoinette, pourquoi ?...

Elle est devenue son idée fixe. Aussi va-t-il jusqu'à l'épier. De nuit tel un amant jaloux, caché derrière un arbre du parc ou au creux d'un bosquet, le chapeau de conspirateur rabattu sur l'œil, le manteau relevé sur le nez. Il l'attend des heures pour la regarder un instant passer, légère, de ce pas glissant qui semble ne pas lui faire toucher terre. Cette allure ineffable que les chroniqueurs du temps – lui fussent-ils contraires – s'accordent à lui concéder. De l'ombre où il est tapi, il la voit dans la lumière, à la lueur des lampions et des bougies en pot qu'on a semés le long des allées. Vision vaporeuse, drapée d'un chiffon de mousseline coupé à la Pierrot ou vêtue d'une robe à la lévite, un fichu noué en un savant désordre. Tantôt elle est en cheveux, tantôt coiffée d'un chapeau de paille qu'agrémentent des fleurs des champs. Elle précède son petit groupe tenant par la main sa tendre amie, la duchesse de Polignac. Maudits Polignac ! Ils ont fini par monopoliser toutes les places de la cour. Ne dit-on pas qu'ils auraient en leur possession certains papiers compromettants de la main de la reine dont ils se serviraient pour obtenir pensions, titres et passe-droits ? Vrai, faux ? Qu'importe puisque la reine en est coiffée ; ne respire et ne vit que par eux. Honneur insigne jamais accordé par une reine de France à un particulier, quand la duchesse fut prête d'accoucher dans sa campagne près de Passy, Marie-Antoinette vint s'établir au château de la Muette pour être plus proche de son amie et la visiter à son aise. « Quand je suis avec elle, je ne suis plus reine, je suis moi-même », a-t-elle l'habitude de confier imprudemment. Ce mot répété, on imagine le profit qu'en tirèrent les bienveillantes gazettes.

Le Cardinal regarde également passer les amants de la reine ou plutôt ceux qu'on lui prête. Le beau Dillon, Coigny, Esterházy, Vaudreuil, Adhémar, Guînes, Besenval, ce barbon helvète, et aussi les autres, ceux d'une saison. Fersen n'est pas du lot. Il aime trop la Reine pour la compromettre par vanité. Ils se rencontrent en tête à tête, et encore avec d'infinies précautions. C'est justement à un tête-à-tête de la sorte que rêve le Cardinal.

En juin 1782 le comte et la comtesse du Nord se trouvent en visite en France. Ils seront reçus par le Roi et la Reine à Versailles avec faste malgré l'incognito. En effet il s'agit du tsarévitch Paul, le fils unique de la Grande Catherine, et de sa femme la grande-duchesse, née Dorothée de Wurtemberg-Montbéliard.

La Reine donne pour eux une fête dans son royaume de Trianon. Elle y a apporté un soin tout particulier. Il y aura un opéra de Grétry, suivi d'un ballet de Gardel dans le théâtre construit récemment par l'architecte Mique. Suivront un souper champêtre et un bal sous la grande tente ovale qui jouxte le pavillon du jardin français et pour finir un médianoche en même temps que l'embrasement du parc.

Jamais deux arpents de terre n'ont tant changé de formes ni coûté tant d'argent si l'on veut en croire le duc de Croÿ. Il ne se passe pas de semaine que la Reine n'invente ici une montagne, là une rivière avec cascade et grotte, un rocher... Un petit paradis en somme.

Un paradis dont notre Cardinal est interdit. Des fêtes qui s'y donnent, il n'en a que les ouï-dire. À celle-ci non plus il n'a pas été prié. Eh bien ! Il s'y rendra tout de même. Il soudoie le concierge. Lui promet qu'il ne pénétrera dans le parc que lorsque la famille royale aura quitté les lieux, et le temps seulement de voir l'illumination. Le chapeau toujours sur l'œil, mais cette fois vêtu d'une longue redingote, il est là assis dans la loge et compte au bonhomme quelques louis d'or. On réclame le concierge, le Cardinal en profite pour se faufiler. Il trouve un arbre. Il a juste le temps de s'y placer en embuscade, déjà par une allée se présente la Reine au bras du comte d'Artois. Le Cardinal n'a pas prévu l'effet d'ombre chinoise. Une fusée indiscrète vient l'éclairer par-derrière.

— Tiens ! Tiens ! Nous avons un invité de la dernière heure, s'écrie le frère du Roi.

La Reine s'étonne. Cependant, flattée qu'on ait pu risquer de se tordre le cou pour apercevoir ses illuminations, elle est prête à pardonner à l'intrus. C'est alors qu'Artois lui fait remarquer :

— Je parierais fort que notre homme n'est autre que notre cousin Rohan. Tenez ! Regardez ! Il a gardé ses bas rouges !

Fureur de la Reine. Rohan, démasqué, n'a plus qu'à s'enfuir en sautant comme un cabri par-dessus les parterres pour se perdre dans la nuit. L'affaire fait du bruit. Le concierge vénal est chassé. Il pleure, jure qu'on ne l'y reprendra plus. La Reine se laisse attendrir et le concierge retrouve sa conciergerie. Les mésaventures du Cardinal dans les bosquets du Petit Trianon font des gorges chaudes.

C'est sur ces entrefaites que la comtesse de La Motte-Valois fait son entrée à l'hôtel de Strasbourg.

Jeanne après ses déconvenues versaillaises a retrouvé son logis de l'hôtel de Reims. Elle s'est endettée et, sans le secours de l'avocat Beugnot, elle aurait depuis longtemps été obligée de filer à la cloche de bois. Pour le comte de La Motte la situation financière n'est pas meilleure. Aussi pour échapper à la poursuite de ses créanciers, il a quitté Versailles. Comme on le recherche également à Paris, il s'est replié à Brie-Comte-Robert.

L'avocat Beugnot se trouve un matin dans son cabinet de travail quand Jeanne y débarque, rayonnant de joie. La recommandation de feu la marquise de Boulainvilliers lui vaut, enfin, une audience du cardinal de Rohan pour le lendemain. « Il me faut votre aide. Votre voiture, votre domestique et votre bras pour me mener... vous savez que dans ce pays-ci il n'existe que deux manières de demander l'aumône, en carrosse ou aux portes des églises. Et généralement les deux à la fois... »

Beugnot, qui ne tient pas à se compromettre avec l'aventurière, aussi complaisante soit-elle avec lui, transige. Elle aura la voiture, le domestique et son bras mais seulement jusqu'aux jardins de l'hôtel de Soubise ; de là il lui faudra se débrouiller seule pour gagner l'hôtel de Strasbourg.

La première entrevue dure une demi-heure. Le Cardinal lit par deux fois le billet de la comtesse ainsi que la lettre patente du roi Henri II que Beugnot a retrouvée aux Archives et qui atteste le bon droit de la comtesse. Le Cardinal promet d'appuyer sa requête. Jeanne se garde bien de lui dévoiler son état de misère. Il serait indélicat entre gens de haute naissance comme eux d'entrer dans des détails aussi sordides. On ne parle donc pas d'argent. Il sera toujours temps de se rattraper. C'est qu'elle ne compte pas en rester là.

La comtesse reçoit un billet du Cardinal pour une nouvelle entrevue, le soir même. Aussitôt, elle imagine un rendez-vous galant. La voilà sous les armes. Et c'est en vraie grande dame avec un fiacre de louage qu'elle passe la porte de l'hôtel de Strasbourg.

Le Cardinal la reçoit dans son boudoir peint par Huet, que l'on appelle le cabinet des Singes. Laques, toiles peintes, chinoiseries, c'est un décor imaginé pour la galanterie. On y aperçoit de petits macaques folâtrant dans des poses assez risquées. Une porte coulissante, dit-on, cache un autel où le cardinal célèbre la messe. À côté, une porte dissimulée dans un panneau livre un accès direct non à la sacristie mais à sa chambre à coucher. Et dans ce XVIIIe finissant, un culte en vaut bien un autre, surtout lorsqu'il s'agit de celui de Vénus.

Jeanne navigue à vue dans cette existence à la fois de mouise et de grandeurs. L'hôtel de Reims est certes un bouge, mais l'hôtelier lui fait les avances pour ses fournitures. Elle possède un laquais, un jockey, deux femmes de chambre et un carrosse de remise. Les meubles sont loués. Et chaque matin un huissier se présente à l'hôtel, qu'elle calme comme elle peut.

Entre-temps elle a reçu de la grande aumônerie la coquette somme de deux mille quatre cents francs.

Elle se démène, va, vient, sollicite, s'insinue. S'il faut la croire le maréchal de Richelieu est du dernier bien avec elle ; il ne voit, ne pense, ne respire que par elle. Quant au cardinal de Rohan il n'est de jour qu'il puisse passer sans la voir. Publicité à bon marché, sans doute, mais dans un Paris où la dupe ne demande qu'à être dupée, on gobe l'appât. Avec un air d'importance et des manières de duchesse de théâtre, on y donne le change une saison, parfois plus.

Maintenant, il ne manquait plus que cela, la voilà au Châtelet avec un procès sur les bras. Oui ! Déjà ! Elle s'en est prise à la femme de l'hôtelier quand celle-ci a eu l'audace de lui présenter une note de mille cinq cents livres. Quelle impudente ! Jeanne est hors d'elle. Sans difficulté, elle retrouve les injures de poissarde et toute la violence de sa mère. L'aubergiste est rouée de coups et précipitée dans l'escalier. La police intervient. Une procédure est ouverte. L'affaire demeurera sans suite.

6

Billets doux, « poulets » royaux et rendez-vous galants

Vite une plume et du papier

Automne 1782. Le couple La Motte se trouve à Fontainebleau. La cour y séjourne pour la saison des grandes battues. Jeanne a trouvé un logement rue d'Avon. Sa réputation de femme facile l'a suivie ; ainsi que celle d'avoir un mari tolérant. D'ailleurs qu'un monsieur se présente et le comte prend son chapeau et va se chauffer dans une des salles des gardes du château. Évidemment, la visite terminée, le monsieur, généralement un militaire ou une personne de robe, a la délicatesse de laisser des marques de générosité pour le « dérangement ». En cette saison où l'on tire le faisan, la comtesse de La Motte est devenue une grue de haute volée.

De retour à Paris, le couple s'installe rue Neuve-Saint-Gilles. Les meubles sont cautionnés par un prêteur juif. Ici la misère est dorée. On emprunte. On gage. Les huissiers sont à la porte, vite on masque les glaces du salon, on enlève le cartel. Le mont-de-piété devient une adresse très fréquentée par le couple. On y porte l'argenterie qu'on dégage le jour d'un souper. Jeanne y laisse ses robes, se fait donner une reconnaissance qu'elle fait parvenir à

M. de Calonne, alors contrôleur général des Finances, afin qu'il s'intéresse à son affaire.

Certains des placets sont rédigés par le Cardinal qui pousse la complaisance à en remettre en mains propres à des ministres. Cependant, rien n'aboutit. En avril 1784, elle fait vendre le brevet de sa pension ainsi que celui de son frère le baron de Valois. Elle en tire une somme de neuf mille livres, de quoi calmer les créanciers et se maintenir à flot encore quelques mois. Mais la misère de nouveau frappe à la porte.

Entre deux saisies, toujours les voyages. Versailles, Fontainebleau ; et les antichambres, et les sollicitations ; des dettes, de l'intrigue toujours... On se donne de faux airs de cour. On laisse répandre dans le monde l'opinion d'un crédit imaginaire qu'on fait payer d'espérances qu'on ne saurait remplir. On importune ici, poussée par l'intrépidité que confère la misère ; là, on subit les rebuffades avec orgueil. On a la mendicité sans pudeur et le faste sans dignité. On a des valets et point de table, des habits et point de linge. On passe tour à tour de la bassesse des pauvres aux hauteurs des riches.

Jeanne de La Motte s'informe des habitudes de la reine. Glane, ici et là, des anecdotes qui courent les antichambres et qui, répétées ailleurs, lui donneront l'air d'une personne dans le secret. Mieux, elle dérobe ou fait dérober une feuille de papier à lettres dans l'écritoire de la souveraine. Un modèle dont elle commande un cent. C'est un papier à lettres de petit format, doré sur tranche et à vignette bleue.

Elle commence à montrer des lettres que lui adresse sa cousine la reine. Forte de ses missives amicales, elle se propose d'intervenir pour celui-ci, ou encore celui-là. Ainsi elle promet à un certain Bénévent de lui faciliter une affaire, en lui assurant la protection de la Reine. Elle se rend à souper chez lui afin d'empocher sa commission et se retrouve à table auprès de Léonard Autié, le coiffeur particulier de la Reine. Le grand Léonard, poète du cheveu extravagant, fidèle des fidèles de la Reine, qui montera le 7 thermidor an II dans la même charrette qu'André Chénier, autre poète mais celui-ci du vers iambique, pour se rendre à l'échafaud. Sa surprise est telle qu'elle se garde bien de toucher un mot de l'affaire qui l'amène. Enfin pour masquer son embarras, elle se drape et feint de trouver mauvais qu'on ait invité à la même table qu'une Valois un coiffeur.

Évidemment, au Cardinal, elle ne dit rien de cette nouvelle intimité avec la Reine, une amitié pour mieux dire. Car chaque billet est modulé avec le souci d'attraper tel ou tel poisson. L'humeur en somme du poulet royal dépend de l'inspiration de Réteaux de Villette, le Taureau, qui rédige les missives en imitant plus ou moins bien l'écriture de la Reine. Ce serait trop simple et peut-être même imprudent d'aller se vanter au Cardinal. C'est par ouï-dire qu'il doit apprendre la nouvelle. Pour mieux en rêver, imaginer ce qu'il pourrait tirer de cette situation que s'est faite à la cour son amie la comtesse de La Motte-Valois. Sera-t-elle une nouvelle Lamballe ? Détrônera-t-elle la Polignac ? Ira-t-elle jusqu'à devenir l'amante de la Reine ? Une nouvelle Eleonora Galigaï ? Cette maréchale d'Ancre, italienne intrigante qui, après avoir gouverné la reine Marie de Médicis, rétorqua, lors de son procès à ses juges qui lui demandaient comment elle avait pu s'accaparer l'esprit de la souveraine : « Par la façon la plus simple. L'emprise d'une âme forte sur une balourde. »

Le Cardinal perçoit du fond de son boudoir les

froissements soyeux des jupes de la comtesse, et aussitôt de s'écrier :

— Pourquoi ne m'avoir rien dit ? Vous avez vu la Reine, elle vous a parlé et vous n'avez pas cru bon de m'en avertir ? Moi ! Qui n'ai toujours eu pour vous que les plus délicates pensées ? Je me suis laissé dire qu'elle vous a écrit et vous me l'avez caché, mais pourquoi ? Est-ce ainsi qu'on en use auprès d'un ami ? Car je suis bien votre ami, n'est-ce pas, comtesse ?

Le poisson a mordu à l'appât. Un moment encore et il sera ferré. Ensuite il ne s'agira plus que de le ramener délicatement dans l'épuisette. C'est un gros morceau. Prudence, il ne s'agirait pas que, traversé d'un soupçon, il s'en aille rompre la ligne.

— Je le sais bien, monseigneur... Je reconnais mes torts. Il y a longtemps que j'aurais dû vous prévenir. Mais voyez-vous, je n'étais pas encore tout à fait certaine de mon crédit auprès de Sa Majesté... Cependant, lors de notre dernière entrevue à Trianon, alors qu'elle m'interrogeait avec bonté sur ma vie passée et mes malheurs, j'ai évoqué comme un instant béni de ma déplorable existence mon séjour à Saverne, naguère, en compagnie de Mme de Boulainvilliers, et, de fil en aiguille, j'en suis venue aux bontés que vous m'avez marquées, à vos démarches, à votre générosité... Et comme je sentais la reine toujours réticente à votre endroit, je me suis étendue avec complaisance sur le bien que vous répandez dans votre diocèse. Comme je voyais, alors, que j'étais écoutée, je me hasardais à lui dépeindre le chagrin que vous causait la disgrâce dans laquelle elle vous maintenait. En jouant, alors, mon va-tout, je me jetais à ses genoux et m'écriais : « Permettez-lui, Votre Majesté, au moins de se justifier... » Je quittais la reine indécise. Mais une heure plus tard je recevais d'elle un message qui m'autorise de vous demander une justification par écrit afin que je la lui remette.

Inventée dans l'instant par la comtesse, cette justification eut sur le Cardinal l'effet de l'aurore. Tout s'éclairait. Il revivait. Il quitta rapidement la comtesse pour gagner son cabinet. Le temps des batifolages était passé. S'il devait un jour se rembarquer pour Cythère, ce ne serait alors qu'avec une reine de France.

Le Cardinal compose en homme d'esprit son apologie, naviguant avec tout le savoir et l'effronterie d'un courtisan rompu à la flatterie entre les écueils. Le mémoire fini est confié à la comtesse.

Quelques jours passent. Un soir, alors que le Cardinal soupe, un laquais entre et se penche à son oreille. « Quoi ! Ici ! À cette heure ! » Il se lève et, priant ses convives de poursuivre sans lui, il passe dans un cabinet contigu. Loin du candélabre qu'on a posé à la hâte sur une table se tient dans l'embrasure d'une fenêtre une silhouette drapée d'une ample mante dont la capuche rabattue ne laisse pas deviner le visage.

— Pourquoi à cette heure et pourquoi tant de précautions, comtesse ? interroge le Cardinal.

Pour toute réponse, elle lui tend un petit billet bleu dont il fait sauter rapidement le cachet. Il croit défaillir en lisant les quelques lignes qui y sont tracées. « J'ai lu votre lettre ; je suis charmée de ne plus vous trouver coupable. Je ne puis encore vous accorder l'audience que vous me demandez. Quand les circonstances le permettront, je vous en ferai prévenir. Soyez discret. » De ces mots s'exhale un parfum qu'il connaît ou pense reconnaître. Si ! Si ! C'est bien là son parfum. Celui de son eau de violette. La Reine la commande « À la corbeille de fleurs » chez Houbigant, son parfumeur. Cela ne fait aucun doute. Et puis l'écriture, c'est bien la sienne. Il imagine la main traçant ces lignes. Elle est là dans son boudoir à Trianon et a délaissé la harpe dont elle jouait l'instant précédent pour venir s'asseoir à son petit bureau d'acajou et y écrire le billet. Ce billet qu'il tient à présent dans ses mains. Le cardinal Louis est dans le ravissement complet. De l'ombre qu'elle n'a pas quittée, Jeanne, de son regard bleu acier, regarde sa proie lire et relire la lettre ; se complaire dans sa vanité, s'y retourner avec délices. La bête est à elle, et ira là où elle voudra la mener. Elle en est certaine. Il n'est, cependant, pas temps encore de lâcher les chiens. Toutefois, le premier coup d'épieu est donné.

— Pourquoi, à cette heure tardive, dans votre palais, m'a demandé Votre Éminence ? Simplement parce que je tiens à mener cette affaire secrètement et en dehors des regards de votre âme damnée cet abbé Georgel qui toujours rôde partout.

Et ainsi durant quelques mois, billet après billet, Jeanne va lui aplanir le chemin du bonheur. Les soirs d'écriture, elle renvoie après le souper son cher mari aux filles du Palais-Royal, ou à quelques tripots dont il a l'habitude. Le comte sorti, par une autre porte entre Réteaux. La nuit durant il noircit du papier et, à l'aube, les doigts tachés d'encre, il la prend à la hussarde.

Jeanne ne manque jamais de flatter le Cardinal, cependant toujours avec des demi-sucres. Selon elle, Sa Majesté, depuis qu'elle a appris sa conduite dans la malheureuse faillite des Guémenée et quelques autres traits encore de sa générosité, revient peu à peu de ses préventions.

Jeanne, bientôt, devine que pour mieux nourrir l'amour-propre et les espérances du Cardinal, il faut l'engager à répondre. Ainsi naît une véritable correspondance qui chaque jour passant se gradue, se nuance.

Elle se présente toujours de nuit avec des airs de conspirateur. Elle remet un billet, en prend un autre. Parfois un mot lui échappe comme par hasard.

— Trianon ? avez-vous dit, comtesse ?

— Oh ! Mon Dieu ! Que je suis sotte ! On m'en avait pourtant demandé le secret...

— Mais qui, grand Dieu ? Et pourquoi ?...

— Oh ! Monseigneur, vous me mettez à l'agonie... pourquoi toutes ces questions ? Puisque, au fond de vous, vous le savez bien...

Au moment où le Cardinal va prononcer le nom, la comtesse se précipite vers lui pour poser un doigt sur la bouche :

— Jamais cette personne ne doit être évoquée... Trop de jaloux, trop d'envieux nous guettent... Dans ce palais, même. Le baron de Breteuil n'a de cesse de vous desservir. Il est votre ennemi juré depuis que vous lui avez soufflé naguère l'ambassade de Vienne. Le voilà à présent le tout-puissant ministre de la maison du roi...

Et sur ces mots la comtesse disparaît par une porte dérobée. Un escalier secret la conduit directement au jardin qu'elle traverse pour se retrouver dans celui de l'hôtel de Soubise. Là un fiacre l'attend. Du palais Cardinal elle connaît, à présent, chaque détour, et ainsi, sans jamais croiser l'abbé Georgel ou le secrétaire du cardinal le baron de Planta, elle peut, sans inconvénient, poursuivre son trafic qui durera plusieurs mois de l'hiver et du printemps de 1784.

Durant ses entretiens particuliers avec la comtesse, le Cardinal a remarqué un tour de conversation, des saillies, un esprit mordant et léger qu'il devine être celui du cercle de la Reine, de ses *parvulo* de Trianon, où la médisance et le potin font l'agrément de la conversation. Il est bluffé. Il n'a plus guère de doute, s'il en a jamais eu, sur l'intimité de la comtesse et de la reine.

Jeanne sait, mieux que quiconque, distiller le mystère. Déjà elle a intéressé à ses malheurs le concierge de Trianon qui, lorsque la Reine n'y est pas en résidence, la laisse volontiers entrer dans le parc.

Lors d'une visite à l'hôtel de Strasbourg, elle laisse entendre au Cardinal, en se coupant à dessein, en en disant trop et pas assez, qu'elle sera le soir même à Trianon. Le Cardinal décide de l'y surprendre. En voiture sans armes aux portières, il se poste devant les grilles du pavillon. La lune est levée. Jeanne, experte en illusion, est décidée à lui montrer ce qu'il s'attend à voir. Par on ne sait quel tour la comtesse paraît sur la terrasse, descend rapidement, précédée par un valet, les marches qui conduisent au jardin français, puis se retrouve dans la cour d'honneur. Toujours précédée par le valet qui n'est autre que Réteaux de Villette, ayant revêtu pour l'occasion la livrée de la reine, elle traverse la cour d'honneur et se présente à la grille. Aussitôt Réteaux rebrousse chemin. Le piège a joué. Elle aperçoit le Cardinal qu'elle reconnaît sous son déguisement.

— Mais voyons, Votre Éminence... À cette heure... Alors qu'on y voit comme en plein jour... On va vous reconnaître... Souvenez-vous de votre déconvenue lors de la fête donnée pour le tsarévitch Paul...

Le Cardinal ne l'écoute pas. Il veut tout savoir.

— Qui était cet homme ?...

— Mais voyons, monseigneur, qui pouvait-il bien

être ? Bien entendu le valet de chambre de confiance de la Reine...

Le Cardinal se rencogne au fond de sa voiture et fait signe au cocher d'aller. Mme de La Motte attend seule le retour de Réteaux et ensemble ils regagnent à pied le logement de la place Dauphine.

La nuit est belle, l'air embaume le seringa, le coup a réussi au-delà de ses espérances, et au bras ferme de son amant elle se met à rêver à des plaisirs plus roboratifs que l'évanescente vision qu'elle vient de donner en pâture à l'imagination du Cardinal.

Dans sa voiture, en effet, le prince Louis se délecte d'images. Il entrevoit la Reine et la comtesse se livrant à des jeux saphiques et aux mille tribaderies dont la littérature et les gravures licencieuses échauffent les fantaisies érotiques de l'époque.

Évidemment on s'habitue à tout. Même aux billets doux d'une reine. Aussi le Cardinal en veut-il plus.

— Soit, monseigneur, trouvez-vous demain, jour de la Purification, dans la grande galerie à la hauteur de la porte de l'Œil-de-Bœuf lorsque la Reine passera pour aller de ses appartements à la chapelle et vous verrez par vous-même au signe qu'elle vous fera que vos affaires sont en bonne voie...

La comtesse a remarqué que chaque fois que la Reine traverse la galerie, elle ne manque jamais de faire le même signe de tête en passant devant la porte qui donne sur le salon de l'Œil-de-Bœuf, probablement pour saluer les courtisans qui y font antichambre.

Le lendemain, le Cardinal se poste exactement là où la comtesse le lui a dit. La Reine ne manque pas de saluer légèrement de son joli port de tête. Le Cardinal, qui ne veut voir et entendre que ce qui peut le confirmer dans son idée d'un retour en grâce, prend le salut pour lui d'autant que le comte de Belzunce qui se trouve à ses côtés lui dit :

— Je ne sais pourquoi on vous croit mal avec la reine ; or elle a l'air de vous voir avec une grande bienveillance.

La bienveillance est bien belle et bien bonne. Mais le cardinal Louis attend encore plus. De fait, il n'aspire qu'à ce rendez-vous avec la Reine que Jeanne de La Motte lui fait miroiter depuis des mois. S'il ne peut prétendre encore aux petits appartements, du moins qu'on l'admette au *demi-jour* du Petit Trianon.

Les effets du salut de la Reine dans la galerie des Glaces, illusion d'optique offerte par Jeanne et jetée comme un os à ronger, se sont dissipés. Et de jour en jour Rohan se fait plus pressant. « Quand la Reine m'accordera-t-elle audience ? Je sens que mon affaire piétine. »

Jeanne est acculée. Il lui faut du temps pour mettre sur pied le nouveau divertissement qu'elle veut lui donner. Car il s'agit de grand théâtre, nécessitant une véritable mise en scène, en partie inspirée du dernier acte de la pièce à la mode, *Le Mariage de Figaro ou la Folle Journée*, que la comtesse, assidue des théâtres parisiens, n'a certainement pu manquer.

Il est connu que la Reine hante parfois les nuits d'été, pour tromper la canicule, les bosquets du parc en compagnie de sa chère Polignac ou de ses belles-sœurs, vêtue d'une simple robe de percale et coiffée d'un grand chapeau de paille. Les musiciens de la chapelle sont parfois requis pour donner la sérénade. Il faut des clés pour pénétrer dans ces bosquets. Mais il y en a tant de doubles qui circulent qu'il sera facile de s'en procurer un, auprès d'un valet ou d'un jardinier qui en fait commerce.

Si Jeanne tient en M. le cardinal le principal

acteur, il lui faut encore trouver l'actrice digne du grand emploi pour lui donner la réplique.

Où une fille de petite vertu fait une jolie baronne de fantaisie

Paris est étouffant en ce début d'été 1784. Et au soleil couchant, on musarde aux Champs-Élysées, aux Feuillants et au Palais-Royal.

Le comte de La Motte est l'un des piliers du Palais-Royal et de ses cafés, qu'il arpente d'un pas de tambour-major. C'est le haut lieu du Paris interlope. Pour rentabiliser son jardin qui s'étend comme aujourd'hui jusqu'à la rue des Petits-Champs, la famille d'Orléans l'a fait entourer de galeries de bois qui abritent des commerces de graveurs, de libraires, des cafés et des tripots. On finit aussi d'y élever des immeubles de rapport avec des arcades, également destinées à des commerces à la mode. Sous ces arcades, foin de dentelles, de mouches assassines, du tabac à priser qu'on offre pour lier conversation, du jargon de petit-maître, chacun s'ingénie à y trouver son plaisir. C'est un terrain propice à l'intrigue, au jeu et au coup d'éventail galant. S'y organisent des parties fines, disons des orgies, auxquelles on s'en va donner suite ailleurs. À la Folie de Chartres à Monceau, par exemple, où se tiennent de continuelles bacchanales.

Des entremetteuses y poussent leur troupeau et le militaire subalterne peut facilement y arrondir sa solde si sa culotte en chamois sait afficher certains avantages ; à moins que, d'une façon plus ménagère, il ne se fasse suivre de sa femme, voire sa concubine, dont il est le maquereau. Les cafés débordent des idées nouvelles pour ne pas dire séditieuses que le duc de Chartres, futur Égalité, propriétaire des lieux, laisse tomber de ses fenêtres. L'atmosphère est libertine avec gaieté, frelatée, sans retenue, enfin pour tout dire franchement canaille. Mais d'un canaille assez bon enfant. Chacun y trouvant son dû dans la débauche, selon sa bourse ou celle du voisin. L'argousin de service est plutôt bienveillant et ferme les yeux. Aussi le tire-laine y prospère-t-il principalement au Café Mécanique où les guéridons montent à la commande comme la table conçue pour les petits appartements de Louis XV.

Le comte de La Motte y pavane une belle renommée de chevalier d'industrie mais également de gaillardise. Les castors et demi-castors du lieu le connaissent pour un libertin. Depuis quelque temps il a repéré une demoiselle dont l'allure et l'habillement, de loin par clair de lune, peuvent faire penser à la Reine. D'ailleurs, elle s'est fait une spécialité de cette vague ressemblance avec la souveraine. Elle se nomme Marie Nicole Leguay. Baronne d'Oliva est son nom de guerre, ou plutôt celui que lui attribuera Jeanne. Car Olisva, ainsi qu'on devrait l'écrire, se trouve être l'anagramme de Valois. Nicole Leguay n'est pas véritablement un perdreau de l'année, ayant de peu dépassé la trentaine. Cependant, elle demeure, parmi le cheptel du Palais-Royal, qui compte des prêtresses de Vénus telles que la Michelot, la Duthé qui a été un temps au comte d'Artois, la d'Hervieux, probablement l'une des plus jolies personnes. Le comte, saisi par sa ressemblance avec la reine, fait son enquête.

Elle loge rue du Jour dans un immeuble de rapport à l'arrière de l'hôtel de Lambesc, dans le quartier Saint-Eustache. Toujours en manque d'argent, elle a des dettes et en particulier une créance de cent écus chez Nathan, l'usurier juif.

Le comte l'aborde, badine, lui fait un brin de conduite. Au moment de se dire adieu, il lui propose de la revoir chez elle. N'est-ce pas plus commode pour causer ? Et chez les filles on sait ce que causer veut dire.

Ils causent, donc, à plusieurs reprises de tout et de rien et ces riens sont véritablement charmants.

— Savez-vous, délicieuse amie, qu'il se trouve dans Paris une femme des plus en vogue qui brûle de vous connaître ? lui confie le comte lors d'une de ses visites. D'ailleurs elle se propose de venir jusqu'à vous...

La demoiselle est gourde mais connaît son métier et, déjà, imagine la partie à trois.

Un soir alors que Mlle Nicole Leguay pas encore d'Oliva se trouve seule chez elle, on gratte à la porte du modeste logis. Elle ouvre et la voilà en présence d'une fée. La comtesse de La Motte n'a pas lésiné sur la toilette. Il lui faut frapper ; frapper fort et surtout vite.

— Vous devez être étonnée de me voir, ne me connaissant pas ?

— On m'a parlé de vous et je dois dire que cette surprise m'est fort agréable.

Avisant un fauteuil, Jeanne s'y jette dans un remous de soieries et, prenant la pose comme si elle se trouvait sur une ottomane, elle s'empresse de tirer un portefeuille d'où elle extrait plusieurs lettres.

— Ce sont des lettres de Sa Majesté. Je ne sais si on a eu le temps de vous le dire mais je vis la plupart du temps à la cour. Hélas ! Chère enfant, pour des circonstances que vous connaîtrez un jour, je dois vous taire mon nom...

Et aussitôt voilà Jeanne lancée dans la lecture des lettres. La Leguay semble tomber des nues. Elle n'entend rien à ce verbiage.

— Écoutez, mon cher cœur, je suis les deux doigts de la main avec la reine. J'ai sa confiance. Aussi suis-je de toutes ses confidences. Elle m'a chargée de lui trouver quelqu'un qui ferait ce qu'elle lui dirait lorsqu'il en serait temps... Évidemment, pour autant que vous lui donniez satisfaction, vous aurez une rémunération de quinze mille francs et, de surcroît, un cadeau de Sa Majesté, bien plus conséquent...

La Leguay hésite. Jeanne la sent indécise. Elle risque le tout pour le tout.

— Bien entendu, mon cœur, je peux vous mener chez le premier notaire et lui faire faire un contrat de quinze mille francs...

Pour une fille, les notaires, les huissiers... c'est de la même race que la police. Aussi la Leguay refuse, arguant que si elle peut rendre service à la reine, elle le fera de bon cœur et que ce n'est pas l'intérêt qui la guide.

— Bien ! Bien ! Mon petit cœur, puisque vous êtes décidée, le comte de La Motte, que vous devez connaître, viendra vous prendre demain avant-midi et vous mènera chez moi, à Versailles.

Sur ces mots, Jeanne s'évapore du logis, vision fugitive, laissant la Leguay pleine d'espérances, de doutes et de craintes.

Le lendemain, à l'heure dite, le comte de La Motte se présente chez la fille. Ils s'en vont déjeuner. Puis, à vive allure, ils gagnent Versailles. Avant d'atteindre la grille du château le fiacre ralentit et vient se placer tout contre une autre voiture dont les vitres sont remontées et les rideaux tirés. On est en juillet et l'air est doux à la brune. Cela étonne la Leguay qui, malgré les ordres du comte, met sa jolie figure à tout propos à la portière.

— Chère, veuillez vous retirer et rester au fond

de la voiture... je vous l'ai dit et je vous le répète, personne ne doit vous apercevoir... tout cela est du plus haut secret... par ordre de la Reine...

Cette voiture, tous rideaux tirés, l'intrigue. Elle ne peut s'empêcher de pencher encore la tête. Le bruit sec d'un store qu'on relève et paraît le visage malicieux de sa visiteuse de la veille. Jeanne lui fait signe de venir la rejoindre dans sa voiture où se trouve déjà sa femme de chambre. Aussitôt le fiacre se met en branle.

— Où nous rendons-nous ? interroge, inquiète, la Leguay.

— Chez moi ! Mon ange, chez moi... Vous n'avez aucune inquiétude à vous faire... vraiment, je vous l'assure...

Le chemin est court. Quelques minutes et la voiture s'arrête place Dauphine devant un hôtel vétuste tenu par un certain Gobert.

— Vous montez avec ma servante Rosalie qui vous installera confortablement... À peine le serez-vous que vous me verrez de retour...

Il se passera deux heures avant que Jeanne ne réapparaisse. Deux heures pendant lesquelles Rosalie s'évertue à crêper, boucler les cheveux de la Leguay devenue pour l'occasion, et selon la volonté de la comtesse, la baronne d'Oliva. La servante la coiffe « en demi-bonnet », la dernière mode inventée pour la reine par le « divin » Léonard. Frisée au petit fer, et ainsi poudrée, la nouvelle baronne peut, de trois quarts par une nuit sans lune, donner le change sur sa personne. Oui ! Vraiment ! C'est indéniable, elle a un air « Marie-Antoinette ».

Deux heures d'angoisse entre les mains de cette servante aux allures plus que louches. Que veut-on d'elle ? Pourquoi l'avoir amenée dans ce logis qui sent le renfermé où elle n'a d'autre passe-temps, pendant qu'on lui tire sur les cheveux, que de compter les chiures de mouches sur le papier peint défraîchi des murs. Elle n'est pas tombée de la dernière pluie. À l'occasion, elle fait la passe si la personne lui plaît mais en aucun cas elle n'est assimilable à une de ces « barboteuses des rues » qu'on embarque pour un oui pour un non à Saint-Lazare ou à Sainte-Pélagie. Ou ces autres encore qui reviennent au petit matin le visage tuméfié et le postérieur zébré de coups de fouet. Non ! De ce pain-là, elle ne mange pas !

Orpheline de père et de mère, elle est placée en pension chez un de ces commerçants de la misère. Échaudée dès l'enfance, elle est demeurée craintive.

L'ameublement succinct et bancal du logis où on l'a entraînée, qui tranche étrangement avec les tenues dispendieuses de l'inconnue, lui fait soupçonner une ténébreuse affaire.

Dans sa pauvre cervelle de moineau apeuré, la Leguay imagine le pire : viol, crime rituel, assassinat... Déjà elle est prête à s'enfuir quand la porte s'ouvre soudain pour laisser passer le comte de La Motte avec à son bras l'inconnue. Cette dernière, le feu aux joues, affiche une gaieté fiévreuse.

D'emblée elle lui déclare qu'à présent que tout est arrangé elle peut enfin lui révéler son nom ; elle est la comtesse de La Motte et le comte est son mari. Par sa naissance, elle descend d'une fort grande maison, touchant de près au trône, ce qui explique ses allées et venues continuelles chez la reine, qu'elle quitte d'ailleurs à l'instant. À son débit de paroles, on la pressent surexcitée telle une actrice – et en filouterie et intrigue on ne fait pas mieux comme artiste – qui dans la coulisse, attendant son entrée en scène, repasse son texte. C'est qu'elle vient de frapper les trois coups et la pièce vient de commencer. Le Cardinal, à l'heure qu'il est, a entre les mains un billet de la Reine qui lui donne rendez-vous pour le soir même dans le parc de Versailles.

— La souveraine, ajoute-t-elle, s'est montrée enchantée du choix que j'ai fait en votre personne et voudrait se trouver déjà demain pour connaître comment la mascarade aura tourné... Car il ne s'agit, vous vous en doutez bien, mon cœur, que d'une mascarade, rien de plus. Une de ces tocades qui viennent et vont dans l'esprit des grands, une plaisanterie dont chacun après coup s'amuse et se gausse, et le dindon de la farce le premier...

Le bosquet de la Reine dit de Vénus

La mascarade a été soigneusement élaborée. La Leguay ne sera mise au courant de son rôle qu'au dernier moment puisqu'il s'agit d'un impromptu sans conséquence, un tour joué par la Reine une nuit d'été à un grand seigneur.

Le décor a été longuement discuté. Réteaux de Villette en tenait pour le bosquet des Bains d'Apollon.

— Trop éloigné du château, avait rétorqué Jeanne. Il serait plus judicieux de nous en tenir au bosquet de la Reine, qui, en contrebas des cent marches, permet une échappatoire plus facile vers les terrasses où il se trouve toujours, même à cette heure tardive, des badauds qui y viennent prendre l'air.

Le comte de La Motte, qui n'a aucune idée personnelle, s'est comme chaque fois rangé à l'avis de sa femme.

Le bosquet de la Reine était né d'un caprice de

Marie-Antoinette. Déjà Dauphine, elle ne comprenait pas pourquoi elle n'avait pas son bosquet puisqu'il en existait un du Dauphin.

Au début de son règne, Louis XVI se fait un devoir de restaurer le parc en replantant plus de la moitié des arbres centenaires, car beaucoup sont morts de vieillesse quand ils n'ont pas été abattus par les tempêtes. Il reprend l'exact tracé des plans de Le Nôtre. On aménage donc des pépinières de chênes et de marronniers. La Reine aimerait des arbres exotiques et du fouillis à l'anglaise. Mais le Roi ne cède pas à cette mode. Le parc sera remis comme avant. On reprend les treillages et les clôtures de chaque bosquet. Certains cependant sont remplacés par des quinconces comme celui de la Girandole. Enfin le fameux Labyrinthe se trouve en si piteux état que le roi consent à sa destruction. Les sculptures en plomb jadis polychrome qui surmontaient les fontaines et les cascades, représentant les animaux des *Fables* de La Fontaine, sont déposées ainsi que ce qui demeure des treillages. On fait place nette. Ainsi la Reine pourra avoir enfin son bosquet à l'anglaise avec des tulipiers et encore bien d'autres arbres des « Îles ». Souvent on donne aussi à ce bosquet le nom de Vénus. Pour la simple raison qu'il a toujours eu une galante réputation. Sombre et mal entretenu du temps où il n'était encore que le Labyrinthe, il fut propice aux rencontres amoureuses. Les buissons n'étaient que soupirs et bruits de soie. On s'y troussait rapidement, jupe à paniers par-dessus tête ; et, le coup fourré rapidement accompli, on reprenait son air de duchesse, l'éventail arrogant pour masquer un décolleté encore palpitant ; quant au page ou au jeune dragon, c'est en sifflotant qu'il remontait vers la terrasse. Le bougre n'était pas exclu de ces nocturnes saturnales, chacun y péchant à son goût.

Certaines nuits d'été, les intimes de la Reine, ceux du premier cercle, quittant la terrasse, descendent dans le nouveau bosquet pour y jouer à la « guerre-panpan » et aux fameux *descampativos*, jeux en eux-même innocents, qui laissent toutefois, dans le noir d'une charmille, toute latitude au hasard de la main chaude ou du baiser volé. Cette saison-là, Rose Bertin imagine des robes de satin *soupir étouffé* ornées de modesties *regrets superflus*. Le vieux Labyrinthe transformé en bosquet de la Reine garde, s'il faut en croire les libelles du Palais-Royal, toujours aussi mauvaise réputation.

La « baronne d'Oliva » enfin coiffée, on lui essaie sa toilette. Jeanne a tout prévu, elle a fait recopier – peut-être même, étant donné son passé de couturière, l'a-t-elle cousue de ses mains pour ne pas éveiller les soupçons – la robe de linon en plumetis garni d'un dessous rose pâle que porte la reine dans le portrait peint par Mme Vigée-Lebrun. C'est ce portrait qui a figuré l'année précédente au Salon. Tenue inventée, faut-il le préciser, dix ans auparavant par la comtesse du Barry. La robe est passée par la baronne d'Oliva. Jeanne se recule de quelques pas pour en admirer l'effet. « C'est à s'y méprendre ! N'est-ce pas ? » s'écrie-t-elle en prenant Rosalie à témoin. On touche au miracle du grand théâtre. Un cache-poussière en fine mousseline, une capeline en gaze d'Italie et le tour est joué. C'est Suzanne travestie en comtesse au dernier acte du *Mariage de Figaro*. Et si l'on pense qu'au même moment, dans son somptueux appartement du château, le grand aumônier de France en frac de godelureau, drapé dans une immense cape couleur muraille, un grand chapeau rabattu en clabaud, attend avec impatience l'heure fixée pour le rendez-vous, on est en plein Beaumarchais.

Une dernière fois Jeanne explique à la Leguay d'Oliva ce qu'elle doit faire. Rien à peine. Être une vapeur blanche dans la nuit sans lune. Une rose qu'elle donnera à l'inconnu qui s'approchera d'elle ; quoique déguisé, un très grand seigneur. Ainsi qu'une lettre qu'elle lui tendra en prononçant ces simples paroles : « Vous savez ce que cela veut dire... » Et d'ajouter :

— La Reine ne sera pas loin, cachée dans un buisson. Elle a confiance en vous. Elle verra tout. Elle entendra tout. Peut-être, si la scène est bien jouée, vous parlera-t-elle. Surtout ne la décevez pas.

La pauvre Leguay pâlit :

— La Reine me parler... à moi...

— Eh bien ! Oui ! Qu'y a-t-il d'aussi étrange... La reine vous connaît bien par tout ce que je lui ai raconté de vous...

— Mais je n'ai jamais adressé la parole à une reine. Faut-il dire Madame la Reine, Majesté, Souveraine ?...

— Non, vous direz simplement Votre Majesté...

Pour chauffer la Leguay, qu'elle sent indécise, traqueuse, Jeanne lui tend un verre de vin de muscat. Puis lui fait quitter son déguisement. Et joyeusement la petite bande s'en va souper à La Belle Image, une auberge proche.

De retour place Dauphine on se livre aux derniers arrangements. Nicole Leguay remet son déguisement. Et cette jolie compagnie, composée d'un faussaire (Réteaux est apparu au moment de se mettre à table), d'un chevalier d'industrie, d'une femme escroc et d'une fille facile, passe, un peu grise, à l'heure convenue la porte de la maison

Gobert. Jeanne a jeté sur ses épaules un ample domino de faille noir.

Sur la chaussée on se sépare en deux groupes. Jeanne saute, seule, dans le fiacre qui l'attend. Tandis que Réteaux, La Motte et la Reine d'un soir grimpent dans une voiture qui les mène en contournant les grands communs vers l'Orangerie du château qu'encadrent les deux escaliers monumentaux dit des Cent Marches. On saute hors de la voiture qu'on renvoie et de là, sans être vus, on gagne le bosquet de la Reine, en contrebas.

Dans l'obscurité, quelque part de l'autre côté des charmilles, on entend le bruit d'un jet d'eau. Le parfum sucré des tilleuls embaume l'air. C'est une chaude nuit d'été sans lune, propre à toutes les folies. La baronne d'Oliva qu'encadre La Motte et Réteaux s'effraie à la moindre branche qui craque sous ses pieds, à l'oiseau qui, en s'envolant, froisse le feuillage du marronnier. Il y a là tout un décor à la Hubert Robert, aussi peut-on imaginer que le billet reçu par le Cardinal comme venant de la Reine pour lui fixer le rendez vous est de la même farine que celui que dicte la comtesse Almaviva à Suzanne : « Qu'il fera beau ce soir sous les grands marronniers... » Et d'évidence tout y respire le bonheur et la tranquillité.

Sur la terrasse du château, le cardinal de Rohan fait les cent pas. Il est suivi à quelque distance par son secrétaire le baron de Planta. Il s'impatiente. Soudain apparaît la comtesse de La Motte.

— Que Son Éminence me pardonne ce léger contretemps... mais il s'est trouvé un empêchement de dernière minute...

— Quoi ? La Reine ? Je ne la verrai...

— Non, non ! Vous la verrez comme prévu. Mais elle ne pourra pas vous parler aussi longtemps qu'elle l'aurait désiré... C'est, voyez-vous, qu'au dernier moment Madame et la comtesse d'Artois ont voulu qu'elle vienne se promener dans le parc avec elles. La Reine a prétexté un mal de tête pour couper à la promenade... Mais vous savez comment sont ses belles-sœurs... aussi la Reine a-t-elle fini par accepter... Elle s'échappera quelques minutes... Et c'est la raison pour laquelle elle ne pourra vous voir que furtivement. Elle en est désolée...

La Reine dans le parc de Versailles, à cette heure de la nuit, entre les deux sœurs Savoie : l'une, tribade notoire qui fait ses délices de Mme de Balbi, laquelle sert également de paravent à l'impuissance de Monsieur, et l'autre, nymphomane qui a mis déjà plusieurs escadrons sur le flanc, il y a là un fricotage à mettre en appétit les gazettes du Palais-Royal.

Jeanne pousse le Cardinal vers l'escalier qui mène au bosquet de la salle de bal, lequel jouxte celui de la Reine.

Tout le monde est à son poste. Le Cardinal s'avance seul dans la clairière du bosquet. Une forme blanche sort alors de l'ombre. Elle tient une rose blanche à la main. Le Cardinal défaille d'émotion. Ses jambes ne le soutiennent plus. Il tombe à genoux et murmure des choses ravissantes, si ravissantes qu'elles en sont presque des clichés ; de ceux que débite un amoureux transi. L'apparition, aussi troublée que lui, lui tend la rose en bredouillant. « Vous savez ce que cela veut dire... » Au lieu de lui remettre la rose en un geste délicat, elle la laisse tomber comme une gourde. Le Cardinal la ramasse et la pose sur son cœur, se penche et, prenant le pied de celle qu'il pense être la Reine, le baise. Cependant la lettre, la belle lettre de la Reine, que la Leguay devait lui remettre, se trouve encore dans sa poche. L'émotion lui en a fait perdre la mémoire. Dans les fourrés, c'est la panique. La Leguay est capable, traqueuse comme elle est, de faire tout rater. C'est encore le sang-froid de Jeanne qui sauve la situation. Elle jaillit de l'ombre :

— Vite ! Vite ! Il faut nous séparer, venez par ici, voici Madame et Mme la comtesse d'Artois qui approchent...

Elle saisit le Cardinal et l'entraîne vers la sortie du bosquet. De son côté La Motte fait disparaître dans les charmilles l'apparition qui, se souvenant alors de la lettre, la lui remet. La Motte peste en lui-même. L'idiote ! Elle a failli tout faire rater ! Elle n'a joué que la moitié de la scène... eh bien ! Elle sera payée de moitié...

Cependant, chacun y a trouvé son compte. Le Cardinal de retour dans son appartement de Versailles contemple avec langueur la rose de la Reine. Déjà, il a en tête de la faire enchâsser comme une relique. Chaque année on la sortira à la date du 11 août pour la promener dans son allée favorite du parc de Saverne, qui, dès lors, prendra le nom de chemin de la Rose. La joie l'étouffe. Cette brève rencontre lui a donné des ailes. Il se voit amant de la reine, Premier ministre, un nouveau Mazarin, pour tout dire.

La Leguay est reconduite dans le meublé de la place Dauphine où elle passe la nuit, épuisée par tant d'émotion. La Motte et Réteaux, qui ont simulé les pas des deux belles-sœurs en faisant crisser dans l'ombre les gravillons d'une allée, se complimentent du procédé. Lorsque Jeanne, de retour de chez le Cardinal, leur décrit l'état de transport dans lequel elle l'a laissé, chacun alors applaudit au succès de la ruse et de ce qu'ils vont pouvoir en tirer. Car Jeanne, encouragée par cette réussite, poussée par une imagination ingénieuse et fertile, envisage déjà d'autres filouteries qu'elle enrobe de chimères, de grandeurs, de châteaux en Espagne.

Il se trouve chez elle, c'est certain, un bas instinct du gain, une envie de luxe, de vie fastueuse, mais singulièrement aussi, au-delà de la revanche à prendre, une manière d'ascèse. C'est une artiste, elle trouve du plaisir à peaufiner, à ciseler les intrigues et les voleries. La peur s'y mêle à une jouissance intense, libératrice. La malhonnêteté est devenue organique. Elle y puise une de ses raisons de vivre. Elle ne saurait plus à présent s'y soustraire. Y a-t-elle décelé une manière de prédestination ? Une voix, quelque chose tout au fond d'elle-même, lui laisse-t-elle entendre qu'elle était attendue ? Cette pierre imprévisible qui sur le chemin va faire rompre l'essieu du vieux et vermoulu carrosse de la monarchie.

Toute la bande a dormi place Dauphine. Le lendemain, satisfaits et toujours joyeux de la fourbe jouée au Cardinal, ils s'en vont gaiement tous les quatre dîner chez un traiteur de Versailles. Le repas se prolonge fort tard dans l'après-midi. Aussi est-ce au soleil couchant qu'ils se mettent en route pour Paris. Ce n'est que sur les douze coups de minuit qu'ils débarquent d'une voiture de louage rue Neuve-Saint-Gilles. Ils y trouvent l'avocat Beugnot qui, n'ayant pas de nouvelles de la comtesse depuis quelque temps, et, passant par hasard devant chez elle, a pris la liberté de monter. Il a trouvé au logis Mlle Colson, une familière du couple, en fait une parente éloignée du comte que Jeanne a élevée au rang de lectrice. Cette demoiselle, sans être dans le secret des affaires de la comtesse, n'en a pas moins des soupçons. Elle possède de l'esprit et s'amuse des grands airs de Jeanne et de ceux auxquels le comte s'essaie pour rivaliser avec sa femme. Elle ne les nomme que « Leurs Altesses » et Beugnot, en homme d'esprit, en rit.

Ils débarquent donc, encore un peu gris de leur dîner prolongé. Les deux hommes, Réteaux et La Motte, sont en frac, sans cérémonie, et les deux dames, la comtesse et la d'Oliva, agréablement vêtues de robes de mousseline. À les voir ainsi, Beugnot pense qu'ils reviennent d'une partie de campagne.

« Ce n'est pas tout, à présent, il nous faut souper. Pas question de se laisser abattre... » Et chacun de se mettre à rire à des plaisanteries qui n'en sont pas. Parfois de vagues allusions à une affaire dont Beugnot et la Colson ignorent tout. Cependant ils se sentent obligés de rire pour se tenir au diapason de cette bonne humeur. « Je ne vous dirai rien... non rien... mon cher Beugnot... vous êtes trop honnête homme pour comprendre... » Et l'avocat de penser que pour Jeanne l'honnête homme est fatalement synonyme de crétin.

Le souper terminé, c'est Beugnot qui raccompagne à pied la jolie personne qu'on lui a présentée sous le nom de la baronne d'Oliva. En effet, à cette heure, plus question de trouver un fiacre. Il la dépose rue de Cléry, à deux pas de la rue du Jour. Sa ressemblance avec la reine Marie-Antoinette l'a frappé ; ce n'est que plus tard, lors du procès, qu'il fera le rapprochement de cette soirée avec celle qui s'était déroulée la veille dans le parc de Versailles.

Jeanne continue encore quelques semaines son trafic de correspondance. Elle sent bien, depuis le nocturne versaillais, que ses billets ne font plus tout à fait le même effet sur le Cardinal. De son côté, Jeanne ne se supporte plus dans son appartement de la rue Neuve-Saint-Gilles, à la merci des huissiers. Elle ne veut plus bricoler à la petite semaine.

Il lui faut du luxe et du grand, et pour cela de l'argent ; et sa pension ajoutée au rabiot qu'elle tire, ici et là, du cardinal, cela ne fait qu'une misère.

Après une série de billets de part et d'autre, Jeanne hasarde une première escroquerie. La lettre est mûrement réfléchie. Réteaux s'y reprend à plusieurs reprises. Dans ce billet la Reine fait part au Cardinal d'un souci. Un souci connu de beaucoup de personnes, mais particulièrement d'elle. Un souci d'argent. La Reine est un gouffre. L'argent lui file entre les doigts, ce n'est un secret pour personne. Et depuis que M. de Calonne est aux finances et y pratique des miracles, la Reine met les bouchées doubles. Cependant, une gêne passagère dans ses propres finances l'empêche d'accomplir une bonne œuvre en tirant de l'embarras une famille respectable tombée dans l'indigence. Aussi se demande-t-elle si, en tant que grand aumônier, son nouveau et très cher ami ne pourrait pas lui faire l'avance ou emprunter pour elle la somme de soixante mille livres. La somme est coquette et le piège assez gros. Mais le Cardinal est depuis la nuit du bosquet totalement aveuglé. Il fait un billet en son nom à l'usurier de Nancy Cerfbeer, lui faisant valoir que cette somme est destinée à une personne qui lui en sera infiniment reconnaissante. Ajoutant encore que cet emprunt lui vaudra une très haute protection pour lui et sa nation.

Quelques jours. Puis la somme est remise en mains propres à la comtesse. Le lendemain, elle ne manque pas d'apporter un billet de remerciement.

Évidemment, une pareille somme oblige à quelques dépenses en aménagements, en vaisselle, en argenterie, en linge, en bijoux, en robes et habits. Bref, le logis de la rue Neuve-Saint-Gilles devient en un tour de main le palais des fées.

Si quelques curieux viennent d'aventure à s'intéresser à ce brusque changement, on laisse entendre que la Reine est bonne pour qui sait la servir. D'ailleurs, elle avoue au Cardinal les bontés que la Reine a pour elle. Celui-ci gobe le conte sans demander son reste. Depuis longtemps le prince Louis a abandonné tout esprit critique. Jeanne l'a engagé à entrer tête baissée dans un labyrinthe où à chaque détour il perd un peu plus de son jugement.

Le Cardinal, ne doutant plus de son retour en grâce, met l'abbé Georgel, son autre secrétaire Ramon de Carbonnières et le comte de Cagliostro qui se trouve alors à Paris dans le secret de sa correspondance avec la reine. La comtesse peste en l'apprenant mais ne laisse rien paraître. C'est qu'entre aigrefins on se perce facilement. L'Italien, cependant, n'aperçoit rien du manège de Jeanne ; à moins qu'il décide de n'y rien voir, trouvant le jeu trop hasardeux et surtout trop risqué pour un étranger comme lui qui traîne déjà quelques casseroles à sa queue, dont une menace de gibet en Hollande. Et puis, doit-il penser, il sera toujours temps de toucher le dividende de l'escroquerie. Car il n'est pas dupe : il s'agit d'une escroquerie. À moins que la comtesse, plus douée et rusée que ce maître de la supercherie, l'ait entortillé tant et si bien qu'il n'y vit que du feu.

Malgré tout, la comtesse, pour soustraire le Cardinal à ses conseillers et surtout à l'abbé Georgel dont elle se méfie à juste raison, invente une lettre par laquelle la Reine recommande au Cardinal un voyage en Alsace. Une simple promenade pour lui permettre de le rappeler à la cour avec éclat et toute la publicité que mérite son retour en grâce.

Le Cardinal ne tergiverse pas et quitte dans l'instant Paris pour s'en aller visiter ses ouailles.

La manœuvre de la comtesse est subtile : un billet

et aussitôt les membres de ces colloques nocturnes qui, à chaque lettre de la Reine, se faisaient un devoir de passer tous les mots au crible, à la loupe le moindre pâté d'encre, et qui, à la longue, auraient certainement fini par éventer la supercherie, se trouvent à présent dispersés aux quatre vents. L'abbé Georgel dans son officine des Quinze-Vingts, Cagliostro en Suisse puis à Lyon où, à tour de bras, il fonde des loges égyptiennes, traînant à sa suite Ramon de Carbonnières. Seul le baron de Planta demeure au poste à l'hôtel de Strasbourg.

Le Cardinal en Alsace, l'occasion est trop belle. Réteaux et la comtesse concoctent une nouvelle lettre dans laquelle la reine, toujours à court d'argent, étant donné son goût pour le « vive la bagatelle ! » demande au Cardinal de bien vouloir lui avancer encore soixante mille livres pour secourir une pauvre famille. Le Cardinal n'y voit que du bleu. D'ailleurs il se fiche bien de connaître l'utilisation de cette somme. Pour des pauvres, c'est fort bien ; pour acquitter les factures de Rose Bertin, c'est encore mieux. L'important est que la reine ait besoin de cet argent et qu'elle lui demande son secours.

Il s'en va de nouveau frapper chez les usuriers. Il mande à Saverne le baron de Planta et lui donne ordre de remettre la somme à la comtesse de La Motte en mains propres ; et surtout de n'en rien dire à l'abbé Georgel. Si Mme de La Motte venait encore au nom de la reine demander d'autres subsides, il lui faudrait alors puiser dans la caisse du trésorier et même vendre, s'il est nécessaire, des objets.

Jeanne vient en un mois de recevoir cent vingt mille livres en deux versements. C'est assez pour soutenir son train de descendante des Valois. Mais où ? À Versailles ? Aux bals de l'Opéra ? Dans les salons parisiens ? Au Palais-Royal chez le duc de

Chartres, nouvellement duc d'Orléans depuis la mort de son père, où l'on n'est pas trop regardant sur les personnes qu'on reçoit ? Non. Jeanne n'aspire qu'à se faire reconnaître comme une grande dame dans sa province, là où on l'a toujours méprisée. Oui ! À Bar-sur-Aube, qu'elle considère comme le fief de sa famille.

Une muse du département

La fin de cet été de 1784 n'est qu'une longue sieste. Comme si la nature se plaisait à traîner des pieds pour verser en automne. C'est le temps des confitures et Bar-sur-Aube est entourée de vergers. On se trouve encore à la cueillette, à pique-niquer dans les prés quand, soudain, le pays se retrouve en ébullition. Mme de La Motte s'est fait annoncer à grand renfort de trompettes. La comtesse de La Motte-Valois... Vous vous en souvenez... Cette petite mendiante de Fontette qu'avait recueillie Mme de Surmont et qui leva le pied avec son grand flandrin de neveu... Oui ! Celui-là même... Un peu gendarme et tout à fait joueur... Un bon à rien ! Eh bien ? La revoici ! Elle en a écrit à Me Beugnot fils avec qui elle fut naguère du dernier bien.

D'abord arrive un fourgon très chargé, traîné par un bel attelage que suivent deux chevaux de main de grand prix. On a loué à grands frais une vaste maison. Le propriétaire, payé rubis sur l'ongle, n'a eu qu'une heure pour faire place vide. On s'affaire. On prépare des appartements. Un cuisinier, aidé d'un maître d'hôtel, commence à faire la razzia des marchés et des commerçants. Cette gueuse a-t-elle l'intention de donner un banquet à toute la ville ? se demande-t-on. Et chacun de jurer qu'il ne s'y rendra pas, fût-il prié avec les honneurs dus à sa personne.

La population est revenue bien vite des champs et se trouve à guetter aux carreaux. Enfin un beau matin paraît, précédée par deux coursiers, une berline du dernier modèle, avec armes peintes aux portières d'où descendent le comte et la comtesse de La Motte, mis au dernier cri de la mode parisienne. Sur les tables l'argenterie est étalée à profusion. On soupe chez eux le plus galamment du monde. C'est, du moins, le bruit qui court. Car s'il n'y avait Me Beugnot et la belle-sœur, il n'y aurait personne autour de la table. En effet, on a eu beau corner des cartes, personne ne s'est présenté. Ce n'est pas qu'on en veuille au comte et à la comtesse de leur mariage précipité, mais tout ce luxe impressionne la province, et, au fond, sans vouloir se l'avouer, chacun pressent une affaire douteuse dans cette ostentatoire richesse. Les robes brochées en soie de Lyon, une parure de diamants et une autre de topaze... tout cela évidemment, pour les plus perspicaces, qui ont connu la sœur de la comtesse suspendue comme un saucisson à la fenêtre du fermier, sent sa revanche. Cependant, le séjour en lui-même se passe bien. Peu à peu la petite société s'habitue à ce luxe et finalement lorsque le comte et la comtesse repartent pour Paris où mille affaires les attendent chacun regrette de ne pas avoir succombé aux chants de la sirène.

7

L'objet du délit se présente à l'horizon

Où l'on reparle du collier « en esclavage »

De retour à Paris Jeanne se met dans l'idée de tenir salon et table ouverte. Elle a fait la connaissance d'un minime de sa paroisse à la place Royale (place des Vosges), le révérend père Loth. Sachant qu'elle voit le cardinal de Rohan, le brave religieux l'a priée d'obtenir du Cardinal la permission de prêcher dans la chapelle de Versailles. À que cela ne tienne ! Vous prêcherez, mon père ! Depuis lors le révérend est à sa dévotion. Aussi lui sert-il de secrétaire, de commissionnaire et de chapelain. Il l'aide également à placer l'argent qu'au nom de la Reine elle a escroqué au Cardinal. Le père Loth est lui aussi complètement fasciné par la comtesse et ne se doute pas de la provenance des fonds qu'il s'en va porter à la cour d'escompte. C'est lui, encore, qu'elle dépêche chez le notaire de Charonne afin de signer l'acte d'achat d'une campagne près de Paris. Il est son factotum en même temps qu'une devanture de respectabilité.

Cette respectabilité s'étend aux fournisseurs, que la comtesse paie comptant. Ce qui toujours rassure quand il s'agit d'une parure de diamants ou de saphirs ; et qui lui permet aussitôt de s'en faire livrer d'autres, à crédit cette fois, pour des sommes bien plus considérables. Elle hante à présent les antichambres et les galeries de Versailles en grande dame fort parée. Mais chacun s'appliquant à y tenir son rôle, à l'esbroufe souvent, personne n'a le temps de s'inquiéter du changement intervenu en cette petite comtesse de La Motte qui, il y a peu encore, s'évanouissait de faim dès qu'une altesse royale était à portée de vue. Elle flotte, va comme à la dérive dans l'immense palais généralement vide les jours de semaine quand il ne s'y trouve ni bal, ni fête, ni réception d'ambassadeur. Que lui importe le public. C'est à elle-même qu'elle donne la comédie. Elle porte haut son deuil vagabond. Et elle se demande à voix basse où et pourquoi son sang royal a sombré. Et cette idée, au milieu des mille glaces qui la réfléchissent, la dévore et la déchire... Oh ! mais pourquoi se languir d'un destin ?

Le salon de la rue Neuve-Saint-Gilles n'a pas encore la réputation qui pourrait attirer le pigeon étranger de passage à Paris. Toutefois, de sa voix mélodieuse, Réteaux tenant la harpe, la comtesse finit par charmer une société où l'on trouve quelques marquis assez « faufilés » à la cour ; un conseiller au Parlement, un receveur général, des intendants de province, un avocat, Me Laporte, dont le beau-père, Louis François Achet, est procureur général aux requêtes...

Or c'est justement l'être le plus terne de cette petite société, ce rongeur de dossiers et d'exploits, cette belette en épitoge, qui va lui apporter, tout chaud et scintillant de ses mille diamants, le collier qui passe pour être le plus beau du monde. Si magnifique qu'il est devenu l'idée du collier idéal. Tout y concourt jusqu'à sa légende.

La comtesse dont l'imagination est un peu plus que fertile l'aperçoit telle une vision, flottant là au milieu de son salon. Elle tendrait la main qu'elle pourrait le toucher. Il est là, il plane au-dessus de sa tête, et la voilà déjà à sa poursuite.

Depuis les dessins de ce collier en esclavage que les joailliers Böhmer et Bassenge présentaient à la comtesse du Barry, il s'est passé plus de dix années. Les joailliers se sont endettés pour acquérir les plus gros diamants afin de faire de ce bijou une pièce unique.

Louis XV est mort trop tôt.

Louis XVI se fait présenter le collier en partie achevé. Pense-t-il faire oublier ses maladresses matrimoniales par ce cadeau ? Il en parle à la reine. Le prix qu'en demandent les deux joailliers effraie même Marie-Antoinette. C'est dire ce que coûte cette bagatelle. On avancera plus tard que le prix du collier aurait suffi à lui seul à la rançon d'un roi. Jean II le Bon, prisonnier des Anglais à la bataille de Poitiers, aurait coûté moins cher.

Désespérés, les Böhmer se rendent en Espagne présenter le collier, où ils obtiennent aussi peu de succès. Ils courent alors l'Europe, mais le prix effraie tout autant. Les agios de leurs emprunts, eux aussi, courent. Et de jour en jour, le trésorier de la Marine, Baudard de Saint-James, à qui ils ont emprunté des sommes énormes, se fait de plus en plus pressant. Un vent de panique les saisit. La banqueroute les guette. Ils n'ont jamais été légers avec leur clientèle. Ils deviennent obséquieux, lourds, collants. Ils s'en viennent pleurnicher chez le Roi qui reparle du collier à la Reine. La mode a changé. À présent c'est démodé de paraître croulant sous les diamants. L'esprit de la Reine est tourné vers les champs, à faner et à traire. On n'aspire plus qu'à des robes de linon et de percale et à des chapeaux de paille. On est dans *Paul et Virginie* avant la lettre. Elle a croqué naguère trop de diamants pour ne pas s'en trouver pour l'instant un peu barbouillée. Marie-Antoinette une nouvelle fois refuse. « Nous avons plus besoin d'un vaisseau », répond-elle.

Les Böhmer sont au désespoir. Un an passe, deux peut-être. La Reine qui a pitié d'eux mais ne supporte plus leurs pleurnicheries les a écartés de ses fournisseurs. Lorsqu'il faut lui réparer un bijou ou renfiler un collier de perles, elle fait appel à d'autres joailliers.

Cependant, les Böhmer sont tenaces. Ayant forcé la porte des appartements de la reine, ils se jettent à ses pieds. « Levez-vous, leur dit sèchement celle-ci, je n'aime pas de pareilles exclamations ; les gens honnêtes n'ont pas besoin de supplier à genoux. J'ai refusé le collier au Roi qui voulait me le donner. Ne m'en parlez plus jamais et tâchez de le diviser et de le vendre ainsi. Et surtout n'allez pas mettre à exécution le projet de vous noyer par désespoir... »

Un soir de novembre 1784, alors que la comtesse de La Motte tient salon, on s'en vient, par on ne sait quel détour de la conversation, à parler bijoux. Me Laporte se trouvant dans l'assistance et connaissant la liaison de la comtesse avec la Reine saisit l'occasion de se rendre utile. Il est criblé de dettes et comme, à son goût, le barreau ne nourrit pas son homme suffisamment il ne dédaigne pas le trafic d'influence. D'autant qu'il sait que les Böhmer ne seront pas ingrats avec celui qui les obligera en leur facilitant la vente de leur collier. Laporte comme à peu près toutes les personnes qui fréquentent chez les La Motte pêchent, ici et là, selon les saisons et surtout les opportunités, en eau trouble. Les joailliers auraient, dit-on, évoqué une commission de mille louis.

Mille louis n'est pas une somme négligeable. Aussi pousse-t-il la conversation sur la mode des bijoux et plus particulièrement sur le chic très particulier et bien reconnaissable des femmes qui portent des parures provenant de la boutique de la rue de Vendôme. C'est, sans les nommer, une allusion directe aux Böhmer qui, il est vrai, ont, depuis plus de dix ans, renouvelé l'art de la joaillerie. Laporte tient sa sortie. Il serre de près la comtesse, la sent à sa main et n'attend que l'instant d'un aparté pour lui proposer le rôle d'intermédiaire et lui toucher deux mots de la commission. La comtesse sursaute et le prend de haut.

— Mais à qui croyez-vous vous adresser ? Suis-je de ces chevalières d'industrie qui vivent d'expédients au pourcentage ?

Elle se cabre. C'est une Valois. La scène est joliment donnée. On s'y ménage cependant des échappées. Au fond d'elle-même Jeanne se félicite de l'aubaine. Comment n'avait-elle pas pensé au collier ?

Il lui semble que depuis quelque temps le vent a tourné. Les occasions viennent à elle. Elle a la main et commence à croire à son destin.

— Vraiment, ce collier est-il cette rareté qu'on dit ?

L'avocat n'est pas dupe. Si la comtesse est fine mouche, lui sait comment les attraper.

— Il faut vraiment le voir pour le croire... Il est à ajouter aux sept merveilles...

— Vraiment ?... Il vaut donc la peine d'être vu ?

— Tout à fait !

— Pourriez-vous me le montrer ? Vraiment !...

Pensez-vous que les Böhmer se déplaceraient jusqu'à chez moi pour me le présenter ? Si c'est ainsi, eh bien, soit ! Faites-les venir mais surtout ne leur faites rien espérer d'une intervention de ma part auprès de la reine...

Il faut ne rien gâcher par trop d'empressement. Et puis le Cardinal auquel elle a pensé se trouve encore en Alsace.

Ah ! Dieu que les hommes sont bêtes et les cardinaux aussi !

Le joaillier Bassenge, qui s'est présenté tôt dans la matinée rue Neuve-Saint-Gilles chez la comtesse Jeanne de La Motte-Valois, s'apprête à ouvrir l'écrin posé sur une table. La comtesse est penchée sur le coffret en maroquin rouge avec l'œil fixe de l'oiseau de proie. Soudain il se fait comme un éclair, un étincellement de flammes, pareil au buisson ardent. Une cascade de paillettes lumineuses. Jeanne laisse échapper un cri. Un cri qui aux oreilles du joaillier peut passer pour de l'étonnement et de la surprise. C'est en fait un cri déchirant, de douleur. Le cri de la parturiente au moment d'achever son travail. Jeanne a aperçu le collier, et dans l'instant il s'est fait en elle comme un mouvement de délivrance, elle vient de poser un pied dans l'Histoire. L'Histoire la plus sanglante, celle où vacille la tête des rois – ici celle d'une reine. Elle vient de naître à l'infamie.

D'une main elle referme l'écrin. Comme le prêtre après le mystère du saint sacrement. Elle donne sa main à baiser à Bassenge et le joaillier repart comme il était venu dans le plus grand secret. On est le 29 décembre 1784. Aussitôt elle dépêche le baron de Planta auprès du Cardinal avec une lettre. Une lettre de la Reine, évidemment : « Le moment que je désire n'est pas encore venu ; mais je hâte votre retour pour une négociation secrète qui m'intéresse personnellement et que je ne veux confier qu'à vous ; la comtesse de La Motte vous dira de ma part le mot de l'énigme... »

Le 4 janvier le cardinal de Rohan quitte précipitamment Saverne. À peine est-il réinstallé dans son hôtel parisien que la comtesse de La Motte s'y fait annoncer.

C'est qu'elle a mille petits potins de cour à lui conter. Ceux de l'Œil-de-Bœuf mais aussi ceux du cercle de la Reine laquelle, bien qu'au septième mois de sa grossesse, danse, s'agite et ne suit en rien les ordres des médecins. Elle s'est mise en tête de faire jouer sur son théâtre de Trianon *Le Barbier de Séville* de Beaumarchais et d'y tenir le rôle de Rosine. Sans se soucier du Roi qui avait opposé son veto aux représentations du *Mariage de Figaro* du même auteur au Théâtre-Français ; sans doute peut-être même pour le défier. M. le comte d'Artois y figurera Figaro et Vaudreuil le comte Almaviva, les représentations auront lieu vers la fin du printemps ou au tout début de l'été. Jeanne ne manque pas au cours de la conversation de faire allusion au sourire qui éclaire le visage de la Reine chaque fois que le nom du Cardinal se trouve prononcé devant elle. Et d'ajouter qu'à plusieurs reprises elle s'est enquise de sa personne... Tout cela est filé de main d'experte et ravit le Cardinal.

Jeanne n'oublie pas de lui faire souvenir de ses propres finances. Elle prend l'air du besoin. Ce qu'entend généralement le Cardinal qui dès le lendemain lui fait porter quatre louis par Fribourg, son suisse.

En dépit des sommes énormes qu'elle lui a extorquées, Jeanne continue le manège de la pauvreté : le Cardinal ne doit se douter en rien de son nouveau train de vie.

C'est que toutes ces allées et venues entre Paris et Trianon lui coûtent. Et il le sait qu'elle ne roule pas sur l'or. Certes, la Reine est généreuse, mais elle la considère comme une parente pauvre... et puis il y a la clique des Polignac toujours aux aguets, prête à mordre le dernier arrivé... Et aussi Saint-Cloud et les dépenses que ce nouveau domaine entraîne...

Le Cardinal paraît tomber des nues. Quoi Saint-Cloud ! Mais Saint-Cloud est au duc d'Orléans. Eh bien justement, il ne l'est plus, ou sur le point de ne plus l'être. La Reine voulait ce château. Et le roi le lui offre. La chose est faite ou quasiment faite.

Et c'est ici que Jeanne en profite pour lui parler du collier de diamants.

— La Reine vous a écrit...

— Oui. Mais elle m'a dit qu'elle vous chargeait de m'éclairer sur cette affaire...

— Bien. La Reine a regardé autour d'elle mais n'a trouvé personne plus digne que Votre Éminence pour traiter cette affaire dans le plus grand secret. Elle veut acquérir le fameux collier des Böhmer sans que le Roi le sache. Elle aimerait l'acheter en plusieurs échéances qui pourraient s'étaler sur deux ans. Elle a pensé que vous pourriez lui servir d'intermédiaire. La haute considération dont Votre Éminence est environnée sera un garant assez sûr pour les joailliers. La Reine vous laisse toute latitude pour déterminer les clauses du contrat et les dates de paiement qui pourraient le mieux convenir... J'ai d'ailleurs de la Reine un mot qui vous dira beaucoup mieux que moi ce que Sa Majesté attend de vous...

Et Jeanne de lui tendre une lettre. Le cardinal

s'en saisit, fait sauter le cachet, la lit. Le voilà transporté.

Le secret qu'on lui demande, la confiance de la reine, mieux encore que l'entrevue du bosquet et tous les billets déjà reçus, ne lui laissent aucun doute sur son retour en grâce. Pas un instant il ne soupçonne l'escroquerie. Il est aveuglé. La Reine lui a tendu une rose, il a baisé le bas de sa robe, elle veut un collier qui vaut le prix de trois vaisseaux de guerre, elle s'adresse à lui, cela est tout simple ; cela va de soi. Quoi de suspect dans cette affaire ? Et le voilà qui poursuit son chemin en somnambule.

Certaine de son fait, Jeanne se présente le 21 janvier 1785 chez les joailliers rue Vendôme pour leur annoncer que le collier est en passe d'être vendu. L'acquisition en sera faite par un très grand seigneur pour une tierce personne. Toutefois elle insiste pour que le nom de l'acquéreur ne soit jamais prononcé ; elle leur suggère également de prendre toutes les précautions utiles pour les arrangements de paiement qu'on pourrait leur proposer. Bassenge et Böhmer, qui se voyaient déjà ruinés, se confondent en remerciements et veulent offrir à la comtesse un bijou en reconnaissance. Elle le refuse. « Si j'ai pu vous être utile je me déclare suffisamment récompensée... » Elle se doute bien qu'elle joue sa partie sur un terrain miné et, en aucun cas, son nom ne doit être évoqué.

Trois jours se passent et le 24 janvier, alors que le jour se lève à peine, la comtesse se retrouve rue Vendôme. Elle tient à annoncer aux Böhmer la visite qu'ils vont recevoir. Le prince cardinal de Rohan viendra en personne. C'est avec lui qu'ils devront traiter. Cependant, qu'ils se gardent de la mêler à l'affaire. Jeanne ne s'éternise pas chez eux. Bientôt, c'est au Cardinal de paraître. Il se fait montrer le collier, qu'il trouve bien lourd. Mais puisque la Reine le désire, il faut se plier à sa volonté. Il en demande cependant le prix. Un million six cent mille livres. Les versements seront faits sur deux ans par quartiers de six mois en six mois ; le premier versement aura donc lieu le 1er août. L'affaire est conclue.

Le 29 janvier les joailliers sont priés par le cardinal à l'hôtel de Strasbourg. Le bijou doit être remis à la Reine le 1er février. Elle veut le porter pour la Chandeleur, a précisé la comtesse. Avec le concours des Böhmer, Rohan jette les conditions du contrat sur le papier et leur fait signer le document en leur recommandant la plus totale discrétion.

Les joailliers à peine sortis, Jeanne fait son entrée. Elle vient chercher le contrat pour le montrer à la Reine. Dès le lendemain elle est de retour. Toutes les clauses ont été approuvées. Elle tend la convention au Cardinal qui n'y voit pas la signature de la Reine. Il en fait la remarque à Jeanne. Est-ce bien utile ? Il insiste. Non tant pour lui que pour les Böhmer. Jeanne reprend le contrat. Le lendemain elle est de nouveau à l'hôtel de Strasbourg. Le contrat est approuvé de la main de la souveraine qui a signé : Marie-Antoinette de France. Toujours suspicieuse Jeanne prie le cardinal de ne montrer ce document à personne.

Elle ignore que la veille au soir il a consulté sur cette affaire Cagliostro de retour de voyage. Après de nombreuses invocations aux divinités égyptiennes le mage a prophétisé que par cette négociation le Cardinal se met en position de faire le bonheur de la France. En deux mots l'Italien lui annonce qu'il va devenir Premier ministre.

Le 1er février, Rohan, rassuré par la signature de la reine, écrit aux Böhmer de lui livrer la parure.

Ils accourent. Leur boutique, « À l'enseigne du Balcon », au 11 de la rue Vendôme, n'est qu'à dix minutes à pied du palais Cardinal. Ils remettent l'écrin en mains propres au Cardinal. Devant tant de confiance, ce dernier ne peut s'empêcher de leur révéler le nom de l'acquéreur. Les Böhmer ne paraissent pas surpris. C'est qu'ils ont l'habitude des cachotteries de la reine. Il y a eu les girandoles et ensuite les bracelets, et finalement c'est toujours le roi qui finit par payer.

Le Cardinal veut que les deux joailliers prennent une copie du contrat, contresigné par la Reine. Ils refusent mais comme il insiste, ils en font une copie avant de se retirer. Le prince Louis se souvient alors que la comtesse lui a assuré que Marie-Antoinette paierait les intérêts au premier versement ; il fait donc rappeler les joailliers mais ceux-ci sont déjà loin.

Toute l'affaire a été menée rondement. Ni les Böhmer ni le Cardinal, aveuglés par leur obsession, n'ont un seul instant soupçonné l'escroquerie. Le Cardinal est possédé par l'image de la Reine, clé de toutes ses ambitions ; les Böhmer par le collier, chef-d'œuvre de leur vie qui chaque jour les ensorcelle et les ruine un peu plus.

Le soir même Rohan se rend à Versailles. Il fait déjà nuit lorsque sa voiture s'arrête place Dauphine. Il est accompagné par son valet de chambre Schreiber qui porte l'écrin. Il s'avance vers la maison du sieur Gobert où la comtesse l'attend avec impatience.

— Avez-vous la parure ?

— La voici...

Mme de la Motte fait un effort considérable sur elle-même pour ne pas s'en saisir. À ce moment, on frappe à la porte. La comtesse fait passer le Cardinal dans la pièce d'à côté, d'où il peut tout voir par une porte vitrée.

Entre un homme assez jeune, tout de noir vêtu. Le Cardinal croit reconnaître celui qui lors de sa rencontre avec la Reine dans le parc était venu les prévenir de l'approche de Madame et de Mme la comtesse d'Artois. L'homme remet un pli à la comtesse de La Motte. Elle donne lecture de la lettre de la Reine au Cardinal. La souveraine ordonne à la comtesse de donner l'écrin à l'homme qu'elle lui dépêche.

— Le connaissez-vous ? demande le Cardinal.

— Bien entendu. Il est attaché à la chambre de la Reine et de plus il fait partie de sa musique...

Rohan remet l'écrin à la comtesse qui, aussitôt, le confie à l'homme en noir. L'homme s'incline profondément et sort. Le bruit de ses pas lentement s'efface dans l'escalier. Le Cardinal à son tour quitte le logis. La scène a été enlevée *presto*.

De retour dans son hôtel à Paris, il ne doute pas un instant qu'à cette heure la reine soit en possession de la parure. Au même moment au 10, rue Neuve-Saint-Gilles, l'homme en noir remet l'écrin à la comtesse. Il se défait de sa cape, jette son chapeau. C'est Réteaux de Villette, aussi convaincant en valet de la reine que parfait faussaire et, dans le particulier, merveilleux amant.

Mais où donc est passé le collier ?

C'est ce que se demande le prince Louis. Le lendemain de la livraison du joyau est jour de la Chandeleur et de grande cérémonie à la cour, le Roi remettant traditionnellement en la chapelle de Versailles les cordons bleus aux nouveaux promus de l'ordre du Saint-Esprit. C'est l'occasion idéale pour la reine de porter son nouveau collier. C'était son intention, s'il se souvient bien de ce que lui a dit la comtesse de La Motte.

Le Cardinal charge alors son valet Schreiber d'accompagner un officier du régiment d'Alsace pour assister au grand couvert et y observer les bijoux que Marie-Antoinette portera. De retour de Versailles, Schreiber décrit à son maître la parure de la reine qui, selon son habitude, portait le fameux collier de perles qui se trouve depuis Anne d'Autriche dans la cassette des reines de France.

Le lendemain 3 février, le Cardinal aperçoit dans la Grande Galerie de Versailles Bassenge, Böhmer et sa femme, l'ancienne danseuse de Dresde, et maîtresse de Casanova. Il les aborde et leur demande s'ils ont été faire leur compliment à la Reine et la remercier d'avoir acquis leur collier. Comme ils répondent que non, il les presse de le faire rapidement.

Le soir même les Böhmer donnent à souper chez eux à la comtesse de La Motte, pour la remercier d'être intervenue si obligeamment auprès de la Reine.

Le lendemain, ils lui rendent visite et lui proposent une commission sur la vente ainsi que des bijoux en cadeau. Elle le prend de haut. Les avoir obligés lui suffit. Cependant, elle permet à sa caméariste Rosalie d'accepter une bague.

Dès que les Böhmer sont partis, la comtesse renvoie ses domestiques, tire les rideaux puis appelle Réteaux et son mari. Elle allume deux flambeaux. Assis autour d'une petite table, tous les trois contemplent le collier. Armés de couteaux ils commencent à dépecer nerveusement le bijou. Se doutent-ils qu'à chaque diamant descellé c'est un coup de poignard qu'ils portent aux Böhmer : ce joyau est devenu leur propre chair ; leur vie, leurs espoirs, leurs angoisses.

Le mercredi suivant, jour des Cendres, Réteaux est chargé d'aller négocier des diamants chez les marchands juifs au Petit-Carreau. Jeanne se réserve les pierres les moins marquantes dont elle a l'intention de se faire des bracelets et des boucles d'oreilles.

La comtesse durant cette semaine est à tous les feux. D'un côté, harcelée quotidiennement par le Cardinal qui s'étonne que la reine si impatiente de son collier ne l'ait pas encore porté, il lui faut trouver, chaque fois, un nouveau conte pour calmer les impatiences d'enfant de l'Éminence. De l'autre, Réteaux, le subtil et intelligent Réteaux, s'est fait pincer comme un bleu par la police les poches pleines de diamants. Un vieux juif du nom d'Adan, bijoutier au Petit-Carreau, a trouvé suspect que cet homme ait voulu lui vendre à la sauvette et, surtout, à si bas prix, trois paquets de diamants. Il s'en est allé le dénoncer. Le bijoutier, pour aggraver la situation, laisse entendre que Réteaux a encore d'autres pierres plus importantes qu'il s'apprête à négocier en Hollande avec le brocanteur Abraham Frank. Le commissaire de police du quartier Montmartre, Brugnière, envoie aussitôt perquisitionner chez Réteaux, rue Saint-Louis, au Marais. En vain. Réteaux, cependant, est arrêté. On le questionne sur les diamants. Il avoue qu'il a bien eu des pierreries, mais que n'ayant pu, comme il l'avait cru, les négocier pour une dame de ses amies, il les lui a rendues. « Le nom de cette dame ? » s'enquiert le commissaire. Réteaux se drape. Il fait appel à son honneur d'homme de bien et à tout le reste... non, vraiment il ne peut révéler le nom de cette dame, à moins d'un ordre exprès du lieutenant général de la police Lenoir. On va quérir l'ordre. Il est alors forcé d'admettre que la dame en question se trouve être la comtesse de La Motte-Valois. Jeanne est déjà fichée à la police où elle possède une réputation équivoque d'entremetteuse et de spéculatrice. L'affaire est classée sans suite puisqu'il n'y a pas eu récemment de plainte pour vol de bijoux.

En dépit de ces petits soucis la comtesse se donne du bon temps. Elle commande chez l'horloger Furet trois pendules de 3 700 livres. Elle lui donne en acompte deux diamants évalués 2 800 livres. Elle se rend chez l'orfèvre Régnier pour y faire monter deux gros brillants en bagues. Elle paie le joaillier chez qui elle a des dettes avec une cinquantaine de brillants qu'il négocie chez une courtière de la rue de la Barillerie. Il en retire vingt-sept mille livres. Jeanne lui confie encore pour cinquante mille livres de diamants pour qu'il lui fasse une parure. Régnier s'étonne de cette pluie de brillants. Elle ne se démonte pas. « C'est un présent que l'on m'a fait pour un service et une place que j'ai fait avoir en Amérique... »

Elle reçoit, est reçue. Se rend au théâtre. Elle soupe à plusieurs reprises en compagnie de Cagliostro qui, avec sa femme, occupe un appartement dans l'hôtel de Strasbourg. Elle parle du projet de marier sa sœur Marianne. Elle tient à l'établir. Il lui faut un beau parti. Le roi et la reine signeront au contrat. Du moins, le prétend-elle. Il se retrouve chez elle toute une petite société du soir assez mélangée et amorale. Les propos y sont lestes. On y développe l'esprit du Palais-Royal. Y paraît parfois Barras, le futur Directeur. Un instant Jeanne pense à lui faire épouser sa sœur, blonde, fade, fort bête. Un futur beau-frère à la mesure de l'aventurière. On imagine le tandem si le projet s'était concrétisé ! Barras, le concussionnaire, aurait eu alors une belle-sœur dont l'immoralité n'a d'égale que la sienne.

On boit, on mange aux frais du Cardinal qui chaque jour se trouve un peu plus assuré par Jeanne et Cagliostro dans son espoir d'être Premier ministre. Cependant, chacun séparément n'a de cesse de dénigrer l'autre auprès de l'Éminence. À Rohan qui lui demande ce qu'il pense de la comtesse, le mage de lui répondre qu'il « la regarde comme une fourbe et une intrigante... ».

Quand d'aventure le Cardinal se présente rue Neuve-Saint-Gilles, Jeanne le reçoit dans une pièce pauvrement meublée afin qu'il ne puisse s'apercevoir de son changement de vie. Les glaces, les cartels, le mobilier luxueux sont pour d'autres. Pour lui, elle persévère dans sa comédie de la demi-misère. Et chaque fois, il compatit ; dès le lendemain il lui fait tenir une enveloppe avec quelques louis, de quoi voir venir pour un temps. L'aumône, somme toute.

Comment s'en débarrasser ?

Réteaux de Villette ne veut plus se rendre en Hollande. Jeanne décide d'approcher les joailliers londoniens. C'est son mari qui fera le voyage d'Angleterre. Cependant, la présence à Paris et à la cour du cardinal l'embarrasse. Un voyage soudain du comte de La Motte outre-Manche pourrait lui donner des soupçons. Il faut donc l'éloigner à nouveau. Aussitôt, comme par magie, elle se trouve en possession d'un billet de la souveraine pour le

Cardinal. La Reine lui demande simplement de retourner en Alsace. « Votre absence devient nécessaire pour aviser aux mesures que je crois devoir prendre, afin de vous placer où vous devez être... » Autant dire que le cardinal ne court pas en Alsace, il y vole. Et dans un même élan, au même moment, le comte de La Motte, chargé des pierres les plus importantes du collier, enjambe le détroit. On est le 10 avril. Voilà deux mois et dix jours que le collier est entre les mains de Jeanne. Il s'embarque avec un capitaine irlandais au service de la France.

Où donc est passé M. de La Motte ? La question revient souvent et, selon son humeur, Jeanne le dit en Poitou, dans le Berry pour un héritage. En fait, le comte de La Motte fait ses affaires à Londres chez William Gray, joaillier dans New Bond Street, ou encore chez Jefferys à Piccadilly. Il est couvert de bagues et de montres. Il tente de négocier les plus gros diamants dont certains ont été écornés dans la hâte à les desceller. Les joailliers se montrent soupçonneux et prennent des renseignements auprès de l'ambassade de France. Là aussi, comme on n'a pas entendu parler d'un vol récent, on les rassure. Les joailliers sont, dès lors, prêts à négocier.

La Motte reçoit une somme de deux cent mille livres payée partie en espèces partie en une lettre de change sur le banquier Perrégaux à Paris ; enfin pour d'autres brillants on lui donne dix mille livres sterling. Pour le reste il touche plus de huit mille livres sterling, auxquelles le joaillier ajoute un collier de perles, une paire de girandoles, chacune estimées à trois mille livres sterling, des boucles à chaussures, tabatières, montres, chaînes de montre, aigrette de diamants en rose... et encore d'autres babioles aussi hétéroclites qu'un étui en argent pour cure-dents, un siphon, un grand couteau à découper et sa fourchette, un portefeuille de soie brodée, une paire de pincettes de paresseux. C'est qu'il faut faire vite. Et engranger tout ce qu'on peut. M. de La Motte laisse au joaillier Gray une soixantaine de diamants afin qu'il compose une parure et qu'il la lui envoie à Paris dès qu'elle sera terminée. Elle sera exécutée, mais, jugée trop précieuse, le joaillier se gardera bien de suivre les ordres du comte, et elle ne lui sera remise qu'à la fin du mois d'août suivant, quand « l'affaire du collier » aura éclatée et que le comte ayant pris la fuite se retrouvera à Londres.

Pour l'heure on est fin mai. Et à Paris Jeanne s'impatiente. Bientôt elle est prévenue du retour de son mari et, pour expliquer leur nouvelle fortune, elle annonce à ses connaissances que le comte a parié aux courses en Angleterre et y a gagné une fortune considérable.

Vertigineuse et grisante élévation du comte et de la comtesse promptement suivie de leur chute

Devant cet afflux d'argent le couple La Motte est pris d'un délire de dépenses. Ils achètent sans compter. Pour leur maison de Paris mais aussi pour celle de Bar-sur-Aube. Marbres, lustres, tapis et même un oiseau mécanique qui chante et bat des ailes. On commande des cabriolets légers en forme de ballon mais aussi des carrosses et une berline à l'anglaise, gris perle, avec aux portières les armoiries des Valois et la devise *Rege ab avo sanguinem, nomen et lilia* (« Du roi l'ancêtre je tiens le sang, le nom et les lis »). On achète ce qu'il se doit de chevaux pour les équipages. On nage dans les billets d'escompte, on barbote dans une soupe de diamants. Un mobilier somptueux de chez Fournier et Héricourt prend le chemin de Bar-sur-Aube. Il faut plus de cinquante fourgons pour entasser les cristaux de Sykes, les marbres d'Adam, l'argenterie de chez Régnier, et l'immense lit de velours cramoisi, garni de crépines et de galons d'or, rebrodé de paillettes et de perles.

Et c'est en berline tirée par quatre juments anglaises à courtes queues, flanquée de valets et d'un petit nègre en livrée d'argent sur le marchepied, que le couple La Motte fait son entrée dans ce qu'il considère, depuis toujours, son fief. Le comte est vêtu très simplement d'un frac en soie rayée cannelée bleu, boutons d'argent entourés de brillants et d'une culotte cerise. La comtesse est parée de même. Il y a fête chaque soir rue Saint-Michel. Les habitants de la petite ville qui, il y a quelques mois, n'en revenaient, déjà, pas de leur première apparition, se frottent à présent les yeux devant ce luxe asiatique. On admire la bibliothèque garnie des œuvres de Rousseau en trente volumes et des romans de Mme Riccoboni. On y trouve aussi Crébillon, Racine, quelques ouvrages pieux ainsi que l'*Histoire généalogique et chronologique de la Maison de France et des grands-officiers de la Couronne* du père Anselme. Neuf gros in-folio prenant toute une rangée. Mais une Valois se doit bien cela à elle-même.

À l'esbroufe, le couple tente de prendre pied dans les châteaux des environs, particulièrement celui de Brienne, le plus souvent sans être invité ni même souhaité. Le comte de La Motte s'y introduit un jour de comédie et, celle-ci terminée, s'assoit, sans être prié, au souper. Et chacun de pouffer en l'apercevant : c'est que sa mise est étonnante. Sur les revers de son frac bleu, d'un bleu céleste, qu'il porte sur une culotte en taffetas serin, Mme de La Motte a imaginé de faire broder un bouquet de lis et de roses entremêlés. Une extravagance qui divertit les convives. Et chacun de se torturer l'esprit pour trouver un sens à cette galanterie vestimentaire. Finalement on opte pour une allusion héraldique, le rappel des écussons du comte et de la comtesse qui portent pour l'un des roses et pour l'autre les fleurs de lis de France. Le comte est l'objet de mille tours qui l'empêchent de souper. À son désespoir le repas lui passe sous le nez. Et c'est le ventre vide qu'il quitte le château de Brienne. Tous les invités sont aux fenêtres pour le voir repartir dans son magnifique équipage, les laquais flambeau à la main et le négrillon sur le marchepied, dans de grands éclats de rire et une salve d'applaudissements.

La comtesse de La Motte arbore en sautoir le portrait de la reine entouré de diamants et ne manque jamais de préciser que c'est la souveraine qui le lui a offert. Mais tout cet étalage de luxe et ce ton de grandeur n'en imposent pas dans un pays qui l'a connue comme une pauvresse doublée d'une affabulatrice.

Prévenue que le cardinal de Rohan a quitté son château de Saverne pour Paris, Jeanne se voit obligée d'écourter son séjour.

C'est le rappel à l'ordre. Elle s'est crue, un instant, reine. Voilà l'intrigante qui reparaît. A-t-elle pensé au lendemain ? Non. Pour l'heure, elle n'y songe guère. Elle est enivrée d'elle-même. Et cela lui suffit. La vie est un grand théâtre où elle se plaît à se donner la comédie. Elle rêve éveillée. Somnambule qui dédaigne le vide qui la guette. Se souvient-elle de l'échéance fatale du 1er août ? À cette date les Böhmer doivent toucher le premier versement pour le collier. D'ici là, elle aura bien trouvé de nouveaux subterfuges pour contourner l'obstacle.

Rohan est à sa main. Quant aux Böhmer, elle a toute leur confiance... Comment pourrait-on la mêler à une histoire de collier évanoui ? Tous les soupçons se porteront sur le cardinal. Celui-ci dédommagera les Böhmer plutôt que de passer pour le dindon de la farce, et on ne parlera plus jamais de cette affaire. La chose est évidente. Limpide. Et c'est dans cet état d'esprit que la comtesse regagne Paris.

Le cardinal de Rohan a du vague à l'âme. Le doute l'assaille. Il a l'impression qu'on le fait lanterner. Voilà bientôt presque un an qu'il a vu la Reine dans le parc de Versailles, et qu'on lui promet monts et merveilles. Et rien, encore, ne se dessine. Et ce collier ! Pourquoi la Reine ne l'a jamais porté ? La comtesse a beau lui donner les meilleures raisons. « Sa Majesté ne le mettra que pour venir à Paris. » Cependant lorsqu'elle y est venue en avril pour la naissance du duc de Normandie et qu'elle y fut reçue par une foule glaciale, elle ne le portait pas. Une autre fois on lui laisse entendre qu'elle ne le portera que lorsqu'il sera entièrement payé... Mais il ne le sera que dans deux ans. S'inquiète-t-il également du versement du 1er août ? Pourquoi même y songer ? N'est-il pas couvert par un document signé de la Reine ?

Quelques jours passent et il se fait annoncer chez Mme de La Motte qui le reçoit dans le salon du premier étage pauvrement meublé. Il est rare qu'il se rende chez la comtesse. La servante Rosalie Briffault en témoignera plus tard. Depuis qu'il la connaît, le Cardinal a dû se faire annoncer quatre ou cinq fois, pas plus, rue Neuve-Saint-Gilles. Il y a deux ans elle lui a demandé d'être sa caution auprès d'un usurier de Nancy pour un prêt de cinq mille francs afin qu'elle se meuble convenablement. Et dernièrement il a remboursé la somme. Car la comtesse est toujours à court d'argent.

Il l'interroge de nouveau au sujet du collier. Pourquoi Sa Majesté s'entête-t-elle à ne pas le porter ? La réponse fuse : « C'est qu'elle en trouve le prix trop élevé et voudrait que les Böhmer réduisent leur prix de deux cent mille livres. Sinon elle rendra le collier. » Cela est fâcheux. Le Cardinal, quoique ennuyé d'aller marchander, se trouve toutefois rassuré par la réponse. Tous les soupçons qui lui étaient venus s'évanouissent dans l'instant.

Le 10 juillet, Rohan va trouver rue Vendôme les joailliers et, sans ménagements, leur avoue que la reine trouve la parure trop chère et qu'elle souhaiterait qu'ils en rabattent le prix de deux cent mille livres. Les joailliers de pousser des cris d'orfraie. On veut les égorger. Ils doivent payer des intérêts qui courent sur les deux cent mille livres prêtées par Baudard de Saint-James.

Enfin, après s'être lamentés, ils cèdent et consentent au rabais.

Le Cardinal, au moment de les quitter, se ravise.

— Avez-vous finalement eu l'occasion de remercier la Reine de son achat ?

— Non...

— Mais pourtant je vous en avais donné le conseil... À présent, il le faut... et même par écrit...

Bassenge se charge du billet. Terminé, le Cardinal le lit et en corrige plusieurs détails.

Madame,

Nous sommes au comble du bonheur d'oser penser que les derniers arrangements qui nous ont été proposés, et auxquels nous nous sommes soumis avec zèle et respect, sont une nouvelle preuve de notre dévouement aux ordres de Votre Majesté, et nous avons une vraie satisfaction de penser que la plus belle parure de diamants qui existe servira à la grande et à la meilleure des reines.

Aussitôt de retour à son hôtel, le Cardinal fait mander la comtesse pour lui annoncer que les joailliers n'ont fait aucune difficulté pour diminuer de deux cent mille livres le prix du joyau.

Deux jours plus tard, le 12 juillet, Böhmer se trouve à Versailles chez la reine afin de lui remettre une épaulette et des boucles en diamants, cadeau du Roi pour la naissance du duc d'Angoulême, fils du comte d'Artois. Il lui présente également sa lettre. À cet instant survient inopinément le contrôleur général M. de Calonne. La Reine remet à plus tard la lecture du billet. Quant à Böhmer, il se retire par discrétion. M. de Calonne étant ressorti des appartements de la reine, celle-ci s'avise alors du billet laissé par le joaillier. Elle l'ouvre, le lit. « Qu'est-ce encore que cette affaire de parure... Cet homme est impatientant... » Elle passe dans son boudoir où se trouve sa première femme de chambre, Mme Campan.

— Voyez ce billet que m'a laissé ce fou de Böhmer... Vous qui êtes si forte à élucider les énigmes du *Mercure*, peut-être pouvez-vous me dire de quoi il s'agit encore...

La Campan ne sait quoi dire. La Reine, avisant un bougeoir sur son secrétaire, enflamme le billet avant de le jeter dans la cheminée.

Marie-Antoinette n'a en tête que ses répétitions

du *Barbier de Séville*, et tout l'importune, quand il ne s'agit pas de théâtre, de Trianon ou encore de Saint-Cloud, sa nouvelle toquade. Or elle vient par négligence, en détruisant sans réfléchir ce billet, de permettre à l'affaire du Collier d'éclater. Elle aurait un peu réfléchi puis aurait fait mander Böhmer pour qu'il lui donne des éclaircissements sur le contenu de sa lettre que le scandale eût, certainement, pu être évité. Étouffé en tout cas.

N'ayant reçu aucune réponse de la reine, les joailliers sont persuadés qu'elle en est détentrice. Aussi attendent-ils sans crainte la date du 1er août et le premier paiement.

La comtesse tire ses dernières cartouches

Jeanne, de son côté, commence à se réveiller. Elle entraperçoit le gouffre qui la guette. Elle se démène. Court de tous côtés. Elle n'accepte plus les soupers en ville. Ne sort que de nuit. Finalement elle obtient du notaire Minguet, avec ce qu'il lui reste de diamants, un emprunt de trente-cinq mille livres. Aussitôt elle fait porter au palais Cardinal une pseudo-lettre de la Reine. On est à trois jours de la date fatidique. Rohan la lit et tombe de tout son haut. La Reine lui explique qu'ayant infiniment de dépenses elle ne saurait tenir ses engagements. Qu'elle remet le paiement au 1er octobre. Mais qu'à cette date elle versera sept cent mille livres, soit la moitié du prix du collier.

Rohan ne sait plus quoi penser. Des soupçons lui reviennent aussitôt. Il se fait annoncer chez la comtesse qui les dissipe en lui tendant trente mille livres que la reine lui a remis.

— Ce sont les intérêts des sept cent mille livres que Sa Majesté paiera en octobre, lui dit-elle.

Le Cardinal ne peut s'imaginer qu'une femme vivant si chichement puisse posséder une telle somme. Aussi ne doute-t-il pas un instant que cet argent vienne de la Reine.

Une fois encore, il se transporte chez les Böhmer. Ceux-ci protestent avec véhémence. Ils ont consenti à toutes les demandes mais cette fois c'en est trop. Ils acceptent les trente mille livres non comme des intérêts mais comme un acompte aux quatre cent mille qui leur sont dues. Rohan les sent prêts à n'importe quel esclandre.

Le 3 août, Jeanne convoque chez elle les joailliers. Seul Bassenge s'y rend. Sans ménagements elle lui avoue :

— On vous a trompé. Le contrat que possède le Cardinal porte une fausse signature. Cependant le prince est assez riche et il vous dédommagera.

La partie est finement jouée. En effet, elle pense que le prince préférera payer plutôt que d'affronter un scandale. D'abord le vol du collier, dont il serait forcément accusé, étant donné le délabrement de sa fortune, et puis la honte qu'il aurait à subir si la mascarade du bosquet venait à être connue. C'est magistralement calculé. Le Cardinal le confirmera plus tard. Bassenge se présente chez lui en fin d'après-midi pour lui conter son entrevue avec Mme de La Motte et l'avertir qu'il a été trompé. Le Cardinal, qui ne se fait plus vraiment d'illusion sur la machination dont il est la victime, afin d'empêcher que l'affaire ne s'ébruite, lui assure qu'il n'y a pas eu d'intermédiaire et qu'il a traité directement avec la Reine. Déjà il s'est résolu à payer le collier pour éviter le scandale.

C'est sans compter sur les aléas de l'intrigue qui, incontrôlés, vont leurs chemins. Ni le Cardinal ni la comtesse n'ont le pouvoir de les arrêter. La machinerie compliquée de toute cette affaire échappe dorénavant à Jeanne. Elle le comprend. Son mari de retour de Bar-sur-Aube, elle tente un dernier coup. Dans la nuit du 4 au 5 août, elle sort de chez elle sans être vue, accompagnée de sa cameriste Rosalie, elle connaît le chemin. Bientôt elles se retrouvent devant l'hôtel de Strasbourg. La comtesse en force l'entrée, fait réveiller le Cardinal, se jette à ses pieds toute en larmes

— Je sors de chez la Reine. Je lui ai peint la détresse des Böhmer ; l'impossibilité où vous êtes de les satisfaire ; l'éclat du scandale qui va en résulter. Sa Majesté alors, oubliant ses anciennes bontés, m'a dit qu'elle nierait tout et qu'elle allait faire donner des ordres pour s'assurer de ma personne et qu'elle vous perdrait également. Vous me voyez écrasée par ce coup de foudre. Je n'ose retourner chez moi. La police doit y être à l'heure qu'il est. Donnez-moi un asile jusqu'à ce que je puisse me concerter secrètement avec mon mari pour nous évader...

Le Cardinal paraît bouleversé. Ces larmes, cette femme à genoux, la nuit, la maigre lumière d'un bougeoir, le jeu des ombres, tout concourt à l'égarer. Il la croyait coupable. Or la voici chez lui, à genoux, lui demandant asile. Une fois encore il se laisse prendre aux sortilèges de cette magicienne de l'intrigue. Plus que l'asile en son hôtel, il lui propose de l'accueillir dans son diocèse outre-Rhin où elle sera en sûreté. Le Cardinal fait réveiller son secrétaire, Ramon de Carbonnières, et le charge d'aller chercher le comte de La Motte sur le boulevard où Jeanne lui a donné ordre de se rendre. Le secrétaire se fait accompagner par deux heiduques. Ainsi la comtesse, le comte et Rosalie passeront-ils la nuit et la journée suivante chez Rohan dans le petit appartement de l'abbé Georgel, qui se trouve alors en Alsace. Le lendemain soir, ils s'en retournent rue Neuve-Saint-Gilles. Ils ont décidé de quitter Paris. Le baron de Planta est chargé de les reconduire chez eux. Ils y retrouvent Réteaux de Villette qui, lui-même ayant deviné que le vent venait de tourner, s'apprête à s'enfuir. Il n'a jamais vu l'Italie.

— Eh bien, c'est cela, mon petit Réteaux, allez donc visiter l'Italie.

— Mais je manque de fonds...

— Je vous donnerai de l'argent...

Et la comtesse de lui compter quatre mille livres. Jeanne n'est pas avare de son argent. Si elle n'a donné que cinq mille francs à la Leguay d'Oliva au lieu de quinze mille comme elle le lui avait promis, c'est qu'à cette époque elle n'avait que l'argent qu'elle recevait du Cardinal.

Dans le même temps le comte est allé dégager les diamants que Jeanne avait laissés chez le notaire Minguet sur lesquels elle avait obtenu les trente mille livres remises au Cardinal comme venant de la Reine.

La maison de la rue Neuve-Saint-Gilles est entièrement démeublée. Tout a été entassé dans des charrettes. Il ne reste plus qu'un lit, une table et quelques chaises paillées. Que cela ne nous empêche pas de faire bombance ! On envoie Rosalie chez le traiteur et une partie de la nuit se passe gaiement à boire et à manger. Le couple finit par s'en aller coucher dans le seul lit qui reste. Réteaux dormira dans le cabriolet qui se trouve dans la cour et Rosalie où elle pourra.

Le 6 août au matin, on charge le lit dans la dernière charrette et les malles dans le cabriolet. Et chacun se sépare. Les La Motte prennent le chemin de Bar-sur-Aube et Réteaux celui de la Suisse d'où il compte gagner l'Italie.

8
Le pot aux roses est découvert

Qu'on arrête M. le cardinal !

Böhmer tente d'obtenir une audience de la Reine. En vain. Aussi finit-il par lui écrire un autre billet assez entortillé d'où il ressort tout de même que Sa Gracieuse Majesté lui doit de l'argent. Marie-Antoinette, qui se trouve à Trianon en pleine répétition du *Barbier*, a d'autres chats à fouetter. De l'argent aux Böhmer ? Vraiment non, je ne me souviens pas leur en devoir. Elle peste contre l'importun. Toutefois, se rappelant qu'un brillant s'est descellé dans l'une des boucles qu'ils lui ont livrées dernièrement, elle donne audience au joaillier, le 9 août.

Le lendemain Böhmer est reçu par la Reine. Elle écoute avec le plus grand étonnement le conte que lui file le joaillier. Elle n'y comprend rien.

— Mais ce collier, je ne l'ai jamais eu ! Le Roi voulait me l'offrir et je l'ai refusé ! Le cardinal de Rohan, me dites-vous, l'aurait acheté en mon nom ? Vous avez vu ma signature sur le contrat ?

À l'étonnement fait place l'indignation.

Mon nom... mon nom au bas d'un document avec « approuvé » à chaque page...

C'est incroyable ! Rohan, toujours lui ! Rohan, sa

bête noire ! Elle congédie le joaillier et aussitôt fait appeler le baron de Breteuil, ministre de la Maison du Roi, autant dire ministre de l'Intérieur. Qu'il éclaircisse cette affaire et demande à Böhmer un mémoire détaillé.

Appeler Breteuil et le mettre dans le secret, c'est rompre les chiens et les laisser courre après Rohan. Le Cardinal l'a dépossédé de son ambassade et lorsqu'il a été nommé, à son tour, à Vienne, le souvenir de son ennemi était tel que l'empereur Joseph et Kaunitz l'évitaient comme on évite un raseur. Sans doute ne possède-t-il pas l'art et la manière du grand seigneur qui amuse et charme. Pour se conformer aux désirs de l'impératrice Marie-Thérèse il avait abandonné les soupers par petites tables, mis à la mode par Rohan, et si appréciés des Viennois, pour revenir aux dîners rigides et guindés. Pour tout dire, son passage à Vienne n'a pas été un succès. À son départ personne ne l'a regretté et sa détestation pour ce qui touche à la maison de Rohan et particulièrement au Cardinal s'en est trouvée fortifiée d'autant.

Cette affaire tombe à pic. Occasion inespérée de perdre le Cardinal. Aussi, dès lors, ne va-t-il s'épargner aucun effort pour envenimer l'affaire.

Dès le 12 août, la reine a entre les mains le mémoire des joailliers et la preuve qu'on s'est servi de son nom et de sa signature pour les escroquer. La chose est évidente. Si évidente que pour elle, comme pour Breteuil, le seul coupable ne peut être que Rohan. N'est-ce pas lui qui a remis le contrat aux Böhmer et n'est-ce pas à lui, encore, que ces derniers ont remis le collier ? Aucun doute n'est possible. Breteuil acquiesce. Ou du moins ne fait rien pour tempérer l'ardeur vengeresse de la Reine.

Celle-ci fait alors appeler l'abbé de Vermond qu'elle a gardé auprès d'elle malgré le Roi. Louis XVI, à plusieurs reprises, a voulu exiler ce personnage, qu'il soupçonne être un agent de la cour de Vienne. Mais la Reine chaque fois est intervenue en sa faveur. L'abbé exècre les Rohan comme antiautrichiens, mais particulièrement le Cardinal qu'il soupçonne d'avoir jadis prévenu Louis XV contre lui. Toutes les vieilles haines recuites, les animosités anciennes, affleurent à nouveau. Au lieu de calmer Marie-Antoinette, il la pousse à sévir au plus vite.

Le Roi est mis au courant de l'affaire. D'autre part, Breteuil demande aux joailliers de préciser dans leur rapport le rôle dont ils soupçonnent cette Mme de La Motte. Ces éclaircissements ne parviendront à la reine que le dimanche 14. Le même jour, le Roi fait chercher le prince de Soubise afin de le mettre au courant de ce qu'il nomme « la méchante affaire ». Le prince n'est pas à Versailles. Aussi remet-il au lendemain cette explication.

Le lundi 15 août, le cardinal de Rohan se trouve dans ses appartements au château. Il est à sa toilette et s'apprête à revêtir ses habits pontificaux. Grand aumônier de France, il se prépare à dire la messe en ce jour de l'Assomption qui se trouve être également la fête de la reine. Il a fini de se vêtir quand on vient le prévenir que le Roi le mande dans son cabinet. Il s'y rend aussitôt. Il y trouve non seulement le souverain mais également la Reine, le garde des Sceaux, Miromesnil, et le baron de Breteuil. Il s'étonne de cette assemblée mais n'en laisse rien paraître. Louis lui tend le mémoire de Böhmer :

— Que Votre Éminence veuille bien le lire et me l'expliquer.

Marie-Antoinette, qui l'a foudroyé du regard à son entrée, se tient, à présent, les yeux baissés, sans rien dire. Le Cardinal parcourt rapidement le document et se tourne vers le Roi :

— Tout ce qui est écrit est exact, Sire. La présence de la Reine me confirme soudain que j'ai été trompé.

Jointe au mémoire, se trouve la lettre qu'il a écrite aux joailliers pour leur confirmer la véracité de la signature royale. Il demeure muet, foudroyé. Les soupçons qui, dernièrement, lui étaient venus et qu'il avait balayés, ne voulant, ne pouvant mettre en doute son retour en grâce, se révèlent fondés. L'évidence est là dans sa lumière la plus crue : il a été dupé.

— Vous n'avez donc rien à dire, lui demande le Roi, pour justifier votre conduite et la garantie que vous avez donnée ?

Le Cardinal demeure sans voix. Entend-il même ? Il est ailleurs. Il tente de dénouer les fils de l'intrigue. Saurait-il dire où et quand elle a commencé ? Louis XVI a devant lui un homme hagard.

— Remettez-vous, lui dit-il. Allez dans mon cabinet et notez par écrit ce que vous pouvez dire pour vous justifier...

Rohan se retire. Le souverain prend alors avis de ce qu'il doit faire.

— Je suis compromise dans cette affaire ; j'exige d'être lavée de tous soupçons qui pourraient laisser une tache sur mon honneur, s'écrie la Reine.

Vergennes, le ministre des Affaires étrangères, que le Roi a fait appeler et qui connaît le caractère emporté et capricieux de la Reine, émet l'avis de ne point se hâter, de prendre son temps. Ne rien presser. Mais surtout ne rien divulguer pour éviter le scandale. Cependant, il connaît les faiblesses du Roi pour la Reine ; et l'air haut et triomphant qu'affiche Breteuil ne lui laisse aucun doute sur la décision qui sera prise. Louis XVI demeure muet. Il écoute. En lui-même, à cet instant, peut-être doit-il se demander si la Reine, une fois encore, par imprudence, par étourderie, ne s'est pas laissé entraîner dans quelque affaire louche... Il est interrompu dans ses réflexions par Miromesnil, qui se doute, comme Vergennes, que cette fin de matinée ne se passera pas sans voir l'arrestation de Rohan.

— Mais, Sire, arrêter le Cardinal en habits pontificaux ?...

Le Roi le rabroue :

— Une réflexion de laquais ! lui jette-t-il en haussant les épaules.

À cet instant la porte du cabinet s'ouvre et Rohan paraît. Il est livide. Il tient à la main un papier qui contient de brefs aveux de ce dont on l'accuse, ainsi que l'assurance d'avoir été trompé par Mme de La Motte. Louis XVI prend le papier, y jette un coup d'œil, se tourne vers Breteuil et lui donne ordre de faire arrêter aussitôt cette dame de La Motte. Le Cardinal ne se fait aucune illusion sur les intentions du Roi. Il tente cependant le tout pour le tout :

— Je supplie Votre Majesté, par considération pour ma famille, d'éviter l'éclat.

— Je ne peux, répond Louis XVI, ni comme roi ni comme mari.

C'est alors que Marie-Antoinette, certaine à présent de la décision du Roi, se retourne vers le Cardinal. L'Autrichienne, pleine de morgue, s'est redressée d'un coup. D'une voix blanche de fureur contenue, elle l'interroge :

— Comment avez-vous pu croire, alors que j'ai, toujours et depuis tant d'années, évité de vous adresser la parole, que j'aurais pu vous charger d'une semblable commission ?

Rohan espère encore que la reine joue la comédie, afin de tromper le Roi et les ministres. Il lui fait des signes de connivence, pour elle incompréhensibles, qui achèvent de la faire sortir de ses gonds. Louis XVI, qui connaît sa femme et la sent au bord de la crise de nerfs, ordonne à Rohan de sortir. Il se tourne alors vers Breteuil :

— Veuillez, je vous prie, vous assurer de la personne du cardinal de Rohan.

Ensuite, il s'assoit à son bureau. S'empare d'un papier et y jette quelques lignes. C'est un ordre au duc de Villeroy, capitaine des gardes de quartier, afin qu'il saisisse tous les papiers du Cardinal dans ses appartements au château. De l'arrêter aussitôt qu'il y arrivera, puis de le faire conduire à Paris. Il précise d'exécuter ses ordres sans trop de hâte afin de laisser le temps au baron de Breteuil de se rendre à Paris, à l'hôtel de Strasbourg, afin de s'assurer des autres papiers qui pourraient s'y trouver.

À onze heures, ce lundi matin, 15 août 1785, le baron sort du cabinet. Il trouve le cardinal de Rohan dans la chambre du Roi. Il a peine à lui dissimuler sa joie. Il prend sur lui et l'aborde cependant avec la déférence qu'un ministre doit à un prince de l'Église :

— J'ai ordre, Votre Éminence, de m'assurer de par le Roi de votre personne.

Le Cardinal ne semble pas même avoir entendu et passe dans l'Œil-de-Bœuf où se trouve une foule de courtisans qui attendent l'arrivée du Roi pour se rendre à sa suite à la chapelle. L'heure de la messe a sonné depuis longtemps, aussi chacun s'interroge. Des bruits, des rumeurs commencent à circuler. On pressent l'orage. Le Cardinal déambule quelques instants, Breteuil à ses côtés.

— Nous ne pouvons pas rester là ; ne pouvez-vous pas me garder en nous promenant ?

Il se rend, alors, dans la galerie des Glaces. Une foule innombrable s'y presse, accourue de Paris dans l'espoir d'apercevoir, en ce jour de fête, la famille royale.

Le Cardinal s'avance, Breteuil sur ses talons. A-t-il eu peur à ce moment que Rohan lui échappe ? Ou est-ce à dessein, pour rendre publique sa disgrâce ? Quoi qu'il en soit, le ministre, apercevant un garde du corps, l'appelle et, à voix forte, alors que le silence s'est soudain établi autour d'eux, il lui crie :

— Je vous ordonne, monsieur, de par le Roi, d'arrêter M. le cardinal et d'en répondre...

Breteuil salue l'Éminence et se retire afin de gagner Paris comme on le lui a demandé.

La foule est stupéfaite. Cette arrestation théâtrale du grand aumônier revêtu des habits pontificaux la laisse muette. Le scandale est public. Après la stupeur s'élève un brouhaha indescriptible. Les commentaires fusent de toutes parts. Et la nouvelle de cet incroyable événement ne tarde pas à se répandre au-dehors et à gagner Paris.

Rohan, que ce coup a dégrisé, retrouve toutes ses facultés. Il lui faut faire vite. Se tournant vers le jeune garde du corps, il lui demande :

— Ai-je encore la liberté d'écrire un mot ?

— Ah, mon Dieu ! dit le garde, vous êtes bien le maître, monseigneur.

Le Cardinal aussitôt jette quatre lignes sur un morceau de papier, puis, précédé par le garde, il descend dans ses appartements. Sur son passage la foule fait silence. En entrant chez lui, il trouve le duc de Villeroy et le comte d'Agout, l'exempt des gardes du corps, en train de mettre les scellés. Il avise un de ses serviteurs, lui glisse le papier en lui ordonnant à bas mots de se rendre au plus vite à Paris et de remettre le billet à l'abbé Georgel. Le laquais part comme un éclair et arrive à l'hôtel de Strasbourg bien avant le baron de Breteuil, ce qui donne à l'abbé tout le temps nécessaire pour soustraire les documents importants et en brûler d'autres, dont toutes les lettres supposées de la Reine qui se trouvent dans un portefeuille de maroquin.

Le cardinal de Rohan demeure peu de temps dans ses appartements versaillais. Une voiture l'attend pour le conduire à Paris sous la garde du comte d'Agout. C'est à deux heures et demie de l'après-midi que la voiture entre dans la cour de l'hôtel de Strasbourg. Le baron de Breteuil, qui prend son temps, rend sans le savoir un grand service à son ennemi. Il ne fera son entrée à l'hôtel Cardinal qu'une demi-heure plus tard.

Rohan passera la nuit du 15 au 16 août chez lui. Des curieux qui se pressent devant le palais l'apercevront à une fenêtre s'amusant avec son petit singe. Le 16 au soir, il est mené à la Bastille par le comte d'Agout. Le mercredi 17, on le ramène à l'hôtel de Strasbourg où il lui faut assister à l'examen des papiers qu'on y a trouvés. Le maréchal de Castries, ministre de la Marine, M. de Vergennes, ministre des Affaires étrangères, et le baron de Breteuil, ministre de la Maison du Roi, étant chargés d'éclaircir cette affaire, se trouvent présents. Le maréchal et Vergennes se conduisent parfaitement et montrent infiniment d'égards envers le Cardinal. Breteuil prend du plaisir à cette triste opération. Le lendemain, Rohan est mené dans ses appartements de Versailles où, en même compagnie, il assiste à l'inventaire de ses papiers. Au soir il est reconduit à la Bastille. Le gouverneur, le marquis de Launay, lui marque beaucoup de déférence. Évidemment, il n'est pas question de cellule dans une des tours de la forteresse pour un si haut dignitaire de l'Église. Il s'est empressé de lui faire aménager un appartement dans le logis des officiers. Trois de ses domestiques sont autorisés à le servir. Il reçoit. Tient salon. Invite à souper. On dresse des tables de quinze couverts et plus. C'est que le Cardinal est prisonnier du Roi par une lettre de cachet. À la fin de l'année, quand le Parlement assemblé le décrétera de prise de corps, le régime de son emprisonnement changera du tout au tout. Pour l'heure il se promène comme il l'entend sur la plate-forme des tours, dans le jardin du gouverneur.

Le 20 août à quatre heures du matin, le pont-levis de la forteresse est abaissé pour laisser entrer une voiture qui s'arrête, la poterne passée. En descend la comtesse de La Motte arrêtée l'avant-veille à Bar-sur-Aube.

Derniers beaux jours de liberté

Jeanne, partie de Paris le 6 août au matin, était arrivée le 7 au soir à Bar-sur-Aube.

N'est-il pas incroyable que cette femme, manœuvrière de génie, intelligente, sans conteste la ruse même, voyant que tout lui craque entre les mains, au lieu de se mettre à l'abri, de fuir à l'étranger – et pourquoi pas au Nouveau Monde, afin de s'y refaire une nouvelle vie –, s'acharne à revenir comme le sanglier blessé vers sa bauge, dans cette ville de province qui vit la déchéance de sa famille ? Faut-il que les peurs de l'enfance aient été toujours aussi fortes et ses blessures si peu cicatrisées pour que, en dépit de l'étau qui se resserre et faisant fi des dangers qui la menacent, elle s'en revienne une dernière fois, avec tout l'éclat d'une reine de théâtre qui n'en impose à vrai dire à personne, sur les lieux de ses premiers malheurs, qui verront probablement sa chute ? Il y a là un étrange comportement animal dont l'homme a hérité qui le fait rechercher, lorsqu'il se sent en danger, l'endroit de ses origines. Chez Jeanne de La Motte, cette impulsion primitive se trouve amplifiée par le désir de revanche. Une soif inextinguible aveuglante et fatale finalement.

Laquais et petit nègre s'empressent dès que la voiture paraît rue Saint-Michel. On lui tire le marchepied. Jeanne descend du cabriolet, suivie du comte. Aussitôt on fait annoncer son retour. Ce sont alors dîner sur dîner, souper sur souper. L'ancien amant, l'avocat Beugnot, est de toutes les fêtes. Quand le comte chasse, la comtesse se rend en visite dans les châteaux environnants. C'est le temps des pique-niques, des parties de campagne, les jours se succèdent comme tissés de soie. Rien de ce qui s'est passé à Versailles le 15 août n'a transpiré à Bar-sur-Aube.

Un soir à souper la comtesse demande à Beugnot s'il lui plairait de l'accompagner le lendemain à Châteauvillain où elle est priée à dîner par le duc de Penthièvre. Ce prince, arrière-petit-fils de Louis XIV et de la marquise de Montespan, quoique fort débonnaire par ailleurs, est extrêmement à cheval sur l'étiquette. Seuls les nobles peuvent prétendre dîner ou souper à sa table. Ceux qui ne le sont pas se retrouvent à la table de son premier gentilhomme, M. de Florian, l'auteur des *Fables*, qui partage ce service avec M. du Hausier. Tous deux, il est vrai, parfaitement urbains. Après le repas, on propose à ceux qui n'ont pas été admis d'aller rejoindre les invités du prince et de prendre le café avec eux. Ceux qui ont eu l'honneur, du fait de leur naissance, de dîner avec le duc, regardent généralement de haut les nouveaux venus qu'on introduit au salon. Beugnot, ayant déjà fait l'expérience de cette ségrégation sociale, n'a aucun désir de la renouveler. Il refuse donc à la comtesse son invitation. En revanche, il lui propose de le jeter en passant à Clairvaux où il lui faut aller et de le reprendre au retour. La chose est décidée ainsi.

Le lendemain 17 août, sur le coup de huit heures du matin, Beugnot se présente chez la comtesse et les voilà en voiture. Jeanne dépose l'avocat à l'abbaye et continue seule jusqu'à Châteauvillain. Le duc de Penthièvre l'accueille on ne peut mieux ; lui dispensant des intentions qui étonnent la petite cour qui se trouve à demeure. On dîne et après le dîner le prince reconduit la comtesse jusqu'au haut de l'escalier, honneur insigne qu'il n'accorde pas même aux duchesses. Légitimé de France, il tient un rang intermédiaire entre les princes du sang et les ducs et pairs. Sans doute croit-il bon de se ressouvenir, à travers la comtesse de La Motte-Valois, des honneurs auxquels les bâtards royaux peuvent prétendre. La comtesse est aux anges, le temps est délicieux, elle en oublierait les nuages qui s'amoncellent à l'horizon. Vers huit heures du soir, elle arrive en vue de l'abbaye de Clairvaux. L'abbé dom Rocourt la prie à souper. On fait une promenade en attendant de se mettre à table et l'arrivée d'un certain abbé Maury qui doit prêcher lors de la fête de la Saint-Bernard. Neuf heures sonnent. Dom Rocourt décide de passer à table sans plus attendre l'abbé qui arrive de Paris. À peine sont-ils au premier plat que celui-ci fait son entrée. Il s'assoit. Et aussitôt on le bombarde de questions. Que dit-on à Paris ? Qu'y fait-on ? Vite ! Les dernières nouvelles !

— Comment, des nouvelles ? Se peut-il que vous ne soyez pas au courant ? M. le cardinal de Rohan a été arrêté lundi dernier, jour de l'Assomption, en habits pontificaux, vous entendez bien, en habits pontificaux, dans la Grande Galerie de Versailles !

— Connaît-on le motif de cette arrestation ?

— Non. On parle d'un certain collier de diamants qu'il aurait acheté pour la Reine, et qu'il n'a pas acheté... Il est inconcevable que pour une telle vétille on fasse arrêter le grand aumônier de France, et en habits pontificaux...

Jeanne de La Motte est livide. Immobile, elle demeure sur sa chaise sans faire un mouvement. Beugnot la regarde. Il pense qu'elle est près de s'évanouir. Elle se lève et, sans prononcer une parole, s'élance hors de la salle. Beugnot la suit. Déjà elle appelle son groom et donne ordre d'atteler.

Le cabriolet court vers Bar-sur-Aube. Jeanne se tourne vers son compagnon :

— J'ai probablement eu tort de quitter aussi brusquement ce repas ?

— Votre liaison avec le cardinal est connue. Il se trouve en danger. Il va de votre devoir de courir au-devant des nouvelles, d'un courrier peut-être... Mais pouvez-vous m'expliquer cette arrestation ?

— Non. À moins que ce ne soit pour quelques tours de main de son Cagliostro... Le Cardinal s'en est toqué... Je n'ai cessé de l'avertir...

— Bon. Mais qu'est-ce que cette histoire de collier ? Comment la Reine aurait-elle choisi le prince Louis qu'elle déteste ouvertement ?

— Ne m'impatientez pas ! Je vous répète que c'est du pur Cagliostro...

— Mais vous avez reçu ce charlatan. Ne vous êtes-vous pas compromise avec lui ?

— Mais en rien ! Là-dessus je suis parfaitement tranquille. Je n'aurais jamais dû quitter le souper...

— Ce tort n'en est pas un. Si vous êtes tranquille pour votre compte, vous ne devez pas l'être sur celui du Cardinal...

— Oh ! Je vois que vous ne le connaissez pas ! Il est capable de dire cent sottises pour se tirer d'affaire !

— Madame, que me dites-vous là ! Il est dix heures du soir, bientôt nous serons à Bayel. Je vous y laisse à la garde d'un ami. Je rentrerai seul à Bar-sur-Aube pour avertir le comte. Dans une heure, avec un cabriolet de poste et de meilleurs chevaux, il pourra venir vous retrouver avec ce que vous avez de plus précieux. Il faut éviter Troyes. Aussi par la route de Châlons vous gagnerez la Picardie. Ne vous présentez ni à Boulogne, ni à Calais, ni à Dieppe où la police doit déjà avoir votre signalement. Entre ces ports vous trouverez dix endroits de passage où le patron d'un brick, pour dix louis, vous jettera en Angleterre...

— Savez-vous bien, monsieur, que vous m'ennuyez... Faut-il que je vous le répète une fois encore : je ne suis pour rien dans cette affaire ? Je suis très fâchée de m'être levée de table, comme si j'étais la complice des folies du Cardinal !

Beugnot qui connaît son moine sait que rien ne l'arrêtera dans sa course à l'abîme. Aussi se tait-il. Jeanne, de son côté, demeure silencieuse. En arrivant à Bar-sur-Aube, Beugnot se tourne vers elle :

— Au moins, brûlez vos papiers pour votre propre sûreté...

Et il s'offre pour l'aider. Elle y consent. Il y a tout

pêle-mêle dans un grand coffre : des factures, des annonces d'objets précieux, des offres de terres à vendre, des lettres du Cardinal, des lettres des Böhmer. Rien n'est à garder. Tout est à brûler. Tout.

Il est trois heures du matin quand Beugnot abandonne Jeanne de La Motte dans sa chambre. L'atmosphère est empoisonnée par l'odeur de papier brûlé et de cires imprégnées de parfums divers. Et tout ce qui reste d'une intrigue sournoise et lente, menée avec le sûr et instinctif entêtement de l'insecte programmé pour une seule tâche de destruction, se trouve dans la cheminée. La cupidité, l'ambition, la revanche sur un destin contraire, la crédulité, la bêtise aussi sont là, réduites à un dérisoire tas de cendres ; auquel bientôt s'ajouteront les débris d'un trône miné en partie par cette insidieuse intrigue.

Jeanne va se déshabiller quand la maréchaussée se fait entendre dans la cour. Il est quatre heures du matin. Le comte de La Motte, qui vient de rentrer d'une partie fine, se précipite dans la chambre de sa femme. « De par ordre du Roi », crie dans l'escalier le sergent. On laisse à Jeanne à peine le temps de prendre quelques effets. Le comte, dont Breteuil a oublié de s'assurer par une lettre de cachet, s'empresse de la délester de ses bagues et de ses pendentifs de diamants. C'est déjà cela de sauvé.

Jeanne est conduite jusqu'à une voiture. L'exempt qui s'y trouve lui montre la lettre de cachet. Il est quatre heures et demie. La voilà en route pour la Bastille.

La Motte se rend aussitôt chez Beugnot pour lui annoncer que sa femme est partie pour Paris et qu'elle demeurera absente quelques jours.

— Je connais assez votre position pour vous dire que vous jouez le rôle d'un imbécile ou d'un fat.

— Comme vous le prenez avec moi ! Que vous a donc dit Mme de La Motte ?

— Elle ne m'a rien dit. Raison de plus pour que je vous conseille une très prompte retraite. Oui, rapidement, il vous faut partir...

M. de La Motte hausse les épaules et le quitte en sifflotant. Avant l'aube, après avoir pris des dispositions avec sa sœur, son beau-frère La Tour et ses parents Surmont pour soustraire ce qui peut l'être des biens de sa femme, il monte en voiture et gagne précipitamment l'Angleterre.

Que doit-on faire ?

La Reine a eu son éclat. Breteuil et l'abbé de Vermond leur revanche. Mais à présent, que fait-on du Cardinal ? Déjà le clergé gronde et une partie de la noblesse ; celle hostile à la Reine, à l'Autriche ou celle qui se trouve être de la clientèle des Rohan et des Condé. Quant au peuple, il brocarde et, même s'il n'est pas acquis à la cause du cardinal, il se frotte les mains. Il va y avoir du spectacle. Au Parlement, Fréteau de Saint-Just, un conseiller très en vue, résume ce sentiment en s'écriant :

— Grande et heureuse affaire ! Un cardinal escroc, la reine impliquée dans une affaire de faux !... Que de fange sur la crosse et sur le sceptre ! Quel triomphe pour les idées de liberté ! Quelle importance pour le Parlement !

Du parlement de Paris, parlons-en ! On sait quel fut son rôle lors de la Fronde et comment le jeune Louis XIV le jugula en arrivant impromptu lors d'une séance, encore botté et crotté, cravache à la main, pour dire à ces messieurs de robe que dorénavant l'État c'était lui.

Lors de la minorité de Louis XV, le Régent Philippe d'Orléans, qui avait besoin du Parlement pour casser le testament du Grand Roi, le caressa dans le sens du poil. Il releva la tête. Retrouva sa morgue. Se posa à nouveau comme un contre-pouvoir de la monarchie absolue. Louis XV, vers la fin de son règne, avec l'aide du chancelier de Maupeou, eut raison des têtes chaudes. Celles-ci devaient se soumettre ou s'exiler. Beaucoup s'exilèrent, et pas des moindres.

Louis XVI, mal conseillé par le vieux Maurepas, renvoya à son tour le Parlement Maupeou et rappela les exilés. Aussitôt la fronde du Parlement recommença.

En outre, en renvoyant les jésuites avec l'aide du Parlement, Choiseul, se trompant de cible, privait la monarchie absolue d'un allié puissant. Le parlement de Bourges et celui de Paris plus précisément couvaient depuis toujours un sentiment janséniste. La bulle *Unigenitus* de 1713 n'avait pas éradiqué la lente progression dans la société française de l'esprit de Port-Royal. Les robins en étaient tout imprégnés. Et de la cause de Dieu il n'y avait qu'un pas à celle de la nation. On ne dira jamais assez le rôle que joua le jansénisme dans les heures prérévolutionnaires. Les attaques les plus virulentes contre la cour et le pouvoir venaient de la *Gazette d'Utrecht*, autant dire des jansénistes eux-mêmes.

La réaction de Fréteau de Saint-Just va parfaitement dans ce sens.

Pour interroger Rohan à la Bastille, Louis XVI désigne le baron de Breteuil et Thiroux de Crosne, lieutenant général de la police. Le choix est régulier. Rohan les récuse. L'un parce qu'il est son ennemi personnel, l'autre parce qu'il n'est pas d'un rang à l'interroger. Il est prince par naissance et également prince de l'Église et du Saint Empire. On voit déjà poindre les difficultés que le Roi va devoir contourner ou transgresser pour le faire juger. Breteuil et Crosne sont remplacés par Vergennes et le maréchal de Castries, à qui le Cardinal donne son agrément. Le jour même où Mme de La Motte entre à la Bastille, le Cardinal remet aux deux ministres un résumé clair et exact de l'affaire telle qu'il la connaît. La scène du bosquet est évoquée pour la première fois. Incroyable, presque rocambolesque, paraît aux ministres le récit. Mais ils s'accordent tous deux à trouver le cardinal sincère.

Alors que le rideau se lève sur les préludes d'un procès qui ne va pas manquer de coups de théâtre, le même jour à Trianon, sur le théâtre de Mique, le rideau se baisse sur le dernier acte du *Barbier de Séville* et sous les applaudissements d'une camarilla qui ne vit et ne respire que par et pour la Reine. Cette dernière, en costume de Rosine, vient saluer gracieusement à la rampe comme une actrice rompue à cet exercice.

Le premier son discordant sur la façon dont on a mené l'arrestation du cardinal de Rohan viendra du cercle de la Reine. La comtesse Diane de Polignac, l'âme du clan, est, en effet, la première à dénoncer la précipitation du baron de Breteuil qui, plutôt que de calmer la reine, l'a poussée dans son emportement afin d'assouvir sa vengeance. La remarque fait son chemin et bientôt Marie-Antoinette et Louis XVI mesurent leur erreur. Cependant, lorsque la scène du bosquet vient à être connue, la Reine en oublie presque l'escroquerie du collier pour demander réparation contre ce qu'elle considère comme un crime de lèse-majesté.

Jeanne dans sa cellule est à son tour interrogée.

C'est le lieutenant général de Crosne qui mène, ici, l'interrogatoire. Elle charge Cagliostro, qu'elle n'a jamais aimé. C'est lui l'âme de cette volerie pour laquelle elle n'est en rien. Rohan n'a-t-il pas toujours négocié seul avec les Böhmer ? La pièce signée « Marie-Antoinette de France » n'est pas de son écriture. De qui donc alors ? Comment le saurait-elle ? N'est-ce pas au Cardinal que le collier a été remis ? La signature ? Évidemment, elle est fausse. Réteaux, son cher Réteaux, est en fuite, aussi joue-t-elle sur du velours. Elle s'amuse de l'inexpérience du lieutenant général de police qui a remplacé, depuis peu, le célèbre Lenoir. Elle le tourne et retourne si bien que Crosne finit par tomber sous son charme. Elle le charge de solliciter l'avocat Beugnot qu'elle a choisi pour conseil. Ce dernier, qui ne pense qu'à sa carrière politique, se récuse malgré l'insistance du magistrat qui lui laisse entrevoir un rapide avancement s'il accepte la défense de Mme de La Motte. « Voyez le baron de Breteuil, il consent à vous rencontrer. » Malgré Breteuil, malgré l'avancement, Beugnot tient bon. Il faut donc trouver à Mme de La Motte un autre avocat. Crosne se tourne, alors, vers Me Doillot, un vieillard qui a eu son heure de gloire mais qui ne plaide plus guère. Le vieillard, tout vieillard qu'il est, se laisse ensorceler par Jeanne. Il se passionne et prend tous ses contes pour paroles d'Évangile. Le mémoire qu'il produira n'en aura que plus de succès auprès du public. Car jamais rien d'aussi échevelé, d'extravagant et de romanesque n'aura été publié par un homme de loi.

Le 23 août, Cagliostro est arrêté, le lendemain c'est au tour de sa femme d'être conduite à la Bastille. Le baron de Planta, secrétaire du prince, est lui aussi incarcéré.

Lorsque Jeanne de La Motte apprend que Vergennes réclame à la Suisse l'extradition de son amant faussaire, elle pressent que le vent est en train de tourner. Réteaux arrêté, il livrera le nom de la baronne d'Oliva, alias Nicole Leguay ; et leur déposition s'accordant, c'en sera fini de son système de défense. Elle parvient, du fond de sa cellule, à communiquer avec la Leguay. Dans le billet qu'elle lui fait tenir, elle la presse de sortir de France si elle veut échapper à la prison. Affolée, cette dernière se réfugie à Bruxelles avec son amant, un jeune roué, encore mineur, Toussaint de Beausire.

Pendant ce temps l'abbé Georgel, à qui le Cardinal a délégué tous ses pouvoirs, loin de rester inactif, se démène de tous côtés. Il va et vient dans le Paris interlope des usuriers et des receleurs. Furète. S'insinue. Explore la moindre piste. Enquête. Et en rend compte. Il y a du policier chez ce jésuite. Et aussi infiniment de méthode.

Le 25 août, le Roi convoque ses ministres : Castries, Vergennes, Breteuil et Miromesnil. La Reine est présente à cette conférence. Elle ouvre le feu :

— Je suis inculpée : je passe dans le public pour avoir reçu un collier et ne l'avoir pas payé. Je veux connaître la vérité sur cette affaire qui touche à mon honneur. Les parents du Cardinal semblent désirer qu'il soit mis en justice réglée ; il paraît le souhaiter ; je veux que l'affaire y soit portée ! (La justice *réglée* est la justice du Parlement en regard de la justice administrative du Roi qui dépend de sa bonne grâce.)

Le maréchal de Castries prend alors la parole, il penche pour une confrontation qui les éclairerait. Le cardinal la demande. S'il n'en ressort rien, alors il sera toujours temps de se résoudre à le déférer devant le Parlement. Miromesnil, le garde des Sceaux, pense qu'il y a des formes embarrassantes à suivre quand il s'agit d'un cardinal...

La Reine s'impatiente :

— Mon avis est qu'on donne au Cardinal le choix de la juridiction. Qu'il assemble sa famille et ses conseils et qu'il prenne ensuite le parti d'être jugé soit par voie d'administration soit en justice réglée et qu'il le fasse savoir au Roi par écrit. Que la lettre soit contresignée par sa famille. De l'une ou l'autre manière peu m'importe ! L'important est que cette affaire soit jugée, et rapidement, car je suis compromise !

Louis XVI alors se tourne vers le maréchal de Castries :

— Vous avez entendu la Reine. Vous irez donc demain avec M. de Vergennes porter cette décision au cardinal. Le baron de Breteuil se joindra à vous. Dans trois jours il me faut sa réponse.

Les ministres se rendent dès le lendemain à la Bastille. Le maréchal de Castries annonce au cardinal que la confrontation avec Mme de La Motte lui est refusée. Qu'elle a nié tous les faits qu'il a consignés dans sa déclaration. Et que le Roi, ne pouvant démêler la vérité, lui donne le choix de s'en remettre à sa clémence ou d'être traduit devant le parlement de Paris pour se défendre contre l'accusation qui serait intentée contre lui et Mme de La Motte. Le Roi ne lui accorde que trois jours pour se décider.

La confrontation avec ses accusateurs afin de les confondre lui ayant été refusée, le Cardinal se concerte avec sa famille. Elle penche pour un jugement au Parlement. Pour son conseil il est partagé. Me Target, son principal avocat, le premier homme de loi à avoir été élu à l'Académie française, incline à porter l'affaire devant le Parlement. Me Tronchet, un autre de ses conseils, lui trace un tableau si effrayant de la justice criminelle que le Cardinal hésite, tergiverse, puis se décide. Il prend la plume et rédige lui-même la réponse au Roi.

Sire,

J'espérais par la confrontation acquérir des preuves qui auraient convaincu Votre Majesté de la certitude de la fraude dont j'ai été le jouet et alors je n'aurais ambitionné d'autres juges que votre justice et votre bonté. Le refus de confrontation me privant de cette espérance, j'accepte avec la plus respectueuse reconnaissance la permission que Votre Majesté me donne de prouver mon innocence par les formes juridiques et, en conséquence, je supplie Votre Majesté de donner les ordres nécessaires pour que mon affaire soit renvoyée et attribuée au parlement de Paris, les chambres assemblées.

Cependant, si je pouvais espérer que les éclaircissements qu'on a pu prendre et que j'ignore eussent conduit Votre Majesté à juger que je ne suis coupable que d'avoir été trompé, j'oserais alors vous supplier, Sire, de prononcer selon votre justice et votre bonté. Mes parents, pénétrés des mêmes sentiments que moi, ont signé.

Je suis avec le plus profond respect, etc.

Signé : Le cardinal de Rohan,
de Rohan, prince de Montbazon,
prince de Rohan,
archevêque de Cambrai,
L.M. prince de Soubise.

Louis XVI, lisant cette lettre, voit-il au moins la porte que lui laisse ouverte le cardinal ? S'il le veut, il peut encore éviter le scandale public. Ne se rend-il pas compte qu'une partie du Parlement est contraire à la cour ; que la noblesse dans son ensemble penche pour Rohan ; que le clergé ne se gêne pas pour faire éclater son mécontentement et que, déjà, des libelles orduriers courent les rues de Paris ? Hésite-t-il un instant ? L'emprise de la Reine est trop grande dans cette affaire. Poussée par l'abbé de Vermond et le baron de Breteuil, elle veut que « cette horreur », comme elle dit, et tous ses détails soient bien éclaircis aux yeux du monde. Le monde n'est pas seulement la France mais l'Europe entière qui, depuis que l'arrestation du Cardinal est connue, se passionne pour l'affaire.

Le Roi ignore la requête si déférente du Cardinal. Il passe outre, et, par lettres patentes du 5 septembre 1785, renvoie l'affaire devant le Parlement, les deux chambres assemblées. Cette décision, probablement une des plus grandes maladresses de Louis XVI, contresignée par le baron de Breteuil, est enregistrée par le Parlement le 7 septembre. Une mèche vient d'être allumée à un baril de poudre.

Préparatifs du Grand Théâtre

Le Roi charge son procureur général au Parlement Joly de Fleury de porter plainte en son nom contre le cardinal de Rohan et Mme de La Motte, auteurs et fauteurs de manœuvres criminelles et indécentes, compromettant l'honneur et la dignité de la Reine ; de requérir l'information des faits pour que leur procès soit fait et que le jugement soit rendu.

Le premier président du Parlement se trouve être d'Aligre, que la cour ménage et qui la ménage de retour. Parmi les conseillers que d'Aligre sait être du parti de la cour, il choisit Dupuis de Marcé qu'il charge des confrontations et Titon de Villotran à qui échoient l'instruction et la rédaction du rapport. On soupçonne ce dernier de ne pas être insensible à la corruption. On le sait homme habile, capable de présenter une affaire sous l'aspect propre à gagner les suffrages en faveur de celui ou de ceux qu'il veut privilégier. Le procès fini, Louis XVI lui accordera une promotion pour son zèle et le nommera lieutenant civil. On prétendra même que cette récompense fut accompagnée de cent mille écus sur le prix de sa charge.

La machine aussitôt lancée, le procureur général se fait invisible pour tous ceux qui veulent lui parler en faveur du Cardinal. Toutefois le baron de Breteuil ainsi que l'abbé de Vermond ont avec le magistrat et les deux rapporteurs de fréquents entretiens.

L'abbé Georgel qui se démène, allumant des contre-feux là où il peut, apprend que le premier président d'Aligre, le procureur général et les deux rapporteurs ont eu une entrevue secrète avec la reine aux Tuileries.

De son côté, Mercy Argenteau, après avoir rencontré le président d'Aligre avec qui il est lié, lui envoie un mémoire afin qu'il se tienne à ses vues. Bientôt le bruit court que quatre millions ont été déposés afin d'être distribués aux juges après la condamnation du Cardinal. C'est dans cette atmosphère empoisonnée que se poursuit l'instruction du procès.

Cependant, l'abbé Georgel se voit offrir les services d'un abbé de Junkers. Ce dernier paraît assez répandu dans le monde. Georgel l'écoute. L'abbé aurait, il y a peu, reçu les confidences du procureur des minimes de la place Royale. Ce moine n'est autre que le père Loth que nous avons connu secrétaire, chapelain et factotum de Mme de La Motte. Or les aveux qu'il aimerait faire afin de soulager sa conscience pourraient éclairer les affaires du cardinal. Georgel se dit prêt à rencontrer le religieux. Pour cette rencontre, l'abbé s'est déguisé, car il craint d'être suivi par la police et emprisonné. Georgel le rassure, et, petit à petit, en bon jésuite, l'apprivoise. Le père Loth finit par tout avouer. Enfin ce qu'il sait et il en sait beaucoup. Il donne le nom de Réteaux de Villette qu'il soupçonne d'être le faussaire. Il a comparé son écriture avec celle des billets qu'on lui confiait pour le cardinal. Il se souvient, également, des compliments prodigués par Mme de La Motte à une certaine demoiselle d'Oliva pour un rôle joué dans le parc de Versailles. Il se rappelle parfaitement l'époque de cette expédition. Et plus il en dit, plus Georgel comprend les ressorts de la grande mystification dont a été victime Rohan. Il a en main, à présent, à peu près tous les fils de l'intrigue. Toutefois il lui faut jouer serré. Le Cardinal est prévenu de la découverte. Il résiste encore à l'idée d'avoir été joué dans la scène du bosquet. Son avocat, Me Target, reçoit la déposition du père Loth. Georgel se charge auprès du procureur de faire entendre le religieux comme témoin. Toujours inaccessible à toute demande qui pourrait servir le Cardinal, le procureur général reste sourd. Georgel, alors, écrit au garde des Sceaux qui convient de la nécessité d'entendre le père Loth. Cependant, sans preuves pour l'étayer, le procureur général et le rapporteur Titon déclarent que cette déposition ne peut infirmer celle des joailliers qui soutiennent que le collier fut remis au cardinal, ce qui en fait l'unique coupable.

Pour précipiter les choses auprès de l'opinion, l'avocat Target décide de publier son mémoire. Il fait fureur dans la galerie du Palais. Le public se l'arrache. Les femmes se déclarent en faveur de la *Belle Éminence.* Elles lancent la mode de rubans rouges et jaunes qu'elles nomment « Cardinal sur la paille. » La *Gazette de Leyde* rend compte des moindres incidents de l'instruction. Et l'abbé Georgel de se mettre à la recherche de Nicole Leguay dite d'Oliva qui, prévenue par l'avocat de Mme de La Motte, lui file entre les mains. On lui révèle l'endroit où elle se cache à Bruxelles. Il a des espions partout. Son réseau est incroyable. Il envoie un mémoire au comte de Vergennes qui le présente au roi. L'ordre est donné de faire extrader la demoiselle d'Oliva et son amant Toussaint de Beausire. Le 20 octobre les deux tourtereaux sont arrêtés et emprisonnés à la prison de Treurenberg, à Bruxelles. Cependant, les autorités du Brabant se font tirer l'oreille pour les livrer à la France. Droit d'asile, terre d'Empire... Tout un arsenal juridique est mis en avant. Vergennes demande à Quidor, l'inspecteur de la police parisienne, de se rendre à Bruxelles et de convaincre les prisonniers de demander eux-mêmes leur extradition. Le policier est connu pour son habileté. De surcroît, il connaît la demoiselle d'Oliva, inscrite depuis longtemps sur ses registres comme fille galante. Il réussit si bien que le 31 octobre, après avoir demandé leur extradition au Conseil souverain du Brabant, la d'Oliva et Beausire quittent leur prison bruxelloise pour la Bastille.

Cette arrestation ne décourage pas un instant Mme de La Motte. Sa présence d'esprit, son toupet, sa pétulance, ses ressources dans le mensonge, son invention lui permettent de tenir tête aux témoins qu'on lui oppose. Son système de défense se trouve-t-il battu en brèche, prêt à s'écrouler ? Aussitôt elle en échafaude un autre. Elle imagine, invente. Comment ce baron de Planta ose-t-il l'accuser alors qu'il a essayé de la violer ? Le père Loth ? Un moine crapuleux qui la volait pour aller chez les filles, et non content d'y aller, y menait son mari. Le Cardinal ? Mais naturellement il était son amant ! On la confronte à Cagliostro et la voilà qui lui jette un chandelier de bronze à la tête et, dans un éclat de rire, le tourne en ridicule, lui rappelant les doux noms qu'il lui donnait : « ma colombe » « ma toute tendre » « ma cygne ». L'imitation est parfaite. Et le mage de lever les yeux au ciel et de redoubler son soliloque dans un sabir dont chacun s'amuse. Quant à la d'Oliva, elle n'est qu'une catin. Chacun en a sa mesure.

La Bastille, de prison d'État, est entre-temps devenue par un décret du roi prison judiciaire afin que le Parlement ait tous pouvoirs sur les prisonniers concernés par l'affaire. Aussitôt le traitement qu'avait connu jusque-là le Cardinal change. Adieu promenades, invités, soupers fins, laquais... Le 15 décembre, le cardinal de Rohan est décrété de prise de corps et on le transfère dans une chambre sommairement meublée dans l'une des tours du château. Il se trouve très affecté par ce nouveau régime.

Les préliminaires du procès viennent de s'achever par la vacance du Parlement. La procédure déjà a tourné à l'avantage du Cardinal. Son sort intéresse l'opinion chaque jour un peu plus. Dorénavant il est devenu l'« illustre victime » de l'arbitraire royal. Les neutres, jusqu'ici sans opinion, commencent à s'émouvoir et à prendre son parti. Ce qui n'empêche pas les calembours et les bons mots. Les cafés du Palais-Royal en regorgent. Ainsi dit-on que tant que son affaire sera pendante, Mme de La Motte ne sera pas élargie.

L'instruction qui va durer quatre mois commence le 11 janvier 1786 par l'interrogatoire du cardinal de Rohan.

Et M. le comte de La Motte et Réteaux-la-bonne-affaire...

À l'heure où sa digne épouse, la comtesse, fait feu de tout bois, se contredisant, revenant le lendemain sur ses dépositions de la veille, le prenant tantôt de haut, tantôt à la plaisanterie, M. le comte de La Motte se promène dans Piccadilly.

En quittant Bar-sur-Aube il a pris la route de Meaux et de là celle de Boulogne-sur-Mer. Il demeura trois jours à l'auberge du Lion d'Argent avant de s'embarquer sans difficulté pour l'Angleterre. Arrivé à Londres, les poches bourrées de diamants et de billets d'escompte, il se rend aussitôt chez le bijoutier Gray de New Bond Street à qui il vend son reliquat de diamants et ceux qu'il lui a laissés en dépôt.

Il se promène, certes, mais pas si tranquillement que cela. Un ordre d'arrestation a été demandé au gouvernement anglais par Vergennes ainsi que par le garde des Sceaux, Miromesnil. Ces deux ministres sont suspectés par Mercy Argenteau de favoriser Rohan. Breteuil tente, alors, d'entraver leur action. Car tout témoignage chargeant Mme de La Motte et ses complices décharge du même coup le Cardinal.

Londres se refuse à l'arrestation et à l'extradition du comte. Le ministre insiste. Demande au chargé d'affaires (l'ambassadeur comte d'Adhémar, appartenant au premier cercle de la reine, se trouve plus souvent à Trianon qu'à son ambassade) d'expliquer les circonstances du délit et le rang des personnes intéressées par l'affaire. Vainement. Les lois anglaises s'y opposent. De plus les Böhmer se refusent à signer la procuration qui permettrait de poursuivre le comte. Ils n'ont jamais traité qu'avec le Cardinal et s'entêtent encore dans leur déposition à ne pas vouloir reconnaître leur liaison avec Mme de La Motte. Ils remettent, cependant, le dessin du collier et un minutieux inventaire des pierres avec leur poids au carat près.

Le secrétaire de Rohan, Ramon de Carbonnières, est dépêché à Londres avec des instructions de Vergennes. Il enquête et, rapidement, découvre les deux joailliers acquéreurs des diamants ainsi que le banquier qui s'était chargé de virer l'argent de la vente chez son correspondant à Paris. Il obtient des dépositions détaillées.

Le comte de La Motte a senti la menace. Aussi, oubliant ses promenades matinales dans Green Park et les rencontres galantes du Ranelagh, il s'enfuit en Écosse. À Édimbourg, dans une auberge où il prend ses repas, il s'abouche avec un certain François Bénévent dont le vrai nom est Dacosta. Il est italien et marié à une Française. Il se dit maître de langues modernes. Bientôt La Motte se transporte chez lui. Il se fait passer pour le neveu du vieux professeur. Dacosta, qui a percé l'identité de son hôte, écrit à l'ambassadeur d'Adhémar de retour de France et lui propose, contre dix mille guinées, de lui livrer La Motte. Vergennes, prévenu, en informe le roi qui donne son accord. On dépêche à Londres l'inspecteur Quidor. L'arrestation du comte doit se faire à Newcastle. Drogué par Dacosta, il sera, alors, mené à Shields, le port à l'embouchure de la Tyne où l'attendra un vaisseau charbonnier qui cinglera aussitôt vers Dunkerque. C'est réglé comme du papier à musique. Des récompenses sont promises. Pour Dacosta, pour les policiers engagés dans l'aventure sous les ordres de Quidor, pour le capitaine. Mais au dernier moment Dacosta prend peur. Empoche les dix mille guinées. Et va tout raconter à La Motte. La Motte en maître fourbe au lieu de se fâcher plaisante de l'aventure ratée puis s'évanouit dans la nature.

Si l'habile Quidor fait chou blanc en Angleterre, un mois auparavant il n'en avait pas été de même à Genève. La prise avait même été d'importance.

Le père Loth avait livré le nom d'un capucin, Pierre Barthélemy MacDermott, chapelain à l'ambassade de Londres, qui avait connu jadis le père et la mère de M. de La Motte. Cet allègre capucin s'était laissé conter mille sornettes par le comte. Très impressionné par les relations de ce dernier à la cour, il lui avait indiqué le banquier Motteux qui avait converti son argent sur son confrère Perrégaux, rue du Sentier à Paris. Appréhendé MacDermott livre sans difficulté tout ce qu'il sait. Et met la police sur la piste de Réteaux de Villette.

Quidor retrouve ce dernier à Genève où il vit sous le nom de Marc Antoine Durand. Il obtient des syndics de la ville son arrestation. Le policier lui rend visite à plusieurs reprises dans sa cellule. Réteaux, travaillé par le policier, commence à s'affoler. Il craque, lorsque le policier à dessein laisse échapper que la d'Oliva se trouve embastillée. « À la Bastille ! Grand Dieu ! Je suis un homme perdu ! » Quidor sourit. Et lui laisse entendre qu'avec un peu de bonne volonté de sa part il y a toujours moyen de s'arranger.

Le 16 mars 1786, Réteaux de Villette entre à la Bastille.

Le Pape monte sur ses ergots

Huit jours après l'arrestation du Cardinal, Vergennes sur ordre de Louis XVI a fait prévenir le cardinal de Bernis, son ambassadeur près le Saint-Siège. La lettre est parvenue à Rome le 31 août. Bernis, celui-là même qui jouait à la guerre pan pan avec la Pompadour et qui a été au début de l'élévation de Choiseul, demeure sans voix. Sans être de ses intimes, il connaît Rohan, son cadet de seize ans. Dès 1758 il a favorisé sa nomination à la prévôté du chapitre de Strasbourg. De plus tous les deux sont membres de l'Académie française, tous les deux ont été ambassadeurs.

Sa politesse, ses manières aisées, le train fastueux qu'il soutient, son habileté de négociateur, le tact qu'il a montré dans l'affaire de la suppression de l'ordre des jésuites, tout indique en Bernis l'un des premiers diplomates de son temps.

Il devine que cette lettre lui a été adressée afin de préparer officieusement le pape à cette incroyable nouvelle. À l'audience, il se rend compte que le souverain pontife a de son côté été averti, par son nonce, de l'arrestation de Rohan. Le pape Pie VI, celui-là même que les Français du général Berthier après l'assassinat du général Duphot à Rome arrêteront et enfermeront dans la citadelle de Valence où il mourra en août 1799, se montre ulcéré de ne pas avoir été prévenu officiellement de la mesure projetée comme l'usage l'aurait voulu. Sans désapprouver le roi, Pie VI ne peut se faire à l'idée d'une malhonnêteté du cardinal de Rohan. De plus, il s'élève contre l'idée même qu'un cardinal puisse être traduit devant un tribunal séculier. Bernis se charge de la réponse. En retour, on le prie de bien vouloir dissuader le Pape de se mêler de cette affaire.

Le Pape, avant même que Bernis ne demande une nouvelle audience, se trouve déjà averti que le parlement de Paris a été saisi. Il s'en trouve d'autant plus fâché que Rohan a lui-même demandé cette juridiction, renonçant au privilège qui, de tout temps, soustrait les cardinaux aux tribunaux séculiers. L'assemblée du clergé de France s'étant plainte du meurtre de ses privilèges, le Pape se propose alors de fulminer un bref. Bernis l'en dissuade. Pie VI tente alors une nouvelle intervention auprès du roi pour lui suggérer une juridiction mixte qui respecterait les droits respectifs. Sans cela, il lui faudrait envisager de priver le prince Louis du cardinalat et de l'épiscopat. Louis XVI s'entête. Afin d'éviter le scandale, Bernis tente de trouver des solutions qui accorderaient les deux partis. De son côté Joseph II entre en lice : le cardinal de Rohan est prince d'Empire, on ne peut le traiter comme un simple prévenu.

Quand le Pape apprend que le Parlement a prononcé la prise de corps contre Rohan, il réunit aussitôt le Sacré Collège. On est en février 1786. Le procès est déjà commencé. Les vingt-six cardinaux assemblés, dont Bernis s'est exclu, décident la suspension momentanée de Rohan de l'exercice des droits que lui confère le cardinalat. Le Cardinal n'en sera averti qu'après son procès.

Toutefois, il a eu soin d'informer lui-même le cardinal de Bernis, bien avant que le Parlement ne soit saisi, de ce choix de juridiction. Il lui explique que ses conseils, sa famille lui ont fait valoir que s'il refusait les juges laïcs et demandait – encore que le Roi ne lui en ait pas laissé le choix – de comparaître devant ses pairs, il serait regardé comme ayant désiré un tribunal favorable à sa cause. Sa lettre est arrivée trop tard : la veille, le pape a saisi le Sacré Collège et la suspension de ses droits ecclésiastiques a été décrétée.

L'arrêt rendu, Rohan enfin libre pourra faire plaider sa cause auprès du Saint-Père par le cardinal Albani. Une nouvelle assemblée du Sacré Collège le réintégrera dans tous ses droits ecclésiastiques.

L'opinion publique, cependant, qui a eu vent de la décision du Pape, n'y voit qu'une menée de plus de l'arbitraire royal et un acharnement de la cour contre le Cardinal.

Cette décision n'empêche aucunement l'abbé Georgel de continuer à diriger les affaires ecclésiastiques du Cardinal dont il est le vicaire général, aussi bien pour le diocèse de Strasbourg que pour la grande aumônerie.

Le carême approchant, il profite de la rédaction d'un mandement qui permet la consommation des œufs pour y introduire des allusions parfaitement claires au procès. Louis XVI est comparé à Néron et le Cardinal à saint Paul dans les liens. Le factum est affiché sur les portes de toutes les chapelles royales, en premier sur celle de Versailles.

Le 10 mars, l'abbé Georgel reçoit une lettre de cachet signée du baron de Breteuil qui l'envoie dans le Perche pour la durée du carême y apprendre à faire des omelettes...

Les interrogatoires et les confrontations des prévenus entre eux ou avec les témoins laissent entrevoir la vérité et, aussi, la belle nature de la comtesse de La Motte. Sa confrontation avec Réteaux et avec la d'Oliva, enceinte jusqu'aux dents de son jeune amant Beausire, tient d'une scène d'exorcisme. Elle invective, elle jure, elle se roule par terre, s'y contorsionne pour finalement avouer la scène du bosquet. Épuisée, elle s'évanouit. On court chercher des sels. Un des portes-clés de la prison la saisit à bras le corps pour la porter dans sa chambre. Elle reprend connaissance et lui mord le cou jusqu'au sang. Le gaillard, surpris, pousse un hurlement et la laisse tomber.

Chaque fois qu'elle se trouve dans une impasse, devant des témoignages concordants, elle détruit le conte de la veille pour réinventer une nouvelle histoire. Me Target, l'avocat du Cardinal, s'autorise à demander à Me Doillot, toujours éperdu de la comtesse de La Motte : « Comment pouvez-vous regarder une cliente qui semble vouloir, tantôt dans la procédure qu'on oublie ses mémoires, tantôt dans ses mémoires qu'on oublie la procédure ? » L'avocat Doillot vient, en effet, de publier un nouveau mémoire parfaitement contraire à celui paru précédemment.

Le mémoire que chaque avocat se doit de publier est attendu du public avec impatience. On se l'arrache comme des petits pains. Il n'y en a jamais assez. Chacun va ensuite le commentant. Celui de la d'Oliva émeut. Il aura le plus fort tirage. Celui de Cagliostro, vrai roman d'aventures, est pris comme tel. Le dernier à paraître peu de jours avant le jugement se trouve être celui du cardinal. Avant de le livrer aux imprimeurs, Target en a donné lecture, pour certains passages, à l'Académie française. Ses confrères s'en sont trouvés « charmés ». Le 16 mai il est mis en distribution sous les colonnades de l'hôtel de Soubise. La foule se l'arrache. Bientôt on se trouve au bord de l'émeute. La garde à cheval doit intervenir. Il faudra trois éditions pour étancher la soif du public. Target est comparé à Cicéron. Ses périodes sont drapées, c'est du bel ouvrage. On n'y retrouve cependant ni la candeur emportée du mémoire de Me Blondel, l'avocat amoureux de sa cliente, la d'Oliva, ni l'échevelé romanesque du factum de Me Thilorier, le conseil du comte Cagliostro.

Le Cardinal se languit. Il souffre de la prison. On lui a servi du lait d'un récipient où se trouvait du vert-de-gris. Il se croit empoisonné. On fait quérir le médecin Portal qui le bourre de quinquina. Bientôt, c'est une crise de coliques néphrétiques qui l'abat. Comme il lui est défendu de communiquer avec l'extérieur, c'est le médecin qui se charge d'une correspondance à l'encre sympathique. Dans ces billets la bonté de Rohan apparaît d'une façon touchante. Il se préoccupe du sort des prisonniers. De Cagliostro, de sa femme, de son secrétaire le baron de Planta qui souffrent la prison à cause de lui. Il recommande à son avocat de ne jamais oublier de donner au mage le titre de « comte » quand il le nommera dans son mémoire. Cela pourrait risquer de lui faire de la peine.

Cependant, chaque fois qu'il a à paraître pour un interrogatoire, il prend sur lui et fait belle figure. Cagliostro également donne le change. Mais, de retour dans sa chambre, il pense au suicide. Le gouverneur fait mettre un garde auprès de lui. Trouvant en ce dernier un nouveau public, le mage lui conte l'histoire mirobolante de sa vie ; les aventures qui de Memphis et des pyramides l'ont mené jusque dans ce sombre cachot... et peu à peu le revoilà prenant goût à la vie. La solitude ne valait rien à ce grand histrion.

Le nom de la comtesse du Barry se retrouve parmi les témoins. C'est Mme de La Motte qui, cherchant à brouiller les pistes pour retarder l'issue du procès, lance des noms de personnes qu'elle a connues ou simplement croisées une fois. Le fameux collier ayant été destiné en tout premier à la favorite, on pressent rapidement le nouveau conte que Mme de La Motte s'apprête à broder.

Au lieu de récuser l'interrogatoire la comtesse du Barry s'y rend. Et dès le lendemain la *Gazette de Leyde* et *La Correspondance secrète* le décrivent comme ayant été fort gai.

Titon, conseiller du Roi, la fait asseoir puis, à brûle-pourpoint, lui demande son nom :

— Mon nom ? Mais qu'a-t-il à faire ici ? Vous ne pouvez au reste l'avoir oublié ; je suis connue depuis longtemps.

— Votre âge ?

— Eh bien, monsieur, avouez que la question n'est pas trop polie. A-t-on jamais demandé son âge à une jolie femme ?

— Puisque madame refuse de le dire, greffier, inscrivez cinquante ans.

— Pourquoi pas soixante ? Cela rendrait l'interrogatoire tout à fait intéressant.

Et tout ce qui suit est de la même farine.

La comtesse de La Motte, dans sa chambre, ne se laisse pas abattre, tout au contraire, elle piaffe. Elle ne sait quoi inventer encore. À bout de ressources, elle se met à simuler la folie. Tente de se mutiler. Casse tout ce qui se trouve à sa portée. Refuse les repas. Les jette à la figure des geôliers. S'insurge au moindre commandement. Refuse de paraître aux interrogatoires. À d'autres moments, on l'entend rire, chanter. Elle ne s'habille plus. Déchire ses vêtements. Un jour on la retrouve sous son lit entièrement nue. En dernier recours, elle joue du mystère. Elle menace de révéler les noms de grands personnages qu'elle a couverts par son silence.

À chaque coin de rue de Paris, on vend des pamphlets sous le manteau. Les plumes s'activent. Les nouvellistes déploient leur imagination. Ici, c'est le Cardinal qui ayant un brin bousculé la d'Oliva dans le bosquet pense devenir bientôt papa et Premier ministre dans la foulée. Là, c'est le comte de La Motte qui, chassé de Londres, se retrouve à Constantinople, circoncis et portant le turban. Partout les colporteurs n'ont qu'un mot à la bouche « Qui veut du nouveau sur l'Affaire ? Voilà du nouveau ! »

L'instruction est terminée. Soudain, alors qu'on s'y attend le moins, un nommé Bette d'Étienville, détenu pour dettes et escroqueries au Châtelet, écrit au procureur général qu'il a des révélations à faire. On ouvre une nouvelle instruction.

Jean-Claude Vincent de Bette d'Étienville, bourgeois de Saint-Omer, vivant noblement, comme il l'affirme, de ses biens, est un aventurier. En fait un fils d'ouvrier de Lille qui a épousé une vieille demoiselle de soixante ans et qui, après avoir dilapidé son mince pécule, l'a plantée là pour s'en aller courir l'aventure à Paris. De la petite étoffe de maquereau doublée de celle d'un escroc.

C'est au café de Valois au Palais-Royal qu'il fait connaissance le 8 février 1785 d'un certain Augeard qui se prétend l'intendant d'une dame de Courville. L'intendant en question lui propose de jouer les marieurs. Une dame de qualité qui a eu autrefois un enfant d'un grand seigneur veut par un mariage donner un père à cet enfant. Il lui faut un bon gentilhomme. Il hésite. Enfin accepte. Il contacte un comte de Vinesacq, capitaine d'infanterie et chevalier de Saint-Louis qu'il connaît pour lui vendre de l'eau de Cologne. L'autre, qui aussi le connaît, refuse. Bientôt un chevalier de Farges est pressenti qui, lui, accepte. À partir de là, il échafaude une intrigue où l'on voit passer l'ombre de Jeanne de La Motte, d'un faux cardinal, de la fameuse femme escroc Mme du Pont de La Motte alias comtesse de Walburg-Frohberg, d'un chanoine Mulot.

Comme celles de Cagliostro, les aventures de Bette d'Etienville passionnent le public. Personne ne se soucie de savoir si le personnage est réel ou un être fantastique.

Bientôt il saute aux yeux que Bette veut lier les nombreuses escroqueries qu'il a commises envers les bijoutiers Vacher et Loque, et pour lesquelles il est emprisonné, à celle du collier. Confronté au Cardinal, celui-ci affirme n'avoir jamais vu ce personnage et n'avoir jamais entendu parler d'une dame de Courville.

En revanche, Mme de La Motte, qui aperçoit en lui peut-être une planche de salut, appuie sa déclaration, prétend même avoir rencontré cette dame de Courville, assure qu'elle a été la maîtresse du Cardinal. Puis prenant le vent, elle se dédie et avoue que c'est une erreur, qu'elle n'a jamais rencontré ce M. Bette. Finalement, Bette, voyant son beau roman tomber en morceaux, avoue qu'il s'est peut-être trompé et se rétracte. Aucune suite n'est donnée et Bette est reconduit dans sa cellule du Châtelet.

L'instruction de l'affaire du Collier est définitivement close le 22 mai.

9

Escroqueries, crime de lèse-majesté ou affaire d'État ?

Le jugement

L'instruction terminée, le Parlement s'assemble pour l'audition des pièces de l'affaire. Les deux chambres assemblées comptent soixante-quatre juges. Les princes du sang et les pairs de France se sont récusés. La lecture des pièces terminée, le Parlement entre en séance le 30 mai pour l'audition des accusés. La veille, le 29 au soir, les prévenus ont été transférés de la Bastille à la Conciergerie. Le Cardinal est placé dans le cabinet du greffier en chef, sous la surveillance du lieutenant du roi de la Bastille. Cette garde militaire déclenche la première vive réaction en faveur du Cardinal. Elle vient du conseiller de Saint-Vincent qui y voit là une entrave à la justice. Protestation inutile, mais qui ajoute au crédit de Rohan parmi les parlementaires.

Le président d'Aligre, pour couper court à l'incident, demande qu'on fasse entrer le premier inculpé.

Réteaux de Villette paraît. Il est le premier à ouvrir la séance des interrogatoires. Il a revêtu un frac en soie noire. Il avoue la part qu'il a prise aux intrigues de Mme de La Motte, et avoir tracé les mots « Marie-Antoinette de France » au bas du fameux contrat ainsi que les « approuvé ». Il ne pense pas avoir fait un faux, ajoute-t-il, puisque la Reine ne signe pas ainsi. Vif, il prévient les questions avec beaucoup d'exactitude. Là où il sent qu'il le peut, il charge le Cardinal. Son interrogatoire dure plus de deux heures et demie.

Après Réteaux, c'est au tour de Jeanne de La Motte d'être entendue. Elle se présente affichant un air de hauteur, le sourire ironique aux lèvres. Elle porte un chapeau noir garni de rubans et de nœuds. Une robe de satin d'un gris bleuté dont le décolleté est bordé de velours noir. Sur ses épaules elle a jeté un mantelet de mousseline brodée de la même couleur. Elle toise l'assemblée. Quand elle aperçoit la sellette, elle marque un mouvement de recul. Puis elle s'avance et s'y assoit, apportant à son mouvement une sorte de grâce qui peut laisser penser qu'elle n'est venue dans cette cour de justice que pour faire un bout de conversation. Ses réponses sont sèches. Les mots tombent, tranchants comme le couperet. Elle fait montre de présence d'esprit. Rien ne l'embarrasse. Elle s'efforce de confondre « le grand fripon ». Et pour confondre le Cardinal qu'elle nomme ainsi, elle avoue des lettres écrites par la Reine où cette dernière le tutoie. Aux billets doux succèdent des rendez-vous secrets. Le bosquet ? Il n'en fut qu'un parmi bien d'autres. Elle s'emploie aux sous-entendus. Du Cardinal mais, évidemment, elle a été la maîtresse !...

Une rumeur s'élève parmi les magistrats, révoltés par ces propos. C'en est assez. L'interrogatoire qui dure déjà depuis trois heures est interrompu. Jeanne se lève et en se retirant exécute des révérences, l'air provocant et railleur.

À peine est-elle sortie qu'on fait disparaître la sellette. Le Cardinal vient d'entrer, il a revêtu l'habit violet des cardinaux en carême, l'habit de deuil. Seule la calotte est rouge avec les bas et les talons des chaussures. Il porte un petit manteau de soie violette doublé de rouge et sur la poitrine l'ordre du Saint-Esprit ainsi que sa croix épiscopale. Son regard est éteint. Il semble las, prêt à vaciller. Il salue ses juges. Le président l'invite à s'asseoir à la demande de plusieurs conseillers. Par trois fois il l'en prie avant que le Cardinal y consente. Il se place en bout de banc où siègent généralement les subalternes des enquêtes. Le président l'interroge. Il répond avec beaucoup de grâce. Il ne cache rien. Il avoue sa candeur. Son ton a de la noblesse et de l'élévation. Il impressionne par son courage. Il se refuse à toute échappatoire. Par instants, la lassitude et la tristesse s'emparent de sa personne. On aperçoit alors en lui l'homme brisé. Après deux heures, il se retire. Il salue la cour. Les magistrats lui rendent son salut tandis que le grand banc se lève, distinction insigne.

Au cardinal de Rohan doit succéder la baronne d'Oliva, alias Nicole Leguay. L'huissier revient seul. C'est que, jeune mère depuis dix jours, elle donne le sein. Elle prie humblement les magistrats de patienter quelques instants. Ils lui font dire qu'elle prenne tout son temps. Enfin la voilà. Elle est simplement vêtue, et jolie comme un cœur. Ses larmes, son trouble ajoutent encore à sa beauté. Elle ne peut répondre aux questions. Elle étouffe des sanglots. L'assemblée entière lui marque son intérêt. Sa cause est entendue. On la fait reconduire.

Enfin, pour la bonne bouche, paraît le comte de Cagliostro.

— Quoi ! Qui suis-je, me demandez-vous ? Un noble voyageur !

Les rires fusent. Il n'attend pas la question suivante. Le voilà pétaradant dans une improvisation sur sa vie passée. Il est magnifique, grandiose de charlatanisme. Les boutades s'ajoutent aux saillies. Les mots ronflent, les phrases éclaboussent, on ne sait plus bien quelle langue il emploie. Il monte un énorme vol-au-vent. Chacun dans l'assemblée est curieux de voir ce qu'il en sortira. Cela pourrait durer des heures encore, c'est sans fin. Le président se sent un devoir de l'interrompre pour lever la séance. Il le félicite presque pour son esprit et sa gaieté.

Il est six heures de l'après-midi quand les accusés sont reconduits à la Bastille. Un peuple innombrable se presse autour du Palais. Les voitures défilent dans la cour de Lamoignon. La foule qui s'y est massée n'en a que pour Rohan et Cagliostro. Elle scande leur nom. On veut les voir libres. Le cardinal se tient au fond de sa voiture. Quand les cris se font trop pressants, il se met à la portière et salue. On le sent contraint. Nulle contrainte, en revanche, pour Cagliostro, qui, à la portière de sa voiture, s'agite, salue, envoie des baisers, jette son chapeau à la foule.

Le lendemain 31 mai le Parlement doit rendre son arrêt. L'ouverture de la séance est prévue pour six heures du matin. Dès cinq heures la foule a envahi la cour de Mai, les couloirs du Palais de Justice, les rues et les places alentour. Elle s'écarte soudain pour faire place à une procession de hauts personnages en grand deuil. Des gardes également en noir leur fraient le passage. Ils sont en tout dix-neuf. Ils viennent se placer à l'entrée de la grand-chambre. La foule s'est tue. Le tableau qu'ils forment est impressionnant. Leur silence bien plus encore. Qui sont-ils ? Des noms courent ici et là. Est-ce possible ? Ce sont tous les parents du cardinal. La comtesse de Brionne, la comtesse de Marsan, le duc de Montbazon, le prince de Soubise, les Guémenée, les Rohan-Rochefort, des membres de la maison de Condé. Les soixante-quatre magistrats bientôt se présentent en lente procession. Les hauts personnages en deuil s'inclinent en une profonde révérence, devant chacun d'eux, ne voulant présenter pour sollicitation que leur noble figure et un silence morne. À l'exception de la comtesse de Brionne qui, s'étant levée de meilleur matin, a trouvé le temps de passer dans le cabinet du président d'Aligre pour lui dire qu'elle savait qu'il était une créature de la cour vendue au pouvoir.

Les portes se sont refermées sur le dernier des conseillers. Le Parlement est en séance. Le président demande au procureur général Joly de Fleury, que l'on sait être acquis à la cour, de donner lecture de ses conclusions. Il demande que la pièce signée « Marie-Antoinette de France » soit déclarée frauduleusement falsifiée. Il réclame contre Réteaux de Villette et le comte de La Motte, jugé par contumace, les galères à vie ; pour Mme de La Motte la peine du fouet, la marque au fer rouge et la prison de la Salpêtrière à vie ; pour le Cardinal il faut qu'il se présente dans le délai de huit jours à la grand-chambre pour y déclarer qu'il se repent d'avoir ajouté foi au rendez-vous du bosquet, et ainsi avoir contribué à induire en erreur les joailliers en leur laissant croire que la Reine avait connaissance du marché. Qu'il demande pardon au roi et à la reine. Enfin il doit se démettre de ses charges et se tenir toute sa vie durant éloigné des résidences royales...

Ces conclusions, sévères pour Rohan, ont été rédigées contre l'avis de l'avocat général Séguier auquel elles auraient dû, selon l'usage, être soumises.

— Que n'acquitte-t-on purement et simplement le cardinal ! s'écrie ce dernier, furieux.

Puis s'adressant directement au procureur général Joly.

— Que m'importe que vous couvriez votre mémoire d'ignominie, mais de grâce ! Ne nous la faites pas partager !

Un instant interloqué, Joly le prend de haut :

— Votre colère ne me surprend guère d'un homme voué au libertinage qui ne peut que défendre la cause du Cardinal !

— Sans doute m'arrive-t-il de me rendre chez les filles et de laisser mon carrosse devant chez elles. Cela est affaire privée. En revanche, on ne m'a jamais vu vendre bassement mon opinion à la fortune...

La chose est dite : Joly de Fleury est vendu à la cour. Le procureur général, sous le coup de l'insulte, pâlit. Il est vrai qu'il a tout fait pour empêcher la publication du mémoire de Me Target, voulant le faire soumettre à la censure. Encore que Target s'y abstienne de décocher des traits contre la Reine, le Roi et ses ministres, particulièrement Breteuil. Cependant, le public, qui sent bien ce qui y manque, y ajoute de lui-même ses propres flèches et elles sont d'autant plus blessantes. Le procureur général a mis également tout en œuvre pour empêcher le Parlement de se porter à Versailles pour y entendre la Reine comme témoin.

Le président d'Aligre impose le silence pour que chaque conseiller puisse se prononcer à haute voix et expliquer son vote.

À l'unanimité le Parlement déclare pour faux le contrat signé Marie-Antoinette de France. À l'unanimité également, Mme de La Motte-Valois est déclarée coupable. Toutefois, quand il s'agit de statuer sur la peine, Robert de Saint-Vincent requiert la peine de mort. C'est une manœuvre pour faire exclure du jugement les treize conseillers clercs défavorables au cardinal de Rohan, à l'exception des abbés Sabatier et Terray. En effet, des conseillers ecclésiastiques ne peuvent siéger dans un procès où la peine capitale est demandée. Les conseillers ecclésiastiques sortis, le Parlement à l'unanimité condamne Jeanne à être fouettée, marquée au fer rouge de la lettre V et emprisonnée à vie à la prison de la Force de l'hôpital de la Salpêtrière, ses avoirs confisqués. Le comte de La Motte est condamné par contumace aux galères à vie ainsi qu'à être marqué. Réteaux de Villette au bannissement. Nicole Leguay d'Oliva est mise hors de cour. Hors de cour signifie l'acquittement mais avec une légère nuance de blâme. Cagliostro est déchargé de toute accusation. Quand vient le moment de statuer sur le sort du cardinal de Rohan, les conseillers rapporteurs Titon et Dupuy de Marcé se rangent aux conclusions du procureur du Roi. Le premier des conseillers à parler se trouve ensuite être le doyen de l'assemblée qui, au contraire, se prononce pour l'acquittement pur et simple. Robert de Saint-Vincent est du même avis. Afin de motiver son vote, il se lance dans un long discours qui stigmatise les conclusions du procureur. Ce sont des conclusions dictées par un ministre. Jamais elles n'ont été rédigées au parquet. Le cardinal prince de Rohan a été dupé, certes, mais sa bonne foi est demeurée entière. Aussi une condamnation qui laisserait quelques doutes sur son innocence jetterait l'opprobre sur le Parlement. Il demande que le Cardinal soit déchargé de toute accusation. Fréteau puis d'Outremont demandent la relaxe pure et simple. Le Parlement est divisé. Le président d'Aligre convient qu'on ne peut retenir contre le cardinal que la faute de lèse-majesté et, là, il déploie son talent pour obtenir contre le Cardinal un hors de cour accompagné d'une amende honorable à la reine.

Après dix-sept heures de délibérations, c'est à dix heures du soir que l'assemblée se prononce. Vingt-deux parlementaires ont voté le hors de cour. Vingt-six la relaxe pure et simple.

Dès que la foule au-dehors apprend le jugement, c'est un cri de joie. On illumine. Les dames de la halle se précipitent avec des bouquets de roses dans la cour de Mai et couronnent de fleurs les magistrats, les embrassent. Partout ce n'est qu'un cri « Vive le Parlement ! Vive le Cardinal ! » On ne crie pas encore « à bas la Reine » mais il y en a comme une envie dans l'air. Mirabeau, qui a suivi l'affaire, se demande où le Parlement aurait dû fuir s'il avait donné un jugement contraire au Cardinal.

Le Cardinal et Cagliostro ne sont libérés de la Bastille que le lendemain vers onze heures du soir. Rohan traverse une ville en liesse. Cela ne durera guère. Paris est une chose, Versailles en est une autre. Il sait très bien que la scène du bosquet, jetée à l'opinion publique, lui aliène à jamais le Roi. Pour la Reine, il sait maintenant qu'elle lui fut toujours contraire.

Marie-Antoinette a reçu la nouvelle du jugement comme une insulte personnelle. Elle ne se trompe pas. En blanchissant le Cardinal, c'est bien elle qu'indirectement une partie du Parlement a noircie. Aux yeux de l'opinion, il n'y a aucun doute, elle est coupable. Coupable ? Mais de quoi, grand Dieu ?

Pas un instant ne l'effleure l'idée qu'au fond c'est elle-même, par sa conduite, sa légèreté, ses inconséquences, ses imprudences passées qui a permis que se développe cette incroyable intrigue. Des reines, elle n'a gardé que les hauteurs et un air de mépris à l'autrichienne, pour le reste elle se veut une femme libre et à la mode. Une manière d'actrice gracieuse qui soumet par ses caprices. Les actrices sont soupçonnées d'être légères. Aussi est-ce normal qu'on la soupçonne.

Les larmes que Marie-Antoinette verse sont des larmes de colère. Le Parlement n'a pas rendu une mauvaise justice, il lui a manqué.

Elle écrit à la Polignac : « Venez pleurer avec moi, venez consoler votre amie... » Il n'y a que quelques escaliers et deux ou trois antichambres à traverser pour se rendre chez sa favorite. En d'autres temps elle y aurait couru. Mais les choses ont changé. Marie-Antoinette, depuis qu'elle sait que Vaudreuil, l'amant de la duchesse, a pris parti pour le cardinal de Rohan en lui témoignant hautement sa sympathie, ne tient pas à l'y rencontrer. Si elle doit se rendre chez la duchesse, elle fait, auparavant, demander par un valet qui s'y trouve. La Polignac, qui connaît ces précautions, s'en impatiente au point de se permettre l'insolence de dire à la reine :

— Votre Majesté veut bien m'honorer de ses visites. Mais ce n'est pas une raison assez grande pour qu'elle prétende en exclure mes amis.

Marie-Antoinette est lasse. Elle est au dernier mois d'une grossesse qui la fatigue. La visite de son frère l'archiduc Ferdinand et de sa femme Béatrice d'Este tombe fort mal. Dès qu'ils auront tourné les talons, elle se réfugiera au Hameau de Trianon pour jouer à la bergère. La fille qui lui naîtra au début de juillet ne vivra qu'un an. Après cette naissance, la

Reine, en accord avec Louis XVI, obtiendra de ne plus jamais faire lit commun. Quelques semaines plus tard, lorsqu'elle se rendra à la Comédie-Française, elle sera accueillie par des huées. On retirera du Salon d'octobre, de crainte qu'il ne provoque un mouvement d'hostilité, son dernier portrait par Mme Vigée-Lebrun.

Crosne, le lieutenant général de la police de Paris, se sentira obligé d'envoyer une lettre assez chantournée au ministre de la Maison du Roi afin de dissuader la reine de se montrer pour le moment dans la capitale.

Au lendemain du jugement, Louis XVI est outré. C'est qu'il a bien décrypté le sens de l'arrêt rendu, lui. Avec le renom de frivolité et d'inconséquence que sa femme s'est attiré, ses favoris et favorites à la moralité douteuse – ne surnomme-t-on pas le comte de Besenval le suisse de Cythère ? –, le Parlement a jugé que le Cardinal avait pu en toute bonne foi croire que la reine de France était capable de donner des rendez-vous nocturnes dans les bosquets du parc de Versailles. Le Parlement n'a donc aucune raison de le considérer comme coupable de sentiment présomptueux et à plus forte raison coupable de lèse-majesté. Louis XVI, en son intime conviction, pense Rohan coupable non seulement d'offense à la Reine, mais également d'escroquerie. Au lieu de s'incliner devant l'arrêt ou même de prendre son temps et attendre de voir comment réagira le cardinal – d'évidence, celui-ci ne peut que proposer sa démission et s'éloigner de lui-même de la cour –, il écrit aussitôt à Breteuil : « M. le garde des Sceaux m'a rendu comte de l'arrêt par lequel tous les décrets sont levés. En conséquence, vous donnerez ordre à M. de Launay de laisser sortir de la Bastille le cardinal de Rohan et Cagliostro ; mais comme la reine est singulièrement compromise dans l'affaire du Collier et des diamants, dans laquelle il a eu tant de part, vous ordonnerez au cardinal de donner sa démission de la place de grand aumônier et de la décoration qui s'y trouve attachée. Vous lui ordonnerez de sortir de Paris dans les trois jours, de ne voir que sa famille et ses conseils, de se rendre à son abbaye de La Chaise-Dieu, où j'espère il ne verra que très peu de monde. Vous ordonnerez à Cagliostro de sortir de Paris dans huit jours et de ce royaume dans trois semaines. »

De son côté, le Cardinal, se doutant bien que le Roi n'en restera pas là, écrit une lettre pour lui offrir sa démission et rendre son collier du Saint-Esprit. Il a perdu vingt-quatre heures. Quand le ministre Vergennes entre chez le Roi pour lui remettre la lettre, il est trop tard. Breteuil, bien que malade mais toujours animé du même zèle quand il s'agit de l'ennemi, a délivré son message à l'hôtel de Strasbourg.

La nouvelle de l'exil du Cardinal court Paris, et Paris commence à gronder. Il gronde et il chansonne aussi.

Le Parlement l'a purgé
Le Roi l'a envoyé à la Chaise

Rohan est devenu un emblème, une sorte de martyr de l'arbitraire royal. Le 5 juin, il sort de Paris. Et en prenant le chemin de l'exil, il sort du même coup de notre histoire.

Pour en finir avec le cardinal de Rohan et l'abbé Georgel

Le Cardinal est un homme brisé, fini. Tous les rêves chimériques qu'il a entretenus se sont évanouis. Il ne souhaite plus que liquider le passé. Bien avant le procès, de la Bastille, il a fait déposer chez son notaire un acte par lequel les revenus de son abbaye de Saint-Waast seront dorénavant versés aux Böhmer, jusqu'à l'extinction de sa dette, soit 1 919 892 livres, le prix du collier plus les intérêts.

Il ne demeure que peu de temps dans son exil auvergnat. Sa santé s'est beaucoup détériorée en prison. Les hivers de La Chaise-Dieu sont rudes, aussi lui est-il permis de transporter sa villégiature forcée à l'abbaye de Marmoutier, en Touraine. Bientôt on lui permettra de résider dans son palais de Saverne et, en 1788, il retrouvera son évêché de Strasbourg. Il est accueilli par une délégation des notables de la province et les représentants de la communauté juive. L'année suivante, le clergé de Haguenau le choisit par acclamations comme député aux États généraux. Les événements se précipitent. Prise de la Bastille, abolition des privilèges, Déclaration des droits de l'homme et du citoyen, le Roi et la Reine ramenés de force à Paris. Le Cardinal suit ces évènements du palais de Strasbourg. Il se retrouve député de l'Assemblée nationale où il manifeste son attachement à la royauté, au grand dam des ennemis de la cour qui veulent se servir de lui et en faire l'exemplaire victime du despotisme. Le 31 août 1790, il envoie sa démission de député. Refuse la Constitution civile du clergé et, passant la frontière, s'installe à Ettenheim, capitale de la partie allemande de son diocèse de Strasbourg. Le Cardinal y accueille les émigrés, les prêtres réfractaires. Il y vit très simplement, ne s'occupant que de son devoir pastoral. « Séparé des intrigues de la cour, M. le cardinal prince de Rohan se consacre au bonheur de son diocèse. Privé par la Révolution de son grand revenu, il mène une vie frugale... Il répand les bienfaits de sa généreuse économie sur les ecclésiastiques émigrés de son diocèse, tendant ses mains libérales sur les prêtres français qu'il sait être dans le besoin. » Ce tableau nous change bien du prélat dissolu et des « folies cardinal ». Mais de qui sont ces lignes qui fleurent bon la sainteté ? De l'abbé Georgel, son âme damnée, que nous avions laissé exilé à Mortagne.

L'abbé Georgel n'a pas eu, le procès fini, l'autorisation de revenir à Paris. De son côté, le Cardinal lui a retiré sa confiance. Il aurait, sans l'en avertir, fait un tableau de l'état de ses finances et pris avec ses créanciers de arrangements qui auraient déplu au prince.

Les belles années, pour lui aussi, sont finies. Lentement s'en vient le crépuscule. Sexagénaire, il ne lui reste plus qu'à se retirer à Bruyères dans les Vosges, la petite ville où il a vu le jour.

Il se retrouve au milieu de ses frères et neveux. Il y coule une vie paisible dans la maison de famille qu'il a embellie durant les années de prospérité. L'évêque de Saint-Dié l'appelle son ami. Il jouit du bonheur du sage en attendant la Révolution. Quand celle-ci frappe à sa porte, il tâche de tempérer, de s'arranger avec elle. Mais cela ne dure qu'un temps. Le curé assermenté de Bruyères lui cherche noise. Et bientôt on lui conseille de s'expatrier. Ce n'est pas un ordre, non ! Ce n'est encore qu'un conseil.

Son bréviaire sous le bras, muni des notes qui serviront à ses Mémoires, il passe le col du Bonhomme pour se retrouver en Brisgau. Fribourg lui semble un séjour désirable, assez pour s'y installer. Et puis on est en terre d'Empire et il compte quelques soutiens à Vienne. La comtesse de Brionne s'y est réfugiée et y fait encore belle figure. Plus près, la comtesse de Marsan est installée à Ratisbonne, où elle vit d'une pension du tsar Paul Ier.

Il lui reste encore une vingtaine d'années à vivre. La frontière est proche, il peut entendre les bruits de la Révolution. Il se déplace comme il veut. Prie un peu, intrigue beaucoup, juste pour ne pas perdre la main.

Il visite son ancien maître le Cardinal à Ettenheim. Et alors que dans les Mémoires qu'il a commencé à rédiger il en a tracé un portrait peu amène, le revoilà à nouveau sous le charme. S'ensuit la description angélique d'un Rohan sur le chemin de la béatification.

À l'opposé du Cardinal, nul apaisement chez lui. Il poursuit la reine Marie-Antoinette de sa vindicte ; et à celle-ci s'ajoute la haine qu'il nourrit pour Mercy Argenteau et Breteuil. Ce dernier, en exil à Bruxelles, y séjourne grassement, selon lui, alors que les autres émigrés meurent de faim. Esprit colère, absolu et mesquin, toujours selon l'abbé, il incarne la suffisance et la morgue. Mercy, qui a fini par épouser Marie-Rose Levasseur, l'interprète de Gluck dont il a eu trois enfants, n'obtient, lui, que son mépris. C'est un être borné.

Bientôt de nouvelles aventures s'offrent à lui. Sa réputation de grand manœuvrier étant parvenue jusqu'au chapitre allemand des chevaliers de Saint-Jean de Jérusalem, on lui propose de se joindre à la délégation que l'ordre envoie au tsar Paul Ier. En effet, l'autocrate, quoique de religion orthodoxe, se propose de prendre l'ordre sous sa protection, l'île de Malte, résidence du grand prieur, étant tombée entre les mains de Bonaparte.

À soixante-huit ans sonnés, l'abbé, toujours friand d'action, accepte. Le 25 septembre 1799, il monte en voiture. Sur le chemin de Saint-Pétersbourg, il s'arrête trois semaines à Vienne. Le temps d'y éprouver la nostalgie du temps passé. Il n'y retrouve plus les jolies femmes qui faisaient l'agrément des soupers du prince Louis.

Passant par Mittau, il va saluer le comte de Provence qui y réside. Devenu Louis XVIII, ce prince maintient autour de lui la stricte étiquette d'une cour réduite à des figurants. Le Roi lui fait bonne figure. La duchesse d'Angoulême, Madame Royale, la seule survivante de la prison du Temple, en revanche, pense s'évanouir quand on lui nomme l'abbé. C'est que l'affaire du Collier est toujours bien présente dans l'esprit de la famille royale.

Enfin ! Saint-Pétersbourg ! Il y demeure quelques mois. On l'y fête. On le consulte comme un oracle. Mais comme tout a une fin, un an plus tard il est de retour à Fribourg. Il profite bientôt du sénatus-consulte qui ouvre les frontières aux émigrés pour revenir chez lui, à Bruyères, où il retrouve sa famille et sa maison intacte.

De son côté, le cardinal de Rohan préfère demeurer en exil. Il remet au Pape sa démission de l'évêché de Strasbourg, fait un testament en faveur de sa petite-cousine Mlle de Rohan-Rochefort, fiancée au duc d'Enghien, et meurt le 17 février 1803. Il est enterré dans l'église d'Ettenheim. Un an plus tard, c'est à Ettenheim, où il s'est retiré après le licenciement de l'armée de Condé, que le duc d'Enghien sera enlevé par les sbires de Bonaparte.

Conduit à Vincennes, jugé sommairement par un conseil de guerre, il sera fusillé la nuit même dans les fossés du château.

L'abbé Georgel vivra dix ans encore. Il refusera l'évêché que lui offre le jurisconsulte Portalis, alors directeur des affaires ecclésiastiques, qui prépare, en secret, le Concordat. L'abbé meurt entouré de sa famille en 1813. Napoléon fait aussitôt saisir ses Mémoires. À la Restauration, ils seront rendus à sa famille. Ils parurent en 1817. Vers la fin on y perçoit un vague regret des intrigues passées qui desservirent tant Marie-Antoinette.

Le Cardinal, en revanche, lui, est demeuré silencieux lorsque la mort de la Reine sur l'échafaud lui a été annoncée. Rien, pas un mot. Pas une parole. Insensibilité ? Certainement pas. Silencieuse délectation de la mort de sa plus fidèle ennemie ? Non plus. La prisonnière du Temple, dénigrée, insultée jusque dans son rôle de mère, est morte en reine martyre. Cette femme, là, n'a plus rien de commun avec celle que, naguère, il a connue. Elle est comme d'une autre vie. Celle, déjà, de la légende. Elle a su gagner sa rédemption. Pour lui, il ne demande que l'oubli.

Et les autres ?

Dans sa cellule de la Conciergerie. Réteaux de Villette entend le jugement qui le frappe. Il est aussitôt conduit à la frontière. Il réapparaîtra quelque quinze ans plus tard à Venise où il publiera ses Mémoires... De là on perd sa trace.

Le procès terminé, Nicole Leguay est élargie. Son avocat, Me Blondel, qui est amoureux d'elle et prêt à l'épouser, la ramène chez lui, rue Beaubourg. Cependant, Toussaint de Beausire, père du bambin qu'elle a mis au monde à la Bastille, se décide à régulariser leur liaison. Il reconnaît l'enfant et épouse la mère.

Jean-Baptiste Toussaint de Beausire est un coquin qui appartient à une famille d'architectes d'ancienne bourgeoisie parisienne. Orphelin à dix ans, il montre peu de goût pour les études. Il fréquente la racaille. Et à treize se retrouve en maison de redressement pour avoir fait les poches de son précepteur. Quand il en sort, son tuteur envisage de lui faire donner une formation afin qu'il devienne procureur au Châtelet. Procureur quand on peut devenir escroc, quelle idée ! Et le revoilà chez les filles, dans les cabarets. Son père lui a laissé une belle fortune pour l'époque. Il l'écorne passablement, fait des dettes. Il prend le titre de comte. Se dit appartenir au prince de Condé, au comte d'Artois. Il en escroque encore mieux les bijoutiers. Il ne sort d'une prison que pour rentrer dans une autre. Il veut être soldat, il empoche la prime d'enrôlement. Dragon, moi ? Serviteur, mon colonel ! Serviteur ! Et il s'évanouit dans la nature. L'affaire est sérieuse, le prince de Poix à qui appartient le régiment réclame son dragon. Pour le soustraire à des poursuites, sa famille le fait interner avec une lettre de cachet dans une institution de Picpus, tenue par les époux Sainte-Colombe. C'est là qu'il croise la route de Saint-Just. Il ne sort de chez les Sainte-Colombe que pour être interdit par un conseil de famille. Encore mineur, il a croqué la moitié de sa fortune. Une petite rente lui est versée chaque mois. On le retrouve rapidement dans les jardins du Palais-Royal. C'est là qu'il se lie avec Nicole Leguay.

Dès qu'il se retrouve marié, il se met à battre sa femme, vole ses économies, engage ses bijoux au mont-de-piété. Nicole n'a d'autre choix que de se rendre à la police. Elle préfère tout, même le couvent, plutôt que de revenir au foyer conjugal. On lui en trouve un, elle y entre et très vite s'y consume d'ennui. À l'ennui s'ajoute la tuberculose. Il lui faut le grand air. Elle quitte son couvent parisien pour un autre à Fontenay-sous-Bois. Elle y meurt le 24 juin 1789.

Beausire continue, sans se soucier ni de l'enfant ni de la mère, sa carrière de débauché. On le remarque durant la prise de la Bastille. C'est qu'il se sent soudain l'âme révolutionnaire. Il grouillotte, s'affaire. On le retrouve, habillé en femme, parmi les harengères qui marchent sur Versailles. En 1793, il est dénoncé comme « ci-devant » attaché au ci-devant prince de Condé et au ci-devant comte d'Artois. Pour sortir de prison, Beausire pense que le plus sûr moyen est de dénoncer les camarades de captivité dont il surprend les conversations. Le voilà délateur et pourvoyeur de têtes pour la guillotine. Il se venge d'un de ses parents, Louis Pierre Moreau, directeur des bâtiments de la Ville, en l'indiquant comme fervent royaliste à Fouquier-Tinville. Moreau est arrêté, jugé et guillotiné. C'est à lui qu'on doit une partie de la façade du Palais-Royal sur la rue Saint-Honoré. Le vent de Thermidor s'étant levé, par son zèle le ci-devant Beausire se retrouve complice de Fouquier-Tinville. Il échappe de justesse à la guillotine. On perd sa trace, pour le retrouver, à quelque temps de là, serviteur dévoué de l'Empire, marié, père de six enfants. La Restauration le promeut contrôleur des contributions du Pas-de-Calais. Il n'y a plus trace, en ce bourgeois en redingote sombre, chapeauté, cravaté, du godelureau insolent qui tombait les beautés du Palais-Royal, et, au matin, empochait leurs bijoux. Le 3 février 1818, il rend l'âme.

Sombre destin que celui de Toussaint de Beausire, digne des plus sinistres personnages de Balzac. Ce beau et joyeux garçon, loustic amoureux, souvent en délicatesse avec la justice, devenu mouton et criminel durant la Révolution, pour finir en notable, ne déparerait pas la longue liste des figures louches qui se promènent en toute impunité dans *La Comédie humaine*.

Le comte et la comtesse de Cagliostro pensaient vivre tranquilles et faire leur pelote de nouvelles dupes. Le couple se trouve donc dans l'hôtel de la rue Saint-Claude, quand, au matin du 2 juin, paraît l'inspecteur de police Brugnières. La comtesse pense s'évanouir. Cagliostro le prend de haut, monte sur ses grands chevaux :

— Comment, moi, me chasser de France comme un criminel !

Il en appelle alors à la révolution, se fait lyrique, prend à témoins ses domestiques. Les passants dans la rue s'arrêtent pour l'entendre tonner. Il jure que s'il revient en France un jour, la Bastille où il a langui six mois dans un cachot sera détruite.

— Oui, rasée jusqu'au sol ! Une promenade publique prendra sa place. La France alors sera gouvernée par un prince qui abolira le pouvoir arbitraire et les lettres de cachet, vous m'entendez, monsieur Brugnières. Il convoquera vos États généraux. Un tel prince agira selon le principe que l'abus du pouvoir détruit le pouvoir...

Sur ces belles paroles il donne l'ordre de fermer sa maison et envoie la comtesse sa femme l'attendre à Saint-Denis tandis qu'il se rend à Passy. Et où à

Passy ? Au château du marquis de Boulainvilliers où Helvétius, membre fondateur de la franc-maçonnerie, a un temps séjourné et où sa veuve demeure encore. Les plus loyaux des maçons de sa loge montent la garde armés jusqu'aux dents tandis que le Tout-Paris maçonnique se presse pour lui dire adieu.

Le 13 juin, il récupère la comtesse Cagliostro à Saint-Denis où il dîne à L'Épée Royale avec les amis qui ont tenu à l'accompagner sur sa route. Un dîner de cinquante couverts. Quand il veut payer l'addition, l'aubergiste refuse. Le festin a été commandé par les convives.

— Comment ? Mais ne savez-vous pas que partout où se trouve le comte de Cagliostro il doit être seul à payer ?

Et de faire sonner sa bourse.

Quatre jours plus tard, les Cagliostro sont à Londres. À Paris, son avocat et le beau-père de celui-ci, le conseiller d'Eprémesnil, font du zèle : ils assignent au Châtelet le marquis de Launay, gouverneur de la Bastille, et le commissaire Chénon. L'encombrant magicien dont on pensait s'être, une fois pour toutes, débarrassé réclame cent mille livres pour les fonds soustraits de sa maison de la rue Saint-Claude, faute d'y avoir apposé les scellés ; cinquante mille livres pour les manuscrits égarés et cinquante autres pour les brutalités auxquelles le commissaire s'est livré sur le prévenu. Un nouveau mémoire est publié par l'avocat. Il obtient le même succès que les précédents. Dans le même temps, Cagliostro publie sa *Lettre ouverte au Peuple français.* À Paris on s'arrache les exemplaires. À Versailles on n'y voit que le libelle d'un franc-maçon, rédigé pour susciter la révolte ; la profession de foi d'un illuminé. Cagliostro y reprend, en les amplifiant, les propos tenus au lieutenant Brugnières. Ce manifeste est en fait de la main du conseiller d'Eprémesnil qui parle hautement de « débourbonailler » la France et de la faire gouverner par le Parlement.

Louis XVI a entrevu le piège. Ses propres officiers étant mis en cause dans l'exécution de ses ordres, il revient à lui seul de les juger. Aussitôt, il fait défense aux parties de se pourvoir ailleurs. Ainsi, l'affaire que les conseils de Cagliostro veulent porter sur la place publique se trouve privée de toute publicité. Le 4 juillet, le baron de Breteuil fait savoir au comte d'Adhémar à Londres que Sa Majesté permet au sieur Cagliostro de se rendre à Paris où il séjournera librement durant son procès. Celui-ci tourne d'ailleurs au désavantage du comte. L'opinion publique change peu à peu. Bientôt il n'est plus qu'un escroc, doublé d'un mystificateur. Cependant sa lettre aux Français restera dans les esprits, et hâtera la Révolution. Trois ans après sa publication, à quelques semaines près, la Bastille tombera.

À Londres, Cagliostro rencontre des difficultés. Le mystificateur se retrouve démystifié. On lance des campagnes de presse contre lui. *Le Courrier de l'Europe*, aux ordres de l'ambassade de France, le déchire à chacune de ses parutions. On y étale son passé. Il se barricade dans sa maison de Sloane Street. Pour se consoler, il se bourre de spaghettis que lui prépare son cuisinier Agostino. Il voit des espions partout. Il imagine qu'on veut sa perte. Il s'aigrit. Tente de rendre coup pour coup. À Londres comme à Paris, on ne se fait plus d'illusions sur l'identité du mage. Le comte Alexandre et la comtesse Serafina ne sont que Giuseppe et Lorenza Balsamo. N'avait-on pas naguère, en 1773 ou 1774, enfermé une Lorenza Balsamo à Sainte-Pélagie, se demande le commissaire Fontaine... Il consulte ses registres. Eh oui ! Une belle Italienne accusée par son mari de libertinage.

Chaque fois que paraissent de nouvelles informations dans la presse, Cagliostro soupçonne sa femme de les avoir fournies. Et il la bat comme plâtre.

Las de toutes ces chicaneries, il quitte Londres précipitamment, y abandonnant sa femme qu'il charge de liquider leur maison. Le 5 avril 1787 il se trouve à Bâle. Le 17 juin sa chère Serafina le rejoint. Le 14 juillet, Louis XVI déclare au Conseil des dépêches que la demande du sieur Cagliostro est irrecevable et non fondée, et le condamne aux dépens... C'est ici que Cagliostro et sa femme sortent de notre histoire. Que l'on sache seulement que, revenus à Rome trois ans plus tard, ils seront arrêtés. Lui, écroué au château Saint-Ange d'où il sera déféré devant le tribunal de l'Inquisition. Condamné à la peine de mort, commuée en prison à vie, il ne quittera plus les geôles du Saint-Office. Transféré dans la terrible forteresse de San Leone, qui date de l'époque de Malatesta, il y mourra le 23 août 1795 d'une attaque d'apoplexie. La comtesse, redevenue Lorenza Balsamo née Feliciani, pour prix de sa coopération avec le tribunal de la Sainte Inquisition, aura le privilège de terminer sa vie dans la tranquillité d'un couvent romain, aux frais de l'Église.

10

Les La Motte n'ont pas dit leur dernier mot

Fouet et fer rougi

Jeanne de La Motte n'a pas regagné la Bastille après sa comparution devant le Parlement. Elle n'a aucun soupçon de l'arrêt qui a été rendu contre elle. Elle trompe le temps en jouant au piquet avec le fils aîné du sieur Hubert, préposé au greffe de la Conciergerie. Elle fait des projets. Après sa libération, elle vendra ses maisons et ses meubles et se retirera en Angleterre.

Un mot de trop du concierge Hubert avec qui elle prend ses repas, une allusion à un probable couvent où elle serait envoyée par une lettre de cachet, peuvent la mettre hors d'elle. À ces moments-là, elle ne se contrôle plus, brise les assiettes, renverse les meubles. Un jour elle tente de s'ouvrir les veines du cou avec les débris d'un pot de chambre.

— Non, plutôt la mort qu'une prison où je n'aurais pas le droit de dénoncer les injustices et les outrages que j'ai eus à subir.

Elle écume. Ses yeux se révulsent. Elle est saisie de convulsions. Son avocat lui fait dire qu'il a vu le baron de Breteuil, qu'il verra le garde des Sceaux.

Le bruit commence à courir que le fouet et la

marque lui seront épargnés. Que la reine, qui se sent coupable, la protège en sous-main.

Louis XVI a hésité à faire flétrir par le bourreau une descendante de roi. Sans doute aurait-il commué la peine en un internement à vie dans un couvent. On parle déjà de l'abbaye de Montbareil, près de Guingamp, où elle pourrait être internée avec une pension de trois mille livres. Mais les bruits qui courent dans Paris le retiennent. Une commutation de la peine serait interprétée comme l'aveu de relations entre la reine et la condamnée.

D'ailleurs, au-dehors, l'opinion publique est satisfaite de la condamnation de la comtesse et s'apprête au spectacle de l'exécution. Celle-ci est annoncée pour le 13 juin. Aussitôt on dresse des gradins pour les curieux. Les fenêtres des maisons entourant le Palais de Justice sont louées à prix d'or. C'est que ce genre de spectacle, qui se déroule dans la cour de Mai, aux marches même du Palais, a de tout temps suscité l'engouement du public. Généralement le supplice a lieu vers midi. Mais de nouveau l'exécution est retardée. Enfin le 19 juin, le procureur général écrit au baron de Breteuil que l'exécution de l'arrêt est fixée pour le lendemain. Afin d'éviter les mouvements de foule, toutes les précautions sont prises pour garder secrète l'heure du supplice. Mais il en transpire quelque chose. Des courtisans prévenus font le voyage de Versailles pour se trouver aux premières loges. Parmi la foule qui se presse dans la cour et aux grilles du Palais qu'il a fallu fermer, on aperçoit de fort grandes dames et de très nobles messieurs. Le duc de Crillon a envoyé la veille un billet à Me Target, l'avocat du Cardinal, afin qu'il lui facilite l'entrée de la cour. Un billet leste et plein d'esprit qui fleure son marquis de

Sade : « Je m'adresse à vous comme je m'y adresserais dans la plus importante occasion de ma vie, quoique ce ne soit qu'une envie de femme grosse. Le fait est d'en voir fouetter une autre avec les verges que vous lui avez préparées... »

Le 20 juin Jeanne est réveillée par les coups frappés à sa porte. Le geôlier entre.

— Votre avocat, Me Doillot, vous demande au greffe... annonce-t-il simplement.

— Mais il est bien matin, il fait à peine jour...

— C'est qu'il se rend à la campagne.

— Dites-lui que je suis fâchée de ne pouvoir descendre. J'ai passé une très mauvaise nuit. Je le verrai quand il reviendra de sa campagne. Ce soir, demain, quand il voudra, mais certainement pas maintenant.

— C'est qu'il a une lettre de Versailles...

— De Versailles ! s'écrie Jeanne, qui se précipite à sa toilette.

— Pas la peine de faire les frais d'une toilette, lui dit le guichetier.

Jeanne enfile rapidement des bas, met un jupon, puis passe un déshabillé en mousseline. La voilà prête. Précédée du gardien, elle descend l'escalier qui mène au greffe. Arrivée en bas, Jeanne est poussée dans une petite pièce où sans ménagements un homme la saisit par un bras pour l'entraîner dans le greffe. Là, on lui lie les mains derrière le dos. Elle aperçoit le greffier criminel Berton entouré de deux huissiers. Il tient en main un papier. En retrait dans l'ombre, elle peut distinguer le bourreau et ses valets. Aussitôt elle comprend qu'on va lui lire la sentence. Le greffier lui ordonne de s'agenouiller. Elle se débat, jure.

— Non, je n'écouterai pas ce jugement inique... Je ne m'agenouillerai pas... C'est une cabale...

On la force. Elle résiste. Elle veut mordre. Le

greffier lit la sentence. Elle ne l'entend pas. Elle ne l'écoute pas. Elle est au bord de la convulsion. Alors le greffier Berton fait un signe au bourreau. Un des valets s'avance et lui porte un terrible coup aux jambes qui la jette à genoux. On la maintient tant bien que mal dans cette position. Le greffier tient à relire la sentence. Lorsqu'il en arrive au fouet et à la flétrissure, Jeanne hors d'elle hurle :

— Est-ce ainsi qu'on traite le sang des Valois, monstres ? Tranchez-moi la tête ! La hache, pas le fouet !

Elle vocifère alors des injures contre la reine, le roi, Breteuil, le cardinal, le Parlement. Elle revient sur la reine et se déchaîne. Le bourreau alors s'empare de la condamnée. Elle se débat. Elle déchire ses vêtements dans la lutte. C'est un fauve qu'on pousse, la corde au cou, dans la cour. Ses cris attirent les curieux, qui n'avaient pas été avertis de l'heure du supplice. La foule grossit d'instant en instant. Devant les instruments du supplice, Jeanne a un hoquet d'horreur. Elle se tourne vers les badauds. Implore leur pitié.

— Délivrez-moi de ces bourreaux ! Comment pouvez-vous souffrir qu'on traite ainsi le sang des Valois ?

La foule reste muette. Le bourreau tente de la dévêtir. Elle se débat. Un huissier de justice s'imagine pouvoir aider l'exécuteur. Jeanne d'un coup de dents lui tranche le gras du pouce. Elle se dresse, alors, hagarde, demi-nue, les cheveux défaits, la bouche ensanglantée. Elle rugit des menaces. Elle reçoit pour la forme trois coups de fouet. Déjà le bourreau s'avance avec le fer pour la marquer. Elle se roule à terre. Sa fureur croît encore. Le bourreau porte le fer sur son épaule, et la marque. Elle hurle de douleur. Se retourne brusquement, par malchance, le fer glisse et vient, de nouveau, la marquer près du sein. Jeanne pousse un cri et s'évanouit. Quand elle se réveillera, elle sera en route pour la prison de la Salpêtrière.

Le public se disperse avec un sentiment mélangé. Beaucoup la plaignent malgré son crime. Bientôt on la regardera comme une victime de la cour. On commence à blâmer le Parlement. En tergiversant, Louis XVI a encore commis une faute. La sentence aurait été exécutée le lendemain du jugement jamais Jeanne n'aurait suscité cette compassion. La presse se déchaîne contre l'huissier de justice mordu à la main. C'est bien fait pour lui, il n'avait pas à faire du zèle.

L'opinion peu à peu s'est retournée en faveur de Jeanne. Encore quelques jours et elle se déchaînera contre Marie-Antoinette. On blâme, déjà, son insensibilité. On l'accusera bientôt ouvertement d'avoir laissé condamner une complice pour détourner d'elle les soupçons.

Confortable petit séjour à la Salpêtrière

L'hôpital général de la Salpêtrière est un monde en soi. Entourant la chapelle Saint-Louis, tout un dédale de bâtiments, de cours, de passages, abrite une population de huit mille à dix mille personnes. L'établissement a été édifié en 1656 sur ordre de Louis XIV à l'emplacement d'une ancienne poudrière pour recevoir gueux, vagabonds, vieillards sans ressources, enfants abandonnés, folles, prostituées ainsi que les filles du Roi destinées à émigrer au Québec. Il s'y trouvait également une crèche. La maison d'enfermement pour les femmes n'y fut installée que vingt-cinq ans plus tard. C'est la prison de la Force.

La Force est dirigée par un personnel laïc, même si l'on donne le nom de « sœurs » aux officières et aux sous-officières qui sont chargées de la surveillance. Au sommet de cette hiérarchie de matonnes se trouve la supérieure. Elle jouit d'un carrosse, d'un immense appartement, somptueusement meublé, d'une table excellente, d'un beau et grand jardin, de nombreux domestiques. Elle traite d'égal à égal avec les plus hauts personnages du royaume. Une place fort enviable que les filles de robins et de la bourgeoisie se disputent âprement.

En cette année 1786 c'est justement une demoiselle Robin, plus connue sous le nom de Mme Victoire, qui règne sur la Force de l'hôpital de la Salpêtrière. Elle a été prévenue de l'arrivée de la comtesse de La Motte, prisonnière de droit commun. Elle connaît son histoire d'autant mieux que sa famille est attachée depuis longtemps à la puissante maison de Rohan.

Évanouie, Jeanne a été traînée du lieu de son supplice au greffe de la Conciergerie. Là, rhabillée à la hâte, elle est jetée, la corde toujours au cou, dans un fiacre. Un clerc et deux soldats l'entourent. Un autre fiacre suit ; y ont pris place les deux huissiers porteurs de l'ordre d'écrou. Jeanne reprend ses esprits. Soudain une portière mal fermée s'ouvre. Elle tente de se précipiter à l'extérieur. Les soldats la retiennent. Elle s'évanouit. Les deux fiacres ont passé le grand portail de l'hôpital. Ils s'arrêtent devant le bureau des entrées. Les huissiers remettent la lettre du procureur général à Mme Victoire. On tire la prisonnière de sa voiture. On lui délie les mains. Elle semble revenir à elle. Jeanne demande un verre d'eau puis s'évanouit une nouvelle fois. Des sels ! s'écrie Mme Victoire. On la fait revenir. Elle demande alors du vinaigre. Son visage meurtri impressionne la supérieure et les officières. Il lui faut vider ses poches. Elle s'exécute. On lui retire ses boucles d'oreilles, des anneaux d'or, qui sont pesés. Les deux mouchoirs de batiste, la petite boîte d'écaille et les vingt et une livres dix sols qu'elle possède, ainsi que les deux anneaux, sont déposés chez l'économe. Ces formalités terminées, on la dirige vers la prison. La coutume veut que la prisonnière s'y rende à pied. Cependant, les huissiers, qui se sont avisés qu'elle ne pourrait, dans son état, faire le trajet, l'y conduisent en fiacre. À peine est-elle dans la voiture qu'elle défaille.

Enfin la voilà dans le dortoir. Soixante-dix lits alignés. Un lit pour six prisonnières. Au bruit de son arrivée, les détenues se sont attroupées. Des criminelles de toutes sortes, la plupart marquées du sceau d'infamie, le simple V ou la fleur de lis. Des physionomies atroces s'offrent à son regard. Devant ce tableau, Jeanne est saisie par un mouvement de révolte. « Quoi ! Moi, une Valois, ici et en cette compagnie ! » hurle-t-elle avant de se précipiter sur le lit qui lui a été désigné. Elle mord la couverture, tente de s'étouffer en l'enfonçant dans sa gorge. Les officières présentes s'empressent pour la calmer. Une des prisonnières, Angélique Génicaud, lui offre spontanément la cellule qu'elle occupe seule à l'étage au-dessous, quitte à revenir dans la salle commune. Arrivée devant la cellule, Jeanne est prise d'un haut-le-cœur. Quoi ! Toute une vie dans ce lieu affreux ! À cette idée, elle se trouve mal à nouveau. L'officière de service la déshabille, la peigne et lentement la ranime. Elle lui fait enfiler l'uniforme des détenues, ayant pris soin, cependant, de choisir la chemise la plus fine.

Mme Victoire manifeste aussitôt des égards à la comtesse. Ainsi ne lui coupe-t-on pas les cheveux comme aux autres recluses. Jeanne ne gardera pas longtemps la tenue des prisonnières. Bientôt elle se promènera en déshabillé et recevra des visites.

Jeanne a rapidement percé à jour Mme Victoire. C'est une dévote doublée d'une vieille précieuse. Là voilà donc aussitôt affichant des sentiments religieux. Elle se fait toute chattemite ; modèle de patience et de douceur. La supérieure ainsi que la plupart des officières sont conquises. Elle se lie avec sa voisine d'ouvroir, la Desrues, bourgeoise parisienne, condamnée comme elle à la prison à vie. Son mari a été roué et brûlé en place de Grève pour avoir commis des faux en écritures afin de s'emparer des terres d'une dame de La Motte (c'est la seconde fois qu'un homonyme de la comtesse paraît dans notre histoire). Cependant, non content de dépouiller la vieille, il l'a ensuite empoisonnée ainsi que son fils. La Desrues a trempé dans le crime. Mais les juges, troublés par son courage tranquille durant son procès, ne l'ont condamnée qu'à la prison à vie. Elle eut une fin atroce. Le 4 septembre 1792, elle fut massacrée à la Force où elle se trouvait toujours. Des énergumènes, sans-culottes ivres de sang et de vin, la violèrent alors qu'elle était déjà morte. Ils avaient entendu dire qu'elle avait été belle autrefois. Insinuante comme le sont généralement les empoisonneuses, elle a vite compris le parti qu'elle pourrait tirer d'une affectation de piété. Elle obtint rapidement des faveurs. Et c'est probablement elle qui conseilla à Jeanne de suivre cette voie.

Cette piété soudaine de Jeanne, ajoutée à son

charme personnel, joue rapidement en sa faveur. Bientôt la nouvelle de ce changement se répandra à l'extérieur, et la *Gazette de Leyde* parlera d'elle comme d'une Marie-Madeleine repentante.

Dès le premier jour, Mme Victoire a paru vouloir la traiter différemment des autres prisonnières. Agit-elle sur ordre ? Et de qui ? De la cour ? On l'a pensé. Toutefois, à la mi-août, quand la princesse de Lamballe qui s'est présentée pour visiter l'hôpital en vient au but réel de sa visite, et manifeste le désir de voir Mme de La Motte, Mme Victoire élude poliment sa demande. La princesse insiste. La supérieure alors lui répond qu'elle connaît la prisonnière et qu'en aucun cas celle-ci ne consentirait à la recevoir.

— Comment, madame, Mme de La Motte ne serait-elle pas accessible à une femme de mon rang ? Et pourquoi cela, je vous prie ?

La réponse cingle.

— Mais, madame, c'est tout simplement parce qu'elle n'y a pas été condamnée !

Le mot rapporté à l'extérieur fait aussitôt fortune. Les gazettes s'en gaussent.

La visite de la princesse a compromis dangereusement la reine. L'opinion publique veut y voir l'aveu même de la culpabilité de Marie-Antoinette. Aussitôt le bruit court que la Lamballe n'est venue qu'en émissaire afin de négocier avec la prisonnière et lui fermer la bouche. En fait, Mme de Lamballe, légère, irréfléchie, veut être à la mode. Or se rendre à la Salpêtrière est l'engouement de l'instant. Jamais on n'a vu dans l'enceinte de l'hôpital un monde aussi brillant. Au lieu de trouver l'oubli, au fond de sa cellule, la comtesse a renoué avec la célébrité. Son sort intéresse. Il est au goût du jour d'aller lui faire des aumônes. D'autre part, on peut supposer que la princesse, qui s'est fait initier à la franc-maçonnerie par l'intermédiaire de la comtesse Cagliostro, n'est venue qu'en bonne sœur maçonne porter secours à Jeanne de La Motte, comme elle de la loge d'Isis.

Dans son carrosse, quittant la Salpêtrière non sans avoir laissé une bourse pour la prisonnière, la princesse eut-elle, à ce moment, le pressentiment qu'elle y reviendrait six ans plus tard ? Elle y sera enfermée en ce mois d'août de 1792 alors que sa souveraine sera de son côté conduite au Temple ; elle occupera dans cette prison une cellule – pourquoi pas d'ailleurs celle de la comtesse ? Le 3 septembre, tirée de celle-ci, malade, elle comparaîtra devant Hébert, l'ancien guichetier du théâtre des Variétés, le Père Duchesne en personne, lequel après un sommaire interrogatoire « l'élargira ». La porte passée, elle sera percée de coups. Son corps sera mutilé, son cœur à moitié mangé, son sexe découpé servira de moustache. Quant à sa tête portée au bout d'une pique par un dénommé Charlat, elle sera promenée sous la fenêtre de la reine au Temple.

Breteuil, de son côté, affiche une attitude qui donne singulièrement à penser. Il a des complaisances déconcertantes vis-à-vis de Mme de La Motte mais aussi de ses protecteurs. Entre autres du respectable M. Tillet, botaniste réputé, membre de l'Académie des sciences et administrateur de l'hôpital général, que Jeanne appellera bientôt « son petit papa » ; ou encore de l'abbé de Pfaff, un louche personnage passablement remuant qui s'intéresse au sort de Marianne, la sœur de Jeanne, alors dans la misère. Elle vit recluse, sans secours d'aucune sorte, à l'abbaye de Jarcy où elle s'est réfugiée.

L'abbé a remué ciel et terre et mis cent personnes aux trousses de Breteuil, afin d'obtenir pour la comtesse sa protégée une rente de trois mille francs dont six cents seraient affectés à la prisonnière dès son transfert dans une abbaye.

Breteuil soumet cette proposition à Louis XVI. Le comte de Provence est opposé à cette mesure de clémence. En revanche, son frère d'Artois, qu'on donne comme ayant été un des nombreux amants de Jeanne, l'appuie. Toujours léger il se paie d'un bon mot.

— Songez donc, Sire, combien vous aurez de peine à marier M. le Dauphin quand on saura qu'une de ses parentes est à l'hôpital !

Louis XVI balance, pèse le pour, le contre. Et d'indécision en indécision laisse le beau projet de l'abbé, déjà pourtant approuvé par son ministre, se perdre dans les sables de l'oubli.

C'est pour dire que l'emprisonnement de Mme de La Motte ne laisse personne indifférent. Ceux qui sont ouvertement hostiles à la cour la considèrent comme la victime de la Reine. Selon eux la comtesse subit quotidiennement un véritable martyre. Ils la dépeignent dans le dernier abandon, mal traitée, dormant sur une paillasse très dure pleine de vermine au fond d'un cachot humide. Le tableau est affreux. Et comme la mode est à la sensibilité, les lecteurs en redemandent. Car bien évidemment toutes ces propagandes et contre-propagandes se font par gazettes interposées. D'autres s'étonnent qu'elle ne soit pas traitée en criminelle. Elle possède dans sa cellule tout un accessoire d'aisance et de luxe, une chaise longue, des coussins en soie...

La réalité est bien autre. Depuis son arrivée en prison, Jeanne vit dans une loge de deux mètres de long et un mètre cinquante de large. C'est peu. Cependant, à défaut de chaise longue et de coussins, elle possède un lit avec des draps, une petite table, deux chaises. Ce sont des faveurs qu'elle a obtenues de M. Tillet, son cher papa, qui la visite presque quotidiennement.

On lui fait également tenir de l'argent. Le duc d'Orléans a organisé une tombola à son intention. Bientôt, on lui donne une prisonnière pour veiller à son ménage. On ne l'aperçoit que rarement à l'ouvroir, ayant la permission de demeurer dans sa cellule. Elle va et vient comme il lui plaît. Peu à peu les prisonnières des loges voisines sont transférées au rez-de-chaussée afin de laisser Jeanne seule au second étage. Par ces mesures, prépare-t-on son évasion ? Une des loges laissées vides devient sa cuisine. Angélique Genicaud, la prisonnière qui lui a laissé sa cellule le jour de son arrivée, a été préposée à son service. C'est une fille rusée, débrouillarde et discrète. Flétrie d'une fleur de lis, elle a été condamnée à la prison à vie pour infanticide. Comme par enchantement, après quelques mois, alors que sa grâce avait été plusieurs fois refusée, elle est libérée. Elle reviendra, à plusieurs reprises, visiter Jeanne. Il est probable qu'elle lui sert alors de vaguemestre. Toutefois, aussitôt élargie, elle est remplacée par une certaine Marianne Marie, flétrie et condamnée à neuf ans de prison pour un vol chez le commissaire Guyot où elle avait été placée comme domestique.

Le cher papa procure à Jeanne pour sa cuisine œufs, viandes, fruits, confitures et même café. C'est que le cher papa est tombé entièrement sous son charme. Elle l'a embobiné, à tel point que le vieil homme ne sait plus où il en est.

Comment ce savant respecté, ami du marquis de Condorcet, qui a donné son nom, la *tilletia*, à un parasite du blé, toujours si critique à l'égard de lui-même, au point de confier dans un de ses ouvrages que l'amour du vrai l'a rendu un censeur difficile de son propre système, a-t-il pu en arriver là ? Comment n'a-t-il pas décelé en Jeanne une dangereuse déséquilibrée ? Aveuglement d'un amour sénile ? Parti pris politique ? Cela ne fait qu'épaissir les mystères qui entourent le singulier destin de la comtesse de La Motte. À moins qu'il ne soit de mèche avec Mme Victoire pour faire évader la prisonnière ? Celle-ci ne cache pas ses sentiments contre la cour, c'est une janséniste et on ne dira jamais assez le rôle déterminant qu'ont tenu les descendants de Port-Royal dans la propagation des idées révolutionnaires.

Quoi qu'il en soit de part et d'autre des protecteurs mystérieux s'affairent dans l'ombre. Qui sont-ils ? Le saura-t-on jamais ? En tout cas des personnes qui la sachant libre y trouveront leur compte. La Reine ? Le duc d'Orléans ? Le comte de Provence ? Tillet et Mme Victoire tous deux jansénistes ? Toutes les possibilités ont été examinées. Aucune n'est satisfaisante.

Ce qui est certain, c'est que le 5 juin 1787 à onze heures du matin, tandis que les surveillantes sont au réfectoire pour le repas des prisonnières, la comtesse, ayant revêtu un habit d'homme, prend la clé des champs accompagnée de Marianne. Grâce à un rossignol qu'on lui a fait parvenir avec les vêtements, elle ouvre, après avoir emprunté un passage et l'escalier par lequel « son cher papa » lui rend visite, la porte qui mène à la cour. Sans encombre, elle la traverse tenant de deux doigts une cage avec un canari. Passant ainsi de cour en cour, se mêlant aux flots des visiteurs, elles arrivent à la porte des Champs. Apparemment aucune sentinelle n'y est en faction. Une chaise de poste, en revanche, se trouve là comme par hasard. Elles y sautent. Et allez, fouette cocher ! Les voilà lancées sur la route de Lorraine.

À la Salpêtrière, l'alerte est donnée fort mollement alors que, déjà, la rumeur de l'évasion court la capitale. Mis au courant, le procureur Joly de Fleury, dont on dit aussi qu'il est janséniste, va rendre compte de cette fuite au baron de Breteuil. Le ministre le renvoie avec de bonnes paroles. Il accepte le fait accompli. On décide cependant d'ouvrir une enquête. À qui la confie-t-on ? Au commissaire Guyot chez qui Marianne a été servante. Au Palais-Royal, les nouvellistes s'en donnent à cœur joie. Cette fuite tient du roman, ressemblant fort à un autre roman où l'héroïne s'échappe aussi de la Salpêtrière, habillée en homme. L'évasion de la comtesse n'aurait-elle pas été inspirée par celle de Manon ? Eh oui ! Manon Lescaut !

Le comte de La Motte apprend à faire chanter la Reine

Maître chanteur le comte de La Motte ? Oh le vilain mot ! Non ! Vraiment, pas un instant ! Cependant, il faut bien vivre. La vie est chère au royaume d'Angleterre, surtout pour un malheureux Français en exil. Tandis que sa digne épouse est à la Salpêtrière, La Motte ne chôme pas. Ah ! Monsieur l'ambassadeur de France, vous vouliez me ramener de force, pieds et poings liés, en France, alors que je ne demandais qu'à être entendu par le Parlement, eh bien vous allez voir comme le comte de La Motte se venge.

Le 7 décembre 1786, le ministre des Affaires étrangères du gouvernement britannique avise son envoyé spécial en France, l'honorable Mr. Eden, que

M. de La Motte s'apprête à faire des révélations fracassantes sur l'affaire du Collier. Il faut en aviser la cour de Versailles afin qu'elle puisse parer à l'attaque.

Le 29 décembre La Motte fait paraître dans le *Morning Chronicle* une lettre ouverte. Le comte d'Adhémar, ambassadeur de France, est sommé de tenir sa promesse et de lui ménager une audition devant le parlement de Paris afin qu'il puisse enfin justifier sa conduite. S'il ne peut obtenir cette audition, il se verra obligé de publier dans la presse sa justification. Ne possède-t-il pas une liasse de lettres hautement révélatrices ? Ainsi le monde sera, enfin, mis au courant de toute la négociation relative au collier de diamants et de la façon dont sa femme et lui ont été inhumainement sacrifiés par le parti.

Quel parti ? Pour tous les lecteurs qui s'arrachent le *Morning Chronicle* ce matin-là, c'est évident. Le parti, c'est la reine de France.

Versailles ne semble pas s'émouvoir. Ce n'est qu'au début de mai que la duchesse de Polignac et le comte de Vaudreuil, son amant, sont aperçus à l'Opéra à Londres. Le bruit s'en répand. Évidemment, dans les diverses chancelleries d'Europe, personne n'est dupe. Ici et là, on laisse entendre qu'aussi grande que soit sa passion de la musique, il est peu probable que celle-ci ait poussé la duchesse à traverser la Manche.

« Mme de Polignac et le comte de Vaudreuil, son amant en titre, sont partis pour l'Angleterre, écrit le chargé d'affaires à Paris de la cour de Saint-Pétersbourg, dans le dessein d'y acquérir les fameuses lettres que l'on dit adressées par la Reine à Mme de La Motte... On dit à Paris que Mme de Polignac a quitté l'Angleterre en emportant triomphalement le paquet en question mais à un prix plus élevé que les quatre mille louis dont on avait parlé tout d'abord. En effet, il avait fallu envoyer d'urgence un courrier chargé d'apporter une nouvelle bourse qui contenait de l'or venu de la cour de France. »

Or ces allées et venues ne vont pas cesser. La Grande Catherine est informée par son correspondant qu'après la duchesse de Polignac c'est au tour de la princesse de Lamballe de se rendre à Londres. Un voyage mystérieux qui n'est selon le correspondant de l'impératrice qu'« une mission semblable à celle de la Polignac le mois précédent : traiter de nouvelles demandes, avec le comte de La Motte et l'ancien contrôleur général des Finances, le comte de Calonne. »

Quelle bizarrerie a pris l'ancien contrôleur général des Finances, renvoyé au début d'avril de la même année après la désastreuse réunion des notables, de s'acoquiner avec ce voleur, en tout cas ce chevalier d'industrie qu'est le comte de La Motte ? C'est que Calonne, lui-même, durant les trois ans passés au ministère, a été un chevalier d'industrie. Du contrôle général des Finances, l'inconséquent comte de Maurepas ne se plaisait-il pas à dire en homme d'esprit : « Seul un sot ou un fripon pourrait souhaiter ce poste. » Calonne n'est certainement pas sot, il l'a prouvé par le passé, aussi probablement est-il un fripon. « Pour paraître riche, il faut éblouir par les dépenses », avait-il l'habitude de proclamer. Ce bel adage appliqué aux finances publiques a creusé encore davantage la dette.

Calonne est une créature du comte d'Artois et des Polignac. La Reine ne l'aime qu'à demi. Mais comme il ne lui refuse rien, elle oublie ses préventions. Imposer des économies ? Inutile même d'y penser. Calonne devient, alors, une manière d'enchanteur. Jusqu'au jour, début 1785, où la Reine lui demande d'acquitter la somme de six millions qu'elle doit verser comptant au duc d'Orléans pour l'achat du château de Saint-Cloud qu'elle s'est mise en tête d'acquérir. Et pourquoi donc ? Simplement pour être plus près des spectacles de la capitale. Calonne se fait prier. La Reine sort de ses gonds. Elle le menace de découvrir au Roi les sommes énormes qu'il a données aux princes du sang, notamment à Monsieur et au comte d'Artois, pour s'en faire des appuis. Elle crie, s'énerve. Et finalement lui jette :

— Vous ferez ce qu'il vous plaira. Mais si je n'ai pas Saint-Cloud, je vous défends de paraître devant moi, et surtout de vous retrouver chez Mme de Polignac quand j'y serai.

Il paya pour être tranquille. Et paya encore pour l'aménagement du château, que la Reine voulait somptueux.

Il est à peu près certain que la comtesse de La Motte, qui hantait à cette époque les antichambres de Versailles, a, alors, rencontré le ministre. Peut-être en a-t-elle été la maîtresse ? Si elle ne l'est pas déjà, alors elle le sera bientôt.

En effet, la comtesse arrive le 4 août à Londres après un voyage épique de deux mois, semé de mille aventures, s'il faut croire ce qu'elle en a écrit. Ce dont on est à peu près certain c'est qu'après son évasion elle n'eut d'autre idée que de gagner Bar-sur-Aube. Arrivée aux abords de la ville, elle se cache dans des carrières exploitées à ciel ouvert. Celles-ci servent de refuge aux vagabonds et aux bandits. Elle envoie aussitôt Marianne déguisée en paysanne porter des billets aux parents et anciens amis. Seul M. de Surmont vient, de nuit, lui porter de l'argent. Il est relayé par Mme Beugnot, mère de son ancien amant, qui lui rend les vingt louis qu'elle lui avait donnés, au temps de ses splendeurs, pour ses pauvres. Les deux femmes ne s'attardent pas. Par la Lorraine, elles gagnent le Luxembourg ; de là les Flandres pour finir par s'embarquer à Ostende. Le 4 août, Jeanne est à Londres. Elle passe la nuit chez une Mrs. MacMahon dans Haymarket. Le lendemain elle se trouve dans les bras de son cher époux.

Vite, vite ! Une plume et du papier pour écrire l'histoire de ma vie

Le ménage La Motte tire le diable par la queue et vit d'expédients. Où sont passés les louis d'or de la duchesse de Polignac ? Ont-ils jamais existé ? Ou bien M. de La Motte, vrai panier percé, les a-t-il déjà dépensés avec des filles ; à moins qu'il les ait perdus au jeu ?

Un rien contrarie Jeanne. Son humeur s'est aigrie. Elle crie, menace à deux reprises de se défenestrer. Las de ces scènes continuelles, La Motte lui lance : « Votre violence et votre entêtement sont la cause de nos malheurs. » Que n'a-t-il pas dit ? Aussitôt Jeanne s'empare d'un coupe-papier et se l'enfonce sous le sein.

Néanmoins il se trouve encore des personnes pour s'intéresser au couple. C'est que hors ses moments de rage destructrice la comtesse est vive et piquante. Elle n'a que trente et un ans, et passe pour encore très attrayante. De plus si, dans l'intimité, lorsqu'on la contrarie, elle retrouve facilement des intonations de poissarde, acquises jadis au contact de sa mère, la concierge de Fontette, en revanche, en public, elle séduit par des manières du meilleur ton. Un milord s'éprend d'elle et lui fait une pension. Calonne, qui tourne dans les parages, noue une liaison avec Jeanne. Il porte gaillardement ses cinquante-cinq ans. Il est de la même génération que Rohan, tous deux d'ailleurs sont nés la même année.

La haine que Calonne et Jeanne portent à la reine les lie un peu plus. Qui a l'idée du livre ? Elle, lui ? Ou tous les deux ensemble ? Quoi qu'il en soit c'est décidé, elle va tout conter de l'affaire du Collier, et par le menu. Vu l'engouement du public pour ce scandale, ce sera, à n'en pas douter, un succès de librairie. Le style de la comtesse est à son image, assez échevelé. Pour l'aider à rédiger ses *Mémoires*, Calonne lui présente un certain Serre de Latour, publiciste réfugié à Londres pour avoir enlevé la femme de l'intendant d'Auvergne. Les voilà ensemble qui rédigent un tissu de folies, de mensonges et d'infamies. La reine, encore archiduchesse, aurait été séduite par le prince Louis lors de son ambassade. Or que l'on se souvienne : le futur cardinal n'arriva à Vienne que bien après le départ de Marie-Antoinette. Tout le manuscrit est du même tonneau. Calonne, en dernier ressort, y apporte, au crayon, des corrections. Il annote ici, corrige là, fait même de nombreuses additions. Cela prend bien un an. La publication du mémoire justificatif est annoncée dans la presse. On attend le brûlot. À Londres, mais surtout à Paris.

Il est probable que le comte de La Motte, que rien n'embarrasse, court avec le manuscrit sous le bras à Portman Square où se trouve l'ambassade de France. Le comte d'Adhémar a quitté Londres pour retrouver les folies Trianon et le clan Polignac dont il est l'un des boute-en-train. Le marquis de La Luzerne l'a remplacé comme ambassadeur. Veut-on éviter la publication de ce manuscrit ? Il est à vendre, propose La Motte. Qu'en est-il des tractations ? Dans ses *Mémoires*, Mme Campan assure avoir vu dans les mains de la Reine un manuscrit annoté par M. de Calonne. La veille de la prise des Tuileries, le 10 août 1792, Marie-Antoinette l'aurait confié à l'abbé de Montesquiou-Fezenzac afin qu'il le remette à Mme de Fontanges pour le lui conserver jusqu'à des temps meilleurs.

Sans doute, sans doute... mais tout ce qui touche au couple La Motte est toujours si vague, si incertain. Quoi qu'il en soit, le pamphlet paraît à Londres dans les premiers mois de 1789. Tiré à huit mille exemplaires l'ouvrage est épuisé en quelques jours. Il est aussitôt traduit en anglais et en allemand. À Paris, le mémoire circule librement. On en fait des lectures à haute voix au Palais-Royal tandis que Marie-Antoinette coule ses derniers beaux jours à Trianon.

À Londres la publication du mémoire justificatif a pour immédiate conséquence de brouiller la comtesse avec son milord, qui cesse sa pension. En outre, à quelque temps de là, jouant au piquet avec le comte de Calonne, sur un coup décisif qu'il emporte, l'ancien ministre, sans penser à mal, s'écrie : « Madame, vous êtes marquée ! » La comtesse, de mauvaise humeur, y voit une allusion à sa flétrissure. Elle se dresse sous l'insulte, jette ses cartes, renverse la table et, toutes griffes dehors, se jette sur Calonne dont elle déchire le visage. Celui-ci abandonne sa belle maîtresse à ses fureurs, ils ne se reverront plus.

La Motte est las des scènes continuelles de sa femme. Marianne et Angélique, qui est venue la rejoindre à Londres, ne supportent plus le traitement que leur inflige sans les payer la comtesse.

Angélique, la première, la quitte. Marianne à son tour tire sa révérence. De son côté La Motte a filé à l'anglaise. Les nouvelles de France et la chute de la Bastille lui sont un bon prétexte. Paris en cette époque prérévolutionnaire est un pays où l'on peut avec profit pêcher en eau trouble. Et l'eau trouble n'est-elle pas l'élément de prédilection du comte ?

Le 18 août 1789, La Motte fait son entrée dans la capitale. Il se fait conduire à l'hôtel de Varsovie, rue des Bons-Enfants. Naguère il y avait fait la connaissance de Mirabeau. Or sur qui tombe-t-il en descendant de voiture ? Sur le marquis en personne ! Grâce à ce dernier, il obtient de Bailly, le maire de Paris, un sauf-conduit. La rue des Bons-Enfants est à deux pas du Palais-Royal. Il s'y précipite. On le reconnaît. On le fête. Il y fricote. Car où dans Paris peut-on, alors, mieux fricoter que dans les jardins du duc d'Orléans ? Rassuré sur son sort, il s'en va rôder autour de l'Assemblée constituante pour y prendre la température. Il y trouve quelques soutiens ; assez pour déposer une demande de réhabilitation.

Vers la fin de 1789 paraissent, coup sur coup, deux opuscules violents sous le nom de Jeanne de Valois. *Lettre à la Reine de France* et *Requête à la Nation et à l'Assemblée nationale en révision de son procès.* Ces deux brûlots sont probablement l'œuvre d'auxiliaires qui gravitent autour d'Hébert et de son torchon *Le Père Duchesne.* Bientôt d'autres libelles suivront dont le thème sera toujours la vie privée, libertine et scandaleuse de Marie-Antoinette.

À Londres, abandonnée mais toujours aussi violente, Jeanne s'est remise à écrire dans son appartement de Lambeth Street. Elle s'apprête à servir un nouveau plat de sa façon. *La Vie de Jeanne de Saint-Remy de Valois* sera son grand œuvre.

À Paris, dans les clubs, aux Feuillants, au Palais-Royal, au pavillon de Foy, au café Valois, on parle du retour imminent de la comtesse de La Motte. Robespierre, Marat, Hébert ont vite compris le profit qu'ils peuvent tirer du couple. Le comte est sollicité de tous côtés. À Londres les agents du duc d'Orléans essaient de gagner Jeanne. Aux Tuileries, on s'inquiète de ce mouvement autour du couple. Mirabeau, que Louis XVI vient d'acheter à prix d'or, perçoit aussitôt le danger. Comme on ne peut pas les arrêter, il faut les circonvenir. Mirabeau dépêche Claude Martin Marivaux comme avocat conseil au comte de La Motte. Ce dernier, pas un instant, ne se doute que Marivaux est aussi le chef d'une contre-police à la solde du Roi. Il s'insinue si bien auprès de La Motte qu'il le persuade d'écrire à sa femme de différer la publication de sa *Vie* ; de quitter Londres et de revenir à Paris où l'achat par la cour de son nouveau manuscrit serait bien plus aisé. Elle refuse. Il insiste. Elle a éventé le piège. « S'il est vrai que quelques personnes de rang sont intéressées à ce que je me taise pour la tranquillité de Toinette, pourquoi ne viennent-elles pas où je suis pour prendre des arrangements convenables avec moi ? La Salpêtrière n'est pas détruite ; par conséquent ils pourront me replonger dans leurs affreuses citernes. » Puisqu'elle ne veut pas venir, eh bien on ira à Londres et on la surveillera de près. On lui envoie un agent du nom de Bertrand. Il s'agit de monter la garde auprès d'elle et de veiller qu'aucune créature des Marat, des Robespierre ou encore du duc d'Orléans ne l'approche. Il s'embarque le 10 juin 1791. Le 13 il est à Londres.

Que fut l'existence de la comtesse de La Motte à Londres ? On en sait peu de chose. Dans une ville où il suffit d'un peu d'or et pas mal d'hypocrisie pour assouvir à peu près tous ses vices, il est probable que Jeanne y ait fait son chemin. On sait son charme, ses manières, empruntées d'une grande dame, la gaieté du désespoir qui l'anime, et par-dessus tout l'envie de survivre, renforcée à chaque instant par un désir de vengeance. Sa réputation sulfureuse, ses liaisons maçonniques, une étonnante facilité de mœurs et en guise de morale un cynisme bien trempé, tout chez elle doit intéresser le milord dépravé comme le jeune *squire* millionnaire, frais émolu de Cambridge, qui veut jeter sa gourme avant d'aller courre le renard. L'Angleterre, contrée de l'excentricité, est, alors, peuplée de grands toqués que le destin de Jeanne, comtesse de La Motte-Valois, ne doit pas laisser indifférents. Avec un peu d'esprit de continuité et d'application, elle eût sans doute fait une fin délicieuse auprès d'un vieux lord neurasthénique dont elle eut titillé l'imagination en lui contant les fêtes saphiques de Trianon auxquelles elle prétendait avoir participé. Mais voilà, l'application n'est pas le fort de Jeanne. Sa pauvre tête où la mégalomanie le dispute à un complexe de persécution la pousse à des extravagances. Elle va toujours poursuivant ses chimères, ne supportant aucune entrave. Elle récrit sa vie, s'apitoyant sur elle-même, truquant son destin. Elle se réinvente un passé. Affecte le martyre. Et dans le même temps poursuit de sa colère la cousine « Toinette » – *la Rousse* comme elle la nomme aussi, qui va apprendre à ses dépens que l'on ne marque ni n'envoie à la Force une fille de France et, qui plus est, une Valois.

Qui l'aide dans sa tâche ? Le mystère demeure. Il est certain en revanche que lorsque l'agent Bertrand met le pied à Douvres, le manuscrit de la *Vie* est déjà chez l'imprimeur.

En ce matin du 13 juin 1791, l'agent Bertrand saute de la voiture de poste pour monter dans un cab. « Lambeth Street à Westminster », crie-t-il au cocher. Cette rue, qui conduit au bac de la Tamise, est une enfilade de maisons de quatre étages, du même modèle, peintes en blanc. Rien ici de comparable aux demeures aristocratiques du West End ou encore des Cressent de Knightbridge. L'apparence est bourgeoise. *Middle class* si l'on veut.

L'agent Bertrand s'informe. Bientôt il se trouve devant la maison où loge la comtesse de La Motte. Elle y occupe un appartement au deuxième étage. Il frappe. On lui ouvre. Il demande la comtesse. La figure s'allonge.

— La comtesse ? Vous n'êtes pas au courant ? Mais elle n'est plus ici... Elle a été recueillie par le parfumeur Warren qui a bien voulu se charger d'elle... Dans l'état où on l'a ramassée, peut-être bien qu'elle est déjà morte à cette heure...

Dans la rue d'en face, en effet, il aperçoit l'enseigne d'un parfumeur. Il y court. Le parfumeur l'accueille et lui conte en quelques mots ce qui s'est passé une semaine auparavant.

Mme de La Motte, qui avait ses habitudes chez un tapissier du nom de Maquenzen, lui devait une assez grosse somme. Menacée par les huissiers, elle avait différé, cependant, le règlement de sa dette. C'est qu'elle était dans le dernier dénuement, sans aucune ressource à l'exception des 170 guinées qu'elle avait reçues par avance sur la vente de ses nouveaux *Mémoires*, et dont elle se servait parcimonieusement pour vivre.

Depuis quelque temps, de sa fenêtre, elle voyait rôder autour de la maison des silhouettes louches qui sentaient son argousin. Elle ne douta pas un instant qu'il s'agissait là des sbires de la Reine venus exprès pour l'enlever ou la tuer. Après avoir voulu acheter son silence, à présent, on en voulait à sa vie. Évidemment, quelqu'un, comme elle, aussi bien né, qui s'apprête à dire enfin la vérité, toute la vérité sur cette goule couronnée, il est préférable de la faire taire. Et pour toujours. Et ainsi pendant plusieurs jours s'épouvanta-t-elle. Ne sortant plus, refusant d'ouvrir sa porte.

Quand, un matin, l'huissier accompagné de policiers se présente à sa porte, elle refuse d'ouvrir. Ordre, alors, est donné d'enfoncer la porte. Elle s'est rencognée près de la fenêtre. Elle ne veut rien entendre. C'est qu'elle connaît la chanson. Oui ! Oui ! C'est ça ! Ici on lui promet tout ! Et la Manche passée ce sera de nouveau la Salpêtrière. Moi ! Une Valois ! Jamais ! Plus jamais ! Vous m'entendez ! Elle jure, crie, renverse les meubles pour empêcher qu'on l'approche. La rage destructrice l'a saisie. Elle ouvre la fenêtre. Elle ne sait plus où elle est. L'instant d'après Jeanne comme une poupée démembrée gît inconsciente, les cheveux défaits, le visage tourné vers le ciel, sur la chaussée.

L'agent Bertrand a poussé la porte de la chambre où le parfumeur a transporté Jeanne. L'odeur est insupportable en dépit de la fenêtre laissée ouverte et du papier d'Arménie qu'on y brûle. Jeanne, les deux cuisses cassées, le genou brisé, est étendue sur un lit de fortune. Son linge est maculé. Le médecin qui a tenté de réduire les fractures a été obligé d'entailler la chair pour permettre à la suppuration de s'écouler.

Bertrand est touché à la vue de la malade. Il tente de la réconforter. Il la visite chaque jour. Reste des heures à son chevet. Écoute ses divagations. Il écrit à ses supérieurs à Paris afin de recevoir quelques secours. Il tente de la calmer comme il peut. Le parfumeur Warren commence à se lasser. Brave homme mais brutal, il trouve que la malade dont il s'est chargé commence à lui coûter cher. Il interroge Jeanne sur son mari, les amis dont elle parle sans cesse. Il soupçonne l'agent Bertrand d'être un de ses anciens amants. Quelques jours encore et il refusera de payer la garde qui la sert.

Six mille exemplaires ont été tirés de la *Vie de Jeanne de Saint-Remy de Valois, comtesse de La Motte.* Quatre mille seront expédiés chez les libraires parisiens. Mille sont destinés à ceux de Londres et de Hollande. Bien qu'annoncée par les journaux, la mise en vente est retardée. Jeanne doit encore signer les exemplaires. Bertrand la convainc de différer. L'argent doit arriver. Mais l'argent n'arrive pas. La gangrène s'est mise à une jambe. Le parfumeur la harcèle. La fièvre ne la quitte plus. Début août, Bertrand doit constater que la fin est proche. Le 19 août il quitte Londres. Jeanne se débat dans des souffrances atroces. Elle crie, se révolte. Elle ne laisse entrevoir aucun repentir, aucun retour sur elle-même. Le mardi 23 août 1791 à onze heures du soir elle rend sa pauvre âme torturée. On l'enterre trois jours plus tard en la paroisse de Sainte-Marie de Lambeth. Warren écrira à deux reprises au comte de La Motte afin de rentrer dans ses dépenses. Il ne recevra jamais de réponse. C'est que La Motte, au contraire de ce que s'imaginait le parfumeur, n'est pas un gentleman.

11
Épilogue

Inutiles précautions

Les quatre mille exemplaires de la *Vie* furent expédiés de Londres au libraire parisien Gueffier, quai des Augustins. Le comte de La Motte en révéla le dépôt par une lettre au Roi. On est le 5 mai 1792. M. de Laporte, intendant de la liste civile, est chargé d'acheter l'édition complète. Il en coûtera quatorze mille livres à Louis XVI. L'édition entière sera brûlée le 26 mai dans les fours de la Manufacture de Sèvres. La plupart des ouvriers qui y travaillent sont jacobins. L'Assemblée nationale est saisie de l'affaire. Laporte, entendu, prend peur. Il veut sauver la Reine et se sauver tout à la fois. Et ne trouve rien de mieux que de confesser qu'il n'a brûlé à Sèvres que la correspondance de Marie-Antoinette et des paquets de faux assignats qu'elle aurait fait imprimer à Londres. Le jour même, on dépêche des policiers chez Laporte. On y trouve un exemplaire de la *Vie* qu'il a soustrait pour sa curiosité. On s'empresse de faire réimprimer l'ouvrage et de le mettre en vente.

De son côté, La Motte, qui sent toujours peser sur lui l'arrêt du Parlement, a introduit une demande en révision de son procès. Il se constitue prisonnier à la Conciergerie pour purger sa contumace. À peine est-il en prison qu'un feu s'y déclare. Évidemment, ce ne peut-être un accident, il faut que ce soit un attentat. Marat, Hébert, Robespierre s'y précipitent. On veut y voir la main de la cour. La Motte est une victime de la tyrannie. Pauvre victime qui par ailleurs essaie de soutirer de l'argent au tyran Louis XVI.

Le 20 juillet 1792 le 1er tribunal casse la sentence du Parlement du 31 mai 1786 condamnant les époux La Motte. Cassation pour vice de forme. Le procureur du roi n'avait signé qu'au bas de l'acte qui saisissait le Parlement. Alors qu'il eût fallu parapher chaque feuillet. Le comte de La Motte est prié de se rendre à nouveau à la Conciergerie pour y attendre le jugement qui doit à coup sûr proclamer sa réhabilitation. Il apprend en prison la prise des Tuileries et la chute de la monarchie. Dans la confusion des journées de Septembre, il échappe par miracle aux massacres. Il gagne, alors, Bar-sur-Aube. Il ne reste en liberté que deux mois. Le revoilà en prison mais cette fois-ci à Troyes. On le soupçonne d'être un agent de William Pitt. Il y demeure jusqu'en juillet 1794. À peine élargi, on le coffre à nouveau. Enfin il se retrouve libre au mois d'octobre suivant. Libéré définitivement, il se marie à une jeune veuve de dix-huit ans dont il dilapide la fortune. Il en aura un fils. Celui-ci ira chercher fortune aux Antilles où l'on perd sa trace.

Sa seconde femme morte, le comte de La Motte décide de reconquérir Paris. On est au tout début de la Restauration. Il contacte Beugnot, l'ancien amant de Jeanne, fait comte par Napoléon. Rallié aux Bourbons, ce dernier se trouve à la tête de la Direction générale de la police. En souvenir des anciens temps, des soirées du Palais-Royal, des dîners du Cadran Bleu, et aussi par gratitude pour Jeanne qui, lors de son procès, s'est gardée de le nommer et ainsi de le compromettre, Beugnot le place comme contrôleur au théâtre de la Porte-Saint-Martin avec trois mille francs d'appointements. Il exercera ensuite la même fonction dans une maison de jeu. Il se faufile, hante les locaux de la police. Tant et si bien que le voilà inspecteur de police. Il le demeurera trois ans. Quoi d'étonnant ? Nous sommes à l'époque où d'anciens régicides deviennent ministres et des bagnards policiers. Le comte de La Motte, mouton dans la rousse la journée, fréquente, le soir venu, les salons des ultras. Poli, insinuant, il y fait son miel, sans que personne se doute de son état. Il y devient même une manière de coqueluche. Un Valois, pensez ! N'est-ce pas une aubaine quand les Bourbons pactisent avec l'ennemi ? La Chartre, la prostitution des cordons bleus distribués à gogo à d'anciens jacobins.

Victor Hugo dans *Les Misérables* nous dépeint un de ces congrès de vieilles perruques. La baronne de T. y tient salon en son hôtel de la rue Férou. Et parmi les personnes qui y comptent, qui découvre-t-on ? Eh oui ! Le comte de La Motte-Valois en personne. Il est là comme un poisson dans l'eau, jouant de sa tabatière, dans un habit boutonné jusqu'à la cravate et un pantalon flasque couleur terre de

Sienne brûlée. « Son visage était de la couleur de son pantalon », se sent un devoir d'ajouter l'auteur des *Contemplations*.

Le La Motte de l'affaire du Collier, ou plutôt, comme on disait alors, La Motte-Collier, en se glissant sous la plume de Hugo, semble vouloir vingt ans après sa mort intriguer encore. En effet si sa mort date de 1831, *Les Misérables*, eux, ne paraissent que vingt ans plus tard. Ce maître en filoutage s'était-il mis en tête de filouter l'éternité ?

Comme policier il s'est fait une spécialité de découvrir les auteurs de libelles. Car ce n'est pas à un vieux singe... Il se fait remarquer du pouvoir lors de la « conspiration du bord de l'eau », dirigée contre le duc Decazes, ministre et favori de Louis XVIII.

— Delamotte, me dites vous ?

— Oui, Sire.

— En un seul mot ou en deux ?

— Comme on veut, Votre Majesté.

— Serait-ce à tout hasard ? ...

— Oui, Sire...

— Comme c'est intéressant... N'a-t-il jamais eu l'idée d'écrire ses mémoires ? ...

— Que je sache, non, Sire...

— Eh bien, peut-être devrions-nous le lui suggérer...

On approche le comte. Il accepte. Au bout de quelques mois, il demande à être pensionné sur la liste civile. Louis XVIII refuse. Le projet est abandonné. La Motte se retrouve dans la misère. Il imagine des plans d'industrie de toutes sortes. Finalement, il revient à des correspondances fabriquées pour compromettre la famille royale ; assez du moins pour intéresser les friands de scandales. Un Anglais se fait connaître. Il aimerait acquérir cette correspondance entre Robespierre et Louis XVIII, alors en exil à Mittau, que propose le comte. Subodorant la supercherie, il rompt les négociations.

Louis XVIII vient de mourir. La Motte laisse tomber la correspondance pour revenir à l'idée d'écrire ses Mémoires. On s'entremet auprès de lui. On tente de le dissuader. Non, il veut écrire. Eh bien, puisqu'il persiste, on les lui achètera, ses mémoires ! Le préfet de police le logera et il recevra 150 francs par mois de pension.

Cette rédaction dure deux ans, et n'aboutit qu'à un tissu d'absurdités.

Une fois encore à la côte, La Motte s'en va imaginer, au pied de la butte Montmartre où il loge à présent, de nouvelles escroqueries. En attendant de trouver un filon, il attaque en justice deux anciens militaires qu'il accuse de l'avoir dépouillé – à l'en croire d'une fortune – lorsqu'ils l'appréhendèrent à Bar-sur-Aube. Les faits remontent à plus de trente ans. Le comte demande cinquante mille francs de dommages et intérêts. « Pour un cornet de poudre, une paire de pistolets, des ciseaux et un rasoir... » s'écrie le défenseur des deux accusés. Suit un aperçu sans fard de la brillante carrière de l'accusateur. Alors s'élèvent dans le prétoire un murmure, puis les cris de « assassin de la reine ! » La cour condamne La Motte à l'amende et aux dépens.

En 1827, il reprend l'idée d'écrire à nouveau ses Mémoires. Vieux, perclus de rhumatismes, il ne saurait tenir une plume. Le libraire Corréard, avec lequel il a passé contrat, lui procure un jeune maître de pension, un certain Fellens, qui l'aidera dans la rédaction de l'ouvrage. Il va loger chez lui à Saint-Denis. À peine en a-t-il barbouillé trois chapitres qu'il contacte le nouveau préfet de police, M. de Beleyme, pour essayer de lui vendre son silence. On lui dépêche le commissaire Marlot, une connaissance du comte de longue date, étant tous deux originaires de Bar-sur-Aube. La Motte amuse le commissaire avec des ragots qu'il s'apprête à coucher sur le papier. Les ébats saphiques de la garce Toinette et de la Polignac à Trianon ainsi que mille autres tribaderies du même tonneau. Polignac ! C'est plus que le pauvre commissaire ne veut en entendre. Le fils de cette favorite, que la Reine gamahuchait quotidiennement, se trouve être à présent ministre. C'est que nous sommes en 1829 et le prince de Polignac, rappelé par Charles X de son ambassade de Londres, vient d'être nommé aux Affaires étrangères. Il semble que le ministre de l'Intérieur, averti des intentions de La Motte et de ses exigences pour renoncer à son grand œuvre, n'ait pas trouvé bon d'y donner suite. Alors le comte de La Motte se remet à gratter du papier. Ce travail aboutira à un manuscrit qui ne sera jamais publié de son vivant. Les Mémoires ne furent livrés au public qu'en 1858, presque trente ans après la mort de l'auteur.

Chez ce vieillard décrépit, la rédaction de l'histoire de sa vie est devenue une idée fixe, comme Jeanne aux derniers jours de son existence. Parfois il est saisi d'horreur devant ce passé qui resurgit. Il va alors se promener aux bords de la Seine où, à différentes reprises, il tente de se jeter.

Vers la fin, sur ordre du préfet de police et contre l'avis du ministre, il reçoit une petite pension de cent louis. Il loge alors rue des Cannettes. Le soir il se rend au Luxembourg. On l'aperçoit dans l'allée des Marronniers. Il chemine d'un pas chancelant. De mise toujours soignée, il se fait remarquer par son urbanité. En passant, il ne manque jamais de saluer les dames assises sur les bancs et ses saluts sont teintés d'une ancienne politesse.

Durant les journées de Juillet, il est pris dans un mouvement de foule au coin d'une barricade. Piétiné, on le fait transporter chez lui. Il décline rapidement. Un an plus tard, le 11 octobre 1831, il est admis à l'hôpital Saint-Louis. Le 6 du mois suivant, il s'éteint doucement à l'âge de soixante-dix-huit ans.

Les derniers avatars de la comtesse de La Motte-Valois

Il semble qu'un beau crime puisse allumer l'imagination des générations à venir ; du moins, y trouver un écho qui peut parfois confiner à la légende.

D'une simple escroquerie, l'affaire du Collier, par un mécanisme de conjonctures, se hissa à l'état d'une conspiration mystérieuse. Le mystère intéresse. La Reine, innocente mais capricieuse et légère, fut soupçonnée. Elle n'eut de torts que d'avoir permis d'être soupçonnable. Bientôt le doute se changea en certitude. Chacun, alors, s'ingénia à transformer une simple truanderie en affaire d'État. Ce fut le grain de sable qui manquait au poids de l'Histoire pour faire verser cette monarchie vermoulue. La bergère légère de Trianon se mua en goule tandis que la ruffiane, alors même que sa culpabilité était avérée, se para des dehors d'une victime innocente.

Les débordements ignobles qui n'étaient plus que le rictus et la trahison d'une révolution longtemps espérée lavèrent la majesté souillée de cette reine inconséquente. Le supplice l'adouba en chevalière de la mort. Elle rejoignait ainsi un domaine mystique et légendaire d'où elle n'a cessé depuis d'inquiéter l'historien.

Dès lors la ruffiane en qui coule, comme en sa « cousine Toinette », le sang de Saint Louis, ne saurait se contenter d'une mort obscure à Londres. Aussi exercera-t-elle son pouvoir de séduction *post mortem.*

Certains pensent avoir rencontré en Crimée Mme de La Motte. Elle s'y était établie et y serait morte à la même époque où décédait à Paris le comte de La Motte. Par ses demi-silences, un mot échappé ici et là, elle avait su rehausser de légende, la bassesse de sa vie.

Mieux ! Jeanne de La Motte, dit-on, mourut, une autre fois encore. Cette fois-ci, à Paris, en 1844. Elle vivait dans un pavillon qu'un vieux marquis avait mis à sa disposition au fond de son jardin du Faubourg Saint-Germain. Elle ne sortait que pour se rendre à l'église ou visiter les pauvres qui lui baisaient les mains. Elle était bonne, infiniment. On l'appelait la comtesse Jeanne. Elle contait avec la grâce de l'ancien temps. Jouait au whist et au reversis. Sentant la mort approcher, elle jeta aux flammes des documents. Quelques papiers à moitié brûlés révélèrent son identité.

Le Constitutionnel et *L'Univers* annoncèrent en date du 24 mai 1844 la mort de la comtesse de La Motte-Valois.

Quant aux diamants, ils doivent, encore aujourd'hui, briller d'un éclat particulier sur le diadème ou la tiare de quelques pairesses d'Angleterre. Certains des plus gros achetés par le duc de Dorset orneraient, en effet, un diadème toujours en possession de la famille Sackville. Pour le collier en esclavage, jamais porté par la reine, il servit, cependant, à étrangler la monarchie.

Louis XIII
(1601-1610-1643)
ép. Anne d'Autriche

Bourbons

Louis XIV
(1638-1643-1715)
ép. Marie-Thérèse d'Autriche

Louis le Grand Dauphin
(1661-1711)
ép. Marie-Anne de Bavière

Philippe
(1668-1671)
duc d'Anjou

Louis, duc de Bourgogne
(1682-1712)
ép. Marie-Adélaïde de Savoie

Philippe V, duc d'Anjou
roi d'Espagne (1683-1746)
ép. Marie-Louise Gabrielle de Savoie

Louis XV
(1710-1715-1774)
ép. Marie Leszczyńska

Habsbourg-Lorraine

Élisabeth Charlotte d'Orléans
(1676-1744)
ép. Léopold duc de Lorraine

François III de Lorraine
François Ier, empereur d'Allemagne
(1708-1765)
ép. Marie-Thérèse Habsbourg
(1717-1780)

Orléans

Philippe Ier duc d'Orléans
(1640-1701)
dit « Monsieur »
ép. Henriette Anne d'Angleterre
puis Charlotte Élisabeth
dite « Princesse Palatine »

Philippe II d'Orléans, le Régent
(1674-1723)
ép. Mlle de Blois

Louis d'Orléans
(1703-1785)
ép. Auguste Marie de Bade

Louis Philippe, duc d'Orléans
(1725-1785)
ép. Louise de Bourbon-Conti

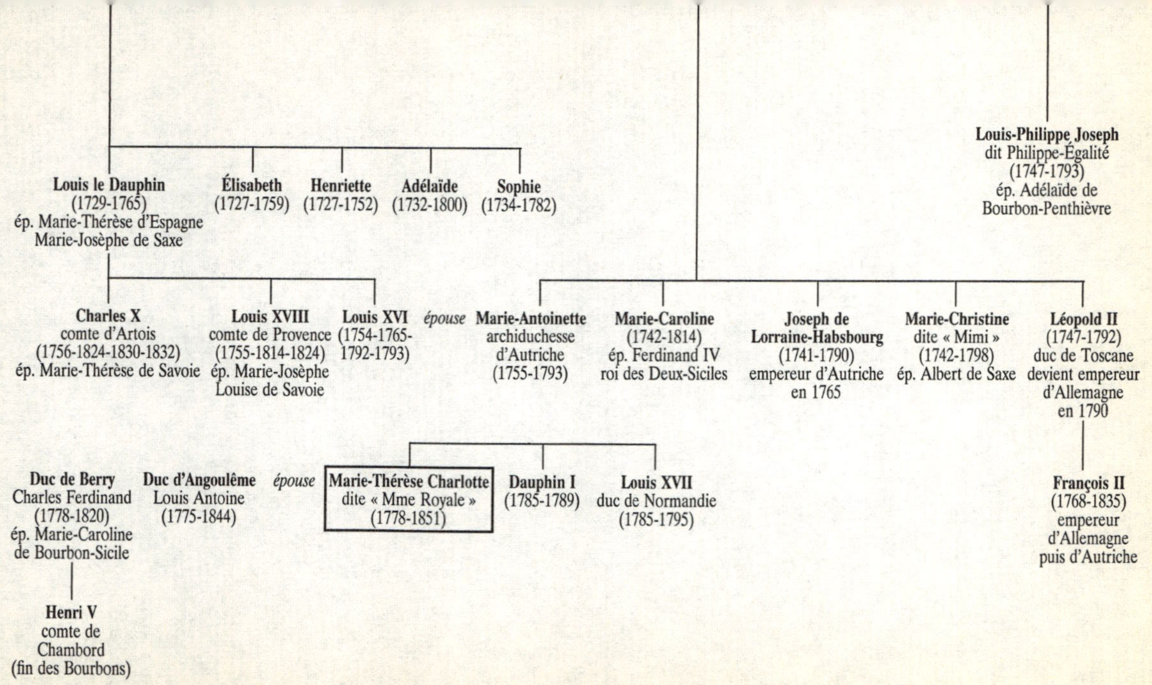

Louis-Philippe Joseph
dit Philippe-Égalité
(1747-1793)
ép. Adélaïde de
Bourbon-Penthièvre
Louis le Dauphin
(1729-1765)
ép. Marie-Thérèse d'Espagne
Marie-Josèphe de Saxe
Élisabeth
(1727-1759)
Henriette
(1727-1752)
Adélaïde
(1732-1800)
Sophie
(1734-1782)
Charles X
comte d'Artois
(1756-1824-1830-1832)
ép. Marie-Thérèse de Savoie
Louis XVIII
comte de Provence
(1755-1814-1824)
ép. Marie-Josèphe
Louise de Savoie
Louis XVI
(1754-1765-
1792-1793)
épouse
Marie-Antoinette
archiduchesse
d'Autriche
(1755-1793)
Marie-Caroline
(1742-1814)
ép. Ferdinand IV
roi des Deux-Siciles
Joseph de
Lorraine-Habsbourg
(1741-1790)
empereur d'Autriche
en 1765
Marie-Christine
dite « Mimi »
(1742-1798)
ép. Albert de Saxe
Léopold II
(1747-1792)
duc de Toscane
devient empereur
d'Allemagne
en 1790
Duc de Berry
Charles Ferdinand
(1778-1820)
ép. Marie-Caroline
de Bourbon-Sicile
Duc d'Angoulême
Louis Antoine
(1775-1844)
épouse
Marie-Thérèse Charlotte
dite « Mme Royale »
(1778-1851)
Dauphin I
(1785-1789)
Louis XVII
duc de Normandie
(1785-1795)
François II
(1768-1835)
empereur
d'Allemagne
puis d'Autriche
Henri V
comte de
Chambord
(fin des Bourbons)

Table

Un pour tous...

Les Trois Mousquetaires
Alexandre Dumas

1625 : d'Artagnan, jeune gascon intrépide, quitte sa province natale pour la capitale. Il voit bientôt son vœu le plus cher se réaliser lorsqu'il intègre le corps des Mousquetaires du Roi. Il fait alors la rencontre d'Athos, Porthos, et Aramis, vaillants combattants et gais compagnons. Tous les quatre, ils vont vivre des aventures extraordinaires, déjouer les pièges du Cardinal de Richelieu et affronter son âme damnée, la diabolique Milady.

(Pocket n° 6048)

Il y a toujours un Pocket à découvrir

Derrière les barricades, l'amour

Bleu Blanc Rouge
Max Gallo

Paris, 19 septembre 1792. Alors que Louis XVI est emprisonné, la Prusse commence à envahir la France. La colère gronde dans le pays. Six familles aux destins croisés, entre ordre ancien et pulsion républicaine, héroïsme et compromission, s'apprêtent à traverser une des plus grandes pages de l'histoire. Il y a bien sûr ceux qui prennent les armes pour sauver la France, ceux qui cherchent à s'enrichir, mais au-delà des destins patriotiques et individuels, il y a l'amour, sous les traits de la divine et troublante Mariella...

1 - Mariella (Pocket n° 10958)
2 - Mathilde (Pocket n° 10959)
3 - Sarah (Pocket n° 10960)

Mystérieux Cagliostro

Seigneurs de la nuit
Juliette Benzoni

Casanova, le séducteur ; Cartouche, le brigand ; et Cagliostro, le Mage : trois hommes des Lumières, trois destins tragiques, trois figures mythiques… De Venise à Lisbonne puis Paris, les récits s'entrecroisent, se déroulant au rythme de vies sulfureuses, et révélant les points communs de ces destinées d'exception. Un éclairage nouveau sur le XVIIIe siècle, transformé en scène luxuriante où des icônes interdites l'emportent sur les austères icônes de la science…

(Pocket n° 11885)

www.pocket.fr
Le site qui se lit comme un bon livre
Informer
Toute l'actualité de Pocket, les dernières parutions collection par collection, les auteurs, des articles, des interviews, des exclusivités.
Découvrir
Des 1ers chapitres et extraits à lire.
Choisissez vos livres selon vos envies :
thriller, policier, roman, terroir, science-fiction...
Il y a toujours un Pocket à découvrir sur www.pocket.fr
POCKET

Achevé d'imprimer sur les presses de

BUSSIÈRE

GROUPE CPI

à Saint-Amand-Montrond (Cher)
en août 2005

POCKET - 12, avenue d'Italie - 75627 Paris Cedex 13
Tél. : 01-44-16-05-00

— N° d'imp. : 52140. —
Dépôt légal : septembre 2005.

Imprimé en France

